Das Buch:

Jutta Besser erzählt von der Selbstfindung zweier junger Menschen, vom Weg aus der Resignation in neuen Mut und Hoffnung, von der Sehnsucht nach Geborgenheit, von der Akzeptanz der unvorhersehbaren Launen des Lebens, von neuen Herausforderungen, von der Liebe und deren Schattierungen.

Dieser spannende Entwicklungsroman mit Witz und Tragik, Trauer und Freude, Sensibilität und Ironie nimmt uns mit auf eine Reise durch Höhen und Tiefen auf den Highways Kanadas.

Jutta Besser
Buchautorin (Sachbuch und Roman), Songwriterin und Dipl.-Grafik-Designerin.
In den 80er und 90er Jahren Tätigkeiten in der Werbung und bei Zeitschriftenverlagen als Journalistin und Layouterin.
Diverse Reisen u.a. durch USA, Kanada und Alaska. Arbeit auf einer Working-Cow-Ranch in den USA, Besuche von Indianer-Reservaten, eingehende Beschäftigung mit der Problematik der First Nations in West-Kanada.

Veröffentlichungen:
Bildband DAS VOLLBLUT im JAHR VERLAG HAMBURG, Standard-Werk im Galopprennsport.
2003: Roman WEIT WIE DER HIMMEL und HELL WIE DAS LICHT im SCHERZ-Verlag.
2004: TAI CHI - Loslassen, entspannen, zur Mitte finden im URANIA Verlag
2005: Roman JENSEITS DER PRÄRIE im S.FISCHER TASCHENBUCH VERLAG
2010: ZUSAMMEN IST MAN NICHT ALLEIN - Alternative Wohnprojekte für Jung und Alt, PATMOS Verlag
2017/2018: Songtexte und Melodien für das FREEDOM & PEACE-PROJEKT von Jutta Besser. Musikalbum mit 12 Songs

---

2. Auflage 2019
EDITION GLÜCKSKEKS, Germany, Handeloh

Art Work: Jutta Besser, Fotos: Pixabay/Jump-1209941/road-1031702_1920
Lektorat: Daniela Bach
Druck: Dilling-printmedien Digital- und Offsetdruck, Kreuztal
Printed in Germany
ISBN 978-3-00-060962-6

FREIER FALL MIT AUSSICHT

ROMAN

VON JUTTA BESSER

EDITION
GLÜCKSKEKS

Reiseroute

Dawon City
Whitehorse
Watson Lake
Liard River
Ford Nelson
Muncho Lake
97
Fort St.John
Dawson Creek
Meziadin Junction
Burns Lake
16
Prince George
Wells Gray Park
97
5
Kamloops
Vancouver

Heute in zwanzig Jahren wirst du mehr enttäuscht sein
über die Dinge, die du versäumt hast,
als über die, die du getan hast.
Also mache die Leinen los, verlass den sicheren Hafen,
fang den Fahrtwind in deinen Segeln.
Forsche, träume, entdecke.

Mark Twain.

Kapitel 1

Sophie späht aus dem Fenster ihrer Zweizimmer-Altbau-Wohnung in Hamburg auf das Balkongeländer. Dort hat sich eine Krähe niedergelassen, die merkwürdig schwankt und ihren Kopf schlapp zur Seite fallen lässt. Sekunden später stürzt sie in die Tiefe. Sophie öffnet hastig die Tür, betritt den Balkon und schaut besorgt hinab. Ihr Blick scannt die Straße. Nichts. Keine sich windende, verendende, keine tote Krähe. Sie geht wieder hinein, schließt die Balkontür. Seltsam, denkt sie, schaut noch einmal zum Fenster.

Ihre Gedanken fliegen wieder zu Joshua. Sie setzt sich an ihren Computer, starrt ins Schwarze des schlummernden Rechners. Tief Luft holend lehnt sie sich zurück, lässt ratlos die Schultern fallen und fährt ihn herunter. Nein, lieber mündlich, sagt sie sich, obwohl der Gedanke an ein Gegenübertreten ihren Magen zusammenpresst, als würde er ausgewrungen. Sie erhebt sich langsam, wandert, einfach nur um sich zu bewegen, in den Flur und blickt in den Spiegel. Mit einem Ruck zieht sie ihren schlabbrigen grauen Pullover zurück über die Schulter und beäugt kritisch ihre Figur, ihre zur Wespentaille geschrumpfte Körpermitte. Ihr Atem strömt bis in die Füße hinab, gefühlt schwer wie Blei. Sie schaut prüfend auf ihr Gesicht. Die schlafstörende Beziehungskrise wirft Schatten um ihre Augen, schimmert durch ihre fahle Haut. Das schulterlange blonde Haar hängt herab wie nasses Stroh. Keine Zeit, keine Energie für den Friseur. Eigentlich nicht unattraktiv, resümiert sie, aber aktuell wie zweimal einunddreißig. Sie wendet sich frustriert ab, schleicht ratlos zurück ins Wohnzimmer.

Müde von den wild zirkulierenden Gedanken, die ihr Hirn zu einer Achterbahn machen, rücken die Dinge in ihre Aufmerksamkeit, die sie noch abzuarbeiten hat. Joshua und ihre geplante Kanadareise drängen sich penetrant in ihr inneres Büro. Zurück bleibt Chaos. Hätte die Mappe neben dem Computer mit dem Aufdruck STELZER – LANDSCHAFTSÖKOLOGIE UND -PLANUNG Arme, so würden diese sie jetzt packen und an sich ziehen. Daneben die Logo-Entwürfe und Textvarianten für die Jutebeutel, die sie auf eigene Faust bedrucken lassen will: „Cool, zäh, langlebig – dieser Beutel ist voller Hoffnung auf saubere Meere", ist ihr Favorit. Die Sprüche lagern dort bereits seit vier Wochen. Nichts bewegt sich, nur die verdammten Gedanken an ihre bankrotte Beziehung.

Ein Schatten vor dem Fenster. Sophies Blick wird zum Balkon gezogen. Die Krähe – gesund und munter – lässt sich wieder auf der Balustrade nieder. Sie hat etwas Sandfarbenes im Schnabel. Sophie nähert sich vorsichtig und beobachtet durch die Scheibe, wie der schwarze Vogel seine Beute auseinander hackt. Als er wenig später einen schmalen Zettel aus einem jetzt erkennbaren, aufgebrochenen Gebäckstück zieht, geht ein Schauer durch Sophies Körper. Ein Glückskeks, schießt es durch ihren Kopf und von dort direkt ins Herz. Die Krähe lässt den Zettel aus dem Schnabel fallen, pickt die Kekskrümel auf und fliegt davon.

Sophie tritt auf den Balkon hinaus, hebt den Zettel auf und liest: „Dein Leben wird jetzt eine spannende Reise!" Reglos starrt sie auf das kleine schmale Stück Papier zwischen ihren Fingern. War das ein Spruch von Joshua? Natürlich nicht, bremst sie sofort ihr Hirngespinst. So viel Zufall, das ist doch Quatsch! Aber ist der Inhalt vielleicht ein Wink? Du bist verdammt noch mal weder abergläubisch noch hast du jemals auf irgendwelche Wahrsagereien gehört, holt sie sich abermals zurück.

Sie lässt sich in ihren großen, weichen Sessel fallen und überlegt. Man kann den Vorfall ja schlichtweg als Wegweiser auffassen und darauf seine ganz eigene Entscheidung fußen lassen. Eigentlich empfindet sie es als unfair, die Reise ohne Joshua anzutreten, hatte sie ihn doch endlich davon überzeugen können, einmal richtig in die Natur einzutauchen und nicht immer nur in Städten herumzuhängen. Aber jetzt überlegt sie neu.

Joshua ist eigentlich ein lieber Kerl, sagt sie sich, er weiß es nur leider nicht. Und ihre Lebensentwürfe liegen meilenweit auseinander, oder besser gesagt, Joshua hat gar keine.

Sie sieht sein fein geschnittenes, aber mutloses Macht-doch-alles-keinen-Sinn-Gesicht vor sich. Er hat nichts, was ihn vorwärtstreibt. Ihm fehlt das für all seine großartigen Ideen entscheidende Durchhaltevermögen. Und mit Kindern hat er auch nichts im Sinn. Kleine Terroristen, nennt er sie, obwohl er mit denen seiner Schwester sehr gut klarkommt.

In all ihrer Wirrnis und Trauer schleicht sich plötzlich ein Lächeln in ihr Gesicht, das da eigentlich gar nichts verloren hat. Sie denkt an das erste Mal mit Joshua. Sie sieht sich auf dem Bett liegend, als er, den Blick wie von einem Magneten angezogen, auf ihren nackten Körper, in seine Unterhose stieg, das Hintere nach vorne gedreht. Sie prustete los und dann konnten sie beide nicht aufhören zu lachen. Er stieg wieder aus der Hose, warf sie hinter sich und kam zurück zu ihr ins Bett. Gut zwei Jahre ist das her, aber unvergessen. Es begann so leicht, so unbeschwert und wurde so entsetzlich schwer.

Mit einem tiefen Seufzer begibt sie sich in die Küche, füllt ihren Thermomix mit Gemüse. An den Tagen in der Woche, an denen sie von zu Hause aus arbeitet, gönnt sie sich gesunde, frische Kost, Bio natürlich und vegetarisch. Sie denkt an Joshua, wie er ein blutiges Steak auf ihrer Küchenablage ausgepackt hatte, an die sich anschließende Diskussion über das grausame Töten von Tieren und die Auswirkung auf die Welternährungslage. Ja, er gab ihr Recht, aber er fühlt sich einfach nicht in die Pflicht genommen, fühlt sich losgelöst von allem.

Wieder schiebt sich eine Erinnerung in diesen Tag, der eigentlich anderes bereithält. Sie denkt noch einmal daran zurück, wie sie sich kennengelernt haben, an einem heißen Sommertag am Großensee. Joshua stand am Wasser, ein Kind auf dem Arm. Er war braungebrannt, schmal, seine Muskeln natürlich und unaufdringlich, sein volles Haar dunkel, wie sie es liebte, vielleicht weil sie selbst so hell ist. Das Kind auf seinem Arm schrie wie am Spieß. Die Mutter wollte es ihm abnehmen, doch er packte die Handgelenke des Jungen, hielt ihn daran übers Wasser und tauchte seine Beine ganz sanft hinein. Der Junge verstummte umgehend und Joshua wippte ihn im Wasser auf und ab, bis er juchzte und Freudenschreie ausstieß. Sie war gerührt, stellte sich neben ihn und er sah sie an.

„Wie alt ist der Kleine?“, fragte sie ihn.

„Zwei“, gab er zurück. „Ist mein Neffe.“

Sie war erleichtert, dass es nicht sein Kind war und die Mutter im Hintergrund nicht seine Frau. Sie ging schwimmen, sich immer wieder nach ihm umsehend, bis er das Kind zur Mutter zurückgebracht hatte. Er sprang ins Wasser, schwamm in ihre Richtung, und als er neben ihr auftauchte, wusste sie, dass sie nicht allein nach Hause fahren würde.

„Du willst sicher mal Kinder haben“, hatte sie gesagt, als sie auf ihren Fahrrädern nebeneinander fuhren.

Er hatte lächelnd den Kopf geschüttelt. „Dafür fehlt mir der Ernst“, antwortete er. „Mal ’n Spielchen, mal den Clown machen, mal ’ne Geschichte, das passt schon, aber …“ Und irgendwann später erklärte er: „Ich kam per Kaiserschnitt, ich wollte nicht raus, ich wurde ins Leben gezwungen.“

Da hätte sie aufwachen müssen, aber es war zu spät. Sie hatte sich bereits unwiderruflich in ihn verliebt. Ja, er war zärtlich, spielte Gitarre und sang melancholische Songs, lullte sie ein mit seiner warmen, tiefen Stimme. Und er konnte Geschichten erfinden und erzählen, einfach so. Das gefiel ihr.

Es ist vorbei, es sollte vorbei sein, sagt sie sich matt, schnappt sich kurzerhand ihre Joggingklamotten, schlüpft eilig hinein und entflieht vorerst ihren Verpflichtungen. Bereits eine kurze Runde würde den Kopf frei putzen und Klarheit bringen für die geplanten Aktivitäten des Tages und die Entscheidung – reisen oder nicht.

Kapitel 2

Joshua starrt auf den Computerbildschirm der Firma HAPPY SLOGANS – WERBUNG, GLÜCKSKEKSE, GLÜCKWUNSCHKARTEN, als blicke er in ein schwarzes Loch. Es ist kurz vor Feierabend und er hat noch keine Zeile geschrieben. Und dann schießt Wut vom Bauch ins Hirn und sprengt seine Blockade: „Wenn Sie wissen möchten, was Glück ist, essen Sie diesen Keks. In wenigen Sekunden sind sie befreit vom Leben mit seinem Elend und seinem Müll“, tippt er, speichert, schickt den Glückskeksspruch auf den Server des Lektorats und lässt den Rechner herunterfahren.

Sein ohnehin schmales, ebenmäßiges Gesicht ist blass und wirkt eingefallen, seine dunklen Wimpern an den langen Lidern beschatten seine Augen, seine starken Nasenflügel treten nun noch stärker hervor. Er fühlt sich wie ein Ballon, dem die Luft ausgegangen ist. Müde fährt er sich mit den Händen durch das störrische dunkle Haar, das unbedingt mal wieder einen Schnitt bräuchte. Aber er hatte einfach keinen Drive zum Putzer zu gehen, keine Lust auf Trashtalk und extreme Abneigung dagegen, sich unter diesem lächerlichen Plastikkittel stillsitzend Belanglosigkeiten anhören zu müssen.

Er verbringt den Abend nach dieser Verzweiflungstat in der Eckkneipe LETZER SCHLUCK, wenige Schritte von seiner Wohnung entfernt, und stürzt grausam ab. Immer wieder denkt er an seinen Job, die verdammten Glückskekssprüche und die albernen Werbeslogans für Push-ups und Wiener Würstchen, an den Roman, den er zu Ende schreiben wollte, an Sophie, die nicht müde wurde, ihn dazu zu ermutigen, sein Vorhaben zu verwirklichen. Es sollte eine Roadstory werden – vielleicht einmal ein Roadmovie. Aber auf halber Strecke hatte er aufgegeben, so wie er auch schon das Tauchen, das Gitarrespielen und jetzt auch das Joggen aufgegeben hatte. Auch sein Bedauern darüber konnte ihn nicht dazu bewegen, wieder anzufangen.

Einen Moment lang schwelgt er in den Erinnerungen an die Zeit mit Anfang zwanzig, als er topfit war, sein Geld mit Tauchunterricht verdiente. Krass, sagt er sich, das ist schon fast zehn Jahre her. Welch ein Grauen!

Am nächsten Tag schleppt er sich auf schweren Beinen ins Büro, vorbei an seinen müde grüßenden, in Überflüssigkeiten vertieften Kolleginnen. Wie er sie hasste, diese Mittelmäßigkeit, diese Humorlosigkeit, diese wichtigtuenden Schreiber, die eigentlich alle gern mindestens Zeitungsredakteure geworden wären anstatt Sprücheklopfer für fade Kekse.

Als er sich an seinen Schreibtisch setzen will, fängt ihn die Sekretärin des Chefs ab. „Der Boss will dich sprechen“, sagt sie mit eisiger Miene.

Joshua hat damit gerechnet. Er lauert schon lange auf einen heldenhaften Abgang, ist stolz auf das Geschriebene, auf seinen Mut, der endlich in ihm gereift war. Er fühlt sich ein bisschen wie Charles Bronson in „Spiel mir das Lied vom Tod“, kurz mal den entscheidenden Treffer aus der Hüfte gelandet und damit selbst auf der Abschussliste. Er folgt der Sekretärin ins Chefzimmer.

„Sind Sie denn völlig durchgeknallt?“, zischt der Koloss vor ihm, bemüht seine Stimme zu dämpfen. Er steht hinter seinem blankgeputzten klobigen Bürotisch, kurz davor zu explodieren wie ein Knallbonbon. Sein dicker Bauch pumpt auf und ab. „Eine Schreibblockade lässt sich wieder lösen, aber so eine Dreistigkeit!“ Er stockt, holt Luft. „Das lasse ich mir nicht bieten.“

„Sie können sich ihre Glückskekse sonst wohin stecken. Vielleicht kommt dann mal was Netteres raus“, gibt Joshua beherzt zurück, vor seiner eigenen Courage innerlich erschreckend.

Der Chef versteinert, sein Blick feuerspeiend. „Zum ersten Mai sind sie weg hier!“, schießt es wie eine Schrotkugel aus ihm heraus. „Wir unterhalten uns morgen!“ Hart auftretend geht er an Joshua vorbei, geradewegs aus der Tür. Sie kracht hinter ihm ins Schloss.

Dann ist es still, sehr still, auch in Joshua. Er sitzt reglos wie ein Stein. Nach gefühlten zehn Minuten erhebt er sich, schlurft wie benebelt zu seinem Arbeitsplatz, nimmt seine Jacke vom Haken und verlässt das Büro. Er sieht sich bestätigt in seinem Elend, bestätigt in seinem Versagen als funktionsfähiger Mensch, bestätigt in seiner Aussicht auf ein Leben als Penner, irgendwo auf stinkendem Beton unter einer Brücke.

Er öffnet das Schloss seines neuen Singlespeed-Bikes. Seine

Knie zittern. Er fühlt sich bar jeden Ziels, wie in Auflösung befindlich, schleicht, das Fahrrad schiebend, auf Umwegen nach Hause, durch die belebten Straßen seines Viertels. Wie ein Schlafwandler öffnet er die abgewrackte Tür des alten Backsteinhauses.

Und während er sich, wie von unsichtbaren Kräften zurückgehalten, die Treppe hinaufschleppt, sieht er im Geist Sophie vor sich. Für Sekunden steht sie vor ihm, ihr hübsches, etwas strenges Gesicht mit der geraden schmalen Nase, den schmalen, wohlgeformten Lippen und dem durchscheinenden Teint, ihre wachen, leuchtend blauen Augen, ihr frei und leicht fallendes, schulterlanges, frisurloses blondes Haar. Er liebt sie, braucht sie zum Atmen, auch wenn seit einiger Zeit Unstimmigkeiten an ihrer Beziehung zerren, sie zu zerreißen drohen. Wie würde sie jetzt reagieren, wo er mal wieder versagt, alles hingeschmissen hatte? Sie war doch seine erste wirklich große Liebe. Er hatte in seinem Leben schon so viele Angeln ausgeworfen, doch immer hatte der falsche Fisch angebissen – bis Sophie kam. Aber sie hatte nicht angebissen, sie hatte ihn sich genommen, beherzt, ohne zu zögern und ohne Umschweife. Was hatte sie eigentlich dazu gebracht, warum ausgerechnet ihn, diese Lachnummer des Lebens?

In seiner Wohnung läuft Joshua über die am Boden liegende Outdoorjacke, eigens für die bevorstehende Kanadareise mit Sophie gekauft, über diverse Spickzettel und Wollmäuse direkt zum Fenster.

Er braucht frische Luft, reißt das Fenster sperrangelweit auf und geht zu seiner Dartscheibe, die an einer Staffelei hängt. Er nimmt einen seiner handgefertigten bunten Federpfeile von der Scheibe – alle dicht um den schwarzen Punkt herum steckend – und wirft ihn, ohne wirklich zu peilen, mit der Wut eines erniedrigten Opfers. Der Pfeil fliegt geradewegs an der Scheibe vorbei und hinaus auf die Straße.

Joshua geht zum Fenster, blickt hinunter, erschrickt und würgt ein aufkeimendes Lachen ab. Der Pfeil steckt im schwarzen Hut eines älteren Mannes in Ledermontur. Der ist stehen geblieben – seinen Hut jetzt in der Hand –, während sich eilige Passanten um ihn herum lavieren.

Er entdeckt Joshua am Fenster und schreit zu ihm rauf: „Schuss ins Schwarze! Hut ab, du Indianer!“ Er grinst böse. Nun sind alle Blicke nach oben gerichtet. „Hätte ins Auge geh'n können, Skalpjäger!“

Joshua erschrickt. „Sorry, war so nicht geplant. Tut mir echt leid. Sollte auf die Scheibe.“

„Na dann besorg dir mal doch lieber 'ne Brille!“, schallt es zu ihm rauf. Der Getroffene setzt den Hut gemächlich wieder auf – den Pfeil stecken lassend. „Wollte ja eigentlich schon immer 'n Hut mit Feder.“ Er rückt ihn auf seinem fransigen grauen Haar zurecht, steckt die Hände in die Hosentaschen, zwinkert Joshua zu und geht weiter.

Der schaut ihm hinterher. Cool, denkt er, wirklich cool.

Joshua will eine Flasche Wein aus der Küche holen, als ihn der Sound von „Spiel mir das Lied vom Tod“ seines Handys in die andere Richtung lenkt. Sein Vater. Joshua lässt das Handy achtlos liegen, den Loop der Melodie ignorierend. Doch wenig später erklingt Vogelgezwitscher und er eilt zu seinem vibrierenden Handy. Es ist Sophie. Irgendwie ahnt er, dass etwas nicht stimmt, und zögert. Dennoch wischt er den Button auf grün. Er sehnt sich nach ihrer Stimme und noch vielmehr nach ihren wachen Augen.

„Joshua“, Sophies Stimme klingt belegt. „Wir müssen reden. Kann ich nachher vorbeikommen?“

„Aber bitte nix Schweres heute. Mir ist …"

„Doch Josh, es ist was Schweres." Sophies Stimme bricht. Einen Moment lang herrscht Schweigen. „Also, ich bin in einer Stunde bei dir. Es ist wichtig."

Sophie hat das Gespräch beendet, und Joshua steht starr wie eine Säule in der Mitte des Zimmers. Er blickt auf die Dartscheibe, auf die Pfeile, die dicht am Schwarzen stecken, aber eben nicht drin. Ihm fällt das Handy aus der Hand. Das Glas zerspringt. Zurück bleibt das klassische Spinnennetz-Display. Alles Mist, denkt er, hebt das Handy auf und knallt es auf den Couchtisch. Er holt die Weinflasche. Das satte Plopp des emporschießenden Korkens ist für ihn zum tröstenden Sound geworden. Er gießt das trübe Glas randvoll und lässt sich auf die abgewetzte braune Ledercouch fallen.

Was will sie ihm sagen? Will sie nicht mehr, nach den vielen Streitereien in der letzten Zeit? Er denkt an den gebuchten Camper, an San Francisco, an Kanada und blickt auf das aufgeklappte Buch CANADAS FIRST NATIONS, das er sich auf Empfehlung von Sophie gekauft hatte. Er war erst skeptisch, hatte dann aber die ersten Seiten verschlungen.

Als Sophie in der Tür steht, glaubt Joshua, eine fremde Frau stünde vor ihm. Sie hat ihr Haar abgeschnitten, rappelkurz.

„Hey, wie siehst du denn aus – willst du buddhistische Nonne werden?", fragt Joshua gespielt heiter und schließt die Tür hinter ihr.

„Tja, gar nicht so abwegig", gibt Sophie ernst zurück.

Sie hängt ihre Jacke auf und geht geradewegs zur Couch. Joshua holt ein Glas aus der Küche und füllt es mit Wasser. Kein Alkohol, auch nicht, wenn sie ohne Auto ist.

Joshua will ihr über den nun sichtbaren wohlgeformten Hinterkopf streichen, aber sie weicht ihm aus.

„Wie läuft es mit deinem Hanfbeutel-Projekt und dem Logo?“, fragt er, um die Strenge aus ihrem Blick zu nehmen.

Wenn sie über ihre Umweltprojekte sprach, strahlten ihre Augen sofort vor Begeisterung. Er selbst hat eigentlich nicht viel übrig für ritterliches Engagement, aber bei Sophie war es so – wie sollte er es beschreiben – natürlich. Heute jedoch ist alles anders. Sie geht nicht im Geringsten darauf ein.

„Joshua, ich bin gekommen, um dir zu sagen, dass ich für uns keine Perspektive mehr sehe“, sagt sie mit belegter Stimme. „Es fällt mir nicht leicht.“ Sie blickt zu Boden.

Joshua stellt sein Glas ab. Alles in ihm gefriert. Er hat es geahnt, dennoch ist es ein Schock. „Warum?“, fragt er trocken.

„Ich kann deinen Nihilismus nicht mehr ertragen. Es ist immer schlimmer geworden. Alles negativ, kein Drive – und …“ Sie hält inne, zupft am Ausschnitt ihres T-Shirts mit der Aufschrift TAKE YOUR CHANCES. „Und ich möchte Kinder – zumindest ein Kind, und das ist ja nicht so deins, wie ich dich verstanden habe.“

„Ach, jetzt kommt die Nummer“, erwidert Joshua. „Klar, alle wollen jetzt wieder kleine Pampas-Kacker. Ohne biste nicht mehr cool. Und das angesichts Klimawandel und Vermüllung der Umwelt. Für die Kinder, die bereits auf der Welt sind, wäre es besser, wenn keine mehr nachkommen.“

„Da ist es wieder, genau das meine ich. Alles Mist, alles schlecht …“

„Hab's ja nie komplett abgelehnt, aber eben nicht jetzt“, lenkt Joshua ein, mit dem Bewusstsein, dass vieles härter aus ihm herauskommt, als gewollt.

„Siehste, und ich werde jetzt Zweiunddreißig. Die Uhr läuft gegen mich. Also …“ Ihre Stimme bricht ab, ihre Augen sind feucht geworden.

„Du weißt doch, ich hab' nichts gegen Kinder", fährt Joshua fort, „gegen die, die nun mal da sind – wie könnte ich. Die können ja nichts dafür, dass sie in diese krasse Welt gepresst werden. Die schreien sich schon beim ersten Anblick die Seele aus dem Leib und wollen schnellstens wieder zurück ins Nirwana."

Sophie schüttelt den Kopf. In ihren Augen liegt Bitterkeit. „Ja genau. Und dennoch deine Ignoranz, wenn es um die Verantwortung eines jeden von uns, eben gerade auch für die geht, die schon da sind. Bestes Beispiel die Jeans, die du dir letztens gekauft hast, wieder 'ne verwaschene. Von armen Bangladeschies barhändig mit Chemie gebleicht. Krass!"

„Du hast ja Recht, aber …"

„Aber, genau, immer dieses Aber. Kannst du die Leere in dir überhaupt noch ertragen?"

Joshuas Magen zieht sich zusammen.

Sophie steht auf. „Tut mir leid, Joshua, aber ich kann das nicht mehr." Sie schnappt sich ihre Jacke und geht aus der Tür.

Joshua springt auf und schreit ihr ins Treppenhaus hinterher: „Und unsere Kanadareise?"

„Mach dir darüber keinen Kopf. Ich regel das!", ruft sie zu ihm hinauf.

Ja, sie regelt immer alles, hat alles im Griff, während er den Boden unter den Füßen verliert. Sie ist in der Lage, im richtigen Moment ihre ganze Energie auf einen Punkt zu schießen. Ohne sie würde er nichts zustande bekommen, würde durchs Leben taumeln wie ein Zombie. Die Gedanken kriechen hartnäckig und unaufhaltsam wie Ungeziefer durch seinen Kopf. Am liebsten würde er sie herauszerren und ihr hinterherwerfen. Alles vertan, alles aus, keine Chance auf irgendwas. Warum hatte sie auch noch ausgerechnet dieses T-Shirt angezogen? Das war geschmacklos. TAKE YOUR CHANCES! Das ist doch für'n Arsch.

Joshua gießt sich Wein nach. Alle stemmen sich gegen mich, eigentlich das gesamte Leben, sagt er sich. Seine Trauer ist gespickt mit rachevollen Gedanken an seinen Chef, der seine genialen Sprüche immer wieder korrigierte, ohne sie zu würdigen. Da war System drin, denkt er. Damit wollte er ihn klein halten, und damit sein Gehalt. Er sieht ihn vor sich, sein Bauch wie ein Sack gekochter Spagetti, der plötzlich aufplatzt, sieht, wie sich sein Inhalt über die Füße der Kollegen ergießt.

Sekunden später schweifen seine Gedanken wieder zu Sophie. Er versucht, sie sich mit einem Baby im Arm vorzustellen, doch es gelingt ihm nicht. Zu fremd erscheint ihm die Vorstellung dieser selbstbestimmten, im Beruf erfolgreichen, sich ständig fortbildenden, Projekte anschiebenden Frau mit einem schreienden Säugling auf dem Arm. Auf der anderen Seite, überlegt Joshua, hat sie ihm gegenüber durchaus mütterliche Instinkte gezeigt. Und er blickt auf das Aquarium, das sie ihm geschenkt hatte – pragmatisch wie immer. Die Fische sollten ein Trost sein für den Hund, den er gerne hätte, auf den er aber wegen Stadtwohnung, Arbeit und Verantwortung verzichtet hat. Den Goldfisch hatte er Wanda genannt und den Panzerwels Bruce Lee. Sie sind still und zurückhaltend, wirkten einschläfernd wie zwei Kapseln Baldrian.

Joshua denkt daran, wie Sophie ihn verständnislos ansah, als er ihr vom Abbruch seines Germanistik- und Pädagogikstudiums – eine Idee seiner Eltern – erzählte. Sie versuchte, ihn zu motivieren, nachdem sie das Exposé zu seinem Buch und die ersten zwanzig Seiten gelesen hatte, machte zig Vorschläge, Journalisten-, Autoren-, Drehbuchschule. Aber das hatte doch sowieso keinen Zweck ohne Geld und außerdem – wieder die Schulbank drücken, nein, das war nichts für ihn. Wenn, dann sollte es einfach so aus seiner Feder fließen, so einfach, wie Regen aus dem Himmel fällt.

Nach dem vierten Glas Rotwein beginnt er zu fantasieren. Er sieht seinen Vater vor sich, raumfüllend in seiner stets provokanten Haltung, ihn, Joshua, zu einem Nichts werden lassend. Er sieht sich am Boden liegend, seinen Vater über ihm, ihn mit dem Fuß niederdrückend. Und er stellt sich vor, wie er irgendwo ins Wasser springt, langsam auf den Grund eines Flusses sinkt und schließlich umringt von Vater, Mutter, Schwester und Sophie von Polizisten tot aus dem Wasser gezogen wird. Und er sieht sie alle an seinem Grab, seinen Vater aufrecht, zwischen Erschütterung und Empörung über seinen Sohn, der ihm dies angetan hatte, undankbar ihm gegenüber, wie immer, ihm, der doch nichts falsch gemacht hatte. Daneben seine Mutter in ehrlicher Trauer, seine Schwester minimal berührt und Sophie gebeugt unter der Last der Schuld, das Gesicht vom Kummer zernagt.

Joshua überkommt ein schier unerträgliches Verlangen nach einer Zigarette. Fast zehn Jahre Abstinenz und dennoch, da war es wieder, dieses Bedürfnis danach, den bitteren Rauch tief in die Lunge herabzuziehen und ihn langsam und genüsslich über die leicht vorgeschobene Unterlippe wieder auszustoßen.

Er rafft sich auf, geht zum Dönerladen um die Ecke und kauft eine Packung Marlboro. Er sieht sich um. Ja, hier wird noch geraucht, denkt er. Die Migranten haben nicht die Muße, sich Gedanken über ihre Gesundheit zu machen. Er lässt sich noch eine zweite Packung geben, kauft ein Feuerzeug mit dem Foto eines Kampfhunds darauf, bezahlt und steckt sich gleich, als er draußen ist, die erste Zigarette an. Er muss husten, nimmt den zweiten Zug, bläst den Rauch in Kringeln in die laue Abendluft und geht nach Hause.

Als er wieder auf der Couch sitzt, kriechen erneut die Gedanken an ein selbstbestimmtes und heldenhaftes Abtreten aus diesem bedeutungslosen Leben aus den hintersten, dunkelsten Ecken seines Hirns. Dramatische Bilder und Gefühle trösteten ihn schon immer, wenn er sich als Underdog fühlte. Als Junge hörte er neben Hardrock auch begeistert Opern wie „La Boheme“ und „Carmen“, liebte Filme wie „Doktor Schiwago“ und „Vom Winde verweht“, später dann „Spiel mir das Lied vom Tod“ und „Pulp Fiction“. Sein Lieblingsfilm war „Der Pate“, was seiner Mutter gar nicht gefiel. Zu viel Blut, zu viel Gewalt, zu viel Pathos. Aber er ignorierte ihre Einwände, sah sich den Film heimlich immer wieder an. Der Mafiaboss faszinierte ihn – seine Macht, sein Mut und seine Würde vor allem, verbunden mit der beschützenden Liebe zu seinen Söhnen.

In einem Streit um das Taschengeld warf ihm seine Schwester entgegen, dass ihr Vater ihn gar nicht haben wollte. Sie hatte an der Tür gelauscht, als die Eltern über Abtreibung stritten. Das erste Kind war schon ein Störfall, aber damit hatte sein Vater sich schließlich arrangiert. Ein zweites Kind, dazu noch ein Junge, das überstieg seinen verkümmerten Familiensinn. Diese Offenbarung traf Joshua wie ein Schlag ins Gesicht. Er beschloss, sich mitten im Wohnzimmer, auf dem sandfarbenen Teppich, die Pulsadern aufzuschneiden und in einer Lache aus Blut zur Filmmusik des Paten zu verenden. Doch seine Mutter fand die Rasierklingen in seinem Schrank und schleifte ihn zum Psychologen. Der Schock hatte auch das sparsam ausgeprägte Mitgefühl des Vaters aktiviert – zumindest solange, bis die Wellen der Erschütterung langsam verebbten. Joshua genoss die lang ersehnte Beachtung und ließ von seinem Plan ab. Und er sprach mit niemandem über diesen Vorfall, das war mit der Familie so vereinbart worden. Es war erledigt.

Doch nun kommen die Gefühle der Wertlosigkeit wieder zurück. Immer wieder drängt sich die Äußerung seines Vaters in sein Hirn, er sei substanzlos. Genau, denkt er, ich bin eigentlich immer maximal entbehrlich gewesen und daran wird sich auch nichts mehr ändern. Und mit diesem Fazit beschließt er, die mit Sophie geplante Reise anzutreten, allerdings nicht mehr, um die Welt zu entdecken, sondern um sie zu verlassen, um sich in diesem letzten Akt endlich sichtbar zu machen, in seiner Verzweiflung, seiner Einsamkeit, seiner Demütigung. Endlich das Elend dieser beschissenen Welt nicht mehr ertragen müssen, welch eine Aussicht!

Kapitel 3

Sophie klappt ihr Notebook zu. Es ist entschieden. Sie wird reisen. Alles, was noch zu erledigen war, ist getan. Sie liebt Entrümpelung, mag leere Schreibtische, befreit ihr Leben gern von Staub. Abgearbeitet – abgewickelt – erledigt.

Die Gedanken an den Abschied von Joshua schneiden noch in ihr Herz wie scharfe Messer. Es waren immerhin zwei Jahre, die sie versucht hatten, zusammenzuwachsen, eine Brücke über den Graben ihrer unterschiedlichen Lebensansichten zu bauen.

Ziellos träumen, in schwarzhumorigen Geschichten versinken, an der Realität vorbei leben, ohne Visionen, einfach so, das war Joshua. Mit diesem lebendigen Kopfkino blockierte er sich, sah Barrieren vor sich, die keine hätten sein müssen. In seine Fantasie, in seine fernen Welten hatte sie sich damals verliebt, in seine stille Sanftheit, die jedoch irgendwann in schwermütiger Trägheit mündete und alle Lebensfreude versiegen ließ. Er legte über alles einen gespenstischen Grauschleier, der die Menschen an seiner Seite mit in die Tiefen einer allgemeinen Trauer zog. Und sein einziger realistischer Traum vom Schriftsteller war schon deshalb zum Scheitern verurteilt, weil er hinter jeder Interessenbekundung bereits die Ablehnung witterte. Immer in Zweifeln versinkend, das Glück nicht erkennend, auch wenn es ihm gerade über die Wange strich. Und schließlich landete er in dieser Firma, wo er dazu verdonnert war, dumme Sprüche für Glückskekse und Werbeanzeigen zu schreiben – welch eine Verschwendung versteckter Ressourcen!

Sophie hatte damit gerechnet, dass er nichts unternehmen würde, um sie zu halten. Wenn ihm etwas zu entrinnen scheint, lässt er es sofort los. Kein Bemühen, kein Kampf, kein bisschen Hoffnung.

Das kleine Fünkchen Liebe für Joshua, das noch in ihr brennt, würde allmählich erlöschen, spätestens in den Weiten Kanadas. Sie hatten gemeinsam eine ideale Konstellation hinbekommen und ihren Arbeitgebern fünf Wochen Urlaub abgerungen. Nun würde sie wie gebucht nach San Francisco fliegen, dort zwei Tage Sightseeing, mit dem Camper nach Vancouver, ihn gegen einen kanadischen tauschen, weiter bis hinauf nach Dawson City, die alte Goldgräberstadt im Yukon, und von Whitehorse mit dem Flieger wieder zurück. Ein Deutscher, den sie übers Internet ausfindig gemacht hatten, würde den Camper in Whitehorse übernehmen und damit nach Vancouver zurückfahren. Alles war mit Joshua durchgeplant und mit dem Camperverleih vereinbart. Nun wird sie den schweren Truck-Camper selbst steuern, alles alleine durchziehen. Die Zeit war reif für eine Herausforderung. Unterwegs würden die Kratzer der gescheiterten Beziehung verschwinden. Sie würde auf die gerade Linie des Lebens zurückfinden.

Als Sophie mit ihrem viel zu schweren Rucksack viel zu früh am Counter der Airline steht und dem Stuart ihr Ticket nach San Francisco in die Hand legt, ist ihr, als würde sie in ein neues Leben eintauchen. Noch nie hatte sie eine Reise allein gemacht. Klar, mal mit dem Auto irgendwo an die Ostsee, aber keine Flugreise und schon gar keine Fernreise. Herausforderungen annehmen, das war schon immer ihre Devise, geht jedoch trotz Yoga und anderen Entspannungstechniken unverändert mit Aufruhr in der Magengegend einher.

Sie blickt auf die Tafel mit den Flugzeiten und Abfluggates. Ihr Flug hat dreißig Minuten Verspätung. Wie von unsichtbaren Mächten bewegt, verschwindet ihr riesiger Rucksack durch den schwarzen Kunststoffvorhang. Ein Vorgang, den sie mit Unbehagen beobachtet, weil sich da etwas ihrer Kontrolle entzieht.

Der Stuart hinter dem Counter gibt ihr das Ticket zurück. Er wünscht ihr lächelnd einen guten Flug. Es ist soweit. Eine wunderbare Zeit oder ein Desaster, man wird sehen, sagt sie sich und versucht, ihre Anspannung auszuatmen.

Während sie sich im Flughafenbus bemüht, freihändig im Gleichgewicht zu bleiben, entdeckt sie am Himmel hinter den Fliegern einen Regenbogen. Er löst den Druck in ihrem Innern und öffnet in ihr den Blick in die Freiheit. Alles ist gut, alles wird gut, sagt sie sich. Eine Beziehung ist doch nur ein Vehikel für die gefühlte Sicherheit, die es eigentlich gar nicht gibt. Der Bus kommt jäh zum Stehen und Sophie hält sich am Sitz fest. Sie packt energisch ihre Tasche und wirft sich schicksalsergeben in die Menge, die sich zum Flieger schiebt. Vierzehn Stunden später landet sie in San Francisco.

Kapitel 4

Joshua packt seinen kleinen Rucksack. Er hat ein neues Ticket nach San Francisco gekauft – Last Minute und einen Tag später als das von Sophie gebuchte. Er hat seinen Eltern und seinem Freund eine SMS geschickt, dass er die USA-Kanada-Reise nicht antrete, weil es mit Sophie aus sei, und dass er für eine Woche irgendwo ans Meer führe. Seine Eltern, die einen Schlüssel für seine Wohnung haben, mögen sich bitte um seine Fische Wanda und Bruce Lee kümmern.

Als er in der Warteschlange am Flughafen steht, überkommt ihn eine fast unerträgliche Tristesse. Er geht leicht gebeugt unter der Last seines kleinen Gepäcks. Seit er seine Muskeln nicht mehr trainiert, ist er noch schlaksiger geworden. Er fühlt sich verloren zwischen all diesen Menschen, mit denen er nichts tun hat, fühlt sich so anders, so weit weg von allen und von allem. Einzig der alte Mann vor ihm erscheint ihm nah, nah in seiner Zukunftsaussicht. Auch er wartet im Grunde genommen nur noch auf seinen Tod. Und er schaut Joshua immer wieder an, als würde er erraten, was in ihm vorgeht.

Der Alte legt seine Hand auf Joshuas Schulter. „Was ist los Kumpel? San Francisco is doch ’n fröhliches Ziel. Und du schaust, als ob du ins Boot Camp geschickt wirst.“

Joshua schweigt hartnäckig und der Alte tippt ihn an: „Du hast doch noch so viel vor dir, du Jungspunt. Hey, lächle!“

Joshua lächelt müde.

„Nimm dir ’n Beispiel an mir!“ Der Alte grinst. „In zwei Tagen heirate ich meine Freundin, die ich bei der letzten USA-Reise kennengelernt habe.“ Verschmitztes Zwinkern. „Sie ist nur ein ganz kleines bisschen jünger als ich und sieht prächtig aus.“

Joshua wird kalt, seine Brust schnürt sich zusammen.

Der Alte schmunzelt. „Jetzt fragst du dich, wie alt wir wohl sind, was? Na rate mal!"

„Keine Ahnung", entgegnet Joshua matt.

„Also ich zähle fünfundachtzig Jährchen und meine Geliebte ist fünfundfünfzig. Noch echt knackig."

Joshua lächelt gequält. „Na, dann alles Gute", presst er heraus und hofft auf eine zügige Abfertigung. Er blickt auf die Uhr. Es ist viertel nach elf. Die Zeit will nicht verstreichen.

Gefühlte Lichtjahre später legt er endlich Ticket und Pass auf den Counter der Airline. Die junge Frau – rappelkurze blonde Haare, schmales Gesicht, seewassergrüne Augen – lächelt ihn freundlich an. Joshua möchte wegrennen, weg, irgendwohin, wo es keine Frauen gibt, die ihn an Sophie erinnern, keine durchgeknallten Alten, keine frisch Verliebten. Er wünscht sich eine Einzelkabine im Flieger, die völlige Isolation und eine komplett gelöschte Festplatte im Kopf. Alle Menschen, ihn selbst einbegriffen, sind für ihn die Hölle.

„Hi", sagt der junge Mann, der sich neben ihn setzt, kaum dass sich Joshua schwer in seinen Sitz am Fenster hat fallen lassen.

„Hi", erwidert er leise, den Blick eilig zum Fenster wendend.

Er legt die Hände auf seinen eingefallenen Bauch, der zurzeit keinerlei Futter aufnimmt, und streicht über seinen Drei-Tage-Bart. Das sonst so ersehnte Sonnenlicht, das durch das Bullauge des Fliegers fällt, erscheint ihm heute unverschämt grell, geradezu aufdringlich optimistisch und unpassend für sein Leben.

„Ich bin Mark", spricht ihn der Typ neben ihm an. Ein Sitzriese mit schütterem blonden Haar, modisch-spießig nach hinten gegelt, mit Humphrey-Bogart-Blick.

Joshua mustert ihn kurz, schätzt ihn etwas älter als sich selbst.

„Ich bin Joshua“, antwortet er tonlos.

„Nice to meet you“, gibt Mark mit coolem Blick zurück.

Lange ist Schweigen und Joshua dankt es seinem Flugnachbarn. Doch als sie in der Luft sind, spricht ihn Mark wider an: „Was treibt dich nach Frisco?“

Joshua erschrickt. Er hatte es versäumt, sich über eine Antwort Gedanken zu machen, und sucht krampfhaft nach passenden unverfänglichen Worten. „Bin Touri“, erwidert er nach kurzer Pause.

„Blanker Neid“, gibt sein Nachbar geziert zurück, vergeblich auf eine Frage wartend. „Ich muss arbeiten“, stöhnt er gekünstelt mit zusammengepressten Lippen. „Aber ist okay, ich liebe meine Arbeit.“ Wieder wartet er auf Joshuas Nachfrage, um dann ungeduldig nachzuschieben: „Schreib’ für’n Reiseführer – Dumont Verlag.“

Joshua durchfährt es wie ein Messerstich. „Aha“, presst er heraus.

„Geile Stadt. Die flasht. Echt cooler Job. Gleich nach ’m Studium bekommen, vor ’nem Jahr. Ging alles ratzfatz. Hätte ich nie gedacht.“

Joshua fällt in sich zusammen wie ein gesprengtes Haus, das ausgedient hatte. Das erniedrigende Gefühl der Unterlegenheit zermalmt ihn förmlich. Wut steigt in ihm auf, über das verdammte Mitteilungsbedürfnis dieses aufgeblasenen Steilstarters. All die Gefühle, die ihn so aus der Fassung bringen, wirbeln in ihm herum. Ja, es ist an der Zeit zu verschwinden, denkt er.

Kapitel 5

Sophie steht auf dem weitläufigen Hof des Camperverleihers und schreitet, alle wichtigen Infos aufnehmend, mit dem Techniker um den riesigen silbernen Pickup-Truck herum. Sie guckt hinauf zur Schlafkabine, die sich mit aerodynamischer Welle über die Fahrerkabine des Pickups schiebt. Der Kühler des Trucks ragt mächtig vor ihr auf wie die Schnauze eines zähnefletschenden Kampfhundes. Die hochgestellten fetten Reifen erscheinen ihr wie die eines Treckers. Verdammt, denkt sie, das ist alles andere als ein umweltpolitisch korrektes Gefährt. Das ist 'ne Stickstoffoxidgranate.

Nachdem sie ihr Gepäck eingeladen hat, erklärt ihr der Techniker die Automatikkupplung, den Allradantrieb und alle anderen technischen Besonderheiten. Sophie schreibt mit, was eventuell nicht in der Betriebsanleitung aufgeführt sein könnte. Ein deutscher Wichtigtuer mit der – so klingen seine Worte – weltweit größten Camper-Kanada-Alaska-Erfahrung, schiebt ihr mit lässiger Miene noch ein paar Tipps hinüber. Auch er ist alleine unterwegs. Seine Frau hat ihm gekündigt, erzählt er. Hätte ich auch, denkt Sophie.

„Und wo ist dein Kerl?", fragt er mit leicht anzüglicher Miene.

„Es gibt keinen", erwidert Sophie. „Bin allein unterwegs."

Der Dicke starrt sie lange an, muss das sacken lassen.

Als sie sich in die Fahrerkabine hangelt, spürt sie plötzlich zwei Hände auf ihrem Po. Sie fährt herum, verhindert gerade noch den tiefen Fall und fängt sich im Sitz. „Pfoten weg, sonst trifft dich die Tür, du Opfer der Selbstüberschätzung!", schreit sie den Dicken an.

„Nun mach mal halblang, kleine Lady", gibt der zurück,

„wenn du mir hier zwei nette kleine Sitzpolster entgegenstreckst und nicht in den Truck hochkommst, muss ich doch nachhelfen." Er schüttelt den Kopf und Sophie hält den Mittelfinger hoch.

„Zicke!", zischt er.

Sophie drückt ihn von der Tür weg und zieht sie zu. Sie ist startklar. Mit Blick zum Himmel atmet sie tief durch, schiebt den Knauf auf DRIVE und gibt vorsichtig Gas – zu zaghaft. Der Motor säuft ab, der Wagen stoppt mit einem heftigen Ruck. Im Seitenspiegel sieht sie, wie der Dicke die Hände vors Gesicht hält und den Kopf schüttelt.

Psychotischer Knaller, resümiert Sophie und lässt den Truck wieder an. Dieses fette deutsche Weichei überlebt doch keine zwei Tage in Alaska. Sie rollt langsam vom Hof, biegt rechts ab und findet per Navi sicher zum auserkorenen Wohnmobil-Platz im Südosten von San Francisco, nahe dem Meer. Auf dem Weg dorthin stoppt sie an einem der riesigen Supermärkte und kauft jede Menge Lebensmittel ein. Einen anderen Laden findet sie an der Strecke nicht.

Auf dem Wohnmobil-Platz räumt sie ihre Kleidung, Bücher und die Einkäufe in die Schubfächer und Wandschränke des Campers ein, ordentlich wie immer, um alles schnell wiederzufinden. Am Abend lässt sie sich im Restaurant in der Nähe bekochen und gibt am nächsten Tag ihrem Jetlag nach. Abhängen, ausschlafen.

Die Wetter-App verspricht einen klaren Morgen, sodass sie auf der Golden Gate Bridge die Chance auf den spektakulären Sonnenaufgang hat und mit ihrer neuen Profikamera geniale Fotos würde schießen können. Dieser Anblick wäre ein cooles Cover für ihr geplantes Kanada-Fotobuch. Sie erstellt von jedem ihrer Urlaube eines. Nichts soll verloren gehen, keine Erinnerung verebben.

Sophie überlegt kurz, ob sie die Golden Gate Bridge doch lieber auslassen soll. Es könnte ihr die Stimmung verderben, sie in Wehmut hineinziehen, war der Besuch der Brücke doch Joshuas einziger Vorschlag bei der Reiseplanung. Mit einem Ruck rafft sie sich auf, holt sich energisch aus den Erinnerungen. Gerade deshalb solltest du hinfahren, sagt sie streng zu sich selbst. Wenn etwas richtig wehtut und du setzt noch einen drauf, dann hast du an Stärke gewonnen. Sie wird zur Brücke fahren.

Kapitel 6

Joshua steigt benommen aus dem Flieger. Es gießt im Land der Sonne. Sein Nachbar verabschiedet sich mit gut gemeinten Wünschen und verschwindet in der Menge, die sich zu den Pass-, Körper- und Zollkontrollen wälzt. Wie von einer Welle wird Joshua vorwärts gespült, erwacht wie aus Trance vor der Passkontrolle. Er lässt das langwierige Ankunftsprozedere über sich ergehen und schleppt sich mit schweren Beinen, unter der dämpfenden Wirkung des Rotweins, den er sich im Flieger gegönnte hatte, zur Gepäckausgabe. Nach zwei verpennten Runden, bei denen sein Rucksack immer wieder davonkreiste, packt er ihn schließlich und zieht ihn kraftlos vom Band. Nach einigem Suchen findet er den richtigen Busterminal, zieht schnell eine Zigarette durch und steigt ein. Er erwischt einen Fensterplatz, sodass er den Kopf an die Scheibe lehnen kann. Regen taucht die Stadt in düsteres Grau. Er schaut aus dem Fenster auf den aufgewühlten Pazifik, in dem Bedürfnis, von ihm davongespült zu werden wie ein toter Fisch, aus dem die Möwen die besten Happen gepickt haben.

Ist doch eigentlich nicht sehr viel mehr als Wasser zu Wasser, sagt er sich. Achtzig Prozent Wasser – das ist der Mensch, dazu 'n paar Pfund Knochen, Eiweiß, Mineralien und Scheiße. Und nicht zu vergessen die vielen Bakterien, die sich im Darm tummeln. Also worin besteht eigentlich die Wandlung beim Übergang vom Leben zum Tod? Die Bakterien überleben den Aufprall auf die Wasseroberfläche, Knochen, Herz und Hirn nicht.

Joshua hatte von Deutschland aus ein Einzelzimmer im HI San Francisco Fisherman's Wharf Hostel gebucht. Er hat keine Lust, in einem Gemeinschaftsraum mit fremden Schnarchern und Furzern zu nächtigen. Er braucht einen Schutzbunker für seine beschädigte Psyche. Es ist nicht gerade die Preisklasse für einen Arbeitslosen, aber es gibt ja nichts mehr, wofür er Geld braucht. Ein seltsames Gefühl durchfährt ihn bei dieser Feststellung. Und als er sein Zimmer betritt, weiß er, warum er genau dieses bekommen hat: Er blickt geradewegs auf die roten Pfeiler der Golden Gate Bridge, die aus dem Nebel emporragen wie durch einen Trauerschleier. Diese Brücke, über die James Bond und andere Hollywoodstars geturnt waren und von der sich bereits tausende Menschen hinabgestürzt hatten, würde auch ihm nun einen spektakulären Abgang verschaffen. Bedeutend, heldenhaft und unvergessen. Ein echter Kerl zwischen Millionen weichgespülten Normalos, die gebeugt durchs Leben schleichen. Während er das denkt, erwischt er sich dabei, wieder sentimental zu werden, eine Puccini-Oper inszenieren zu wollen, mit dem Sprung ins Meer ein Meer von Tränen erzeugen zu wollen. Was soll's, sagt er sich, einmal im Leben darf man größenwahnsinnig sein, einmal im Leben sollte man Mut zeigen, einmal Ernst machen mit dem Leben und es glamourös beenden, anstatt auf die Demenz zu warten.

Er lässt seinen Rucksack auf den Boden sinken und wühlt die Packung Marlboro aus seiner Jackentasche. Eigentlich ist es ein Nichtraucherzimmer, aber was hat er zu befürchten. Morgen ist er ohnehin schon über 'n Jordan. Er öffnet dennoch das Fenster. Feuchte, kühle Abendluft weht herein, streicht über sein Gesicht. Ihn fröstelt. Er lässt sich aufs Bett fallen, lauscht dem Klappern von Türen auf dem Gang und dem Rauschen der Toilette im Nachbarzimmer. Irgendwann nickt er erschöpft ein, wird vom Nebelhorn geweckt. Ein kurzer Blick zur Uhr – es ist halb acht, dann aus dem Fenster. Die Sonne senkt sich über die nun vom Nebel freigegebene Brücke und bringt das Rot ihres Anstrichs zum Glühen.

Joshuas Gedanken werden zu Sophie hingezogen, sein Herz ein schwerer Sack voller Wehmut. Plötzlich wieder die Bitterkeit angesichts ihres jähen Abbruchs der Beziehung, die ihn immerhin zwei lange Jahre in Treue festgehalten hatte. Das war keine Selbstverständlichkeit.

Er erhebt sich langsam, schleicht aus dem Zimmer, geht hinaus um die Ecke zum Liquor Store und besorgt sich eine Flasche Rotwein. Er trinkt sie halb leer, fischt sein abgeschaltetes Handy und den Zettel mit seinem Namen, seiner Adresse und seiner letzten Botschaft aus der Jackentasche. „Bitte seid mir nicht böse, aber für mich ergibt das Leben nur noch den einen Sinn, es zu beenden. Bitte sorgt für Wanda und Bruce Lee." Er klebt den Zettel mit Tesa-Band ans Handy und schiebt es neben einer orangefarbenen Plastiktüte in seine Jackentasche zurück. Das Handy würde er nach der Aufnahme des Selfies in der Plastiktüte am Brückengeländer festbinden.

Er geht früh ins Bett, kann jedoch nicht in den Schlaf finden. Seine Gedanken kreisen penetrant durch sein Hirn, bringen alles in ihm in Aufruhr. Wie würde es sich anfühlen? Würde der Aufprall schmerzhaft oder wäre er sofort tot?

Kurze Momente der Entschlossenheit wechseln sich ab mit purer Angst vor der Endgültigkeit seines Plans. Gedanken an seine Eltern werden abgelöst von denen an Sophie und dann – an die große Frage nach dem Danach. Ist der Tod ein Nichts? Erlischt die Seele? Joshua war bei seinen oberflächlichen Betrachtungen immer davon ausgegangen. Nun fragt er sich, ob es da noch etwas gibt. Ist da ein schwarzes Loch oder vielleicht ein Jenseits? Ein hämisches Grinsen huscht über sein Gesicht. Ein Jenseits, in dem perfekt gebaute Frauen mit gold-blondem Haar, weichen runden Brüsten und Schlafzimmerblick in bedingungsloser Hingabe auf ihn warten? Ja, es gibt tatsächlich Menschen, die solchen Schwachsinn glauben! Leben ist Leben und Tod ist Tod, eben nicht mehr Leben. Dem ist nichts hinzuzusetzen.

Dann ereilen ihn ganz nüchterne Überlegungen zum Tauchen. Was, wenn er den Sturz aufs Wasser doch überleben würde? Kämen ihm seine Taucherfähigkeiten in den Weg? Würde er statt zu ertrinken einfach wieder nach oben spülen, tief Luft holen und von irgendwelchen Schaulustigen aus dem Wasser gefischt? Er beruhigt sich. Diejenigen, die das überlebt haben, kann man an einer Hand abzählen.

Damit versucht er einzuschlafen, wälzt sich jedoch von Seite zu Seite, bis er um vier Uhr morgens schließlich den Kampf aufgibt und aufsteht, um dem Gezeter in seinem Kopf zu entfliehen.

Er zieht seine Arbeits-Latzhose und einen schwarzen Pullover aus dem Rucksack. Es ist die Hose, die Sophie so lächerlich fand. Er steigt hinein, den Latz über den Pulli und seine Outdoor-Jacke darüber. Mit einem Gefühl nie zuvor empfundener Entschlossenheit macht er sich auf, zum Sprungbrett der Lebensmüden. Er fühlt sich ihnen verbunden, den von Dämonen Verfolgten, den Hoffnungsbefreiten, die aus den Katakomben ihres miesen Lebens stiegen und es vor ihm gewagt hatten. Das gibt ihm Kraft.

Er schraubt sein Handy an den Selfie-Stick. Es wird ein Foto geben von ihm auf der goldenen Brücke, kurz vor dem Sprung in die Fluten des Pazifiks. Und das will er Sophie schicken. Es soll ihr wehtun. Sie soll spüren, was sie angerichtet hat.

Joshua tritt in den dunklen, kühlen Morgen hinaus. Seine Schritte sind kraftvoll wie noch nie, sein Körper aufrecht, keine Spur von Müdigkeit mehr. Er schnappt sich ein Taxi. Die Fahrt geht über die Marina. Im Dunkel erahnt er den Pazifik – sein Ziel. Vor der Brücke steigt er aus, bleibt andächtig stehen und entfacht mit getragener Geste eine Zigarette. Die Letzte, sagt er sich kurz lächelnd. Die letzte Kippe, die letzten Gedanken und dann der letzte Atemzug.

Nur ein tief liegender Dunstschleier bedeckt das Meer und den Sockel der Pfeiler. Die Brücke liegt jetzt frei und einladend vor ihm, die Sonne kriecht tieforange über die sanften Hügel der Bucht. Sie scheinen sich vor ihm und seinem Plan zu ducken. Melancholie erfasst ihn. In den Filmen „Star Trek" und „Superman" hatte er die Golden Gate bereits bewundert. Aber nun live vor ihm, mit dem Plan seines Ablebens, das war der Hammer. Golden ist keine schnöde Verklärung, denkt er, nein, sie ist es tatsächlich, hier in der aufgehenden Sonne. Wie Harfensaiten hängen die Seile an den dicken Eisenkabeln herab, halten Fahrbahn, Rad- und Fußgängerweg in eleganter Leichtigkeit zwischen den gigantischen Pfeilern.

Joshuas Blick gleitet über die rosa-violett getünchten Hügel der San Francisco Bay. Die Klänge von Charles Gounods

„Romeo und Julia", die er als Junge so gern hörte, schwingen plötzlich wieder in ihm wie die Wellen des Meeres vor ihm. Doch je mehr er sich nähert, desto schärfer durchschneidet das durchdringende Kreischen der Möwen diese sanfte Schwermut. Er spürt sein Herz schlagen. Der Takt der Zeit, die für ihn zu Ende geht.

Der Wind schlägt ihm die Kapuze an den Kopf und wirft ihn in die Realität. Er zieht den Reißverschluss seiner Allwetterjacke hoch bis unters Kinn, die Kapuze über den Kopf und setzt, jeden Schritt bewusst spürend, einen Fuß vor den anderen. Der Gehsteig ist gerade geöffnet worden, aber niemand außer ihm betritt die Brücke. Niemand wird ihn zurückhalten können, niemand wird ihn in den Fluten verschwinden sehen.

Unbeeindruckt passiert er das Schild mit der Aufschrift „Krisenberatung – Es gibt Hoffnung – ruf an – die Konsequenzen eines Sprungs von dieser Brücke sind fatal und tragisch." Ja, genau! Das ist es, was er will – Untergang! Tragik!

Kapitel 7

„Wake up, little Susie, wake up", tönt es aus Sophies Handy-Wecker. Sie schießt aus dem Tiefschlaf hoch, knallt mit dem Kopf an die niedrige Decke oberhalb des Betts über der Fahrerkabine. In ihrem Kopf breitet sich ein dumpfer Schmerz aus. Verdammt, denkt sie, ihren Kopf befühlend, der schwillt bestimmt auf die doppelte Größe an.

Sie macht Licht, setzt sich vorsichtig auf und lässt den Blick über die beigefarbenen Kunstholz-Einbauschränke und die plüschig-beige-braune Sitzecke des Campers schweifen. Warum müssen die Dinger immer so hässlich sein, fragt sie sich müde. Man bekommt ja Depressionen! Sie quält sich aus dem Bett, spürt die Müdigkeit einer von zahlreichen Wach-Grübelphasen gestörten Nacht in den Knochen und öffnet die Tür zu der winzigen Badezimmerkabine. Mehr hoch als breit, aber zum Glück ist sie ja nicht so fett wie die meisten Amerikaner. Keine Ahnung, wie die sich hier waschen und aufs Klo gehen, ohne sich blaue Flecken zu holen, denkt sie sich.

Sie schaut in den Spiegel, sagt sich lächelnd „der Kopf wie 'ne Ananas“ und presst die in alle Richtungen stehenden Haare vorsichtig auf ihren schmerzenden Kopf. Ist doch egal, bin ja die Einzige, die drauf guckt, beruhigt sie sich.

Bei diesem Gedanken geht eine Spannung durch ihren Körper. Sie, Sophie – mit null technischem Verständnis, null Erfahrung mit dem Steuern eines Trucks und dem Wechseln eines Reifens, dem Anschließen einer Propangasflache – ganz allein unterwegs auf einsamen Straßen. Ihr ist ein bisschen mulmig.

Nach der Dusche muss sie erstmal das Klo trocknen. Es befindet sich leicht versetzt darunter und steht nun in einer Pfütze. Das Herausziehen von Kleidung aus den oberen Fächern des Campers ist für sie pures Stretching. Platzsparend ist alles übereinander angeordnet.

Geduscht und gedehnt sitzt sie in Cargohose und lockerem Pullover am Tisch der beige-gemusterten Sitzecke und löffelt ihr Müsli. Ihr Appetit ist mäßig, aber sie ermahnt sich zur Vernunft. Gerade nach einem fetten Jetlag und in labiler psychischer Verfassung sollte man gut frühstücken.

Sie späht aus dem Fenster, nippt an ihrem Tee. In allen Campern um sie herum wird noch geschlafen. Benommen spürt sie ihren schleppenden Gedanken unter der schmerzenden Beule nach, horcht in sich hinein, findet dort Gedanken an Joshua und schiebt sie beiseite.

Sie wäscht ab, stellt das Geschirr in den Schrank und überfliegt noch einmal die Bedienungsanleitung des Pickup-Trucks. Mit Jacke und Fototasche geht sie den schmalen Gang entlang, öffnet die Tür an der Rückseite ihres, wie sie es nennt, kastenförmigen Eigenheims auf Miete und steigt die klappbare Metalltreppe hinunter. Die kühle Morgenluft strömt verheißungsvoll in ihre Lunge. Der Himmel zeigt ein erstes schwaches, noch farbloses Licht. Sophie schließt die Tür zur Fahrerkabine auf, schwingt sich hinauf und zieht die schwere Tür ins Schloss. Sie stellt das Navi auf Golden Gate Bridge und dreht den Zündschlüssel um. Der satte Klang der Dreikommafünf-Liter-Maschine dringt herausfordernd in ihre Ohren. Und diesmal kommt sie gut los, rollt ohne Stocken vom Platz auf die Straße hinaus.

Die Stadt ist im Dämmerzustand, aber der Verkehr kommt langsam ins Rollen, mit Sophie dazwischen, in ihrem viel zu großen Truck mit dem Schlafzimmer über dem Kopf. Sie muss die gesamte Stadt durchqueren. Die ersten Frühschichtler und Pendler sind bereits auf den Reifen. Es dauert länger als gedacht, und die Sonne wirft bereits ein zartes rosa Licht an den Himmel. Halb sechs zeigt die Uhr an und Sophie presst die Lippen zusammen, das Foto von der Brücke vor der aufgehenden Sonne vor ihrem inneren Auge. Auf dem Highway gibt sie Gas. Der Tacho überschreitet die erlaubte 65-Meilen-per-Stunde-Marke.

Kapitel 8

Joshua betritt die Golden Gate Bridge. Er spürt förmlich den Sog der Strömung unter sich. Die Wellen des Pazifiks knallen erbarmungslos an die Pfeiler, der Wind pfeift ihm ungnädig in die Ohren, presst ihm die Haut auf die Wangenknochen, reißt seine Seele auf. Er taumelt, fängt sich, hält sich am Geländer fest. Nur brusthoch, vermag es den Entschlossenen nicht vom Sprung abzuhalten.

Joshua wird übel. Er zögert, geht weiter, hält wieder inne. Die ersten Autos rauschen an ihm vorbei und mit ihnen der ganz normale Wahnsinn, die Gehetzten darin, mit den Plänen für den Arbeitstag in ihren wirren Schädeln, die nichts raffen, nichts kapieren von dem, was hier vorgeht.

Für einen Moment stellt er sich vor, wie Sophie neben ihm anhält, aus dem Auto springt und ihre Arme um ihn schlingt. Schließlich reißt er sich, in einem Anflug von Wut über die von ihr so radikal vollzogene Trennung, die Jacke herunter, lässt sie auf den Boden fallen, schlottert erbärmlich in seinem dünnen Pullover unter seiner Latzhose.

Er hebt den Selfie-Stick an, zieht ihn weit heraus, während er seinen Rücken fest ans Geländer presst. Doch eine heftige Böe schlägt ihm das Handy an den Kopf. Es kippt an seinem Ohr vorbei und nach hinten. Er versucht es vergeblich wieder nach vorne zu holen, aber es gleitet ihm aus der zittrigen Hand und versinkt unter ihm in den aufgewühlten Fluten des Pazifiks. Nichts gelingt ihm, nicht mal der angemessene Abgang, denkt er, den Blick aufs Wasser gesenkt.

Der Wind zerrt an seinem Haar, an seiner Kleidung. Er umfasst das Geländer jetzt fest mit beiden Händen. Sein Herz rast, sein

Mund ist trocken und rau wie Sandpapier, seine Beine schlottern haltlos und schlapp wie lose eingehängt an seinem Rumpf. Alles an und in ihm zittert wie Espenlaub. Jetzt muss du's tun, spricht er sich Mut zu, sonst verreckst du im Elend deiner Unentschlossenheit, im Heer der Versager.

Unter ihm die Wellen, in seinen Ohren der Wind und die Motorengeräusche des langsam zunehmenden Verkehrs. Jemand schreit. Es prallt an ihm ab wie der Wind. Joshua nimmt innerlich Anlauf, aber den seitlichen Einhandsprung, den er unzählige Male über Zäune gemacht hat, schafft er nicht mehr. Er ist zu schwach. Und so packt er das Geländer, zieht sich mühsam hoch und rollt bäuchlings darüber. Er dreht sich zitternd um, die Hände rückwärts ans Gitter gekrallt. Nie zuvor gekannte Höhenangst, Schwindel, Panik – Kampf gegen die Angst. Ein Schritt vorwärts. Sein Arm ist jetzt bis zum Anschlag nach hinten gestreckt. Loslassen, schreit es in ihm. Er löst eine Hand vom Geländer. Das Quietschen von Bremsen mischt sich in das Fauchen des Windes. Er lässt die zweite Hand los, schwankt vorwärts. Freier Fall, sagt eine Stimme in ihm. Plötzlich ein harter Ruck an Schultern und Brust. Er wird gestoppt. Statt freiem Fall ein Aufprall ans Geländer. Er spürt einen Zug an seinem Hosenlatz, federt vor und zurück. Kein Sturz in die Tiefe, stattdessen ein entsetzlicher Zug an seinen Leisten, die Beine schwer wie Blei, der Latz auf seiner Brust wie eine Betonplatte. Jemand hält ihn von hinten an den Hosenträgern.

Verdammt, ich lebe, schießt es ihm durch den Kopf. Und plötzlich – eine Stimme.

„Scheiße, was ist denn das?", schreit jemand in rauem Ton über ihm, an ihm zerrend. Seine Schulterblätter rutschen hart über das Metall, sein Blick unabwendbar den fernen Hügeln und dem aufgewühlten Meer unter ihm zugewandt. Er kann sich nicht drehen. Er ist fixiert.

„Damn!“, hört er jemanden sagen, spürt im gleichen Augenblick wie die Knöchel von Handrücken dicht an seinem Hals unter den Hosenträgern auf seine Schlüsselbeine drücken. Schmerz, Chaosgefühle, rasende Kopfschmerzen, Ohrensausen, ein Zittern in allen Gelenken. Ein Ruck, eine Hand unter seiner linken Achsel, dann unter seiner rechten, ein Ziehen und Zerren, bis sich sein Rücken über das Geländer biegt und er meint, durchzubrechen. Schließlich ein Kopf neben seinem, warmer Atem statt scharfer Kälte, Stöhnen statt Windgeheul, seine Beine wie knochenlose Fleischschläuche über dem Stahlrohr der Brüstung. Dann schlagen seine Füße hart auf den Boden.

„Mann, Bungee-Jumping geht anders“, hört er den Mann hinter sich keuchend, in breitem Englisch sagen, „'n paar Wochen später und du wärst ins Netz gegangen.“

Joshua dreht sich langsam aus den Armen seines Retters und starrt in graublaue Augen in einem zerknitterten Gesicht.

„Hier werden bald Fangnetze befestigt“, erklärt der Mann.

Andere Stimmen hinter ihm: „Können wir helfen?“, und: „Verdammt, wieder so 'n Idiot, der den Verkehr aufhält.“

„Nimm deine verdammte Maschine da weg!“, hört Joshua einen Mann aus dem Auto brüllen.

„Wir rufen die Polizei!“, ruft eine Frau.

„Keine Polizei, wir kriegen das schon hin“, schreit sein Retter schließlich hinter ihm.

Joshua hört und sieht nur verschwommen. Sein Blick ertrinkt in Tränen, die ihm der salzige Wind in die Augen treibt. Sein Denkapparat ist im Stand-by-Modus, seine Kraft am Ende. Er hält sich taumelnd auf den Beinen. Das Rechte knickt ein, will sein Leben nicht tragen, das Linke hält ihn mühsam aufrecht. Er macht sich los und dreht sich langsam um. Sein Hirn springt wieder an. Er erkennt, wie durch Nebel hindurch, einen Mann in Ledermontur. Alles dreht sich in seinem Schädel, seine Lippen fühlen sich an wie kaltes Wachs. Nichts geht.

„Hey Alter, was machst du für'n Scheiß? Noch im Strampler und schon so fed-up vom Leben! Ich glaub's nicht", faucht er Joshua an.

Ein Autofahrer bremst ab, bleibt hinter dem am Kantstein abgestellten Motorrad stehen und lässt die Scheibe herunter: „Du musst ihn ins Krankenhaus bringen. Der ist ja völlig unterkühlt", schreit er.

„Und er braucht sofort psychologische Betreuung", ruft eine Passantin, die stehen geblieben ist, sich nicht traut, näher zu kommen.

„Die geb' ich ihm grad!", gibt Joshuas Retter zurück.

Autos werden angelassen, der Verkehr rollt im Schritttempo um das Motorrad herum.

„Los, steig auf, wir müssen hier weg." Der Retter zieht Joshua am Hosenlatz, hebt dessen Jacke vom Boden auf, zieht sie ihm über. „Schaffst du's? Oder soll ich dich wie Papa raufheben?"

„Krieg's hin", keucht Joshua. Er folgt seinem Retter zu der am Gehweg abgestellten Harley Davidson.

„Ich bin übrigens Ben", stellt sein Retter sich vor.

„Macht, dass ihr loskommt", schreit der Fahrer aus dem Hummer-Geländewagen, der sich gerade um das Motorrad herum laviert.

Ben stemmt die schwere Maschine mühsam in die Senkrechte, klappt den Ständer hoch und steigt auf. Joshua zieht sich schlapp und ungelenk auf den Sitz hinter ihm. Der dröhnende, tiefschwarze Klang der Maschine dringt wie Donner in seine Ohren. Ben langt nach hinten, packt Joshuas schlappe Arme und schlingt sie um seine Taille.

Kapitel 9

Sophie steht auf der goldenen Brücke, über der sich die Sonne erhebt. Ein bisschen zu spät, denkt sie, aber egal. Sie blickt durch den Sucher ihrer Kamera, zieht sie langsam herum, um die optimale Weitwinkelperspektive zu finden. Ihr Blick bleibt an zwei Typen auf einer Harley Davidson hängen. Super! Cooles Ensemble. Die Brücke orangerot, die Harley darauf, klein und dezent in der Ferne und darüber die aufgehende Sonne. Sie drückt ab, lässt die Kamera sinken und schaut den Männern auf der Harley hinterher, bis sie außer Sichtweite sind.

Ihr Blick schweift über die Brücke, über die Bucht, über das tosende Meer, das über zweihundert Meter unter ihr wilde Strudel erzeugt. Ihr wird schwindelig. Was müssen das nur für Menschen sein, die sich hier hinunterstürzen, fragt sie sich schaudernd und hebt den Blick zu dem unschuldig klaren blauen Himmel, der ihre düsteren Gedanken in seine Weite mitnimmt. Der Wind weht aus Westen. Sie spricht sich Mut zu, sieht grandiose Bergkulissen und einsame Seen vor sich. Dies war das erste Kapitel. Was würde nun folgen? Sie spürt ihr Herz bis in den Hals hinauf. Es hämmert dumpf und heftig wie eine Pumpe.

Eine merkwürdig intensive Kraft zieht ihre Gedanken und Gefühle erneut zu Joshua. Sie fühlt sich ihm plötzlich wieder so nah, als verbände sie ein unendlich langes, durchsichtiges Band. Er hätte jetzt mit ihr zusammen auf der Golden Gate Bridge stehen können. Warum hatte er alles mit seiner destruktiven Stimmung verdorben? Warum hat er kaputt gemacht, was so vielversprechend begann? Warum warf er ihr vor, sie wolle ihn verändern zugunsten ihrer eigenen Konzepte? Die waren doch deutlich sinnvoller für ihn und für sie beide. Sie versprachen eine Zukunft, hatten Ziele zu bieten, für die es sich lohnte, auch mal ein bisschen Gas zu geben. Er wäre immer gern eine zehn Meter hohe Welle gewesen, hatte er einmal gesagt, aber er sei eben nur der gelbliche Schaum, den sie ans Ufer spült.

Sophie versucht sich zu entspannen, atmet die salzige Luft ein und lauscht dem Geschrei der Möwen. Ein paar Sekunden hält sie ihr Gesicht – die Augen geschlossen – in das intensive Sonnenlicht, genießt die Wärme auf ihrer Haut. Schließlich geht sie zum Parkplatz zurück. Und plötzlich wird sie wieder ganz praktisch und sachlich, denkt daran, dass sie für ihr Handy noch eine Prepaid-Karte für die USA und Kanada kaufen muss. Anrufe möchte sie eigentlich nicht erhalten, außer von ihrer jüngeren Schwester, aber die Möglichkeit eines Hilferufs war ihr schon wichtig.

Ihre Gedanken wandern zu ihrer sechs Jahre jüngeren Schwester. Ihr gegenüber hat sie ein, um es negativ mit Joshuas Worten zu sagen, exorbitantes Verantwortungsbewusstsein. Ein Anruf bei Nina, bei den Eltern und ihrer besten Freundin. Dann würde sie aufbrechen, zum Crater-Lake-Nationalpark in Oregon.

Kapitel 10

Das dumpfe Dröhnen des Motorradmotors hallt in Joshuas Ohren noch nach, als er aus dem Sattel gleitet. Seine Knie knicken ein und er wankt in Bens Arme.

„Mensch, Junge, du bist aber anlehnungsbedürftig", sagt Ben und stellt ihn zurück auf die Füße.

Joshua fühlt sich wie ein nasser Lappen, ausgewaschen, ausgewrungen, wertlos, schlichtweg überflüssig.

„Bist du eigentlich Deutscher?", fragt Ben.

Joshua öffnet den Mund, aber seine Stimme versagt. Er spuckt aus, wischt mit der Hand über seine Lippen. Er nickt.

„Na, dann muss ich ja in Slow Motion mit dir quatschen", sagt er jetzt betont langsam und nimmt den Helm ab.

Joshua blickt kurz in sein leicht zerknautschtes Gesicht. Ben steht vor ihm, schmal, die Schultern ein bisschen nach vorne fallend, aber kein Gramm Fett unter der hautengen Ledermontur über dem, so vermutet Joshua, nicht mehr ganz jungen Körper. Er mustert Joshua, schüttelt den Kopf, sodass sein grauer Zopf hin- und herpendelt.

„Das muss erstmal sacken, Mann", sagt er ernst. „Man holt ja nicht jeden Tag 'n Lebensmüden vom Geländer." Sein Blick schweift prüfend über Joshuas Gesicht. Er kratzt sich am Kopf und legt seine Hand an dessen Arm. „Los komm, Kumpel. Du brauchst jetzt 'nen Tröster."

Er zieht Joshua mit. Der setzt schleppend einen Fuß vor den anderen. Und mit jedem Schritt findet er ein bisschen mehr ins Leben zurück. Er folgt Ben schicksalsergeben über den Parkplatz zum Eingang des Lokals, liest: „Hollywood Café".

Das passt, sagt er sich. Viel denken, geschweige denn entscheiden, kann er ohnehin noch nicht.

„Mal schau'n, ob sie dich reinlassen in deiner Anglerhose", sagt Ben an Joshua hinabschauend.

„Is'ne Arbeitshose.", erwidert Joshua matt.

„Egal, aber …"

Der Kellner schaut Joshua herablassend an, im Begriff, sie beide dennoch widerstandslos zu einem der noch vielen freien Tische zu führen. Ben jedoch bleibt stehen.

„Ich such mir meinen Tisch immer selber aus", sagt er trocken und marschiert dann zielstrebig zu einem der Tische am Fenster.

Joshua folgt ihm zögernd. Der Kellner kommt heran, will etwas sagen, aber Ben legt zwinkernd den Finger auf den Mund. Der Kellner verschwindet.

Sie setzen sich gegenüber an den Tisch. Joshua späht aufs Meer hinaus. Ihn schaudert und er zieht seinen Blick in den Raum hinein.

Ben schüttelt sanft den Kopf. „Bist du einigermaßen okay?"

„Geht", erwidert Joshua, wie aus dem Off. Ja, wie geht es ihm eigentlich? Er weiß es nicht. Alles fühlt sich so unwirklich an, wie im Film.

Als würde er spüren, was in ihm vorgeht, legt Ben seine Hand auf Joshuas Arm und sieht ihn mitfühlend an. Sekunden später huscht ein Grinsen über sein Gesicht. „Tja, der Latz!" Er lacht kurz auf. „Tragik und Komik, manchmal verdammt dicht beieinander." Er schiebt Joshua die Speisekarte hinüber. „Such dir was aus, Indianer, egal, was es kostet, egal wie fett, was auch immer."

„Kann nix essen", erwidert Joshua leise.

„Das gibt's nich'. Ne. Du musst was in deinen schlabberigen Körper kriegen, damit du draußen nicht gleich wegwehst."

Joshua lächelt müde.

„'Ne Kumme Müsli oder 'n fetten Pancake mit Blaubeeren und Sahnehäubchen, klosettdeckelgroß, das wär' was für dich."

Joshua zögert. „Okay, 'n Pfannkuchen."

„Wie heißt du überhaupt?"

„Joshua."

„Apart, aber 'n bisschen lang. Meiner is' was für Mundfaule, für dich perfekt, was?" Verschmitztes Zwinkern.

Joshua lächelt. Er mag Ben, spürt null Widerstand bei allem, was er sagt. Das ging ihm lange nicht so.

Ben winkt den Kellner heran und bestellt zwei Pfannkuchen mit Blaubeeren und Sahne, dazu zwei Becher Kaffee und zwei Glas Wasser. „Den Kaffee pechschwarz bitte", sagt er in betont breitem Englisch.

„Will heute noch hoch bis nach Brookings, mindestens, und am nächsten Morgen nach Astoria, zur Megler Bridge, von da nach Seattle, immer schön auf der geilen 101. Viel Himmel, viel Wasser …"

Joshua nickt nachdenklich. Cooler Plan, huscht es durch seinen Kopf. Er fühlt sich wohl mit Ben, der ihn ein bisschen an den Typ erinnert, dem er den Dartpfeil in den Hut geschossen hat. Vielleicht ist das ein Zeichen, der Pfeil, der Mann. Joshua mag sich nicht vorstellen, wie sich Ben auf seine Harley schwingt, seinem Ziel entgegen, und wie er selbst zurückbleibt, mal wieder ohne Perspektive, ohne Plan, ohne alles.

Einen Moment lang herrscht Schweigen. Er würde jetzt gern eine rauchen.

„Das ist 'ne kosmische Fügung, verdammt, weißt du das?", sagt Ben gedankenversunken in die Stille hinein. „Dass ich dich hier auf der Brücke vom Geländer holen muss. Das ist doch der Hammer, Mann, das hat Bedeutung."

Ja, Bedeutung, denkt Joshua. Genau, endlich geschah etwas Bedeutsames in seinem sinnentleerten Leben.

„Liebeskummer?", fragt Ben ernst, mit sanfterer Stimme.

Joshua nickt. „Beziehung futsch, Job futsch."

„Shit", gibt Ben zurück. „Was für'n Job?"

„Sprüche klopfen“, sagt Joshua leise.

„Was? Damit kann man Geld verdienen?“

Joshua nickt. „Hab Sprüche für Glückskekse und Werbeslogans geschrieben. War auch nicht meine erste Wahl.“

Ben schweigt einen Moment lang. Joshua sieht, wie das sacken muss.

„Schon gut. Hast wahrscheinlich was Schlaues geschrieben und das ham’ die nich’ verstanden.“

Joshua schaut auf, blickt erstaunt und dankbar in Bens kleine, wache, von Fältchen umgebene grau-blau Augen. „Genau“, erwidert er, „Hab ’nen coolen Spruch abgegeben. Kam nicht gut an.“

Ben legt die Hand wie zum Kapitänsgruß an die Stirn. „Willkommen im Club der Revolutionäre.“

Joshua saugt die Worte auf wie ein Kir Royal. Ein kleines Fünkchen Stolz zieht ihn aus seiner eingesunkenen Haltung in die Aufrichtung.

Der Kellner stellt die Getränke auf den Tisch.

„Auf das Morgen, Josh!“ Ben stößt sein Wasserglas sanft an das von Joshua.

„Mal seh’n“, gibt Joshua leise, mit einem flachen Lächeln zurück.

Ben will etwas sagen, aber Joshua verhindert ein Nachfragen, indem er ihm zuvorkommt. „Wohnst du in Frisco?“, fragt er gespielt heiter.

„In Oakland. Bin auf’m Weg zu ’nem Gig in Seattle, zusammen mit ’nem Kumpel, der da Musik macht. Wollte noch mal ’n Blick auf die Brücke werfen und dann nach Norden hoch“, erklärt Ben. „Die Maschine hab’ ich ganz neu. Mein Gepäck, Gitarre und all das Zeug hat mein Kumpel mit’m Auto mitge-

nommen." Sein Blick schweift nach draußen übers Meer. „Hab lange überlegt, ob ich das machen soll, noch mal mit dem Hobel über die Brücke in der Morgensonne."
Kurze nachdenkliche Pause.
„Welche unsichtbare Kraft mich da wohl angeschoben hat?"

Joshua zuckt die Achseln, lächelt kurz. Seine Kopfschmerzen lassen nach. „Was für Musik machst du?", fragt er, langsam zu sich und in die Welt zurückfindend.

„Hardrock."

Kurzes Schweigen.

„Schon mal was von der Ben-Lans-Hardrock-Band gehört?"

Joshua stutzt. „Das ist deine Band?"

„Richtig erkannt, Kumpel."

„Wow!", erwidert Joshua. Jetzt wird ihm alles klar. Er hat die Gruppe mal auf YouTube gesehen. Gefiel ihm. „Hab auch mal Gitarre gespielt – Akustik. Aber nur so'n bisschen Gedaddel."

Ben nickt. Beide nehmen einen kräftigen Schluck Kaffee.

„'N echtes Comic-Drama, Alter", sagt Ben ernst, dann plötzlich auflachend. „Die Hosenträger, geil! War das dein Instinkt fürs Überleben?" Er fährt sich über den Mund und wird ernst. „Sorry, aber du weißt ja, Humor ist, wenn man trotzdem lacht."

Joshua lächelt flach und schüttelt den Kopf. „Es war mir ernst."

„Ja, Josh, ich glaub's dir." Bens Stimme senkt sich und er blickt Joshua forschend in die Augen. „Da muss ja echt Druck in dir gewesen sein – oder is' noch?"

Joshua nickt, spürt echtes Interesse durch Bens lockere Worte hindurch. Es tut ihm verdammt gut.

„Tja, in einer Gesellschaft, in der nur Starksein verlangt wird, ist es natürlich schwer, sein eigenes Straucheln zu offenbaren.

Und dann schluckt man die ganze Scheiße runter und kann sie nicht verdauen.“ Ben nippt an seinem Wasser und schaut ihn aufmerksam an. „Mann, eh, ich will dir jetzt nicht die Hucke voll säuseln, aber … da schmeißt du dein Leben einfach so über Bord! Deine arme Freundin, deine armen Eltern! Hast du mal drüber nachgedacht?“

„Mich hat doch auch keiner gefragt, ob ich geboren werden möchte“, erwidert Joshua mit fester Stimme.

„Und glaubst du denn im Ernst, du kannst aus dieser Welt verschwinden, einfach so?“

Joshua zuckt die Schultern.

„Wir sind doch alle in ’ner riesigen Schleife gefangen, die durchs Universum driftet. Mal tauchen wir hier auf, machen Blödsinn, dann lösen wir uns auf und sind wieder woanders – und wer anderes.“

Joshua lässt seinen Blick ziellos durch den Raum schweifen, der sich allmählich füllt. Die Worte kreisen, er versucht zu sortieren, zögert einen Moment. „Du glaubst an Wiedergeburt?“, fragt er. „Glaubst du, dass es weiter geht, nach dem Tod?“

„Ich glaub das nicht, das is’ so“, antwortet Ben mit Nachdruck. „Naturwissenschaftlicher Fakt, Alter. Energie verschwindet nicht, und du bist Energie, auch wenn im Moment auf niedrigstem Niveau.“

„Okay, so gesehen. Und die Knochen und der ganze weiche Kram werden wieder zu irgend ’ner Materie, ist schon klar. Aber …“

„Na ja, deine Flausen, deine ganzen verrückten Vorstellungen und Gedankengebäude, das, was man Charakter nennt und der ganze Kram, kurz Joshua als solcher, das ist natürlich vorbei. Aber das sind doch ohnehin nur elektromagnetische Strömungen.“

Joshua lächelt schwach. „Ich verfüge sowieso nicht über irgendwelche nennenswerten Charakterzüge und mich umgibt auch keine Aura", erwidert er. „Da wär' nichts, was sich fortsetzen ließe."

Ben fixiert Joshua aus zusammengekniffenen Augen. „Versteh", sagt er nachdenklich und lehnt sich zurück. „Deshalb das Ganze."

Der Kellner stellt zwei riesige Pfannkuchen auf den Tisch.

„Hier kriegst'e wenigstens vernünftige Portionen und nicht solche lächerlichen Häppchen auf 'nem Präsentierteller", sagt Ben zufrieden. Er stürzt sich darauf, als hätte er tagelang nichts gegessen. „So, nun iss mal, du Spargeltarzan!" Ben steckt ein riesiges Stück Pfannkuchen in den Mund und kaut genüsslich. Er schluckt, legt das Besteck ab und schaut Joshua auffordernd an.

„Tut mir leid, geht noch nicht", erwidert er mit flacher Stimme. Kurzes Schweigen.

Ben hebt den Blick von seinem Teller. „Würdest du's eigentlich wieder versuchen?", fragt er ernst.

„Weiß nicht, im Moment …" Joshua zögert, horcht in sich hinein. „Einem, der sich von der Brücke stürzen will, setzt man nicht einfach wieder Flügel an. Und ich bin im Moment eher 'n verbeulter Kotflügel." Er verschränkt seine Hände ineinander, presst sie zusammen. „Keine Ahnung", sagt er schließlich.

Ben sieht ihn forschend an. Eine Weile sitzen sie sich stumm gegenüber.

„Ich fühl mich hohl wie'n toter Baum, ein Nichts", sagt Joshua.

„Das scheint wohl dein echtes Problem zu sein. Es gibt so viele Menschen mit Liebeskummer und ohne Job, aber die wenigsten springen von der Brücke."

„Mag sein", sagt Joshua mit schwacher Stimme. Sein Blick will zum Fenster, aber er holt ihn wieder zurück.

„Das Leben is' voller Alternativen, Josh. Jedes verdammte Rinnsal hat das Potential zum reißenden Fluss. Lebe, anstatt dich leben zu lassen!" Er macht eine kurze Pause, dreht sein Glas in der Hand. „Ich mach dir jetzt 'n Vorschlag. Du kommst mit nach Seattle – coole Stadt, lohnt sich, kommst in mein Konzert … Na ja und dann kannst'e ja mal peilen, wo's dich hinzieht." Er lächelt warm. „Hey, ich leb' meinen Traum – Musikmachen, durch die Lande kurven, auch gern mal herumlungern, Mädels, mal 'n Glas Whisky. Ich muss niemandem die Füße küssen – bis auf mal 'ner Frau, aber das tut man ja gern. Hey, Mann, das kannst du auch. Irgendwas machen, was dich total antörnt. Muss ja nich' gleich durch die Decke geh'n. Reicht doch, die Tischkante zu erreichen. Hauptsache, du machst das, was zu dir passt und womit du dich über Wasser halten kannst. Die Kohle is' nicht das, was mich in den Himmel puscht, und schon gar nicht der Celebrity-Hype. Ne, das ist das Musikmachen, die Kumpels, das Grölen und Säuseln zu den röhrenden und sägenden Tönen 'ner geilen E-Gitarre. Das is' es, Josh. Weißt'e, arm ist nur der, der sich ewig an anderen Armen festhält." Er grinst. „Und für dich heißt es jetzt schnuppern wie'n Drogenhund, damit du rausfindest, was du willst und wohin der Zug gehen soll." Ben atmet tief durch, putzt seinen Teller mit dem letzten Stück Pfannkuchen blank. „Irgendwann landest auch du 'n ganz fetten Schuss! Und jetzt genug geräuspert. Nun hau rein, Mann."

Joshua spürt staunend, dass sich sein Magen entspannt hat. Er blickt auf den Pfannkuchen, schneidet ein kleines Stück ab und beginnt in kleinen Happen noch zögerlich zu essen. Ja, es geht wieder, denkt er, über sich selbst staunend. Und dabei sieht er Ben im Geiste mit seiner Gitarre auf der Bühne. Er wischt sich mit der Serviette den Mund ab. Etwa die Hälfte des Essens hat es in seinen Magen geschafft. Er spült den Kaffee hinterher. Wärme durchströmt seinen Körper.

Eine halbe Stunde später stehen sie wieder auf dem Parkplatz vor dem Motorrad. Joshua zieht an seiner Zigarette.

„Geiles Teil, was Josh?“, sagt Ben voller Begeisterung.

Joshua beneidet ihn um seine Freude.

„Ist 'ne Harley Davidson – Fat Boy.“ Ben grinst, bringt die schwere Maschine zwischen seinen Beinen in Position. „Zwei Klappergestelle auf 'nem fetten Jungen. Passt schon. Steig auf.“

Joshua drückt seine Kippe mit der Hacke aus und setzt sich hinter Ben in den Sattel. Sie fahren zum Hostel. Der Rucksack wurde schon in den Raum mit den Fundsachen verfrachtet. Alles ist noch drin. Joshua zieht sich auf der Toilette im Foyer um. Seine Latzhose drückt er in den Mülleimer. Eine halbe Stunde später sind sie auf dem Highway in Richtung Seattle. Joshua würde jetzt gern ein Foto von sich auf der Harley machen und es Sophie schicken, nicht mehr, um ihr zeigen, wie schlecht es ihm geht, sondern wie gut es ihm ohne sie geht.

Kapitel 11

Sophie hat sich für den direkten Weg hinauf zum Crater-Lake-Nationalpark in Oregon entschieden und gegen den Highway 101. Sie holpert beim Abbiegen noch einmal über den Bordstein, doch dann kommt sie ohne weitere Zwischenfälle ins Rollen, vorbei an überdimensionalen Parkplätzen und Supermärkten mit riesigen Werbetafeln, deren Neonschrift auch am Tag nicht erlischt. Ja, sie ist in den USA. Alles XXL. Amerika wirft sein Licht auf sich selbst, grell und schamlos.

Widerwillig kauft sie noch ein paar Konserven und Getränke, wählt eine Papiertüte und muss mit ansehen, wie der Boden reißt und der Inhalt über den Parkplatz rollt. Aber alle Einkäufer packen sofort mit an und der Inhalt ist schnell wieder dort, wo er sein sollte.

Mit einer einzigen größeren Pause am Shasta Lake schrubbt sie die 424 Meilen von San Francisco bis zum Crater Lake in gut neun Stunden herunter. Warum, fragt sie sich schließlich, müde und ausgelaugt, warum diese Hatz? Sollte sie sich nicht einfach mal treiben lassen? Zeit genug hatte sie doch. Mit diesem Gefühl erreicht sie ihr Ziel zum Sonnenuntergang. Sie parkt mit Hilfe eines älteren Ehepaars einigermaßen gerade auf dem ihr zugewiesenen Platz auf dem Campground ein, taumelt benommen aus dem Truck und klopft sich die Blockaden aus Schultern und Nacken. Auf beiden Füßen ruhend blickt sie sich um. Schlank emporragende Tannen, Fichten und Kiefern, dazwischen Camper in den verschiedensten Ausführungen und Zuschnitten, einige groß wie Reisebusse. Die Luft ist warm und klar, der Himmel wolkenlos und violett. Ein Hauch von Stolz durchzieht ihren Körper. Sie hat es geschafft, alleine, ohne männlichen Chauffeur.

Zwischen zwei Tannen hindurch schimmert der See im Abendlicht. Leichter Dunst steigt auf, erzeugt eine geheimnisvolle Stimmung. Sophie atmet tief durch, saugt den Duft der Tannen- und Fichtennadeln ein. Sie macht ein Foto vom See und von ihrem Camper.

Wenig später tragen sie Rauchschwaden zurück ins menschliche Dasein. Die ersten Feuer lodern auf, die Grillroste vor den Campern werden in Position gebracht. Rechts von ihr steigt schwarzer Qualm auf und Sophie lächelt. Weißer Mann macht Feuer, denkt sie amüsiert und späht hinüber zu dem orangefarbenen, mit Blumen und Peace-Zeichen bemalten Bulli mit aufklappbarem Hochdach und kalifornischem Nummernschild. Davor ein Paar: Er in Pumphosen, mit kleinem Zöpfchen auf dem Kopf wie ein Springbrunnen, dem Signal für eine alternative, nachhaltige Lebensweise; sie in einem knielangen sackartigen Wollpullover über bunt gemusterten Leggins. Auf einer Decke hinter ihnen liegt eine Westerngitarre. Skeptischer Blick zu ihrem fetten Truck, kurzes Hallo. Die junge Frau hustet, wedelt den Qualm von ihrem Gesicht weg. Dann durchschneidet ein schriller Ton die sanfte Stille des Abends. Das Schreien eines Babys aus dem Bulli lässt die junge Frau blitzartig aufspringen. Sie schiebt den Mückenvorhang zur Seite, steigt in den Bus und kommt mit dem in den höchstmöglichen Frequenzen kreischenden Baby im Arm wieder heraus.

Sophie, kurz davor sich die Ohren zuzuhalten, wird nachdenklich. Ein spontanes Gefühl steht einem zurechtgelegten Konzept entgegen. Wonniges Glück oder Stress pur, fragt sie sich angesichts dieser in Sekunden zerstörten Idylle. Die Abneigung gegen die durchdringenden Töne erzeugt umgehend ein schlechtes Gewissen in ihr.

Das Baby, unberührt von den Schaukelbewegungen und dem sanften Zuspruch der Mutter, bleibt standhaft in seinem Bemühen zu zeigen, wer hier das Sagen hat. Sophie versucht, den mörderischen Lärm auszublenden. Sie verspürt Hunger, hatte sie doch während der Fahrt aus Zeitgründen gefastet. Sie sehnt sich nach etwas Deftigem. Mit Entsetzen registriert sie ihren aufsteigenden Appetit, als die Nachbarn zwei Steaks auf den Grill legen. Sie wendet sich ab, klettert in ihren Camper und bereitet sich einen Salat aus Gurke und den wenigen Tomaten, die die weite Reise schadlos überstanden haben. Es ist das Drama ihres Lebens, dass sie stets zu große Mengen einkauft. Vorratsdenken, von ihrer Mutter in sie eingepflanzt.

Auch den Kampf mit dem Campingtisch gewinnt Sophie. Er steht, zwar nicht ganz im Lot, so doch einigermaßen solide auf seinen Alubeinen. Das Baby der Nachbarn ist erschöpft eingeschlafen, schlummert nun im Arm des Vaters, dessen Zöpfchen im Rhythmus seiner schaukelnden Arme hin- und herpendelt. Sophie genießt ihr leichtes und gewissensbissfreies Abendessen unter einem grandiosen Sternenhimmel. Der Boden unter ihr scheint sich ein bisschen zu festigen, ihr Magen entspannt sich. Die Gedanken an Joshua rotieren noch, fliegen jedoch in der Weite der Natur schneller wieder davon.

Nach dem Essen nimmt sie ihre große Taschenlampe und geht den Weg hinunter zum See. Im Licht des fast vollen Mondes ein Blick über das spiegelglatte Wasser. Ganz zu sich selbst kommen, das war ihr Wunsch. Doch plötzlich erfasst der Lichtkegel vor ihren Füßen einen dicken Haufen. Sie erstarrt, blickt auf mächtige schwarze Würste – Kothaufen, gespickt mit den Hülsen wilder Beeren und irgendwelcher Fasern. Bären, schießt es durch ihren Kopf. Sie sieht sich um, scannt das Unterholz und horcht. Das Bärenspray lagert dort, wo es hingehört – im Camper.

Aber es bleibt still. Kein Knacken, keine schweren Schritte. Nur leise, entfernte Stimmen vom Campingplatz. Sophie war klar, dass es hier Bären gibt. Überall weisen bärensichere Müllcontainer und Warnschilder darauf hin. Aber hiermit ist aus der Wahrscheinlichkeit Gewissheit geworden und das fühlt sich anders an. Die Faszination der Wildnis, die eben diese Tiere beherbergt, ist das eine, die Angst vor der direkten, ungeplanten Begegnung das andere.

Sie dreht sich langsam um, die Ohren auf Empfang. Den Blick konzentriert vor sich auf den Boden gerichtet, behutsam auftretend, macht sie sich auf den Rückweg, bedauernd, den See nicht gesehen zu haben. Sie fragt sich, was sie wohl mit Joshua zusammen gemacht hätte. Wären sie weitergegangen? Hätten sie sich an den Händen genommen, sich Mut gemacht und sich gegenseitig beruhigt? Hätten sie beide im kühlen Licht des Mondes am See gestanden und sich vielleicht geküsst? Oder hätten sie wieder gestritten, darüber, ob es vernünftiger wäre, zurückzugehen oder sich einfach dem Wildnis-Thrill hinzugeben?

Sie will gerade die Taschenlampe ausmachen, als alles in ihr zum Stillstand kommt. Vor ihrem Camper angekommen schießt ihr Puls in die Höhe. Ein Mann mit einem Gewehr im Anschlag dreht sich um sich selbst. Sophie denkt sofort an Bären. Doch dann fixiert sie der Mann aus finsteren, angstvollen Augen, hebt das Gewehr und richtet den Lauf geradewegs auf sie. Sophie versteinert, hebt dann langsam die Arme.

„Helfen sie mir!“, schreit der Mann. „Sie hat mich rausgeschmissen! Sie will mich hier zurücklassen, verdammt!“

„Beruhigen Sie sich“, drückt Sophie heraus.

In dem Bulli nebenan geht Licht an, aber nichts rührt sich.

„Lassen Sie die Waffe sinken! Ich habe Ihnen doch nichts getan“, keucht Sophie.

In dem Moment kommt eine übergewichtige Frau in Shorts heran, packt den Mann von hinten, greift das Gewehr und sichert es. „Los, komm, du Irrer“, faucht sie und zieht den zitternden Mann zu ihrem Wohnwagen.

Sophie folgt ihnen ein Stück. „Ich rufe die Polizei!“, keucht sie stockend aus zugeschnürter Kehle.

„Keine Bullen“, zischt die Frau. „Was soll’n die wohl machen? Die kommen, glotzen, hau’n wieder ab.“ Die Frau hebt beschwichtigend ihre holzpfahldicken Arme. „Der beruhigt sich wieder. Der …“

„Das Gewehr war doch geladen!“, schreit Sophie, den Kopf schüttelnd. „Das kann man doch nicht einfach so steh’n lassen.“

„Mein Mann hat ’nen Waffenschein. Der geht zur Jagd damit, schießt Elche und Bären. Dafür muss man ruhig und besonnen sein. Der flippt nur manchmal aus, wenn er kein Bier kriegt, und dann muss er raus. Kein Bock auf das besoffene Geschnarche.“

Sophie steht wie angewurzelt. Langsam sinken ihre Schultern, allmählich kommt ihr Atem wieder in Fluss. Sie fährt sich übers Gesicht. Ja, ich bin in Amerika, sagt sie sich immer noch fassungslos. Nicht die Bären sind die größte Gefahr, nein, die Menschen.

Allmählich zu sich selbst zurückfindend geht sie zu ihrem Camper, steigt langsam, noch zittrig auf den Beinen hinein und schließt ab. Sie sinkt auf die Bank ihrer Sitzecke, nimmt ihr Handy und will die 911 wählen. Diffus sieht sie die aufgerissenen Augen des Mannes und den auf sie gerichteten Gewehrlauf. Aber was soll sie sagen? Wie soll sie etwas beweisen? Es gibt keine Zeugen, bis auf seine Frau, und die würde alles abstreiten. Sie legt das Handy beiseite.

Sie schaudert immer noch, fragt sich, ob sie die Reise tatsächlich fortsetzen soll. Vielleicht ist dies hier nur der Anfang, vielleicht kommt es noch krasser, vielleicht dringt jemand in ihren Camper ein, will sie vergewaltigen oder ausrauben oder der ganze Camper verschwindet, während sie ahnungslos irgendwo durch wunderbare Landschaften wandert. Soll sie all das riskieren, nur um sich ihren Mut und ihre Selbstständigkeit zu beweisen? Und – sie hält inne – will sie es wirklich nur sich selbst beweisen und nicht vielleicht doch vor allem Joshua, ihren Freunden, ihren Eltern? Will man sich überhaupt jemals etwas selbst beweisen und nicht immer eigentlich seinen Mitmenschen? Empfindet man Stolz ohne die Rückkopplung, ohne das Schulterklopfen der anderen?

Sophie denkt so angestrengt nach, dass sie das Gefühl hat, ihr birst der Schädel. Sie fühlt sich schrecklich allein, starrt auf die beigefarbenen Kunstholzschränke. Verdammt, was mache ich hier, fragt sie sich und breitet schließlich ihre Karte vor sich aus. Sie hatte wie immer einen festen Routen- und Zeitplan erstellt. Es fällt ihr schwer, Dinge loszulassen. Sie hatte sich intensiv mit der Region Crater Lake beschäftigt, wollte dort wandern, die Flora und Fauna erkunden. Und nun? Alle Vorbereitungen umsonst? Bereits jetzt, am Anfang ihrer Reise, muss sie feststellen, dass feste Pläne nichts als Wunschträume sind. Dinge passieren und sprengen unkontrollierbar jedes Vorhaben mit ihren eigenen Gesetzen.

Sie macht sich einen Tee aus Hopfen und Melisse, aber die Kräuter bleiben wirkungslos. Es rumort weiter in ihr. Nein, die ganze Reise aufgeben, nein, unmöglich! Aber, so überlegt sie selbstkritisch, es gibt nicht nur schwarz oder weiß. Warum nicht einfach den Aufenthalt in den USA abkürzen?

Sie zieht sich aus und steigt ins Bett. Immer wieder sieht sie den Irren mit dem Gewehr vor ihrem inneren Auge, wälzt sich von einer Seite zur anderen, versucht den Sumpf ihrer düsteren Gedanken und Ängste trockenzulegen. Vergebens. Immer wieder hält sie die Luft an, lauscht hinaus, zwingt sich in die tiefe Bauchatmung und erinnert sich an die Worte eines Yoga-Lehrers: „Druck führt zu Nervosität. Hört das Wollen auf, kommt tiefe Ruhe." Und endlich, nach akzeptierter Schlummerpause, fällt sie in einen Erschöpfungsschlaf. Um sechs Uhr wacht sie ohne Wecker einigermaßen ausgeschlafen auf, schlüpft in Jeans und Sweatshirt, macht sich ein Müsli und eine große Tasse tiefschwarzen Darjeeling. Und sie weiß, was sie tun wird: weiterfahren, allerdings schneller als geplant über die Grenze. Auch in Kanada gibt es jede Menge Schusswaffen. Es wird viel gejagt, aber eben keine Menschen, oder zumindest nicht in der beängstigenden Anhäufung wie in den USA.

Um sieben Uhr ist Sophie startklar, der Himmel ein bisschen trüb, aber es ist warm. Sie steigt aus ihrer mobilen Wohnung, geht zur Fahrerkabine und hält inne. Sie horcht. Ihre Nachbarn unterhalten sich angeregt über die Golden Gate Bridge.

„Ja, wir waren dort", sagt die junge Frau mit dem Baby. „Da hat sich wieder so'n armer Kerl runterstürzen wollen."

„Weiß man was über ihn?", fragt eine ältere Frau mit blondierter Dauerwelle.

„Nur, dass er wohl um die dreißig war und dass er zurückgehalten wurde."

„Tja, die Fangnetze, das dauert wohl noch."

Die junge Frau zuckt die Schultern. „Auf jeden Fall hat ihn so'n älterer Rocker gerettet und auf'm Motorrad mitgenommen."

„Keine Polizei?", fragt die ältere Frau.

„Glaube nicht." Die junge Frau schüttelt den Kopf.

Sophie steht still, den Autoschlüssel in der Hand und sieht die beiden Männer auf der Harley vor sich. Dann hört sie Joshuas Worte über die vielen Selbstmorde dort. Einen kurzen Moment überlegt sie, ob er zu so etwas fähig sein könne, verwirft diese Annahme jedoch vehement.

Sie öffnet die Fahrertür, zieht sich auf den Sitz und lässt den Wagen an. Langsam, immer wieder aus der geöffneten Tür blickend, immer wieder vor- und zurückrollend, unter den winkenden und stoppenden Gesten der Nachbarn, laviert sie sich schließlich aus ihrem Parkplatz, stinkende Abgase zurücklassend. Sie seufzt, sagt sich, dass sie das nächste Mal mit einem Elektromobil reisen wird, und kurvt langsam über den Campground. Als sie den See zwischen den Tannen erblickt, hält sie doch noch einmal an und stellt den Camper in einer Parkbucht ab. Sie steigt den schmalen Pfad hinunter und bleibt andächtig stehen. Ihr Blick schweift über den glasklaren, glatten See, in dem sich schneeweiße, wattebauschähnliche Wolken spiegeln. In einiger Entfernung am Ufer entdeckt sie eine Bärin mit ihrem Jungen. Die beiden tapsen mit weichen Schritten und elastisch federndem Rücken über die Steine, ab und zu die Nasen witternd in die Luft reckend. Die Sonne lässt ihr dickes schwarzes Fell samtig schimmern. Sophie blickt ihnen eine Weile hinterher. Ein tiefes Gefühl zeitlosen Friedens breitet sich in ihr aus. Die Stille und die Harmonie löschen die Gedanken an den gestrigen Tag. Sie fühlt sich leicht, losgelöst von allem Weltlichen, betrachtet nicht mehr, sie fühlt und erlebt, statt zu planen. Ihre Angst vor dem Alleinsein verschwindet in der Empfindung tiefer Verbundenheit mit der Natur – mit jedem Baum, jedem Strauch, dem Wasser, den Bären, mit allem, was sie umgibt. Sie spürt jede Zelle ihres Körpers so lebendig, so im Ganzen eingebunden wie ein Mosaikstein in einem riesigen grenzenlosen wunderbaren Kunstwerk.

Innerlich erfüllt von diesem kleinen großartigen Erlebnis, schlendert sie mit leichten Schritten zu ihrem Camper zurück, steigt ohne jede Eile in die Fahrerkabine und lässt den Truck an. Langsam fährt sie vom Campingplatz, biegt auf den Highway in Richtung Seattle ab. Vierhundertsiebzehn Meilen liegen vor ihr. Nicht eben wenig, aber dann wäre sie nur noch einen Katzensprung von der kanadischen Grenze entfernt. Sollte sich ihr jedoch, so beschließt sie, noch erfüllt von dem Gefühl der Zeitlosigkeit, eine verlockende Gegend anbieten, dann würde sie anhalten und den Plan über den Haufen werfen.

Kapitel 12

Joshua folgt Ben, der sich für den Auftritt in schwarzes Leder mit reichlich Silberbesatz und Fransen gezwängt hat, durch den Hintereingang des riesigen Musikclubs. Noch nie in seinem Leben war er Backstage, noch nie im langweiligen uncoolen Deutschland und jetzt gleich in Seattle, Heimat von Amazon, Starbucks und Nirvana. Es pusht Joshua aus seiner Schwermut, hinein in einen Hype am seidenen Faden. Ihm ist bewusst, dass er hier vermutlich nur ein geduldeter Gast ist, für den sich niemand interessiert. Als Ben den Musikerraum öffnet und ihn hineinschiebt, blicken alle von der Ledercouch und den abgewrackten Sesseln auf, einige erheben sich lässig und umarmen Ben mit den Worten „Hey Kumpel! Willkommen an Bord!"

„Wo is' dein Hobel?", fragt einer von ihnen.

„Auf'm Parkplatz, gleich hier vorn. Lohnt 'n Blick", gibt Ben zurück.

Joshua steht hinter ihm, abwartend, beobachtend, fühlt sich, als wäre er nichts weiter als ein Gepäckstück von Ben. Doch wider seine Erwartung wird er freundlich begrüßt. Er versteht kaum etwas von dem Gesagten. Ihr amerikanischer Slang klingt für ihn wie Brei.

Alle setzen sich wieder, fläzen sich auf die abgewetzten Polster, nippen an Coke oder Bier. In der Ecke das abgegraste Buffet, an der Wand Fotos von Gypsy Kate Lee, Ray Charles, Woody Guthrie, von Ivor Haglund und anderen Tänzerinnen und Musikern. Ansonsten kahle Wände in dreckigem Hellgrün.

„Komm", sagt Ben und bugsiert ihn zu einem alten Regiestuhl an der Wand. Joshua setzt sich, lehnt sich zurück und fährt sich etwas verlegen durch den mittlerweile buschig gewachsenen Bart.

„Dein kleiner Bruder?“, fragt der Dicke mit Kompletttätowierung auf beiden Armen.

„Nee, das is’ Josh, König der Golden Gate.“ Ben stockt.

„Hä? Was für’n König“, fragt der Dicke.

„Ach nur so. Ham’ uns auf der Brücke kennengelernt“, gibt Ben mit einem Zwinkern zu Joshua zurück.

Keine weiteren Fragen. Alle unterhalten sich, während Joshua die Hände in den Schoß legt, sich immer wieder unruhig über die Oberschenkel wischt, den Blick gesenkt. Die Euphorie erloschen, zurück das Gefühl der Nutzlosigkeit. Ihm ist, als säße er auf ein Taxi wartend an einer Busstation. Er fischt die Packung Marlboro aus der Tasche, zieht eine Zigarette hervor.

„Nichtraucherabteil“, sagt der Lange mit Platte, der mehr liegend als sitzend an seiner Cola nippt.

Joshua steht auf. „Ich geh’ dann mal vor die Tür“, sagt er leise.

„Hier, damit du wieder reinkommst.“ Ben drückt ihm ein laminiertes Kärtchen in die Hand. „In ’n paar Minuten is’ Soundcheck. Komm einfach zur Bühne.“

Joshua nickt, geht mit unsicheren Schritten den langen Gang entlang und tritt hinaus in die laue Abendluft. Er steht verloren auf dem riesigen Parkplatz. Sein Blick schweift über die Reihen monströser Autos und bleibt an Bens Harley hängen. Er denkt an die Brücke, denkt an Sophie, fragt sich, ob das jemals aufhören wird, ob er jemals wieder frei wird atmen können, ob der Schmerz jemals nachlässt. Er zieht den Rauch der Zigarette tief ein, bläst ihn langsam wieder hinaus, überlegt, was aus ihm geworden wäre, wenn Ben ihn nicht an den verdammten Hosenträgern wie eine Marionette über das Brückengeländer gezogen hätte. Er lacht kurz auf, schüttelt den Kopf. Er hat es eben wieder nur zur Mittelmäßigkeit geschafft. Kein König der Brücke, nein, kein schillernder Held, eine Comic-Figur – ein Versager, selbst beim Suizid. Lächerlich, denkt er, lässt die Kippe fallen und drückt sie mit dem Absatz aus.

Plötzlich ertönt aus dem Innern des Gebäudes ein metallener Schlag, dann ein Trommelwirbel, dann das melancholische Heulen einer E-Gitarre. Joshua setzt sich auf die Bank vor dem grauen Gebäude, planlos, raucht die zweite Zigarette. Er lauscht den Klängen aus der Ferne, dem Soundcheck. Nach der dritten Zigarette schießen Bens Worte in ihm empor wie eine Fontäne. „Irgendwann landest auch du 'nen ganz fetten Schuss."

Joshua gibt sich einen Ruck, wendet den Blick zum Himmel, an dem ein fast voller Mond klebt. Und so, als hätte der Satz einen Schalter in ihm umgelegt, dreht er auf dem Absatz um und betritt die Musikhalle.

Als er die schwere Eisentür zum Show-Raum öffnet, schlägt ihm der harte Sound der Rockmusik mit der Wucht eines Orkans entgegen. Er bleibt an der Seite stehen. Ben hat ihm einen Platz reserviert, aber er entdeckt keinen freien Stuhl mehr. Ihm ist nach einem Drink. Heute will er sich ins Leben stürzen, mit allem, was dazu gehört, völlig ungebremst und frei. Der zweite Song entfacht ein Feuer in ihm. Er holt sich einen Gin Rickey, saugt ihn gierig durch den dicken Strohhalm ein und bestellt einen zweiten. Er pfeift aufs Geld, pfeift auf Sophie. Der zweite Drink breitet sich weich und warm in ihm aus, flutet seinen brüchigen Geist. Er hält vergeblich Ausschau nach attraktiven Frauen, schiebt sich in schwammiger Wahrnehmung durch die schwingende Menge nach vorn vor die Bühne und gibt sich ganz und gar der Musik hin. Ein langsames Hin und Her von einem Fuß auf den anderen, im Rhythmus von Gitarren und Schlagzeug. Die tiefen Schwingungen der Bassgitarre erzeugen ein einlullendes Dröhnen in seinem Kopf.

Als der Song mit einem quietschenden Gitarrensolo in stürmischem Applaus ausklingt, holt sich Joshua noch einen Drink und taumelt beim Anstimmen des nächsten Songs auf die Tanzfläche vor der Bühne zurück. Schnell folgt ihm eine Gruppe kreischender junger Frauen, die meisten von ihnen zu fett, wie Joshua enttäuscht bemerkt. Der Raum vibriert, die Menge wiegt sich mit der immer aufpeitschenderen Musik. Ben gibt richtig Gas, geht in die Knie, presst sich die Gitarre an den Bauch und entlockt ihr heulende Klänge, säuselt, schreit, heult ins Mikrofon.

Joshua tanzt sich die Seele aus dem Leib. Er ist schweißgebadet. Seine Haare kleben wie feuchtes Gras an seinem Gesicht und durch sein dünnes T-Shirt schimmert sein knochiger, sich weich windender Körper. Er wiegt sich in Trance, spiralt völlig entfesselt um sich selbst herum, schüttelt den Kopf im harten Rhythmus von Schlagzeug, E-Gitarren und Bens donnernd-heiserer Stimme. Für Joshua scheint sie aus dem Jenseits zu kommen. Sie vibriert, fließt, erzeugt Strudel in ihm, reißt ihn mit, wirft ihn aus der Welt in höhere Sphären, durch Galaxien, in paradiesische Höhen. Kein Denken, nur Spüren, Hören, Bewegt-Werden wie ein Segel im Sturm. Und plötzlich ein Schwindel, ein Taumeln, ein Nachgeben der Gelenke und dann der Aufprall – hart und unerbittlich. Er fällt auf die Erde zurück, erwacht aus diesem süßen Traum. Die Musik bricht ab. Nur noch disharmonische Stimmen um ihn herum, Gesichter über ihm und dann eine Hand an seinem Arm. Er wird hochgestemmt, steht wackelig, spürt Übelkeit, erkennt Ben. Der packt ihn, schleppt ihn von der Tanzfläche zur Toilette. Joshua übergibt sich, findet sich vor dem Waschbecken wieder.

„Ben ist zurück auf der Bühne", sagt ein junger Typ hinter ihm. Er stellt den Hahn an, reicht ihm Papier.

Joshua wäscht sich das Gesicht, die Hände, schmeißt das Papier wankend am Mülleimer vorbei auf den Boden. Die Band spielt wieder. Der junge Mann nimmt ihn am Arm und bringt ihn in den Backstage-Raum.

„Bisschen viel Alk, was?“, sagt der junge Typ und führt ihn zur Couch.

Joshua sinkt in die Polster, rollt sich auf die Seite und zieht die Knie unters Kinn. Er fühlt sich elend, leer wie ein umgekippter Eimer, aus dem sämtlicher Inhalt herausgeflossen ist. Die Stimmen der Musiker, die vom Auftritt zurückkommen, wecken ihn aus einem bleiernen Schlaf. Er dreht sich schwer auf den Rücken.

„Mann, Josh, was zum Henker machst du da mit deinem grad' zurückgewonnen Leben? Von null auf hundert, so funktioniert das nicht, du Warmduscher!“, faucht Ben. Sein mitfühlender Blick signalisiert Joshua, dass er keinen Ärger fürchten muss. „Billiger Fusel schätze ich. Kotzwasser mit Strohhalm, was?“

Joshua zuckt die Achseln. „Tut mir leid. Hätte nicht mitkommen soll'n. Das is' für'n Arsch, das mit mir.“

„Jetzt quatsch nich' so'n Blödsinn.“ Ben hält ihm ein Glas Wasser hin.

Joshua schüttelt ablehnend den Kopf.

„Hey, kein Widerstand. Du trinkst das jetzt“, sagt Ben.

Sein Blick ist unerbittlich, lässt Joshua keine Wahl. Er nimmt das Glas und leert es widerstandslos. Ihm ist, als hänge in seinem Schädel nur ein schlaffer Hirnlappen. Die anderen Musiker nehmen keine Notiz von ihm, tauschen sich über das Konzert aus.

„Meinst du, du kannst dich auf dem Hobel halten?“, fragt Ben.

„Wird gehen“, haucht Joshua. Seine Kehle ist rau von dem Alkohol-Magensäuregemisch, das auf dem Rückweg nach oben seine Schleimhäute verätzt hat. Ein schaler Geschmack liegt auf seiner Zunge. Er ekelt sich vor sich selbst.

„Okay, dann komm Junge!“ Ben wendet sich seinen Kumpels zu. „Wir sind hier durch, was? War doch, bis auf den kleinen Ausrutscher, ’n geiles Konzert.“

„Klar, Alter, war cool“, erwidert der Lange mit Gewicht in der Stimme.

„Hol’ morgen meine Sachen bei dir ab, Pete.“ Ben hebt zwei Helme vom Boden auf. „Den bring ich dir dann auch morgen zurück.“ Er drückt Joshua den Helm in die Hand.

Sie fahren zum Hotel nahe der Warf von Seattle, Joshuas Kopf schwer an Bens Rücken, seine Arme fest um seinen Bauch geschlungen. Ihm ist kalt, er fühlt sich leer und schlapp. Ben hilft ihm beim Absteigen, stützt ihn beim Betreten des Hotels, zahlt und bringt ihn ins Zimmer. Joshua fällt wie ein Mehlsack ins Bett und Ben zieht ihm Jeans und Hemd vom Leib.

„Oh Mann, da hab’ ich mir was eingefangen“, sagt er und geht.

Joshua schläft tief und fest und erwacht katerfrei. Schließlich hatte er den Alkohol schnell wieder hinausgespült. Frei und deutlich klarer im Kopf trifft er Ben am Frühstückstisch.

„Und?“, fragt der mit aufmunterndem Lächeln.

„Alles gut. Cooles Bett, super Matratze, kein Schädel“, erwidert Joshua.

„Na, jetzt klingst’e auch nich’ mehr wie’n Penner, der das Elend gepachtet hat.“ Er gibt Joshua einen liebevollen Klaps auf die Wange. „Hast ja wieder richtig Farbe im Gesicht.“

Joshua lächelt kurz, blickt über den Hafen. Der Himmel ist klar und nur von transparenten federartigen Wolken überzogen. Das Meer hat sich als Trauma in ihm verankert, aber heute zeigt es sich ruhig und friedlich, und nach kurzem Schaudern gelingt es ihm, wieder die helleren Farben darin zu entdecken.

Ben isst genüsslich und schweigend, überlässt ihn seinen Gedanken. Joshua sagt sich, dass er zwar keine Arbeit und keine Freundin mehr besitzt, dafür aber einen Freund gefunden hat, so etwas wie einen Vater, so einen, wie er ihn sich immer gewünscht hat.

Ein riesiges Meer von Optionen liegt nun vor ihm. So frei war er noch nie. Freiheit kam immer nur in seinen Träumen vor, in den Songs, die er vor langer Zeit einmal geschrieben und auf der Gitarre gespielt hatte. Jetzt muss er nur zugreifen, das Leben packen und sich darin ausbreiten.

Ben blickt auf seine Uhr. „Mein Flieger geht um zwei. Mit den ganzen Scheißkontrollen und so … Na ja, 'n bisschen Zeit ham' wir beiden noch“, sagt er mit ruhiger Stimme, aus dem Fenster blickend. „Ich mach mir keine Sorgen mehr um dich, Josh.“ Er lässt seine Hände an die Tischkante rutschen und lehnt sich zurück. „Ich glaub' einfach, dich spült das Leben immer wieder an die Oberfläche. Da kannst'e machen, wad'e willst.“

Joshua zuckt die Schultern.

„Entscheidend ist, dass du nix verdrängst. Wenn dich die alte launische Schachtel namens Schwermut wieder besucht – ich kenn' sie übrigens auch – dann schau sie dir ganz genau an, ganz genau. Und dann kapierst du, was sie is' – eben nur 'ne launische alte Schachtel mit nix in der Birne als Watte und Nebel. Aber so verdammt fett und schwer, dass sie dich mit ihrer Masse erdrückt oder dich von 'ner Brücke schmeißt, wenn du sie nicht vorher runterschubst. Genau das stell dir vor, wenn du mal wieder glaubst, vor ihr in die Knie gehen zu müssen, Josh.“ Ben kippt einen riesigen Schluck Kaffee hinunter, schüttelt den Kopf. „Mann – verdammt viel gequatscht, was?“

Joshua schüttelt den Kopf. „Alles gut. Hast ja recht. Sind schon krass diese blöden Gefühle von Ohnmacht und so."

„Eben, wir schwimmen hier in Tränen, obwohl wir eigentlich nix zu beweinen ham'. Aber genau das is' es. Überfluss statt Sinn."

Joshua nickt, nippt an seinem Kaffee und beginnt endlich zu essen. Eine Weile herrscht Schweigen. Als er fertig gefrühstückt hat, zieht Ben sein Portemonnaie aus der Hosentasche und winkt die Kellnerin herbei. Er zahlt für beide.

„Wenn ich mal wieder in Frisco bin, lad ich dich ein", sagt Joshua. „Hast echt viel für mich getan." Er stockt, nimmt Anlauf und bringt schließlich ein langsam und gehaltvoll gesprochenes „Danke" hervor.

Bens Gesicht wird ganz weich. Ein warmes, freundschaftliches Lächeln liegt auf seinen schmalen Lippen. Er drückt Joshua einen Hundertdollarschein in die Hand. „Kannst du mir irgendwann mal zurückgeben, wenn du in der Gegend bist", sagt er, „kauf dir 'n Greyhound-Ticket und fahr irgendwohin, wo du immer schon mal hin wolltest. Der einzige Hafen, den du dauerhaft anlaufen solltest, bist du selbst, Josh. Allein unterwegs, das bringt Klarheit. Lebe, statt gelebt zu werden, Junge!" Er schiebt Joshua seine Visitenkarte hinüber.

Joshua nickt und steckt die Karte in seine Hosentasche. „Hätte Bock auf Vancouver. Wollte ja eigentlich mit meiner Freundin nach Kanada."

„Is'n geiles Land, Josh. Gute Wahl." Damit erhebt sich Ben, bleibt einen Moment lang auf den Stuhl gelehnt stehen. „Ich hasse Abschiede", sagt er, guckt in den Raum hinein.

Dann lässt er den Stuhl los, nimmt seine Jacke und will gehen. Aber Joshua steht auch auf, tritt vor ihn und drückt ihn fest an sich. Dann stiefelt Ben los, ohne sich noch einmal umzudrehen.

Joshua setzt sich wieder an den Tisch und lehnt sich zurück. Eben noch erfüllt von Lebensmut und neuer Kraft, breitet sich plötzlich wieder diese Leere in ihm aus. Ein Gefühl von Einsamkeit treibt ihm Tränen in die Augen. Die launische alte Schachtel namens Schwermut, denkt er und versucht, damit die Enge um sein Herz herum zu lösen. Dann steht plötzlich eine junge Frau an seinem Tisch.

„Darf ich mich zu dir setzen?“, fragt sie mit selbstbewusstem, etwas übertrieben heiterem Lächeln.

Joshua fühlt ihren Blick aus den geweiteten braunen Augen fast körperlich, fast wie eine Berührung. Er scannt in Sekunden ihre maskulin-muskulöse Figur unter der engen Sportkleidung und bewundert ihren langen fuchsbraunen Pferdeschwanz, der wenige Zentimeter oberhalb ihres wohl geformten Pos endet. Er schätzt sie auf sein Alter.

„Ja“, erwidert er kurz, noch in seiner Überraschung gefangen.

Die hochgewachsene Frau zieht den Stuhl vor ihm mit energischer Bewegung zurück, setzt sich und legt ihre ungewöhnlich kräftigen Hände auf den Tisch.

„Hi, ich bin Kate“, sagt sie in festem Ton.

„Joshua.“ Kurzes Lächeln.

Der Szenenwechsel kommt ihm zu plötzlich. Es dauert einen Moment, bis er innerlich umschalten kann. Er sitzt schweigend da und mustert sein Gegenüber, lässt seinen Blick über ihr etwas grobknochiges braungebranntes Gesicht, über ihre lippenstiftgefärbten sinnlichen Lippen wandern.

„Tourist?“, fragt sie.

„Kann man so sagen“, erwidert Joshua mit gedämpfter Stimme.

„Lass mich mal raten", sagt Kate in das Schweigen hinein. „Italiener?"

„Nee, Deutscher. Aber meine Oma war Italienerin", erklärt er, langsam zu sich zurückfindend.

„Cool." Ihre Stimme schwingt aufwärts. „Und, verrätst du mir deine Pläne?"

„Treiben lassen."

„Aha." Kate blickt ihm tief in die Augen. „Ich bin geschäftlich hier. Will meine Firma in die USA hinein erweitern."

Joshua horcht auf, mustert Kate. Zu viel Lippenstift, zu viel Makeup, resümiert er. „Was für 'ne Firma?"

„TREASURE DIVING. Wir holen abgesunkene Golfbälle aus Seen."

„Verrückt", erwidert Joshua. „Damit kann man Geld verdienen?"

„Und wie! So gute Stundenlöhne zahlt kaum eine Firma, abgesehen von der IT-Branche", erklärt Kate mit Stolz in ihrer rauen, tiefen Stimme. „Aber bei denen ist es bald vorbei. Bei uns dagegen herrscht Hochkonjunktur."

„Aha." Joshua lässt die Worte sacken. Seine Stimmung hellt sich auf. „Mehr Wasser oder mehr Golfer?", fragt er.

„Mehr Dilettanten."

„Okay. Goldkettchenträger, deren Bäuche die Sicht aufs Loch versperren."

„Du sagst es, Bonzen. Aber von ihren Fehlschlägen, ihren Push- und-pull-Hooks profitieren wir. Besonders lukrativ ist es in Miami, am Blue Monster, dem Doral Resort Course. Die zahlen da bis zu fünf Dollar für so 'nen Ball. Aber das ist was für Gefahrensucher. Feiste Alligatoren, giftige Schlangen und all so'n Zeug. Da sind so einige schon schwerverletzt knapp dem Tod entronnen."

„Was? Sowas schwimmt in Golfplatzteichen?“

„Klar. Klein, gemütlich und warm. Den Viechern ist es egal, wofür das Wasser da ist. Ich bin als Freelancerin auch mal in Florida getaucht und bin so'm Monster begegnet. War aber ganz schnell wieder an Land. Puh, das war der Schock des Lebens. Aber egal. Habe bereits über hunderttausend Bälle rausgefischt und bin hier nur einer einzigen Schlange begegnet. Haben uns kurz gegrüßt und sind dann unserer Wege geschwommen.“

„Hab' auch mal getaucht, aber nach Fischen“, erklärt Joshua. „In der Karibik und einmal am Great Barrier Reef. Hab' Haie und Barrakudas gekitzelt, auch mal Unterricht gegeben, allerdings nur bei uns am Großen Stechlin, so'n See im Osten.“

Kate schaut auf. „Wow“, sagt sie langgezogen.

Joshua beobachtet, wie etwas in ihr arbeitet. Die Bedienung kommt und Kate bestellt ein Frühstück mit Rührei und Tomaten.

„Und womit verdienst du deine Brötchen?“, fragt sie.

„Zurzeit gar nicht. Zehre von dem Verdienten. Hab' Sprüche für diese chinesischen Kekse geschrieben, Glückskekse, und Claims für die Werbung.“

„Cool!“ Aus ihren Augen spricht Bewunderung statt Verwunderung wie bei den meisten Menschen, und Joshua lächelt wohlwollend.

„Aber das Glück ist an mir vorbei geschlittert – oder ich an ihm, wie man's nimmt“, wirft er in Gedanken versunken hinterher. Er hält einen Moment lang inne. „Bin aber dabei, mich wieder aus der Grütze zu zieh'n.“

Kate presst ihre vollen Lippen zu einem Strich zusammen und schweigt einen Moment. Dann schaut sie ihm fest in die Augen. „Glück haben bedeutet doch eigentlich nichts weiter als mit dem

Anfängergeist alles aufzusaugen, was da auf einen zukommt, ohne den Humor zu verlieren."

Joshua lächelt, wiederholt im Geiste das Wort Anfängergeist. Es gefällt ihm.

Kate seufzt, klappt ihre Hände seitlich auf. „Und jetzt willst du erstmal durch die Welt tingeln?"

„Genau. Erstmal Kanada, Vancouver oder so, mit dem Greyhound."

Kate weitet die Augen und zieht die Augenbrauen hoch bis unter ihren langen fransigen Pony. „Ich bin aus Vancouver!" Ihre Stimme überschlägt sich fast. „Fahre heute Nachmittag zurück. Kannst mitkommen."

Joshua erschrickt ein bisschen, überlegt, denkt an Sophie und an Ben und an dessen aufmunternde Worte. Schließlich nickt er. „Ja, klar, warum nicht."

„Cool!" Kates Blick verrät Begeisterung.

Die Kellnerin stellt einen riesigen Teller mit dampfenden Rühreiern vor ihr auf den Tisch. Joshua wünscht höflich einen guten Appetit. Kate bedankt sich und beginnt zu essen. Zwischendurch lächelt sie ihn immer wieder an. „Erzähl doch mal, was du bisher auf deiner Reise erlebt hast."

„Da gibt's nicht viel zu erzählen", lügt Joshua und schaut übers Meer. Er zögert, spürt in sich hinein. „Fühl mich grad wie'n leeres Blatt, das auf Beschriftung wartet", erwidert er schließlich.

Kate lässt ein sehr breit gezogenes „Okay" heraus. „Da krieg ich bestimmt was drauf geschrieben."

Joshua lächelt nachdenklich, blickt auf seine im Schoß liegenden Hände.

„Ich kann dich in der City absetzen, hab dort 'n Date mit 'nem Golfplatz-Manager", sagt Kate. Kann dich da wieder aufpicken".

„Das passt!" Joshua erwacht allmählich aus seiner Lethargie.

Kate schluckt den letzten Rest Rührei hinunter, wischt sich mit der Serviette den Mund ab und legt sie auf den Teller. Der Abdruck ihres Lippenstifts bleibt wie Blut darauf zurück. „Gut, dann lass uns", sagt sie mit auffordernder Geste.

Beide stehen gleichzeitig auf, gehen zusammen ins Foyer und trennen sich dort, um ihr Gepäck zu holen. Als sie über den Parkplatz gehen, beobachtet Joshua Kate aus dem Augenwinkel, überlegt, ob er sich mit ihr etwas vorstellen kann, und ist schwankend. Er zündet sich eine Zigarette an und bläst den Rauch von Kate weg zur Seite aus. Kates Gang ist federnd, verrät ihre Sportlichkeit. Er geht mit ihr zu ihrem Auto, einem nagelneuen roten Ford-Pickup, auf dessen Ladefläche neben einer großen Alubox mehrere Schnorchel, Schwimmflossen und eine Druckluftflasche liegen. Er schmeißt seinen Rucksack daneben und steigt zu Kate in die Kabine.

Und dann ist er unterwegs, frei, ungebunden, mit einer coolen Kanadierin an seiner Seite, auf den Wogen eines neuen Lebens. Kate wirkt auf ihn wie eine Dose Redbull. Er schaut hinaus, die Sonne schon hoch über ihnen, die Wolken auf dem Weg nach Osten. Vor ihnen ein klarer weiter Himmel. Und als Joshua jetzt Sophie in ihrem T-Shirt in seiner Wohnung vor sich sieht, lässt er sich den Spruch darauf auf der Zunge zergehen. „Take your chances, yeah", sagt er laut.

„Yeah, let's do it!", juchzt Kate und stößt kumpelhaft seinen Arm an. Damit gibt sie Gas, lässt die Scheibe herunter und den Wind herein. Joshua lacht, hält den Arm aus dem Fenster. Er hatte lange nicht mehr gelacht.

Kapitel 13

Sophie blickt aus der Windschutzscheibe auf die schnurgerade Schneise des Highways. Meilenweit nichts als Wald. So viel Natur, so viel wunderbares unbewohntes Land, denkt sie. Wie eng ist doch das, was sie Heimat nennen sollte, es aber ungern tut. Wirklich verbunden fühlt sie sich eher Mutter Erde, wie die Indianer es ausdrücken, als ihrem Geburtsland.

Hin und wieder öffnet sich ihr der Blick auf den Puget Sound im Westen. Im Osten liegen die Berge der Cascade Range mit dem schneebedeckten Vulkankegel des Mount Baker.

Sophie blickt auf die Uhr und fährt nach Vancouver weiter, um dort den amerikanischen Camper abzugeben und den kanadischen zu übernehmen. Die Stadt liegt schon vor ihr. Sie umfährt das Stadtzentrum von Seattle und den Lake Washington im Osten und kämpft sich durch die Business-Viertel Bellevue und Redmont, wo Microsoft seinen Sitz hat. Der Feierabendverkehr auf der Interstate 5 ist dicht. Sie fädelt sich ein. Das Stop-and-Go macht sie nervös. Ihre Augen sind müde und ihre Schultern hart wie Beton. Sie blickt auf das Schild VANCOUVER und will die Spur wechseln. Aber die Frau in dem roten Pickup neben ihr macht keine Anstalten, sie reinzulassen. Stattdessen spricht sie in die Freisprechanlage ihres Handys. Sophie, schon völlig kirre im Kopf vom Vor- und Zurückblicken, lässt wutentbrannt die Scheibe herunter und fuchtelt mit der Hand. Die Frau jedoch zeigt sich völlig unbeeindruckt.

„Du Kotzpille“, schreit Sophie zu ihr hinüber. Doch die zuckt nur die Schultern.

Verdammt, denkt sie, sieht die Schnalle nicht, dass ich mit diesem Riesenpott eh schon zu kämpfen habe? Sie blickt noch einmal zu dem Pickup hinüber und erschrickt. Auf dem Beifahrersitz entdeckt sie einen Mann, der auf das Navi starrt. Er nimmt keine Notiz von ihr, aber Sophie meint, Joshua gesehen zu haben. Sie muss den Blick schnell wieder auf die Fahrbahn richten. Der Mann im Wagen hinter den beiden lässt sie vor, und Sophie schafft es noch rechtzeitig auf die Spur nach Vancouver.

Das kann nicht sein, denkt sie, als sie auf gerader Straße wieder zur Ruhe kommt. Das hat ja Suchtcharakter! Jetzt siehst du schon den Mann, mit dem du selber Schluss gemacht hast, in dem Liebhaber oder Ehemann einer ignoranten amerikanischen Zicke! Wie krass ist denn das? Sie schüttelt kurz den Kopf. Ihr inneres Tribunal verurteilt sie nach ihren eigenen strengen Gesetzen. Das war schon immer so und das hat ihr immer geholfen, sich wieder in der Realität zu verankern.

Nördlich von Seattle, auf dem British Columbia Highway 99, nimmt der Verkehr deutlich ab und sie entspannt sich, fährt langsam, denn gerade hatte ein Schwarzbär die Fahrbahn überquert. Die Dämmerung lockt jede Menge Wild aus seinen Verstecken. Ein toter Vielfraß lag bereits auf dem Asphalt.

Der violette Abendhimmel breitet sich unverstellt vor Sophie aus. Die tiefstehende Sonne färbt die hauchzarten Wolkenschwaden gold-rosé und lässt ihren Ärger dahinschmelzen. An der Grenzstation reiht sie sich in die Spur für Camper ein, stoppt, lässt die Scheibe herunter und legt ihren Pass vor. Mit netten Wünschen für ihre Reise erhält sie ihn schnell wieder zurück und darf ins gelobte Land.

Die Sonne ist schon hinter den Bergen verschwunden, als sie, nach zweifachem Verfahren trotz Navi, völlig übermüdet und verspannt endlich den auserkorenen Wohnmobilplatz erreicht. Unbeweglich wie ein Steiftier rutscht sie vom Sitz auf den Kies des Parkplatzes. Das erste Mal kommt sie sich in ihrem Camper klein und unscheinbar vor, fühlt sich eingepfercht zwischen den monströsen Campern, fett wie Linienbusse, mit riesigen Satellitenschüsseln auf den Dächern. Nicht gerade der Platz ihrer Träume, aber für eine späte Ankunft und eine einzige Nacht in Vancouver erträglich. Und sie fühlt sich hier sicher. Sie ist in Kanada, vertraut diesem Land. Sie knackt ihre Reservevorräte, löffelt gebackene Bohnen in Tomatensoße aus der Dose, zum Nachtisch ein Apfel, zum Herunterfahren und Einschlafen ein Kräutertee. Fürs Kochen reicht ihre Energie nicht mehr.

Die erhoffte Entspannung jedoch lässt auf sich warten. Ihre Gedanken an Joshua entwickeln plötzlich wieder eine unzähmbare Kraft und einen Sog, gegen den sie sich nicht wehren kann. Sie entziehen sich ihrer Kontrolle, schleichen sich unverschämt grell in ihr Hirn und wollen ihrer Vernunft nicht weichen. Sie winden sich wie Schlangen, werfen Sophies Gefühle ins Chaos. Der Ärger darüber zerrt an ihren Nerven. Sie denkt an den letzten Streit, der für sie vor einer Wand des Schweigens endete. Sie spürt noch einmal den tiefen Schmerz seiner letzten Worte, sie würde ihn erdrosseln mit ihren festen Denkmustern und Vorstellungen vom Leben, von einem Familienleben auf dem Lande mit Gemüsebeeten und Bauernrosen im Garten. Joshua war perfekt im Mauern. Wenn ihm etwas zu viel wurde, und das ging schnell, verschanzte er sich und ließ ihre Worte an sich abprallen wie Bälle an Beton, sodass alles zu ihr zurückkam und sie zerfraß, weil das Echo ausblieb.

Sie versucht, sich energisch ihrer quälenden Gedanken zu entledigen, indem sie sich vorstellt, sie würde sie in den Abfalleimer drücken, sie vor die Tür stellen und zusehen, wie sie vom Müllmann in den Container entleert werden. Und sie pusht sich in eine positive Stimmung. Sie stellt sich vor, wie sie an ihrem nächsten Ziel ankommt, umgeben von Zedern und riesigen Tannen anstelle von fetten Campern und auf majestätische Berge und glasklare Seen blickt. Und siehe da, der Spuk endet. Sophie stellt den abgegessenen Teller und den Teepot in die Spüle, wäscht ab, macht Katzenwäsche und legt sich mit ihrem Kanada-West-Reiseführer ins Bett. Ist zwar fast unanständig, um diese Uhrzeit ins Bett zu gehen, sagt sie sich, aber sie ist nun mal kaputt. Schon bald fallen ihr die Augen zu und sie schläft ein.

Kapitel 14

Joshuas Gefühle geraten ins Schwanken, als sie nach Vancouver einfahren.

„Hey Josh!", ruft Kate aus und nimmt die Hände kurz vom Steuer, um mit den Fingern zu schnippen, „das ist keine Stadt, das hier ist Leben pur." Sie tickt ihn an.

Der Nachmittag in Seattle war für Joshua ein gedankenfreies Sich-Treiben-Lassen. Er hatte mehr erwartet, aber es waren die immer gleichen Geschäfte mit den immer gleichen Klamotten, der Applestore, Starbuck-Cafés, Schnickschnack-Läden, ein bisschen Kunst und Kunsthandwerk hier und dort, die zu Lofts und Büros umgewandelten Fabrikgebäude, wie so ziemlich überall auf der Welt. Tausendmal gesehen, tausendmal von Erwartung und Gier erfasst und genauso oft unbefriedigt geblieben. Er streifte durch die Straßen wie ein Alien. Eigentlich eine coole Stadt, aber eben wieder ein Ort der Menschenmassen mit fetten Einkaufstüten und viel zu großen Autos, mit dichtem Verkehr und vor allem dieser Rastlosigkeit, die in ihm ein Gefühl der Bedrängnis auslöste. Er hatte die gottverdammte Maskerade satt.

Eigentlich hielt er sich für einen Stadtmenschen. Vielleicht eine Fehleinschätzung, oder Sophie hat doch Spuren hinterlassen. Auf jeden Fall gab es wirkliche Begeisterung schon lange nicht mehr in seinem Leben, weshalb ihm die aufkeimende Freude auf das, was vor ihm liegt, befremdlich vorkommt. Es fühlt sich an, als träfe ihn in seiner Dunkelkammer plötzlich ein Lichtstrahl. Er traut seinen eigenen Gefühlen nicht, versucht sie wegzudrücken wie eine verführerische Frau, von der er nichts will.

Joshua wendet seinen Blick von den Hochhäusern von Vancouver in der Ferne zur Seite, zu den dicht bewaldeten Coast Mountains mit ihren Schneekappen im Osten, dann zum Meer im Westen. Im Radio singt Christopher Stapleton „Traveller – Everything changes like the desert wind, here she comes and then she's gone again …". Ein ganz neues Lebensgefühl lässt seine verkümmerten Sinne erwachen.

Kate steuert den Wagen zu John Denvers „Take me home, country road" pfeifend in die Stadt hinein, lässt wieder das Lenkrad los, klatscht in die Hände, packt es wieder und lenkt den Wagen lässig in die Kurve.

„Geboren bin ich ja im kümmerlichen Kamloops", erklärt sie, „tiefste Provinz, aber bereits in der Pubertät wusste ich, dass mich nichts daran hindern wird, nach Vancouver abzuhauen. Und mit Sechzehn hab ich's dann getan, bin hergetrampt, bin drei Tage lang durch die Stadt gestreift und hab' bei 'nem Typen gepennt, der Straßenmusik machte. Dann musste ich erstmal wieder nach Hause, hab meinen College-Abschluss gemacht, bin dann wieder her und hängengeblieben."

Joshua nickt, ist mit seiner Umgebung beschäftigt. Er fragt

sich, warum er sich von der Brücke stürzen wollte, wo das Leben doch so viel für ihn bereitzuhalten scheint.

Kate stupst ihn aus seinen Gedanken, deutet mit dem Zeigefinger zur Windschutzscheibe. „Grouse Mountain", sagt sie, „von da oben hat man einen genialen Blick über die gesamte Stadt und auf meinen Hauptarbeitsplatz. Da können wir morgen mal 'raufgehn."

„Ja, cool", antwortet Joshua, an seinem ungewohnt langen Bart zupfend. Ja, er möchte nach oben, raus aus der Enge. Er nickt zustimmend.

Kate gehört zu den glücklichen Menschen, denkt er, die diese durchgeknallte Welt mit einer für ihn erstaunlichen Unbeschwertheit ertragen und ein schier unerschöpfliches Reservoir an positiver Energie besitzen. Und er fragt sich, wie und wo er wohl die Nacht verbringen würde. Bei ihr? In ihrem Bett oder auf einem zu schmalen Sofa? In diesem Moment tritt Sophie auf den Plan, erscheint unaufgefordert vor seinem inneren Auge und versetzt ihm einen stechenden Schmerz in der Brust. Er sieht sie beim Sex, über ihn gebeugt, sieht ihre kleinen festen Brüste, spürt ihre weiche Haut auf seiner.

„Hey, wo bist du?", fragt Kate, kurz zu ihm hinüberschauend, und wedelt mit der rechten Hand vor seinem Gesicht.

Joshua erschrickt. „Eigentlich nirgends", lügt er und schiebt angespannt seine Finger ineinander.

„Also im Nirwana." Kate lacht kurz auf, steuert den Wagen jetzt in Richtung Meer und parkt kurzerhand im Halteverbot.

Joshua schaut auf die Bäume am Straßenrand. Sie stehen ganz still, die Blätter ohne die leiseste Bewegung. Es könnte gut gehen, sagt er sich, das Meer wird ruhig sein.

Als sie am Strand ankommen, steht der Himmel in Flammen. Die Sonne stößt feuerrot auf die glatte Oberfläche des Wassers und wirft ihren Schimmer darauf. Das Meer ist friedlich gestimmt und Joshuas Anspannung löst sich. Sie setzen sich auf einen der Baumstämme, die im Sand liegen, sind umringt von turtelnden Pärchen, Arm in Arm, sich küssend, heftig knutschend. Im Hintergrund hat ein Typ seine Gitarre ausgepackt und beginnt sanft-melancholische Folksongs zu spielen. Joshua denkt daran, wie er selbst spielte und sang.

Die Luft ist schwül, getränkt von den Ausdünstungen des Meeres, der Stadt und der Liebenden am Strand. Joshua atmet tief ein, überlegt, ob er sich eine Zigarette anzünden soll, und lässt es. Er zieht Socken und Schuhe aus und gräbt seine Füße in den noch warmen Sand.

„Ist es nicht grandios?“, säuselt Kate mit süßlicher Stimme in sein Ohr.

Joshua nickt, lächelt und lässt Sand durch seine Zehen rieseln. Er spürt Kate dicht neben sich, ihre Schulter an seiner und denkt an Sophie. Ja, Freiheit, überlegt er, was ist das eigentlich? „Freedom's just another word for nothing else to lose“, der Song von Janis Joplin klingt in seinen Ohren. Genau, er hat ja eigentlich nichts zu verlieren, aber es gibt noch dieses Anhaften an etwas, das verloren ist. Wie Klebstoff, verdammt. Und wo ist das Mittel zum Abreißen dieser schmerzenden Verbindung, fragt er sich. Keiner ist doch wirklich frei. Wir hängen doch alle fest in diesem Netz aus Gefühlen, Bedürfnissen, Sehnsüchten und Verlangen. Es kämpft in Joshua, es zerreißt ihn – das Hier und Jetzt und all die Erinnerungen an Sophie. Wann würden sie verblassen?

Er bemüht sich, die inneren Bilder wegzuschieben, blickt unauffällig zu Kate, zögert und legt schließlich seinen Arm um ihre Schulter. Sie schaut ihm kurz in die Augen, dann wieder geradeaus zur Sonne, von der nur noch der runde Rücken zu sehen ist, und lehnt sich an ihn. Der Himmel gefärbt wie ein orange-rot-violettes Seidentuch, das Meer tiefblau, fast schwarz, mit einem rosigen Schimmer, dort wo eben noch die Sonne stand. Joshua genießt das schweigende Miteinander, spürt, wie Kate ganz leicht ihre Schulter an seiner reibt, sich ihm zuwendet und schließlich ihre Lippen auf seinen Mund legt. Es ist ein vorsichtiger, weicher Kuss. Joshua durchzieht ein Schauer. Er öffnet den Mund, presst ihn sanft auf ihren, und ein ganz natürliches und erfrischendes Verlangen durchströmt seinen Körper. Sie küssen sich lange, fest umschlungen, und sitzen noch eine Weile aneinander gelehnt mit Blick aufs Meer, bis sie die Kühle der Nacht zum Aufbruch zwingt. Der Strand hat sich geleert, der Sänger packt seine Gitarre ein. Joshua zieht Socken und Schuhe an und steht auf.

„Lass uns gehen“, sagt er leise.

Kate nickt und lässt sich von ihm hochziehen.

„Wo kann man noch ’n coolen Drink nehmen?“, fragt er, als wieder dieses dubiose Unbehagen in ihm aufkeimt. Nur jetzt der launischen alten Schachtel keine Chance geben, denkt er und sieht Ben vor sich.

Kate scheint überrascht, überlegt einen Moment. „Da vorne“, sagt sie und zeigt mäßig begeistert auf die gedämpft beleuchtete Fensterfront einer Cocktailbar.

Sie gehen Hand in Hand hinüber. Joshua drängt es, seine erneut aufkeimende Sehnsucht nach Sophie zu betäuben. Er holt die halbvolle Packung Marlboro aus der Jackentasche, zieht eine Zigarette heraus und schiebt sie zurück. Kate zieht die Augenbrauen hoch und lächelt.

Sie betreten den gedämpft beleuchteten Raum und erhaschen

die beiden letzten freien Plätze an der Bar. Joshua bestellt einen doppelten Whisky, wenig später einen zweiten und schließlich, ohne auf Kates abwehrende Geste zu achten, noch einen dritten. Es ist ein Sog, der ihn immer weiter hineinzieht in diese trügerische Leichtigkeit, diese Dämpfung aller Gefühle, diese Schwerelosigkeit. Die Musik lullt ihn ein und Kates Worte über ihre Arbeit für die Woche und den Vorschlag, ihn bei sich zu beschäftigen, kommen wie aus der Ferne bei ihm an.

„Verdammt, Joshua, wenn du jetzt nicht aufhörst, lasse ich dich hier zurück!", protestiert sie. In ihrer Stimme schwingt Enttäuschung mit.

Joshua erhebt sich schwer, legt das Geld auf den Tresen und wendet sich dem Ausgang zu. Er schwankt mit Kate zur Tür in die kühle Nacht hinaus zum Auto und zieht sich auf den Sitz. Kate steuert den Wagen durch die engen Straßen der alten Gastown. Backsteinhäuser aus dem neunzehnten Jahrhundert, eine alte Uhr, Laden an Laden, nur unterbrochen von Cafés und Restaurants im warmen Licht der ballonförmigen Laternen. Joshua schaut wie durch eine ungeputzte Brille hinaus. Kein einziges Wort, nur das tiefe Brummen des Motors. Mit einem Sender öffnet Kate das Gitter, fährt in die Tiefgarage, parkt ein und stellt den Motor aus. Joshua quält sich vom Sitz, während Kate die Ladefläche ihres Pickups erklimmt, die Taucherausrüstung in der Alukiste verstaut und sie abschließt.

„Dein Rucksack! Soll *ich* den stemmen?", fragt sie auffordernd.

Joshua hält sich am Wagen fest, nimmt seinen Rucksack in Empfang und knickt unter der Last ein. Beeindruckend leichtfüßig springt Kate wieder herunter und nimmt Joshua bei der Hand. Er zuckt kurz zusammen, möchte seine Hand aus ihrer lösen, lässt sie aber dort und folgt ihr zum Fahrstuhl. Sie schiebt ihn hinein, und während sie aufwärts fahren, fragt sich Joshua, was nun wohl geschehe, in ihrer Wohnung, in dieser Nacht. Was würde sie wollen, was nicht, was er selbst?

Er blickt in den Spiegel des Fahrstuhls, sieht in sein schmales, blässliches Gesicht mit dem dunklen Vollbart und erschrickt ein bisschen. Er empfand sich eigentlich immer als attraktiv, was ihn in dumpfen Phasen ein bisschen an der Oberfläche hielt, aber was er nun sah, war ein ausgemergeltes Schreckgespenst mit Kraut unterm Kinn. Warum hatte Kate ihn überhaupt mitgenommen? Trübt sein negatives Selbstbild vielleicht nur seinen Blick?

Der Fahrstuhl stoppt mit leisem Klingeln und holt ihn aus seinen Betrachtungen zurück. Kate schließt die Tür zu ihrer Wohnung auf und knipst das Licht an. Joshua tritt nach ihr in einen kleinen offenen Flur, von dort in ein geräumiges Zimmer mit schmalen, fast bodentiefen Fenstern. Die Wände unverputzter Backstein, einige Stellen mit grüner Farbe bespritzt, dazwischen Bilder von Tauchern in Karibikwasser und Golfern auf neongrünem Rasen, an der hohen Decke ein gewaltiger antiker Kronleuchter. An dem breiten Bett mit knallbuntem Quilt, rechts im Raum auf einer Erhöhung thronend, bleibt Joshuas Blick eine Weile hängen. Würde er heute Nacht mit Kate darin schlafen? Er lässt seinen Rucksack schwer auf den Boden sinken und bleibt in der Tür stehen.

„Komm rein und setz dich“, fordert Kate ihn auf.

Joshua folgt ihr mit unsicherem Gang zur Mitte des Raums und lässt sich schwer in den Sessel sinken, der mit einem Jeansstoffbezug überzogen ist. Er betrachtet die Nieten und stellt sich Kates Brustwarzen vor. Wie wäre sie beim Sex? Auch so exaltiert wie ihre Einrichtung? Würde sie sich mit einem Lustschrei auf ihn stürzen?

Sie setzt sich in den roten Ledersessel ihm gegenüber und legt die Füße auf den handgeschmiedeten Metalltisch.

„Wie ist es mit 'nem Drink?", fragt sie ernst. „Wasser mit Eis?"

„Wie trostlos ist das denn?", erwidert Joshua.

Unauffällig mustert er ihren Busen. Herrlich runde Formen zeichnen sich unter ihrem engen grünen T-Shirt ab. Weder zu klein noch zu groß und am richtigen Platz, ist das Ergebnis seiner Betrachtungen. Aber das will ja nichts heißen, bremst er sich, in Zeiten von Pushup und Wonderbra. Er sollte seine Gelüste lieber nicht aus dem Ruder laufen lassen. Er würde sicher wieder enttäuscht.

Kate steht auf und geht zu der offenen Küche, in dezentem Grau gehalten mit einem Retro-Kühlschrank in mattem Metall. Auf der Ablage steht dreckiges Geschirr. Ha, wie bei mir. Bei Sophie wäre das unmöglich, schießt es durch seinen Kopf.

Kate kommt mit einem Glas Wasser und Eis zurück. Sie stellt es wortlos vor ihn auf den Tisch, geht mit gemessenen Schritten zum Kühlschrank zurück, entnimmt ein Tetrapack Tomatensaft und eine Flasche Wodka und mixt sich eine Bloody Mary. Als sie wieder am Tisch sitzt, hat Joshua sein Glas Wasser anstandslos leer getrunken. Seine Beine fühlen sich schwer und hölzern wie Baumstämme an, sein Kopf weich wie eine matschige Pflaume.

Kate trinkt langsam und schweigend. Als ihr Glas leer ist, erhebt sie sich und schaut Joshua an.

„Hab' weder Couch noch Pritsche, also musst du bei mir im Bett schlafen. Hoffe, du schnarchst mir nicht die Ohren voll", sagt sie tonlos.

„Kann auf dem Boden schlafen, kein Problem."

Joshua hofft auf ihr Einlenken. Abwartend steht er auf butterweichen Beinen, verloren in der Weite des riesigen Raums, während Kate im Bad verschwindet. In knappem, geblümtem Seidenslip kommt sie wieder heraus. Ihr Haar fällt jetzt offen, schwer und glatt über ihren Rücken und ihren Busen wie ein Vorhang. Joshua erhascht einen flüchtigen Blick auf ihre Brüste, die – so stellt er beeindruckt fest – auch ohne Pushup in Form bleiben und im Rhythmus ihrer Schritte leicht auf und ab wippen.

Sie klappt den Quilt zurück und legt sich ins Bett. „Na, dann komm rein“, sagt sie mit versöhnlichem Lächeln.

Joshua will sich die Socken ausziehen, taumelt und fällt rückwärts zu Boden. Kate setzt sich auf, fängt schallend an zu lachen.

„Hey Mann, die Schwerkraft …“ Sie prustet, legt eine Hand vor den Mund, kann ihr Lachen nicht unterdrücken.

Joshua rappelt sich hoch, schwankt, fängt sich, findet sich entsetzlich lächerlich. Er flucht auf den Whisky, entledigt sich mit schwerfälligen Bewegungen seiner Kleidung bis auf seine Boxershorts und legt sich zu Kate ins Bett. Zögernd bleibt er auf dem Rücken liegen, spürt ihre Hand an seiner Schulter, wendet sich ihr zu, spürt ihren festen Körper an seinem und küsst sie. Sie hat ihren Slip ausgezogen. Er fühlt ihre Hände auf seinem Bauch, spürt wie sie ihm langsam die Shorts von den Hüften streift. Ein leichtes Kribbeln, eine leichte Erregung. Er streichelt sie, rollt sich auf sie und sinkt zwischen ihre Beine. Kate zieht ihn an sich, öffnet den Mund. Joshua spürt ihren heißen Atem, möchte in sie eindringen, aber eine unendliche Schwere erfasst ihn, so als würden Wassermassen in seinen Körper geflutet. Er fällt in sich zusammen wie ein nasser Sack und Kate drückt ihn energisch von sich weg, sodass er aus ihrem Schoß auf die Seite rutscht, direkt in einen bleiernen Schlaf.

Kapitel 15

Sophie lässt den Truck mit dem verheißungsvollen Namen Adventurer an, probiert noch einmal alle Funktionen durch. Abgabe und Übernahme der Camper verliefen reibungslos und zügig. Sie stellt das Navi auf CLEARWATER. Von dort will sie zum Wells Gray Provincial Park. Sophies Vorfreude auf dieses Highlight ist jedoch gebremst von einem niederdrückenden Gefühl der Einsamkeit. Sie würde ihre Vorfreude, ihre Eindrücke, ihre Begeisterung so gerne teilen. Ihr ist klarer denn je, dass sie nicht für ein Einsiedlerleben geeignet ist. Sie denkt an die buddhistischen Mönche, die auf Dreijahres-Retreats gehen, ohne einen einzigen Menschen zu treffen. Hut ab, denkt sie, angesichts ihrer bereits nach wenigen Tagen einsetzenden Angst vor dem Alleinsein. Hey, Memme, diese paar Wochen hier wirst du ja wohl überstehen und hoffentlich auch genießen können, stößt sie sich innerlich an. Damit steuert sie den Wagen auf den Highway. Immerhin hat sie es geschafft, die rein praktischen Dinge alleine zu erledigen: Abwasser beseitigen und Motoröl nachfüllen – Letzteres allerdings mit männlicher Hilfe, da sie dafür eine Trittleiter gebraucht hätte.

Und während sie über den kanadischen Highway brummt, fragt sie sich, was sie eigentlich vom Leben erwartet. Will sie Freiheit, Selbstständigkeit mit dem stets damit im Gepäck befindlichen Risiko oder lieber ein Familienleben mit einem Mann, der ihr Sicherheit verspricht? Und gibt es diese vermeintliche Sicherheit überhaupt? Eigentlich ist das doch eine Illusion, konstatiert sie nach längerem Nachdenken. Das Leben ist von Natur aus bodenlos, und das sollte man akzeptieren. Dennoch versucht man, sich an irgendwelchen Versprechungen, an vermuteter Verlässlichkeit und so was wie Geborgenheit festzuklammern. Sophie seufzt. Und wie schwer ist das Loslassen! Immer noch spukt Joshua durch ihr Hirn und krallt sich dort fest. Loslassen muss sich anfühlen, als schlüge man den letzten Akkord eines Songs an und lässt die Musik langsam und harmonisch ausklingen, denkt sie.

Nach der sechsstündigen Fahrt mit kurzen Foto- und Pinkelpausen erreicht sie Clearwater, eine unscheinbare Kleinstadt wenige Meilen von ihrem großen Ziel entfernt. Dort schafft sie es gerade noch in den Lebensmittelladen und kauft Gemüse, Obst und Brot. Sie kocht sich schnell einen Tee und fährt dann weiter. Und wie sollte es anders sein – mit der untergehenden Sonne erreicht sie, durchgeschüttelt von zahlreichen Schlaglöchern, den Clearwater Lake Campground. Behände springt sie aus der Fahrerkabine, wirft das Geld für den Aufenthalt in die dafür aufgestellte Box am Eingang und parkt ohne Hilfe ein.

Mit einer gehörigen Portion Stolz in der Brust verharrt sie einen Moment neben dem Camper und streckt die Fühler aus. Ein Platz mit unverstelltem Blick auf den glasklaren See. Ja, sie hat sich in der Tat einen Traum erfüllt. Gedankenfrei, nur den Augenblick genießend, scannt sie ihre Umgebung. Die Hauptsaison ist vorbei, die ersten kalten Nächte haben viele Touristen und die gierigen Blutsauger, die Moskitos, vertrieben. Alles scheint perfekt.

Und jetzt mache ich mir, mir ganz allein, ein köstliches Abendessen, sagt sie sich – und tut es, ohne einen einzigen Gedanken an Joshua zu verschwenden. Öl, Tomaten und fertig gekochte Kartoffeln aus dem Bioladen in Vancouver, alles kommt in die kleine Pfanne und in wenigen Minuten hat sie sich ein einfaches und gesundes Abendessen bereitet. Die Sonne ist bereits hinter den Tannen verschwunden, und Sophie holt die Kerzen aus der

Schublade. Schwungvoll stellt sie sie zu dem randvollen Teller, dem Glas Apfelsaft und ihrer Wanderkarte auf das kleine Metalltablett und balanciert alles nach draußen auf den Campingtisch, den sie dieses Mal in wenigen Sekunden aufgestellt hat. Zufrieden mit ihrer gesteigerten Geschicklichkeit, ihren flinken Erledigungen und ihrer Umgebung atmet sie tief durch, setzt sich auf den Klappstuhl und isst langsam, in kleinen Happen, mit Blick auf den nun dunkel und geheimnisvoll vor ihr liegenden See. Die Tannen und Fichten umgeben sie wie gute Freunde, schützen sie vor neugierigen Nachbarn. Keine Verrückten mit Gewehren, keine schreienden Babys, keine qualmenden Dilettantenfeuer.

Der Himmel hat sich auch der letzten kleinen Wölkchen entledigt, sodass sich das Universum mit seinen Milchstraßen in maximaler Klarheit über Sophie ausbreitet, jeder Stern wie ein kleiner Diamant auf blauem Samt. Nur ab und zu eine leise Stimme von nebenan und hin und wieder der erstaunlich hohe Schrei eines Elchs. Sophie sitzt still, lauscht in die Nacht und kommt zur Ruhe.

Plötzlich Schritte aus der Dunkelheit. Sie fährt zusammen. Der Lichtkegel einer Taschenlampe fällt auf ihren Fuß. Sie schaut auf, denkt an den Mann mit dem Gewehr. Doch die Anspannung der Angst wechselt blitzartig in eine andere Art Spannung. Vor ihr steht ein Mann, der es mit Brad Pitt aufnehmen könnte. Ein hochgewachsener Mann in olivgrüner Kargohose und grauem Hemd, an dem der Stern mit dem Ranger-Logo steckt, auf seinem Kopf eine grüne Baseballkappe, an seinem Gürtel Bärenspray und Pistole.

„Guten Abend, junge Frau“, begrüßt er sie mit freundlicher, aber ernster Miene. „Ich muss Sie bitten, sich nicht von Ihrem

Camper zu entfernen und Ihr Bärenspray bereit zu halten. Hier wurde gerade ein Grizzly gesichtet."

Sophie blickt auf, in das markante braungebrannte Gesicht des Rangers im Kerzenschein und streicht unwillkürlich über ihr Haar, von dem nicht mehr sehr viel übrig ist. Und für einen kurzen Moment bedauert sie, dass sie es hat abschneiden lassen.

„Oh, darauf warte ich, auf einen Grizzly", sagt sie, richtet sich ein bisschen auf. „Würde gern mal einen sehen."

Der Ranger bleibt ernst, seine Miene jetzt noch strenger, seine stahlblauen Augen fixieren sie. „Sind Sie ganz alleine hier?", fragt er ein bisschen erstaunt.

„Ja", erwidert Sophie mit fester Stimme.

„Das Sicherste wäre dann, wenn Sie sich in den Camper begeben. Es gibt viele leichtsinnige Touristen, die mit ihrem Verhalten nicht nur ihr eigenes Leben, sondern auch das der Bären gefährden. Wir müssen nämlich …"

„Schon klar", fällt Sophie ihm ins Wort, „die werden abgeknallt, wenn sie ihre Scheu verlieren, sorry. Ich werde ihn weder füttern noch kraulen, und das Bärenspray hole ich gleich. Essensreste gibt es bei mir nicht. Ich putze meinen Teller immer leer."

Der Ranger bleibt ernst und Sophie überlegt, was sie noch sagen kann, um ein Lächeln in sein Gesicht zu zaubern.

„Ich wünsche Ihnen einen ungestörten Abend", kommt er ihr zuvor und wendet sich dem Weg zu.

Sophies Blickt folgt ihm bedauernd, als er im Dunkel der Nacht verschwindet.

Wenig später dringt seine angenehm tiefe Stimme von nebenan zu ihr herüber, im Wechsel mit denen der Nachbarn. Dann ist es wieder still. Sophie holt das Bärenspray aus dem Camper und stellt es vor sich auf den Tisch. Sie setzt sich wieder hin und blickt zu den Sternen hinauf. Cooler Job, denkt sie, beneidet den Ranger um die Aufgabe, Mensch und Tier in der Wildnis zu schützen. Allein unterwegs zwischen Bären, Elchen und Vielfraßen, mit einem Naturverständnis, das von Praxis und weniger von Theorie geprägt ist. Ja, das wäre auch etwas für mich, überlegt sie, jeden Tag draußen, im Winter durch hohen Schnee stapfen, mit dem Fernglas in der Hand alles beobachten, was vier Beine oder Flügel hat, anstatt mit störrischen Zweibeinern zu diskutieren.

Allmählich steigt die Kälte der Nacht an ihren Beinen empor. Ohne Eile bringt sie das Geschirr nach drinnen, packt ihr Campingmobiliar zusammen und stellt es an den Camper. Gern würde sie jetzt mit dem Ranger durch die Nacht streifen, die Touristen warnen und vielleicht dem Bären begegnen. In seiner Nähe würde sie sich sicher fühlen.

Sie lässt sich in die hässliche Sitzecke des Campers fallen. Was soll sie nun mit dem Rest des Abends anfangen? Lesen? Ein Video auf dem Laptop angucken? Sie ist unentschlossen, legt schließlich ihre Karte vom Wells Gray Park auf den Tisch und sucht sich eine Wanderung für den morgigen Tag aus. Sie geht wie immer früh ins Bett. Ein fernes Heulen lässt sie aufhorchen. Sie lauscht angestrengt. Da, noch einmal. Es kann nur ein Wolf sein. Kojoten und Hunde klingen anders. Ein bisschen unheimlich ist es schon, aber es ist ihr doch lieber als das nächtliche Martinshorn in der Stadt. Und wenig später, das Buch im Arm, schläft sie ein, das Bild des Rangers vor ihrem inneren Auge.

Kapitel 16

„Hey Mann, du warst spitze!“ Kates Worte klingen seltsam überspitzt vom Esstisch neben der Küche zu Joshua herüber.

Er hebt den schmerzenden Kopf aus den Kissen und schaut sie sprachlos an. Hatte er das richtig gehört? Spitze sei er gewesen? Hatte er gestern doch noch mit ihr geschlafen? Hatte er einen Filmriss?

Kate pustet, haut mit der Hand auf ihre Stirn. „So’n Leichtgewicht, aber mit dem ganzen Whisky im Bauch schwer wie’n Zentner Sand auf mir. Hab gedacht, ich ersticke. Und dann … nicht mal Komasutra war drin.“

Joshua zuckt zusammen, möchte unter dem Bett, ganz tief im Boden versinken. Er hat es mal wieder vermasselt. Verdammter Versager, Schwächling, Nichtsnutz tönt es in ihm. Jetzt hatte er auch noch beim Sex versagt! Wie deprimierend!

Er lässt sich ins Kissen zurückfallen, denkt an die Brücke, denkt an einen zweiten Versuch, irgendwo, wo ihn nichts am freien Fall hindern konnte. Er würde schon den richtigen Ort finden in diesem weiten Land.

„Schwamm drüber“, sagt Kate. „Ich nehme das nicht persönlich. Wir sollten einfach Kumpels bleiben, oder?“

Joshua hört ihre Worte aus weiter Ferne. Ihre Stimme klingt freundlich und holt ihn ein Stück weit aus der Düsterkeit. Sein Verlangen nach einer Zigarette klingt ab. Er dreht sich auf die Seite, setzt sich auf und streicht sich das Haar glatt.

„Brauchst du ’ne Kopfpille?“, fragt Kate.

„Das wär’ klasse.“

Er sucht seine Klamotten zusammen und steigt in Zeitlupentempo in T-Shirt und Jeans. Barfuß schleppt er sich zu Kate an den Tisch und kippt mit einem einzigen Zug das Wasser mit der sprudelnden Brausetablette hinunter. Er hält einen Moment Kates Blick, erwidert ihr Lächeln und spürt eine tiefe Erleichterung darüber, dass sie so unkompliziert ist. Seine Gedanken fliegen kurz zu Sophie. Er denkt an den Sex mit ihr. Er war gut, tat gut, war bodenständig, innig und durch und durch befriedigend für beide. Es schmerzt ihn, daran zu denken, wie sie danach eng ineinander verschlungen zusammenlagen, den Herzschlag des anderen spürten, die Schläge zählten und Scherze machten. Seine Gedanken werden vom schrillen Ton aus Kates Handy gekappt.

„Hey, du bist's", hört er sie sagen. Sie spricht schnell, für Joshua kaum verständlich, über irgendwelche geschäftlichen Dinge, eine Waschanlage für gebrauchte Golfbälle oder sowas. Mit einem kurzen „See you", stellt sie aus und setzt sich wieder zu ihm an den Tisch.

„Toast, Kaffee, Käse, Obst." Kate deutet auf alles, was auf dem Tisch steht. „Bedien' dich!"

Joshua fällt ins Jetzt zurück, nickt, bedankt sich, isst eine Scheibe Toast mit Käse. Er spürt es klar, er hat sich nicht verliebt, aber er schätzt Kate dafür, dass sie keine bohrenden Fragen stellt, dass sie die Dinge so nimmt, wie sie sind.

„Du brauchst doch Geld für deinen weiteren Trip, oder?", fragt sie in deutlich freundlicherem Ton.

„Könnte sein", gibt Joshua zurück.

„Du kannst für mich tauchen."

Joshua blickt Kate erstaunt an, streicht über seinen Bart. „Ich soll diese albernen Bälle aus trüben Teichen fischen? Soll mich damit vor diesen Möchtegern-Sportlern in weißen Golferschühchen aus dem Modderwasser ziehen?"

„Verdammt, Joshua, jetzt werd' nicht kauzig. Erstens funktioniert das so gar nicht. Dein Einsatz findet statt, wenn die noch pennen oder schon beim Dinner sitzen. Also."

„Ich denk' mal drüber nach", erwidert Joshua.

„Ich brauche grad jemanden. Ich müsste sonst heute meine freien Mitarbeiter anticken."

Joshua lehnt sich zurück. Sein Denkapparat springt langsam wieder an. „Okay, ich mach's", sagt er schließlich.

„Cool!" Kate zeigt echte Freude, blickt entschuldigend auf Joshuas Kinn. „Aber der Bart muss ab, sorry."

„Da müssen wir 'n Kompromiss finden", erwidert Joshua bestimmt.

Kate presst kurz den Mund zusammen. „Okay, Dreitagebart, aber nicht mehr." Sie wartet auf seine Zustimmung, aber Joshua schweigt und sie scheint davon auszugehen, dass sie das letzte Wort hat.

„Dann lass uns mal heute zum Grouse Mountain rauf", wechselt sie das Thema. „Heute ist mein freier Tag."

Joshua spürt in ihrer Stimme das Bemühen, ihre Beziehung zueinander auf einem neutralen freundschaftlichen Level zu halten. Für ihn ist das in Ordnung. Kate ist eine coole Frau, aber eben zu kühl, zu tough, findet Joshua, trotz ihrer Lebensfreude, Hilfsbereitschaft und Ehrlichkeit. Und er ist mit Sophie noch nicht fertig. Er stockt innerlich. Würde er das jemals? Mit dieser Frage im Kopf lässt auch die launische alte Schachtel namens Schwermut nicht lange auf sich warten. Er spürt ihr Gewicht, lässt sich in den Sessel zurücksinken, starrt aus leeren Augen in den Raum.

„Müde?" fragt Kate.

„'N bisschen", gibt er zurück. Er wäre jetzt gern allein. „Kann ich mal duschen?", fragt er, innerlich mit sich kämpfend.

„Klar." Kate steht auf, gibt ihm ein Handtuch und zeigt ihm das Bad.

Er holt frische Kleidung aus seinem Rucksack, steigt in die Kabine, stellt die Dusche an und versucht, die launische alte Schachtel wegzuspülen. Aber die ist so entsetzlich stark und schweigsam, umklammert ihn, legt Steine auf seine Seele, schnürt ihm die Kehle zu und frisst sich in sein Herz. Bevor die Streitereien begannen, nahm Sophie in solchen Situationen seine kalte Hand und rieb sie sanft.

Er steht lange unter dem angenehm warmen Wasser, spürt, wie es sanft über seinen Körper rieselt. Er schreit sich innerlich an, gibt sich einen Ruck. Ein Moment der Überwindung, eine Sekunde lang kaltes Wasser. Dann dreht er den Hahn zu, steigt aus der Kabine und trocknet sich ab. Die äußere Erfrischung hat auch sein Inneres erreicht. Ich hab' sie besiegt, die Alte, sagt er sich, an Ben denkend.

Er tritt vor den ovalen Spiegel an der Wand und betrachtet sich, umrahmt von goldenen Blumen und Pflanzen im Jugendstil-Design. Sein Gesicht hat wieder normale Konturen bekommen und sein Anblick lässt ihn nicht mehr erschaudern. Behutsam stutzt er seinen Bart.

Als er in frischen Jeans und T-Shirt aus dem Bad tritt, ist Kate beim Aufräumen. Sie stellt das Geschirr in die Spülmaschine und hebt auffordernd die Hände. „Wir können los!"

Joshua nickt abwesend.

Kates Blick haftet an ihm, prüfend, und verrät schließlich eine leichte Traurigkeit. „Siehst gut aus", sagt sie leise, so als ob sie es doch bedauert, dass sie nur Freunde bleiben sollen.

Joshua zieht an seinem T-Shirt, fährt sich noch einmal übers Kinn und folgt Kate zur Tür. Er atmet tief durch, verscheucht die Gedanken an Sophie, versucht sich in Zuversicht und presst sich ein Lächeln für Kate ins Gesicht.

So wie sich Tag und Nacht ablösen, so wechseln auch seine Stimmungen. Seit seinem Suizidversuch beobachtet er sich und seine Gefühle sehr aufmerksam, geht bewusster mit sich und dem Leben um. Und angesichts der konstanten Ebbe, die in den Jahren zuvor in seiner Seele herrschte, fühlt sich das Leben jetzt schon erträglicher für ihn an.

Mit deutlich sichereren Schritten als noch vor wenigen Wochen tritt er in die warme Luft hinaus. Ihm ist, als würde ihn Vancouver umarmen. Der sattblaue Himmel wirft sein heiteres Licht auf ihn hinab und flutet ihn mit Hoffnung auf ein neues, besseres Leben, wie auch immer geartet.

Sie fahren durch die offene, bunte, lebhafte Stadt, vorbei an Restaurants aller Nationen, vorbei an Menschen aller Couleur, fröhlich und entspannt, Jung und Alt in bunten Klamotten, auf Rollerskates, e-Longboards und allem, was sonst noch Rollen hat, vorbei an kleinen, schrill dekorierten Schaufenstern, kunstvoll bemalten Fassaden, kleinen flippigen Märken. Eine Stadt der Vielfalt mit dem betörenden Charme weltlicher Verlockungen, kultureller Vielfalt, eingebettet in eine grandiose Natur.

Sie durchqueren den Stanley Park. Auf der Brücke erfasst Joshua einen kurzen Moment lang Panik. In seinem inneren Ohr das Tosen des Meeres und das Heulen des Windes. Er lehnt sich fest an den Sitz zurück und legt die Hand an den Türgriff.

„Fahr' ich zu schnell?", fragt Kate.

„Nein nein, es ist nur … Vielleicht erzähle ich es dir mal irgendwann."

„Okay", sagt Kate gedehnt und lässt es dabei.

Joshua findet wieder Halt, als sie am anderen Ufer angekommen sind. Wald und Berge und schließlich der spiegelglatte blaue Capilano Lake beruhigen ihn. Kate parkt den Wagen am Cleveland Dam und dreht den Zündschlüssel um.

Er blickt sie fragend an. „Und wo ist der Berg?"

„Nicht weit", erwidert Kate in ruhigem Ton.

„Gibt's da keinen Parkplatz?"

„Brichst du nach zwei Kilometern plus Aufstieg zusammen?", fragst sie.

Joshua schüttelt den Kopf. Aber er weiß um seine mangelnde Kondition, nimmt sich vor, nie mehr zu rauchen und wieder zu joggen.

Sie machen sich auf den Weg und erreichen nach gut einer halben Stunde Fußmarsch den Grouse Mountain. Joshua spürt ein Ziehen in Füßen und Beinen, aber eine ungeahnte Fülle in seinem Innern. Die dunklen Wolken in seiner Seele haben sich verzogen, und er spürt den Puls des Lebens wie einen Motor, der gerade in ihm gestartet wird. Sie erklimmen den Berg mit der Seilbahn, genießen den freien Ausblick über die Stadt, das Meer, den See und die Berge, Seite an Seite, erwartungsfrei und verbündet wie alte Freunde. Es fühlt sich gut an.

„Echt schön", sagt er und streicht kurz über Kates Arm.

Sie blickt ihn an, ein bisschen stolz darauf, ihn hierhergeschleppt zu haben. „Und da unten, hinter dem See, da wirst du morgen kleine weiße Bälle aus der Tiefe holen."

Joshua lächelt. Er freut sich auf die Aufgabe. Die Aussicht auf eine Arbeit, die ihn körperlich fordert und die ihn in eine neue Erfahrung ziehen wird, beginnt ihm zu gefallen. Das Tauchen hat ihm damals Spaß gemacht, das Gefühl von Schwerelosigkeit, das Dahingleiten im weichen Element. Ihm ist, als öffne sich seine Seele.

Kapitel 17

Sophie wirft einen letzten Blick auf die Wetter-App. Morgens sonnig, bis zum Abend heiter bis wolkig, in der Nacht Gewitter. Sie würde zum Abend spätestens wieder zurück sein, ihren Platz hatte sie als belegt gekennzeichnet. Mit einem inneren „Okay" faltet sie ihre Karte vom Clearwater Valley zusammen und steckt sie in die Seitentasche ihrer neuen Softshell-Jacke – dunkelgrün, die perfekte Tarnfarbe in den kanadischen Wäldern. An ihrem Rucksack, gefüllt mit zwei Wasserflaschen, Energie-Snacks und Nüssen hängt eine kleine Glocke. Ihr Gebimmel soll die Bären vor dem Menschen warnen, sodass es nicht zu einer Überraschungsbegegnung kommt. In der Jackentasche verstaut sie einen Kompass, das Bärenspray steckt sie in die große Beintasche ihrer Cargohose und die Kamera in einer wasserdichten Tasche hängt sie sich über die Schulter. Dabei schiebt sich kurz das Bild des Rangers vor ihr inneres Auge. Energisch besinnt sie sich auf ihren Vorsatz, das Leben jetzt erst einmal alleine zu meistern, diese Reise als eine Prüfung anzunehmen. Sie ist nicht gerade das, was man entspannt nennen könnte, aber dennoch voller Freude auf Flora und Fauna, auf das Wandern mit kleinem Abenteuerkitzel. Das Wetter könnte nicht besser sein und die Strecke ist überschaubar. Erstmal klein anfangen, sagt sie sich, ist bis zum Pyramid Campground gefahren, um sich von dort auf den neuneinhalb Kilometer langen Weg zu den Majerus Falls am Murtle River zu machen. Es ist halb neun, als sie auf dem Trail ist. In der Nähe der Dawson Falls trifft sie noch auf weitere Wanderer. Doch als das Rauschen des Wasserfalls immer weiter in den Hintergrund rückt und es schließlich still ist, trifft sie keinen Menschen mehr an. Die Sonne wirft ihr Morgenlicht in schmalen goldenen Streifen in den Dunst des Waldes und der schwere Duft der Tannennadeln, die den Boden bedecken, füllt Sophies Lungen. Eine tiefe Zufriedenheit breitet sich in ihr aus und vertreibt all ihre Ängste. Sie vertraut sich der Wildnis an, befestigt die Bärenglocke erst einmal so an ihrem Rucksack, dass sie die Stille nicht stören kann.

Ganz im Hier und Jetzt, der Kopf vom Denken befreit, setzt sie jeden Schritt bewusst spürend auf dem federnden Waldboden auf. Die sanften Hügel vor ihr sind bedeckt mit hohen Tannen, Fichten und Zedern. Ein üppiges Wuchern, wohin ihr Blick fällt. Alles strotzt vor Wachstum und Farbe. Nirgends lässt sich der Lauf des Lebens besser beobachten als hier im Wald, denkt sie, während ihr Blick über leuchtend grüne Moose, über Pilze und Pflanzen schweift, die der harten Baumrinde und sogar den Felsen ihre Nahrung abringen. Sie verwerten die Überreste des beendeten Daseins, schaffen nahtlos den Übergang vom Tod ins nächste Leben, von unergründlichen Kräften getrieben.

Sophie schaut, berührt, benennt jede kleine Pflanze, die sie wiedererkennt, bewundert kleine Blüten, Gräser, die aus Felsspalten heraus ans Licht streben, kunstvoll gedrehte und aufgespaltene Baumstümpfe und vermodernde Äste, die moosüberzogen, wie in grüne Pullover gewickelt, kreuz und quer entlang des Weges liegen. Hier und dort rieselt Wasser an einem Hang hinunter und gluckert in die Stille hinein. Dort, wo sich der Wald zu einer Lichtung hin öffnet, zeigt sich die Sonne und wirft ihr blendend-gelbes Licht herab. Gelegentlich gibt der Wald den Blick auf den Pyramid Mountain frei, der sich symmetrisch aus einem flachen Plateau emporreckt. Sophie sinkt in eine geradezu mystische Stimmung. Sie denkt an nichts, das nicht real ist, an nichts, das sich nicht ihren Augen offenbart. Eine innere Wärme, eine tiefe Liebe zu dem, was diese Erde ausmacht, erfüllt sie. Kein Kunstwerk kann dieses Gefühl ersetzen, keines ist stärker und erfüllender als die Natur selbst, sagt sie sich und setzt langsam und fest einen Fuß vor den anderen. Es geht jetzt leicht bergauf und sie wischt sich erste Schweißtropfen von der Stirn. Es ist lange her, dass sie gewandert ist. Sie hat zu viel hinter dem Bildschirm gesessen und sich nur theoretisch mit der Natur beschäftigt, muss wieder Kondition in ihren verweichlichten Körper bringen.

Schwitzend, in gleichmäßig moderatem Tempo wandert sie in nördlicher Richtung über Baumwurzeln und Felsen, und ihr Biologinnenblick bleibt voller Begeisterung auf Stinkkohl und Igelkraftwurz mit seinen großflächigen Blättern hängen. Langsam nähert sie sich dem Berg. Es geht immer steiler aufwärts. Der Pfad umkreist die Nordwestflanke und führt durch dichten Wald. Nur das vereinzelte Zirpen eines Vogels, hin und wieder der ferne Schrei eines Adlers, das leise Murmeln eines Bachs, sonst nichts, absolute Geräuschlosigkeit.

Dann hält sie abrupt an, schaut entsetzt vor sich auf den aufgeweichten Boden in einer Senke, auf die Abdrücke darin. Ein Ballen mit vier Zehen. Die markanten Merkmale von Bären- und Wolfsspuren hatte sie sich eingeprägt, aber diese hier entsprechen keiner von beiden. Was sie entdeckt hat, sind eindeutig die Abdrücke von Katzenpfoten, allerdings in Übergröße. Ihr Atem stockt. Ein Puma? Ja, es gibt sie in diesem Gebiet, aber nur in kleiner Anzahl. Und ausgerechnet sie soll nun, allein, wie sie ist, diesem gefährlichen Jäger begegnen?

Plötzlich ist sie mitten drin in ihrer Prüfung. Reale Gefahr statt cooler Outdoor-Romantik mit Abenteuer-Touch. Warum, fragt sie sich, das hier, gerade jetzt, wo sie, Sophie, hier entlang wandert? Leider ist keiner da, der ihr die Verantwortung für alles Weitere abnehmen kann. Sie ringt mit sich, mit ihrer Situation, die sie selbst heraufbeschworen hat. Gottähnliche Geschöpfe, die das Leben lenken, sind ihr so fremd wie spirituelle Kräfte. Es gibt niemanden, den sie zu Rate ziehen kann. Ganz allein, auf sich selbst vertrauend, muss sie entscheiden, was sie tut.

Sie zieht ihr Handy aus der Seitentasche des Rucksacks und stellt wie befürchtet fest, dass sie hier keinen Empfang hat. Schließlich gibt sie sich einen Ruck. Mit entschlossener Bewegung löst sie das Bändchen, das ihre Bärenglocke am Stoff fixiert hat, sodass sie ihren hellen Klang in die angespannte Stille abgeben kann. Mit immer noch leicht zögernden Schritten bewegt sie sich bis zur Biegung des Pfades. Dahinter teilt sich der Weg in zwei Stränge. Welchen soll sie nehmen? Auf dem Gekennzeichneten entdeckt sie wieder die Spuren der Raubkatze. Der ist also gestrichen. Die Wanderung abbrechen oder einen der anderen Wege nehmen?

Sie steht still, sieht sich um, versucht ihren Atem zu beruhigen, zieht ihren Kompass aus der Tasche und entscheidet sich schließlich dafür, den nicht gekennzeichneten Pfad zu nehmen, der anscheinend auch nach Norden führt. Noch etwas zögerlich folgt sie dem Weg, der jetzt leicht hinabführt. Ihre Aufmerksamkeit liegt ganz bei den Geräuschen des Waldes und der Himmelsrichtung, in die sie geführt wird. Immer wieder blickt sie auf den Kompass, auf die Wanderkarte, auf die Uhr. Sie folgt dem Weg um eine weitere Biegung herum und bekommt Zweifel daran, dass sie sich tatsächlich auf dem dort eingezeichneten Pfad befindet. Ihr Blick gleitet über die von einem Pelz aus Moos überzogenen Felsen am Boden, über den Sand vor ihren Füßen. Sie späht zwischen die mächtigen, mit rauer Borke ummantelten Stämme der Zedern und Tannen. Bären hinterlassen mit ihren messerscharfen Krallen gern Spuren an den Bäumen. Sie markieren ihr Revier, stecken so ihr Terrain ab. Aber nichts Auffälliges gerät in Sophies konzentriert alle Details der Umgebung scannenden Blick. Nur die Richtung macht ihr Sorgen. Der Weg führt nicht mehr nach Norden, sondern in westliche Richtung.

Sie hasst es aufzugeben. Sie möchte nicht umkehren. Und sie fühlt sich unbehaglich, wenn etwas nicht nach Plan läuft. Eine unangenehme Anspannung durchzieht ihren Körper. Ihr Herz schlägt schneller, ihr Atem geht heftiger. Sie blickt sich um, horcht, geht gebremst weiter. Eine Welle aus Angst und Unsicherheit rollt auf sie zu. Sie ermahnt sich zur Besonnenheit. Sie muss bestehen, muss das hier meistern, ohne Panik.

Sie hält kurz inne, wischt Schweiß von ihrer Stirn und verharrt auf der Stelle. Schließlich dreht sie um, die Hände zu Fäusten ineinander gepresst. Es kann nicht der richtige Weg sein und es ist bereits Mittag, sagt sie sich verzeihend. Es ist kein Aufgeben, es ist pure Vernunft und eine klare und gute Entscheidung. In ihren Schritten liegt Gewissheit, das Richtige zu tun. Die Abzweigung ist bald erreicht und sie beschließt, den ausgewiesenen Weg zu den Wasserfällen zu nehmen, trotz Pumaspuren. Neuer Mut keimt in ihr auf, genährt von Vertrauen. Sie geht zügig und wachsam und mit jedem Schritt nimmt ihre Angst ab. Auf der Straße ist es sicher gefährlicher, sagt sie sich. Pumas sind wie alle Wildtiere scheu. Sie greifen an, wenn sie überrascht werden, und das kann sie mit ihrem Glöckchen am Rucksack vermeiden. Sie würde ruhig bleiben, nicht die Nerven verlieren, wenn sich das Raubtier zeigen sollte. Sie würde langsam den Rückzug antreten, ohne ihm in die Augen zu gucken.

Nach einigen weiteren Kilometern trifft sie endlich wieder auf Menschen. Sie atmet auf, ist nun doch froh, ihres Gleichen anzutreffen. Kurzer Austausch, Bestätigung der Richtung, Warnung vor dem Puma. Dann ist Sophie wieder allein mit sich und der Natur. Und sie stellt fest, dass sie kein einziges Foto gemacht hat. Sie hat es schlichtweg vergessen.

Nach etwa vier Stunden Marsch und einer kleinen Pause erreicht sie den Murtle River, der sie nun mit seinem, in beachtlichem Tempo dahinströmenden glasklaren Wasser begleitet. Der schmale Pfad fällt langsam ab, entlang der Nordseite des Pyramid Mountain, vorbei an Tümpeln aus Lavagestein, voller Holzstämme und Zweige. Er mäandert durch die Wildnis, über eine klapprige Brücke, von der aus man in wild sprudelndes Wasser blickt. Feuchtigkeit legt sich auf Sophies Haut, ihr Atem geht schwer. Aber sie fühlt sich stark und zufrieden mit sich und ihrer Umgebung.

Die Sonne steht im Zenit. High noon, schießt es durch ihren Kopf. Die Bilder des Western laufen vor ihrem inneren Auge ab und sie lächelt still in sich hinein. Doch ihr Lächeln gefriert, als sie beim Blick zum Himmel Kumuluswolken entdeckt, auch wenn diese noch weit entfernt sind. Sie setzen sich wie dicke Wattebäusche vom blauen Himmel ab, rollen ihr entgegen. Sie beschleunigt ihr Wandertempo. Noch einmal will sie nicht umkehren, nicht, bevor sie ihr Ziel erreicht hat.

Ein zunächst fernes Rauschen wird nun deutlicher, drängt sich in die Stille. Ihre Augen weiten sich. Der Geruch von feuchter Erde und Wurzeln steigt in ihre Nase. Ein feiner Schleier aus glitzernden Wassertropfen umgibt die Felsen. Kristallklares Wasser tost im Sonnenlicht in einem glitzernden Sprühnebel abwärts, umspült dabei einen Felsen, um sich dahinter wieder zu einem einzigen Strom zusammenzufinden. Die Majerus Falls. Sophie hat ihr Ziel erreicht, vergisst die Gewitterwolken und genießt den

Anblick der Naturgewalten. Dieser Wasserfall beeindruckt nicht durch seine spektakuläre Höhe, sondern durch seine Schönheit, die von keiner Touristenkamera erfasst wird. Kein Mensch außer Sophie, nur sie und der Fluss, die Lichtflut, die Felsen, der Wald. Und – hoch über ihr ein Weißkopfadler. Voller Bewunderung beobachtet sie den majestätisch dahingleitenden Vogel, bis er hinter den Tannen verschwindet.

Sie wendet sich dem Fluss zu, blickt eine lange Weile wie hypnotisiert in das weiß schäumende Wasser, fühlt sich aus der Zeit geworfen. Bis plötzlich etwas in ihr Sichtfeld gleitet, das dort so nicht sein sollte.

Kapitel 18

Joshua quetscht sich in den schwarz-roten Taucheranzug und fühlt sich wie in einer Wurstpelle. Er kennt das Gefühl, aber es ist lange her, dass er getaucht ist und von Kopf bis Fuß in Neopren gezwängt war. Das Häubchen ist krass, denkt er, seinen Kopf befühlend.

Es ist sieben Uhr morgens. Der Himmel ist grau. Kate hat ihn ausgiebig eingewiesen, auf Gefahren vorbereitet, ihm das Prozedere erklärt. Und die Order lautet: morgens und abends eine Runde joggen. Es hat ihn aufgebaut. Die mentalen Einbrüche reißen ihn seitdem deutlich seltener in die Tiefe.

Er watschelt neben Kate wie eine Ente über den saftig grünen Rasen des Golfplatzes an den Rand des Teichs, den die Golfer Hindernis nennen. Dunkel und undurchdringlich liegt er vor ihm. Die Wolken am Himmel spiegeln sich darin, sonst ist nichts zu erspähen. Eine trübe Brühe, in der er, so hat Kate ihn vorgewarnt, keinen seiner Finger sehen könne, geschweige denn einen Golfball.

„Du wirst das erste Mal spüren, wie es ist, blind zu sein“, sagt Kate und reicht ihm die Tauchermaske.

Er schiebt sie über Augen und Nase, rückt sie zurecht. Kate schnallt die Netze für die Golfbälle an seinen Eisengürtel und hievt die Pressluftflasche auf seinen Rücken. Immerhin hält er dem Gewicht jetzt stand. Bei der Einweisung fand er sich fast auf den Knien wieder.

„Nimm dir nicht gleich zu viel vor“, sagt Kate mit strengem Blick. „Irgendwann schaffst du vielleicht die 500 Bälle, aber nimm’s heute gelassen. Das hier ist nicht grad ’ne Pfütze. Bin schon froh, wenn du heil wieder auftauchst.“

Joshua glotzt, ohne eine Miene verziehen zu können, durch die Taucherbrille, die seine Wangen zusammenquetscht. Es kann losgehen. Er setzt sich an den Rand des Teichs, die Beine verschwinden im Dunkel des Wassers, und einen Moment lang denkt er wieder ans Verschwinden. Was macht er hier eigentlich? Tauchen nach Bällen? Idiotisch! Vielleicht lieber ganz abtauchen, in diesem schwarzen Loch verschwinden auf nimmer Wiedersehen, von schnappenden Monstern verschlungen.

„Ganz langsam!“, ertönt Kates energische Stimme. Sie legt ihre Hand auf seine Schulter. „Nicht mit’m Splash!“

Joshua nickt, stemmt sich auf seine Neoprenfinger, lässt sich langsam über den Rand rutschen und gleitet in das undurchsichtige Wasser. Blasen steigen über ihm an die Oberfläche auf, während er hinabsinkt bis auf den Grund, ohne irgendetwas zu sehen. Ein kräftiges Ziehen in seinem Bauch, leichter Druck auf seinen empfindlichen Ohren. Er denkt kurz an die Brücke, ist jedoch schnell wieder präsent, bei den Bällen, bei seiner potenziellen Beute. Er lässt sich auf die Knie fallen und steckt die Hände in den Schlamm, harkt mit den Fingern durch den Modder. Das hier ist kein Tauchen, denkt er, das ist 'ne verdammte Schlammschlacht. Immer wieder muss er glitschige Wasserpflanzen von seiner Brille und von seinen Händen wischen. Er fühlt sich wie ein Wurm im Misthaufen.

Plötzlich stößt er an etwas Hartes. Er tastet, fühlt – und hält den ersten Ball in den Händen – vielleicht das weiße Gold, wenn es so ein Luxusbällchen wie der Titleist Pro V1 ist. Er steckt ihn in das Netz an seinem Gürtel, wühlt weiter, rutscht auf den Knien vorwärts und zuckt zurück, so wie auch das, was er gerade berührt. Dann zieht plötzlich etwas an seinem Handschuh. Er fährt zusammen, versucht die Finger zurückzuziehen, rüttelt sie hin und her und stößt das nicht sichtbare Etwas, das an seiner Hand zerrt, schließlich mit der anderen zurück. Verdammt, 'ne Schlange? Er hält inne, versucht durch die Finsternis zu spähen und erkennt die Umrisse des Panzers einer Schildkröte. Er kriecht rückwärts, spürt die Anstrengung in allen Muskeln und überlegt aufzutauchen. Das unberechenbare Tier, weitere Monster, die entsetzliche Finsternis, Joshua ist nach Flucht zumute, diesmal jedoch nicht aus dem Leben, sondern zurück ins Leben, ins Licht. Doch der Gedanke daran, wieder als Versager an die Oberfläche zu treiben, bringt ihn in Sekunden zu der Entscheidung, weiterzumachen.

Nach einem Tauchgang von knapp einer halben Stunde ist sein Netz mit den Bällen so schwer, dass er seine Flossen in Bewegung setzt und sich langsam emportreiben lässt. Als er aus der Dunkelheit auftaucht, schießt ihm die Sonne in die Augen. Geblendet schwimmt er zum Ufer.

Kate empfängt ihn mit einem lauten: „Hi, prima, zurück aus Neptuns Fängen!"

Sie hilft ihm aus dem Wasser und lacht. Wasserpflanzen und Modder bedecken seinen Taucheranzug.

„Siehst aus wie'n Seeungeheuer!"

Joshua spuckt den Schnorchel aus, reißt sich die Maske vom Gesicht, streift die Kappe ab und wischt sich den Schweiß und die feuchten Haarsträhnen von der Stirn.

„Ich bin einem Ungeheuer begegnet", keucht er, noch etwas atemlos.

„Was? Hat dich etwa eine von diesen fiesen Schnappschildkröten zu fassen bekommen?"

„Heftig!" Joshua nickt. „Zum Glück hab' ich die Handschuhe angezogen. Danke dafür!"

Kate lächelt zustimmend. Sie befühlt innerlich zählend das Netz an seinem Gürtel und klopft ihm anerkennend auf die Schulter.

„Guter Fang. Schätze, so dreißig Bälle sind drin."

Mit wenigen energischen Griffen packt sie die Ausrüstung in eine große Tasche. „Die Ablösung kommt gleich", sagt sie. „Morgen mehr. Jedes Zuviel ist ein Risiko."

Joshua zieht den langen Reißverschluss herunter und pellt sich aus dem Taucheranzug. Die noch kühle Luft streicht über seinen nackten Körper wie die Berührung zarter Frauenhände. Er fühlt sich wie der Unterwelt entstiegen, angekommen im Garten Eden. Einige Sekunden lang klingt sentimentaler Operngesang durch sein Ohr, wie in seiner Kindheit, wenn ihn Freude durchflutete. Dann switcht er wieder in die Gegenwart. Er klopft sich die vor Anstrengung leicht zitternden Beine und Arme, wischt mit dem Handtuch den Schweiß von seinem Körper und steigt in Jeans und T-Shirt.

„Ich lad' dich zum Essen ein", sagt er, sich seiner spontanen Idee innerlich vergewissernd und Kate ist begeistert.

Sie gehen in der Gastown Sushi essen, trinken Mengen an Mineralwasser und zum Abschluss ein Gläschen Pflaumenschnaps. Sie haben beide etwas zu feiern, Joshua seinen Erfolg beim Tauchen und Kate die Fertigstellung ihrer Recycling-Anlage mit automatischer Waschanlage für die Golfbälle. Jetzt hat sie alles unter ihrem Dach.

Gut gelaunt gehen sie nach Hause und schlafen miteinander. Es kommt einfach so, und Joshua bereut es nicht, auch wenn er dabei an Sophie denkt. Es fühlt sich einfach richtig an, möbelt sein angeknackstes Selbstbewusstsein wieder auf.

Am nächsten Morgen jedoch zieht es ihn herunter. Kate hat sich verliebt. Das tut ihm jetzt leid, denn er wird sie enttäuschen müssen. Er plant, weiter zu reisen, wohin genau weiß er noch nicht, vielleicht in den Yukon bis nach Dawson City, wie mit Sophie geplant, in die Wildnis, ins wirkliche Kanada. Vielleicht nach Gold suchen, nach dem Motto „Take your chances“.

Etwas später, um dieselbe Zeit wie gestern, stehen sie wieder an einem Teich, nur dass dieser klarer und tiefer ist.

„So, dann mal seh'n, wie die Ausbeute heute ist“, sagt Kate mit zuversichtlicher Miene und zieht das Taucher-Equipment aus der Tasche.

Immer ein Aufpasser an Land, erklärt sie ihm, als er sie danach fragt, ob auch sie heute tauchen würde.

Joshua zwängt sich wieder in das hinein, was er heute Ganzkörperkondom nennt, und lässt sich in die Tiefe gleiten. Die Sicht ist deutlich besser. Er kann immerhin wie durch grünes Milchglas hindurchgucken. Bereits nach wenigen Minuten stößt er auf mehrere Bälle, ohne von irgendwelchen gepanzerten Urviechern angeknabbert zu werden.

Er macht an diesem Tag drei Tauchgänge, unterbrochen von

Pausen, in denen er mit Kate auf dem Rasen sitzt und ein erschreckendes Maß an Emotionslosigkeit ihr gegenüber in sich registriert. Beim letzten Tauchgang spürt er eine unendliche Müdigkeit in allen Gliedern, aber er nimmt sich zusammen, bis das Netz fast voll ist. Als seine Finger noch einmal durch den Schlamm harken, rutscht ein kleiner glatter, unregelmäßig geformter Gegenstand in seine Hand. Er tastet gespannt darüber. Kurzes Staunen, Nicht-Glaubenwollen, dann ein inneres Lächeln. Was sich da in seine halb geöffnete Hand schmiegt, als wäre es von ihr geformt, sieht nach purem Gold aus – ein Nugget. Kate hatte ihrer Firma schon den richtigen Namen gegeben, denkt er. Ja, er hat einen Schatz gefunden. Er überlegt kurz und schiebt das Nugget unter seine Kappe. Es würde durch das Netz für die Bälle hindurchfallen. Und während er weiter über den Teichgrund kriecht und sich sein Netz mit Bällen füllt, überlegt er, wie das Nugget auf den Grund eines Golfteichs gelangen konnte und ob er den Fund vor Kate verstecken oder ihn ihr zeigen und mit ihr teilen soll.

Fast eine volle Stunde bleibt er am Grund des Teiches. Er will heute so viele Bälle wie möglich bergen, als krönenden Abschluss. Mit dem Goldnugget würde er nie mehr im Trüben fischen müssen. Und so stößt er sich mit den Flossen, in einer Sandwolke verschwindend, vom Boden ab und ackert sich heftig mit den Armen rudernd unter der schweren Last der Bälle wieder an die Wasseroberfläche.

Kate sitzt auf dem Rasen. Sie erhebt sich, beglückwünscht ihn zu den, wie sie locker schätzt, achtzig Bällen in seinem Netz. Sie wirkt etwas bedrückt, spürt anscheinend seinen Rückzug. Joshua überfällt wieder das Gefühl, niemandem etwas bieten zu können, noch nicht einmal sich selbst. Kate hat es nicht verdient, enttäuscht zu werden. Er begreift, dass sie so unterkühlt gar nicht ist. Verdammt, was ist er doch für ein Arsch!

Er zieht sich aus und holt den Goldfund vorsichtig aus der Kappe, während Kate die Taucherausrüstung zusammenpackt. An Land erweist sich das Nugget in seiner Hand als so leicht, dass Joshua enttäuscht feststellt, dass sein Fund kein solider Goldklumpen ist. Er beschließt, ihn erst einmal alleine in Augenschein zu nehmen, zieht sich an und lässt den Fund in seiner Hosentasche verschwinden, während Kate im Hintergrund telefoniert.

„Ich hab' noch 'ne Verabredung", sagt sie, während sie ihr Handy in die Jackentasche steckt.

„Okay." Joshua zögert, schluckt. „Soll ich mir 'n Zimmer nehmen?"

Kate überlegt. „Ich hab' das Gefühl ... Also, wenn es dir nichts ausmacht."

Joshua sieht, wie ihre Augen feucht werden.

„Ich werde mir 'n Hotel suchen", sagt er. Die Entscheidung schmerzt ihn.

„Ich kenne ein gutes und günstiges Bed & Breakfast in der Nähe", sagt Kate mit rostiger Stimme.

Sie fahren schweigend zu ihrer Wohnung, und Joshua holt seinen Rucksack herunter. Als er wieder zu ihr ins Auto steigt, drückt sie ihm ein Kuvert in die Hand.

„Dein Lohn", sagt sie müde.

Sie fährt ihn zu MARYS PARADISE, einem kleinen dunkelroten Holzhaus mit weißen Fensterläden und vier Zimmern in einer ruhigen Wohngegend.

„Möchtest du morgen noch mal tauchen?", fragt sie tonlos.

Eine gewisse Klarheit schält sich aus seinem Gefühlschaos. Er schüttelt den Kopf. Er registriert die Entscheidung, die er gerade getroffen hat, mit einer gewissen Traurigkeit, die sich allerdings nur auf Kate bezieht.

„Okay. Dann …" Sie holt stockend Luft und wischt über ihre Augen. „Vielleicht sehen wir uns irgendwann mal wieder."

Joshua hat einen Kloß in der Kehle. „Ja, das wäre schön", sagt er mit leiser, sanfter Stimme. Er bedauert es, sie jetzt nicht mehr an seiner Seite zu haben, als guten Kumpel. „Danke für alles. War super mit dir …" Er will ihr sagen, dass er sie nie vergessen wird, tut es dann aber als Schmeichelei ab. „Komm doch mal nach Deutschland!", bringt er stattdessen leise hervor. „Kannst jederzeit bei mir aufschlagen."

Kate bemüht sich um ein Lächeln. Joshua zieht einen Zettel aus ihrem Clipboard, schreibt seine Adresse darauf und heftet das Papier an die Armatur. Ihm ist elend zumute. Einen Moment, gefühlt wie eine lange Zeit, sitzen sie stumm da.

„Hätte gern mehr über dich erfahren", sagt Kate schließlich mit gedämpfter Stimme, „aber ich weiß, dass man dich nicht ausfragen kann."

Joshua nickt, ringt sich zu einer Umarmung durch. Er spürt Kates Zurückhaltung. Schließlich steigt er aus, schließt die Tür so sanft wie möglich. Nach der heruntergekühlten Luft im Wagen schlägt ihm die Nachmittagswärme entgegen, als wollte sie ihn stoppen. Er holt seinen Rucksack von der Ladefläche, schaut noch mal in die Fahrerkabine und wagt einen letzten Blick auf Kates langen Zopf und ihre kräftigen anpackenden Hände, die auf dem Lenkrad liegen. Sie blickt ausdruckslos durch die Windschutzscheibe und lässt den Motor an.

Joshua tritt einen Schritt zurück und hängt sich den Rucksack über die Schulter. Kate fährt los. Er sieht den roten Pickup um die Ecke verschwinden, geht wie betäubt zur Tür des frisch gestrichenen dunkelroten Holzhauses. Er weiß, dass er Kate nicht wiedersehen wird. Er fühlt sich leer, drückt die Klingel und wird von einer freundlichen alten Dame empfangen. In dem kleinen Foyer nimmt sie seine Daten auf, führt ihn zu einem Zimmer im Parterre und wünscht ihm einen angenehmen Aufenthalt.

Dann ist Joshua allein, sehr allein. Er lässt den Rucksack müde von seiner Schulter auf den Boden gleiten, sieht sich um, fährt sich durch das lang gewordene Haar, das sich an den Spitzen zu wellen beginnt. Das Zimmer ist klein und spärlich eingerichtet. Es riecht nach Duftöl. Durch das Kassettenfenster fällt Sonnenlicht herein, das kalt an ihm abprallt. Nie zuvor hat er die tiefen Brüche und Kanten seines Lebens so klar erkannt.

Als er auf dem Kopfkissen einen Glückskeks entdeckt, gefriert alles in ihm. Er starrt darauf, zunächst angewidert, dann neugierig darauf, was ihm seine Kollegen hier in Kanada oder sonst irgendwo wohl zu sagen hätten. Er nimmt den Keks, bricht ihn auf und liest: „Baue Brücken, statt sie einzureißen."

Na ja, denkt er, auch nicht gerade Goethe. Für ihn hätte besser gepasst, „Baue Brücken, um hinunterzuspringen." Dennoch bewegen die ersten zwei Wörter etwas in ihm. „Baue Brücken." Wie ein Ohrwurm wiederholt sich der erste Teil wieder und wieder in ihm, bis die Worte langsam ins Unterbewusstsein abgleiten.

Er lässt sich rückwärts aufs Bett fallen, starrt eine lange Weile an die Decke, fühlt sich planlos, willenlos, wie in einem Netz gefangen, das über einem Abgrund hängt. Er liegt so eine lange Weile im Nichts. Als er Durst verspürt, richtet er sich auf und nimmt einen Schluck aus der Wasserflasche, die auf dem Tisch steht.

Dann greift er in seine Hosentasche und holt das Nugget hervor. Er dreht es in seiner Hand hin und her und entdeckt bei näherem Hinsehen, dass es aus zwei fest ineinandergesteckten Teilen besteht, die an einer Seite mit einem Gelenk verbunden sind. Joshua klappt die beiden Teile auseinander und blickt nun auf ein Medaillon mit dem Bild einer Frau darin. Das Foto ist laminiert, sodass das Wasser nur leichte Schäden hinterlassen hat. Und was er nun sieht, ist das ebenmäßig geschnittene Gesicht einer wunderschönen Frau mit indigenen Zügen. Sein Blick saugt sich regelrecht an dem Bild fest, an den dunklen geheimnisvollen Augen dieser Unbekannten mit pechschwarzem langem Haar. Voller Neugier beginnt er zu überlegen, wer sie sein könnte, fängt an zu fantasieren und spinnt Geschichten. Seine Schwermut löst sich auf wie Nebel. Keine Enttäuschung mehr über das hohle Nugget, das nur einen Bruchteil an Wert von einem echten hat. Und irgendwann schläft er ein, erschöpft von den anstrengenden Tauchgängen und den herumwirbelnden Gedanken. Erst am späten Nachmittag wacht er wieder auf, duscht und macht sich zu Fuß auf den Weg zum Golfplatz. Er will den Fund seinem Besitzer zurückgeben und hofft, etwas über die Frau auf dem Foto zu erfahren.

Im Clubhaus spricht er den Platzaufseher an und zeigt ihm das Medaillon. Der nimmt es in die Hand, dreht und wendet es, öffnet es, klappt es wieder zu und blickt zu Joshua auf. „Ich hab' da so eine Vermutung. Komm!“ Er nimmt Joshua mit zum Ausgang. „Sieh mal da drüben! Der kleine Junge, der da, mit den schwarzen Haaren und der weinroten Jacke, der hat gestern wutentbrannt etwas in den Teich geworfen und hinterhergeschrien ‚Ich hasse dich!‘“

Joshua starrt zu dem Jungen auf dem Rasen, wie er, die Hand aufhaltend, neben einem Golfer mit Caddy herläuft.

„Ich habe ihn schon ein paar Mal verscheucht, aber er kommt

immer wieder, immer am späten Vormittag und bettelt die Leute an“, erklärt der Aufseher. „Scheint ’n Indianer zu sein, na ja, ’n First Nation. Bisher gab’s noch keine Beschwerden von Seiten der Golfer. Die lassen sich gern mal von ihm die Golfbälle aus den Löchern holen und geben ihm dafür ’n Trinkgeld.“ Er zuckt die Achseln, überlegt. „Aber was das mit dem Medaillon auf sich hat oder besser mit der Frau darin, keine Ahnung. Jemand anderes hat jedenfalls noch keinen Verlust angemeldet.“

Joshua beobachtet, wie der Junge jetzt etwas in seine Hosentasche steckt, vermutlich Geld. Er kann nicht älter als sieben oder acht sein.

Zögernd bleibt Joshua an der Tür stehen, als der Platzwärter ihm viel Erfolg wünscht und sich ins Clubhaus zurückzieht. Er holt das Medaillon heraus, blickt auf das Bild der Frau darin, spürt das Verlangen, sie real vor sich zu sehen. Dann hebt er den Blick über den Rasen, zu dem kleinen Jungen, der sich jetzt von dem Golfer abgesetzt hat und in Richtung Ausgang geht. Wer anderes kann die Unbekannte in dem Medaillon sein, als seine Mutter, fragt er sich. Es ist nicht mein Job, es ihm wiederzugeben, sagt er sich. Wahrscheinlich würde der Kleine es ablehnen oder empört darauf reagieren, dass es wieder zutage befördert wurde, weil er Stress mit seiner Mutter hatte. Es war sicher sein Wunsch, es auf nimmer Wiedersehen im Schlamm begraben zu wissen. Und damit macht sich Joshua auf den Weg zu seiner Unterkunft.

Als er jedoch in seinem Zimmer sitzt und weiter über den Fund und den Jungen nachdenkt, steigt etwas in ihm auf, das er nie kannte – ein Verantwortungsgefühl. Hätte er doch versuchen sollen, den Jungen, der anscheinend um Geld betteln musste, davon zu überzeugen, zumindest das Medaillon zurückzunehmen, vielleicht ohne das Foto? Joshua beschließt, am nächsten Tag noch nicht weiterzureisen, sondern noch einmal zum Golfplatz zu gehen. Er hofft inständig, dass der Junge zurückkehrt.

Kapitel 19

Sophie steht am Ufer des Murtle River. Ihr Blick haftet starr und ungläubig auf dem Wasser. Ein Mensch! Ein Mensch, der gegen die brausenden Fluten kämpft, kurz davor, in den Wasserfall hinabgezogen zu werden.

Eine Sekunde des Sich-Sortierens, ein kurzer Moment inneren Anlaufs und sie rennt, mal Fuß fassend, mal rutschend, den Pfad am Fluss entlang, hinab zum Ufer. Nun erkennt sie einen Mann. Er wird in der Strömung herumgewirbelt, bemüht, sich dem Sog in Richtung Fallkante zu entziehen und zum Ufer zu schwimmen. Die rotierende Strömung zieht ihn jedoch immer wieder fort. Die schaumigen weißen Wellen schlagen in kurzen Abständen wieder und wieder über seinem Kopf zusammen. Der Wasserfall kommt näher. Sophie sieht den Mann nach herabhängenden Ästen am Ufer greifen, sieht, wie diese abreißen, wie er wieder in die Mitte des Flusses getrieben wird. Sie streift hastig ihren Rucksack ab, blickt um sich, entdeckt neben einem zerbrochenen Fischkorb einen Kescher, greift ihn und ist mit sicheren Schritten wieder am Fluss, jetzt einige Meter weiter. Der Ufersaum ist hier etwas höher, aber noch weiter den Flusslauf hinab, sagt sie sich, geht nicht. Zu dicht wäre der Wasserfall.

Sie hält den Kescher an dem langen Aluminiumstab in die Strömung. Der Mann treibt direkt darauf zu. Ein Strudel erfasst ihn, rollt ihn auf den Rücken und drückt ihn rückwärts mit dem Kopf ins Netz. Im nächsten Moment dreht er sich und es gelingt ihm nach einigem Kampf, sich daraus zu befreien und sich an dem Stab festzuhalten. Während das schäumende Wasser seinen Kopf immer wieder verschluckt, krallen sich seine Hände um den Stab. Die Muskeln seiner Arme treten so stark hervor, dass Sophie fürchtet, sie könnten reißen. Auch sie spürt nun den heftigen Zug an ihren Armen, betet, ihn halten zu können. Ein Zerren, ein heftiger Schmerz. Der Stab droht, ihr aus den Händen zu rutschen. Sie tritt hinter einen Felsen, legt sich kurzerhand bäuchlings darauf, schlingt Arme und Beine um den rauen Stein und stemmt die Füße in den Boden, während ihre Hände das Aluminium halten, die Haut über ihren Knöcheln weiß vom Druck. Sie hält den Stab und den daran hängenden Mann mit all ihrer Kraft. Die Strömung arbeitet ihnen an dieser Stelle zu, sodass er sich ein Stück weit an dem Stab emporziehen kann. Er löst eine Hand vom Kescher, findet mit der nun freien Hand an einem dünnen Baumstamm Halt, packt auch mit der zweiten zu, genau in dem Moment, in dem Sophie nicht mehr halten kann. Der Stab gleitet durch ihre Hände und wird vom schäumenden Flusswasser verschlungen.

Der Baumstamm droht nun, vom Gewicht des Mannes ins Wasser gezogen zu werden. Geistesgegenwärtig rutscht Sophie von ihrem Felsen, eilt zu dem niedrigen Uferabschnitt hinunter und setzt sich rittlings auf den Stamm, an dem der Mann hängt. Sie macht sich schwer, lässt ihre gesamten fünfundfünfzig Kilo Körpergewicht darauf sinken. Der Mann hangelt sich mit letzter Kraft prustend daran empor und rutscht wieder zurück. Sophie hält sich mit einer Hand an dem Baumstamm fest und streckt ihre Hand aus. Sie versucht den Arm des Mannes zu greifen, wird von seinem Gewicht jedoch bedrohlich zum Wasser hinabgezogen und muss loslassen. Nach mehreren Versuchen gelingt es dem Mann schließlich, sich mit dem Oberkörper auf den Stamm zu ziehen. Sophie erkennt nun die grün-graue Uniform der Parkranger. Ihr Herz stockt. Der Mann, der da um sein Leben kämpft und sie in Atem hält, entpuppt sich als der, der ihr bereits auf andere Weise den Atem geraubt hatte – gestern vor dem Camper. Ja, es ist der Ranger, der ihr gerade ins Netz gegangen ist. Sie drückt weiter ihr Gewicht auf den Stamm, bis der Mann schließlich die Füße in den wassergefüllten Stiefeln an Land ziehen kann. Er stolpert triefend ans Ufer, spuckt Wasser, lässt sich erschöpft fallen und streckt vor ihr alle Viere von sich – keuchend, zitternd vor Kälte und Erschöpfung.

Sophie schaut auf ihn hinab. Sein Atem geht heftig und sein wohlproportionierter Körper zeichnet sich in allen Details unter der nassen Kleidung ab. Gestern stand er noch selbstbewusst und stattlich vor ihr, nun liegt er wie hingegossen zu ihren Füßen. Auch wenn ihr der Schock noch in den Knochen sitzt, kann sie das Lächeln, das sich angesichts der gewissen Komik der Situation in ihr Gesicht zwängt, nicht unterdrücken. Sie sieht für einen kurzen Moment noch einmal, wie sein Kopf in dem Kescher hängenblieb. Dann ist sie wieder ernst, hockt sich neben den Gestrandeten und fragt ihn, ob er verletzt sei. Er schüttelt den Kopf und setzt sich langsam auf, sodass sich ihre Blicke einen kurzen Moment lang sehr direkt treffen. Sophie registriert sein Stutzen, seine Überraschung. Er hustet, spuckt noch einmal Flusswasser aus und legt den Kopf in seine Hände. Langsam zu sich kommend streift er die triefnassen Haare aus dem Gesicht und erhebt sich, gleichzeitig mit Sophie. Er mustert sie aufmerksam.

„Ach“, sagt er mit noch wässrig-erschöpfter Stimme, „Du? Die Frau von gestern Abend – alleine vor dem Camper? Am Clearwater Lake?“

„Ja“, Sophie grinst. „Eigentlich bin ich ja nicht zum Angeln hierhergekommen, aber …“

„Und dann so'n fetter Fisch, was?“ Ein flaches Lächeln huscht über das wasserbenetzte Gesicht des Rangers. „Danke“, presst er heraus.

Dann ertönt plötzlich eine Männerstimme hinter ihnen: „Hey Ranger, heute Unterwasserdienst?“

Sophie erschrickt, blickt sich um. Ein Mann mit grauem Bart, in gummierter Latzhose und mit Angel in der Hand, steht hinter ihnen.

„Habe da unten hinterm Wasserfall meine Angelstelle und habe hier meinen Kescher abgestellt. Habt ihr ihn gesehen?“

„Tut mir leid“, erwidert Sophie, „der ist leider den Wasserfall runter. Hat aber vorher gute Dienste geleistet.“

Der Angler guckt von Sophie zu dem Ranger und scheint zu verstehen. „Eigentlich ist das Ding für kleinere Fische gemacht“, sagt er mit einem spöttischen Grinsen.

„Die Lady hat mir mit dem Ding womöglich das Leben gerettet.“

„Joh“, bringt der Mann trocken hervor, „der Sturz darunter auf die Felsen hätte mehr als blaue Flecken bedeutet.“ Er guckt, den Kopf wiegend, zum Wasserfall, dann wieder zu Sophie. „Na dann – dann muss ich meinen Fang wohl heute am Haken nach Hause tragen. Und Sie, junge Frau, sollten sich um den zitternden Wildhüter kümmern. Fünfzehn Grad Wassertemperatur! Der braucht dringend 'nen Drink, mindestens sechzigprozentig, damit er wieder auftaut.“ Der Mann grinst breit, legt die Hand grüßend an seine Baseballkappe und verschwindet flussabwärts.

Einen Moment lang ist nur das unaufhörliche Rauschen des Flusses zu hören. Sophie blickt auf den Mann vor ihr, der immer noch schlottert wie ein nasser Pudel, obwohl er eigentlich zum Schutz von Mensch und Tier hier war.

„Ich heiße Sophie", sagt sie, mit immer noch ungläubiger Miene.

„Ich bin Steve." Die Stimme des Rangers klingt wieder wie gestern, warm, angenehm tief und weich. „Damit sorge ich wohl erstmal für Gesprächsstoff", sagt er mit einem flachen Lächeln.

„Vielleicht sorgst du sogar für 'ne Schlagzeile im Provinzblättchen. Ranger im Murtle River ins Netz einer Wanderin gegangen." Sophie erschrickt im selben Moment über ihre verfänglichen Worte. Sie verlieren sich kommentarlos im Rauschen des Wassers.

Aufmerksam beobachtet sie, wie Steves schlanke, gleichsam kräftige Hände mit dazu im Kontrast stehenden weichen Bewegungen über seine nasse Kleidung fahren und an seinem Gürtel hängenbleiben. Das Funktelefon in der wasserdichten Box ist noch dort, stellt er fest, das Bärenspray scheint davongespült zu sein.

Er lächelt kurz. „Vielleicht holt es ein Bär aus den Fluten."

„Und wehrt damit aufdringliche Touristen ab", sagt Sophie lachend.

Und jetzt, wieder aufrecht und im Lot vor ihr, das kurze blonde Haar von der Sonne getrocknet, sein Blick aus leuchtend blauen Augen auf sie gerichtet, geht Sophies Souveränität auf Grundeis. Sie kann seinem beobachtenden Blick nicht länger standhalten, kann ihre Gefühle nicht fassen, taumelt innerlich, spürt schließlich die Frage nach dem Geschehen in sich aufsteigen. Doch dafür ist jetzt nicht der richtige Augenblick, sagt sie sich, als sie zum Himmel guckt. Dicke aufgequollene Wolken rollen heran, pressen ihre fetten Bäuche bedrohlich in den blauen Himmel.

„Sieht so aus, als sollten wir uns auf den Weg machen", sagt Steve mit besorgter Miene.

„Mein Camper steht auf dem Pyramid-Parkplatz." Sophie blickt ihn fragend an.

„Zu meiner Hütte ist es dichter. Deinen Camper können wir später holen. Ich fahr dich hin."

Sophie nimmt eilig ihren Rucksack, schultert ihn und folgt Steve auf den Pfad.

„Auf jeden Fall darf uns jetzt nichts Angriffslustiges begegnen, ohne das Pfefferspray", sagt er und blickt sich dabei kurz zu Sophie um.

„Ich habe vorhin Pumaspuren entdeckt", erwidert sie, „aber schau mal, was ich hier habe." Sie holt ihr Bärenspray aus der Hosentasche hervor.

Steve hebt den Daumen. „Sicher, dass es Pumaspuren waren?", fragt er skeptisch.

„Ganz sicher!"

„Wo?"

„Kurz hinter der Biegung, wo sich der Trail teilt."

Steve blickt zum Himmel, presst die Lippen aufeinander. „Na ja, bei Gewitter ziehen sich auch Wildtiere eher zurück."

In die Sorge um das Wetter mischt sich nun die Aufregung über das Zusammensein mit dem Mann, der sie gleich beim ersten Gegenüber so dermaßen geflasht hat. Und dann plötzlich schleicht sich Joshua wieder in ihr Bewusstsein. Wie anders fühlte es sich mit ihm an. Irgendetwas ist eigenartig an diesem Mann, der sie jetzt durch den Wald führt. Es gelingt ihr nicht, auszumachen, was sie trotz aller Attraktion an ihm befremdet.

Erste schwere Regentropfen fallen nun herab und Steve gibt Gas. Sophie hat alle Mühe, ihm zu folgen, richtet den Blick immer wieder auf die näher rückenden regengefüllten schwarzblauen Wolken, die die Sonne verschlungen haben. Die Kühle des Waldes und des nahen Wassers legen sich auf Sophies Haut. Vergeblich wartet sie die nächsten Minuten darauf, dass Steve sich nach ihr umsehen, zumindest einen kurzen Moment lang anhalten würde. Doch erst als ein Blitz das Grau des Himmels zerreißt, bleibt Steve stehen und wendet sich ihr zu.

„Alles okay?", fragt er.

Sophie nickt. Im nächsten Augenblick fährt das heftige Krachen des ersten Donners in ihre Ohren. Sie zuckt zusammen, Adrenalin schießt in ihre Adern. Sie mochte noch nie Gewitter, aber hier im Wald, fernab von schutzspendenden Dächern und Autos, das ist noch einmal eine andere Nummer. Da kann ihr auch Steves Gegenwart nicht die Angst nehmen. Und das Bild, das sie von ihm hatte, verlor am Murtle River ohnehin seinen Glorienschein, reduzierte den kernigen Ranger auf einen ganz normalen, wenn auch unvermindert attraktiven Mann.

Wenige Sekunden später findet sie sich in dem gleichen Zustand wie Steve wieder – durchnässt und von einer fetten Gänsehaut überzogen. Der schwere Geruch nasser Erde und feuchter Gräser zieht in ihre Nase. Sie möchte nur noch ins Trockene, in Steves Hütte, sie möchte in Sicherheit sein. Was für 'ne Pussy du bist, schilt sie sich. Doch dann sieht sie sich noch einmal bei ihrer Rettungsaktion, denkt, dass sie vielleicht diesen Hüter der Wildnis vor dem Ertrinken bewahrt hat, und schlittert mit sich versöhnt hinter Steve über den glitschigen Waldboden.

Ihr Atem geht schwer. Die Jacke klebt regen- und schweißgetränkt auf ihrer Haut. Der Himmel wechselt jetzt im Sekundenrhythmus von dunkel auf taghell. Jeder Schritt muss auf dem durchweichten Boden, über schlammige Furchen hinweg, ausbalanciert werden. Sophie denkt an Pumas und Bären, an einen Freund, der von einem Blitz erschlagen wurde, und plötzlich an Joshua. Wie hätte er wohl in dieser Situation reagiert? In ihm schlagen, so empfindet sie es, zwei Herzen, eines kräftig, das andere schwach und mit Rhythmusstörungen. Wie es um seinen Mut bestellt ist, hat sie nie herausgefunden. So vieles von ihm blieb im Dunkel seiner Verschlossenheit.

Ein Donner reißt Sophie aus ihren Grübeleien, wirft sie hart in die gnadenlose kanadische Wildnis zurück, als würde ein Hammer vom Himmel auf sie herabschlagen. Verfolgt von züngelnden Blitzen und schnell aufeinander folgenden dumpfen Donnerschlägen erreichen sie schließlich die Ranger-Station. Sophie atmet auf. Der grüne Pickup mit Ranger-Logo steht neben dem Haus, Wasserlachen haben sich gebildet. Das feuchte Holz quietscht unter ihren Schritten, als sie die Veranda betreten.

Als Steve die Tür aufschließt und Sophie ihm in den dunklen Raum folgt, ist ihr, als sei sie an Starkstrom angeschlossen. Er knipst das Licht einer kleinen schwachen Lampe an, die über dem grob zusammengezimmerten Kiefernholztisch hängt, nimmt ihr den nassen Rucksack ab und stellt ihn neben den Eingang.

„Ich hole mal was Trockenes für dich." Steve verschwindet hinter der Tür links von ihr.

Sophies Blick fällt auf den gusseisernen Kaminofen in der Mitte des Raums. Sie sieht sich bereits mit Steve vor dem Feuer sitzen.

Mit einem Jeanshemd, einer Cargohose, Socken und einem Handtuch kommt er zurück und reicht Sophie alles mit einem entschuldigenden Lächeln. „'N bisschen groß, aber es wird schon geh'n. Möchtest du heiß duschen?“

Sophie schüttelt den Kopf. „Eine Dusche reicht. Bei dem Wandertempo ist mir wieder warm geworden.“

Sie nimmt die als Männerkleidung erkennbaren Sachen entgegen und späht auf die Etiketten. Größe M, liest sie verwundert.

Steve lächelt. „Ist von meinem Freund. Der ist 'n bisschen kleiner als ich.“

„Danke.“ Sophie horcht auf. „Von einem Kollegen?“, will sie fragen, lässt es aber.

Steve zieht ohne Umschweife sein Hemd aus und wirft es in den Nebenraum. Mit nacktem Oberkörper geht er zu dem alten Holzschrank an der hinteren Wand des Raums. Sophies Blick bleibt unweigerlich an seinem muskulösen Rücken hängen. Sie beobachtet, wie er ein Hemd aus dem Schrank zieht, es mit geschmeidigen Bewegungen überstreift und zuknöpft.

Kurz entschlossen zerrt sie ihre nasse Kleidung von ihrem feuchten Körper, trocknet sich schnell ab und steigt in die viel zu lange Hose, die sie wie einen Sack halten muss. Sie zieht sie nach oben, fast bis unter den Busen, schließt den Gürtel und krempelt die Hosenbeine hoch. Als sie das Hemd übergezogen hat, steht Steve vor ihr, frisch eingekleidet und gekämmt. An seinem Outfit hat sich nichts geändert: Dienstkleidung, bis auf die Füße. Er schlurft in Flipflops heran, blickt an Sophie hinab.

„Passt doch“, sagt er lächelnd. „Leg deine Sachen vor den Ofen. Ich mache das Feuer an.“

Sophie breitet ihre nasse Kleidung vor dem Ofen aus, bemüht ihre Eindrücke zu verarbeiten.

„Setz dich, fühl dich wie zu Hause“, Steve deutet zu den Stühlen am Tisch.

Sophie folgt seiner Aufforderung, ohne ihn aus den Augen zu lassen, während er sich vor den Ofen hockt, kleine Holzstücke hineinlegt, sie anzündet und größere Holzscheite nachschiebt. Dann erhebt er sich, wendet sich ihr zu und lächelt sie an.

„Ich mache uns erstmal einen heißen Tee – und wenn du magst 'nen Whisky. Der heizt gut ein."

„Tee ist super", antwortet Sophie, „Alkohol eher nicht."

Sie hofft, dass ihr heftiger Herzschlag unbemerkt bleibt, ist froh über den Starkregen, der auf das Dach prasselt, und das dumpfe Grollen des Donners, der sich allmählich in den Weiten der Wälder verliert.

Steve schlurft zu der kleinen Küchenzeile und Sophie beobachtet aufmerksam, wie er mit behutsamen Bewegungen Wasser in den Kocher füllt und zwei Teebeutel aus einer Blechdose holt. Dann sieht sie sich um. Auf einem schmalen Schreibtisch in der Ecke steht ein Notebook, daneben liegen Papiere und mehrere Bücher. An den Wänden aus rohen Holzbohlen hängt ein einziges Bild, ein Foto der Helmcken Falls.

„Kommst du aus Deutschland?", fragt Steve, einen Becher mit aufgedruckten Bären vor ihr absetzend, einen mit dem Ranger-Logo für sich selbst.

„Ja. Hört man sofort, nicht?"

„Klingt nett."

Steve holt eine Flasche Whisky aus dem Küchenschrank und kommt zurück an den Tisch. Er öffnet die Flasche und gießt einen Schuss Whisky in seinen Teebecher.

„Das war ein gruseliger Anblick da hinten am Wasserfall! Wie ist das überhaupt passiert?", fragt Sophie, wieder den Boden unter den Füßen spürend.

„Ich war leichtsinnig. Hab 'ne verdammte Plastiktüte aus 'ner

Felsspalte fischen wollen. Bin auf den glitschigen Felsen abgerutscht und wutsch, ab ins Wasser.“ Er hebt die Hände.

„Heftig!“, gibt Sophie zurück.

„Und dann kamst du mit dem Kescher!“ Steve lächelt.

„Tja, der Fang war nicht schlecht, obwohl ich auch gegen einen Lachs nichts gehabt hätte.“ Sophie grinst.

Steve lacht auf.

Beide nippen schweigend an ihrem Tee.

„Also kommt die Vermüllung jetzt auch schon bis in diesen abgelegenen Winkel der Welt“, sagt Sophie. Sie presst die Lippen zusammen.

„Ist das erste Mal, dass ich hier sowas entdeckt habe. Aber ich kann sowas nicht sehen. Ich konnte den Mist nicht dort lassen.“

Sophie nickt, lächelt anerkennend. Ja, er hat sein Leben für die Umwelt riskiert. Wer tut das schon? Die gewisse Lächerlichkeit der Situation weicht einer Hochachtung für seinen Einsatz.

„Vermutlich hätte mir das auch keine Ruhe gelassen“, sagt Sophie schließlich, „aber ob ich das Risiko eingegangen wäre?.“

Steve blickt versunken aus dem Fenster. „Man dümpelt ja auch nicht immer nur gern in seichten Gewässern. Das ist schon ’ne nachhaltige Erfahrung, so mitten drin im Wildwasser.“

Sophie überlegt, erinnert sich an die erste Begegnung mit Steve.

„Hast du eigentlich den Grizzly gesehen, vor dem du gestern gewarnt hast?“, fragt sie.

„Nein, der hat sich wieder verzogen. Es gibt hier ja nur ganz vereinzelte, ansonsten viele Schwarzbären. Die sind deutlich harmloser. Ich mag sie sehr, hatte mal einen hier, der ist mir zum guten Freund geworden, kam jeden Tag zum Haus, sah sich um und verschwand wieder. Hab ihn lange nicht mehr gesehen. Schade.“ Steve zuckt die Schultern.

„Ja, der Bär ist und bleibt auf jeden Fall der Chef im Wald, dagegen ist auch der Ranger nur Hilfssheriff." Sophie linst zu Steve hinüber und greift nach ihrer Tasse.

Er lächelt, sieht dann kurz aus dem Fenster.

„Ich bin übrigens Biologin", erklärt Sophie mit ein bisschen Stolz in der Stimme.

„Biologin! Interessant!", Steve zieht die Augenbrauen hoch.

Sophie spürt seinen aufmerksamen Blick so intensiv, dass es ihr unmöglich ist, ihn zu halten. Es knistert in ihr wie ein frisch entfachtes Feuer. Sie schaut in die Flammen im Ofen.

„Was genau ist deine Aufgabe und wer ist dein Arbeitgeber?", will Steve wissen.

„Ich arbeite im Bereich Ökologie von Pflanzen und Tieren in dynamischen Landschaften, vorher schwerpunktmäßig Bodenökologie, Bodengenetik und Bodenschutz", erklärt sie.

Steve hört ihr interessiert zu, stellt immer wieder Fragen und Sophie wird immer mitteilsamer.

„An und in den Mauern und Fassadenverkleidungen von Häusern, manchmal auch auf Dachböden und in Kellern, wo sie sich fortpflanzen, leben ja häufig Fledermäuse und Vögel", erklärt sie weiter. „Wir begutachten Gebäude vor Umbauten und untersuchen das Vorkommen von solchen geschützten Tieren hinsichtlich der Planung."

Steve nickt anerkennend.

„Im Moment sitze ich allerdings zu viel vor dem Bildschirm. Bin leider in erster Linie mit der Koordination beschäftigt. Ich möchte wieder mehr raus."

„Das kann ich verstehen." Steve steht auf, stochert im Feuer, sodass es Sauerstoff bekommt. Mit einem Zischen lodern die Flammen empor. „Komm an den Ofen", sagt er.

Sophie erhebt sich begeistert, und Steve stellt die Stühle, mit für Sophies Empfinden zu großem Abstand zueinander, vor den Kaminofen.

Er lässt sich schwer auf den Stuhl sinken und Sophie setzt sich neben ihn. Eine Weile betrachten sie schweigend das Feuer, lauschen dem Knacken und Knistern des Holzes. Sophie fühlt sich rundherum wohl, lässt sich sogar einen Whisky einschenken, ist in einer Was-solls-Stimmung angekommen.

„Du könntest ja Rangerin werden", sagt Steve in ihr Schweigen hinein.

Sophie horcht auf.

„Bei euch gibt es doch sicher auch Nationalparks."

Sophie nickt ein bisschen enttäuscht. Natürlich will sie nicht im Bayrischen Wald Gelegenheitswanderern den Unterschied zwischen Fichte und Tanne erklären.

„Ich fühle mich sehr wohl damit, und nach dem heutigen Ereignis würde ich sagen, dass du absolut geeignet bist, oder besser gesagt ideal dafür."

Steves Worte tanken sie mit einer gehörigen Portion Selbstbewusstsein auf.

„Was für eine Ausbildung hast du?", fragt sie.

„Ich habe Natural Ressource Management studiert", erklärt Steve, „aber es gibt viele andere Qualifikationsmöglichkeiten und viele verschiedene Aufgaben innerhalb dieses Jobs."

„Wohnst du immer hier?"

„Nein, nur während der Sommerferien. Ich habe ein kleines Haus in der Nähe von Williams Lake."

„Aber Familie kann man dann eigentlich nicht haben, was?" Sophie wartet gespannt auf Steves Antwort.

„Es ist schon eher was für Alleinstehende, aber es gibt auch

Ranger mit Familie. Die Arbeitszeiten sind sehr unterschiedlich.“ Er hält einen Moment lang inne. „Ich hab’ ja keine Kinder“, sagt er und blickt zum Fenster. „Ich wohne hier fast den ganzen Sommer über. Ich mag die Einfachheit.“

Sophie nickt zustimmend, atmet auf. Steve erhebt sich, gießt Tee nach, geht zum Ofen und legt noch einmal Holz nach.

Als die Frage, ob er sich wohl Kinder wünschen würde, in ihr Hirn drängt, schreit sie innerlich auf, entsetzt darüber, wie sich dieses Thema in ihrem Unterbewusstsein verankert hat, ungefragt an die Oberfläche treibt und quälende, für die Gegenwart irrelevante Fragen aufwirft. Warum hat man so wenig Einfluss auf das, was man denkt und fühlt, warum ist man seinem inneren Gequatsche so hilflos ausgeliefert, obwohl man glaubt, ein frei denkender Mensch zu sein? Sophie fährt sich übers Gesicht. Aber, lenkt sie im Stillen ein, als Rangerin in Kanada mit Steve zusammen, das wär’ schon was.

Er setzt sich wieder zu ihr und nippt an seinem Tee. Sophie spürt ein heftiges Verlangen, ihn zu küssen, in seine Arme zu fallen. Und sie würde ihn, das muss sie sich ohne Umschweife eingestehen, nicht von der Bettkante stoßen, würde er sie jetzt in sein Schlafzimmer schieben.

Das Bier, das Steve ihr anbietet, nimmt sie dankend an. Sie war nie eine Biertrinkerin, aber heute pfeift sie auf Prinzipien, und überhaupt ist ihr danach, die vielen inneren Beschränkungen aufzulösen. Das Bier gleitet angenehm ihre Kehle hinunter. Der leicht bittere Geschmack entspricht ihr, die benebelnde Wirkung jedoch ist ihr etwas unheimlich, hatte sie doch immer gern alles unter Kontrolle.

Steve guckt gähnend auf seine Uhr, entschuldigt sich. Nicht sie sei der Grund für seine Müdigkeit, sondern der heutige Tag, mit extrem frühem Aufstehen und einem Abgang in eisige, tobende Fluten.

Auch Sophie späht unauffällig auf ihre Uhr. Es ist halb acht und sie verspürt Hunger. In zwei Zügen leert sie das fast randvoll gefüllte Bierglas und gießt nach.

„In einer Stunde löst mich mein Kollege in der Nähe mit der Bereitschaft ab", sagt Steve, in merkwürdig sachlichem Ton. Er würde sich gern in irgendeiner Form für ihren Einsatz bedanken, er könne ihr heute jedoch nichts Vernünftiges zu Essen anbieten, lediglich Brot und Käse.

„Ich bin begeisterte Käsebrot-Esserin", erwidert Sophie mit schwerer Zunge. Sie erschrickt vor ihren eigenen Worten.

„Aber sicher nicht, wenn das Brot trocken und der Käse 'ne Woche alt ist", entgegnet Steve.

„Ich liebe trockenes Brot." Sie lehnt sich mit süffisanter Miene zurück, legt die Hände auf den Tisch und blickt Steve auffordernd an.

Er überlegt etwas und lehnt sich dann vor. „Ich würde dich gern morgen zum Essen einladen, Sophie", sagt er langsam und getragen. „Auf der Wells Gray Ranch gibt es morgen ein Barbecue. Dann bin ich wieder fit und ausgeschlafen. Den Abend habe ich auch noch mal frei."

„Schöne Idee, aber ich esse kein Fleisch", erwidert Sophie, bemüht ihre Enttäuschung zu überspielen. Sie hat keine Lust auf ihr eigenes Bett.

„Es gibt auch Gemüse und Grillkartoffeln, keine Sorge." Steve lächelt versöhnlich-entschuldigend. „Ich bin nur völlig erschlagen, tut mir leid. Ich muss früh in die Koje, muss morgen um fünf Uhr hoch. Und das unfreiwillige Bad heute war Vollstress, wie du dir sicher vorstellen kannst."

„Oh, ja, das kann ich“, sagt Sophie in ehrlichem Mitgefühl.

Sie schiebt den Stuhl zurück, erhebt sich wie eine Hundertkilo-Frau, fühlt sich benebelt vom Alkohol, aber auch ausgebremst. Sie wäre gern einfach so neben Steve eingeschlafen, den Kopf auf seiner Schulter, auch ohne Sex.

„Wie du siehst, bin auch ich ziemlich müde“, sagt sie und wippt leicht mit dem Kopf. „Hatte ja einiges zu halten, sonst wärst du den Bach runter.“

Sie öffnet die Knöpfe des Leihhemds. Die Hose rutscht auf ihre Hüften, die hochgekrempelten Hosenbeine fallen über ihre Füße.

„Die Klamotten kannst du mir morgen zurückgeben“, wirft Steve eilig ein. „Deine sind doch noch nass.“ Er lächelt. „Steh’n dir übrigens richtig gut. Hat was, so zu deinem kurzen Schopf.“

„Du willst mich veräppeln.“ Sophie knöpft das Hemd wieder zu und zieht die Hose hoch.

„Nein gar nicht. Ich glaube sowieso, dass dir alles steht.“

Sophie saugt die Worte auf wie einen Smoothie.

„Ich will dich wirklich nicht rauswerfen, aber …“

„Du musst dich nicht entschuldigen“, fällt ihm Sophie ins Wort. „Männer sind eben weniger strapazierfähig als Frauen. Ruh dich aus. Morgen Barbecue ist prima.“ Sie nimmt ihre nasse Kleidung, drückt sie in den Rucksack und geht zur Tür. „Na dann, lass uns geh’n.“ Sie öffnet energisch die Tür.

Steve folgt ihr hinaus. Es hat aufgehört zu regnen. Das Gewitter ist abgezogen und sie gehen unter einem klaren Sternenhimmel zum Auto.

Kapitel 20

Joshua rollt sich auf den Rücken, starrt auf das Bild vor ihm, vom Meer, dahinter die Skyline von Vancouver, die klassische Deko eines Hotelzimmers. Er fühlt sich nicht wie aus dem Schlaf erwacht, eher wie nach dem Schleudergang aus einer Waschmaschine gezogen. Im Loop-Modus kreisten die Gedanken an den kleinen Jungen auf dem Golfplatz durch seinen Kopf, vermischten sich mit wilden Träumen, mit Spekulationen und Fantasien. Er setzt sich auf, fährt sich mit beiden Händen übers Gesicht, quält sich aus dem Bett direkt ins Bad.

Unter der Dusche ereilt ihn plötzlich, wie aus dem Nichts heraus, das schlechte Gewissen seiner Mutter gegenüber. Er sollte sie anrufen, bevor sie wieder, ohnehin an Bluthochdruck leidend, in diesen beängstigenden Zustand inneren Aufruhrs geraten würde.

Gleich nach dem Frühstück hat er sie an der Leitung – seine Mutter kurz vor dem Abendbrot, entsprechend der Zeitverschiebung. Sie ist so verdammt erleichtert, stellt Joshua fest, so froh, etwas von ihm zu hören, dass auch er eine gewisse Freude nicht verleugnen kann. Sie ist erschüttert über seinen Rauswurf, bestärkt ihn aber darin, erstmal eine Auszeit zu nehmen. Sie will ihm Geld auf sein Konto überweisen. Er brauche es auch nicht zurückzuzahlen, es wäre ein Geschenk. Er solle sich keine Gedanken machen.

Joshua hört seinen Vater im Hintergrund etwas sagen, aber es klingt nicht nach Einspruch. Ja, trotz all dem Ärger, all dem Stress, trotz der Missachtung seines Vaters – sobald es hakt, sind sie eben doch da, und wenn auch nur, weil es die elterliche Moral so verlangt.

Eine Stunde später ist Joshua auf dem Golfplatz. Kate wird er hier heute nicht begegnen. Sie ist auf einem anderen Platz unterwegs. Er setzt sich auf eine Bank am Eingang, lässt seinen Blick über den fettgrünen Rasen mit den jetzt blau schimmernden Teichen schweifen, in denen er durch den Schlamm gekrochen war, um kleine weiße Bälle herauszuholen. Und dann das Eldorado vor ihm, das sich als hohl entpuppte, dafür ein Geheimnis in sich barg.

Die Golfer kommen heran, und Joshua muss nicht lange warten. Mit den ersten Schlägen, den ersten Bällen, die in Löchern, Hecken und Teichen verschwinden, taucht der Junge auf. Joshua beobachtet ihn, mustert ihn aufmerksam. Er ist nicht größer als einen Meter zwanzig, trägt ein T-Shirt mit dem schwarz-roten indianischen Holzschnitt eines Bären auf dem Rücken. Seine Jeans, mit tiefsitzenden Gesäßtaschen, sind vom Schleifen der zu langen Hosenbeine auf dem Boden ausgefranst, fallen auf abgelatschte, nur halb zugeschnürte Turnschuhe hinab. Sein kurzgeschnittenes, glattes schwarzes Haar glänzt wie geölt in der Sonne.

Unentschlossen bleibt Joshua sitzen. Er spricht nicht gern fremde Menschen an und schon gar nicht Kinder. Er beobachtet, wie der Junge auf einen Golfer zugeht, ihm die Hand entgegenstreckt. Der sagt etwas zu ihm, ohne ihm die Hand zu geben, und der Junge lässt sie wieder sinken. Er sieht sich um, bewegt sich zögernd in die Richtung eines Paars mit Trolley.

Joshua gibt sich einen Ruck, steht auf und eilt zu ihm, kurz bevor der Junge die beiden erreicht. „Hey", sagt er, vergeblich nach weiteren Worten suchend.

Der Junge bleibt stehen und blickt Joshua aus pechschwarzen, fragenden Augen an. Joshua zieht das Medaillon aus der Tasche und hält es hoch. „Das gehört doch dir, nicht?", fragt er mit verzeihender Stimme.

Der Junge bleibt reglos stehen, wirft Joshua einen kurzen ablehnenden Blick zu und dreht sich um. „Ich hab's aber weggeschmissen", sagt er mit Trotz in der Stimme.

Joshua hat das erwartet. Er fühlt sich für einen kurzen Moment um Jahre zurückversetzt, spürt die tiefen Verletzungen, die ihm sein Vater zugefügt hatte und die ihn innerlich verstummen ließen.

„Ich hab' vor ein paar Tagen auch versucht, was wegzuwerfen. Heute bin ich froh, dass ich daran gehindert wurde", sagt er, und dabei geht eine Anspannung durch seinen Körper.

Der Junge horcht auf, mustert Joshua mit Neugier in den Augen. Er steht einige Schritte von Joshua entfernt, sieht sich unschlüssig um, blickt dann wieder zu Joshua.

„Wie hast du es gefunden?", fragt er leise, mit den Füßen im Rasen bohrend.

„Ich habe nach Golfbällen getaucht und dann ist es in meine Hand gerutscht."

„Woher weißt du, dass es mir gehört?"

„Der Aufseher hat gesehen, wie du's in den Teich geworfen hast."

Der Junge nickt.

Joshua entdeckt etwas in ihm, das er noch nie in einem Kind gesehen hat. Es gelingt ihm noch nicht, es zu definieren, aber es spricht etwas Erwachsenes, etwas Wissendes aus ihm. Joshua kann seinen Blick nicht abwenden von dem Kindergesicht mit den weichen Konturen, den vollen Lippen, der runden Nase mit den geschwungenen Nasenflügeln und den mandelförmigen Augen.

„Nimm es zurück und lass die Sache noch mal sacken", sagt er in weichem Ton, jeden Vorwurf darin vermeidend. „Du kannst es ja morgen wieder wegwerfen, wenn du es wirklich nicht willst. Aber dann nicht in einen dieser Teiche hier, wo verrückte Taucher im Schlamm graben."

Der Anflug eines Lächelns, ein stilles Ringen mit sich, vielleicht ein Blick zurück. Und schließlich macht der Junge einen Schritt auf ihn zu. Joshua nimmt vorsichtig seine kleine zarte Hand und legt das Medaillon hinein. Dieser kurze bedeutsame Augenblick gewährt ihm einen Blick in verschüttete Gefühle, weckt etwas in ihm. Ein ganz fremdes, geradezu beflügelndes Gemisch aus Staunen, Freude und Stolz breitet sich in ihm aus. Er würde den Jungen gern fragen, ob die Frau in dem Medaillon seine Mutter ist, aber er hält sich zurück.

„Kommst du ganz alleine hierher?", fragt er stattdessen.

„Nein, mein Onkel bringt mich."

Joshua beobachtet, wie sich die Züge des Jungen verdunkeln.

„Und wo wohnst du?"

„Ich wohne bei ihm, in der Downtown Eastside."

Joshua nickt, erinnert sich an den Artikel über die Armut und die Drogenprobleme dort. Viele Fragen steigen in ihm auf, auch die über sich selbst.

„Und wie heißt du?", fragt er den unschlüssig vor ihm stehenden Jungen.

„Jerry, eigentlich Jeremiah."

„Ich heiße Joshua."

„Du sprichst so komisch. Woher kommst du?"

„Aus Deutschland."

„Ist das weit von hier?"

„Ja. Fünfzehn Stunden mit dem Flugzeug."

Jerry staunt, scheint zu überlegen. „In welcher Richtung?", will er wissen.

Joshua zeigt nach Osten. „Man muss übers Meer fliegen, um dahin zu kommen“, erklärt er.

„Mein Dorf liegt auch am Meer.“

„Und wo ist das?“

„Bei Vancouver. Ist ein Cowichan-Reservat. Von unserem Haus kann man das Meer sehen, das richtige Wasser.“

Das Gesicht des Jungen verdunkelt sich plötzlich wieder und er scheint dorthin zu verschwinden, in seine Heimat und in traurige Erinnerungen. Seine Hände hält er, so wie auch Joshua, fest ineinander verschränkt vor seinem Bauch.

„Macht dir das eigentlich Spaß hier, ich meine, das Sammeln von Golfbällen für die …, für die Leute hier?“

Der Junge schüttelt heftig den Kopf. „Nein. Golf ist blöd. Ich spiele lieber Fußball. Aber mein Onkel schickt mich immer her. Es ist nur wegen Geld.“

Joshua nickt.

Jetzt blickt Jerry ihm fest in die Augen. „Und du? Macht es dir Spaß, nach Golfbällen zu tauchen?“

„Überhaupt nicht. Ist nur wegen Geld“, gibt Joshua zurück.

Der Junge lächelt kurz, wird wieder ernst.

„Du magst also Fußbälle?“, schießt es plötzlich spontan aus Joshua heraus. Seine eigene Kindheit schält sich aus den Tiefen seines Bewusstseins.

„Ja, aber ich habe keinen.“

„Dann lass uns einen kaufen und zum Strand gehen, zum richtigen Wasser.“ Joshua meint, ein Fremder spräche aus ihm, stellt dem jedoch nichts entgegen.

„Aber mein Onkel holt mich hier doch wieder ab. Und das Geld …“

„Wann holt er dich ab?“

„Wenn die Sonne untergeht.“

„Ich bringe dich dann wieder her. Und das fehlende Geld bekommst du von mir.“

Jerry überlegt einen Augenblick lang. „Okay“, sagt er schließlich, noch etwas zögernd.

„Dann lass uns gehen.“ Joshua legt ganz kurz seine Hand an Jerrys Arm, spürt seine zarte Haut.

In dem Sportgeschäft, an dem Joshua auf dem Weg zum Golfplatz vorbeikam, lässt er Jerry einen Ball aussuchen. Als sie den Laden verlassen, leuchten Jerrys Augen, als hätte jemand ein Licht in ihm angeknipst. Stolz trägt er den Ball unter seinem Arm, schaut immer wieder darauf. „Ist der Strand weit?“, fragt er unsicher.

„Ich glaube ’ne Stunde oder so – mit dem Bus.“

Jerry nickt, deutet zum Himmel. „Dann steht die Sonne dort.“

„Aha.“ Joshua späht zum Himmel hinauf. „Ich hab’ das noch nie so genau beobachtet. Ich hab’ ja meine Uhr.“

„Mein Opa hat mir das beigebracht. Ich brauche keine Uhr“, sagt Jerry mit Stolz in der Stimme.

„Nicht schlecht.“ Joshua wippt langsam und anerkennend den Kopf auf und ab. „Wie alt bist du eigentlich?“

„Fast acht.“

„Dann musst du ja bald wieder in die Schule.“

Jerry versteinert.

„Die Ferien sind doch Anfang September zu Ende.“

Einen Moment lang ist Schweigen.

„Ich gehe nicht mehr zur Schule“, erwidert Jerry schließlich sehr leise.

„Warum nicht?“

Jerry zuckt die Schultern und Joshua lässt es dabei. Viele

Fragen, zu viele Fragen. Und es geht ihn doch eigentlich gar nichts an.

Als er mit dem fremden Jungen im Bus sitzt und aus dem Fenster starrt, ohne wirklich etwas zu sehen, wird ihm trotz der Freude bewusst, was er da angezettelt hat. Der Junge vertraut ihm, und er, Joshua, hat nun, wenn auch nur für einen Tag, die Verantwortung für ihn übernommen. Die Sache wird ihm plötzlich unheimlich. Er fühlt sich fremdgesteuert, erwischt sich dabei, innerlich zurückzuweichen, und verabscheut sich dafür.

„Gibt es da, wo du herkommst, auch First Nations, oder wie ihr uns nennt, Indianer?", fragt Jerry.

Joshua erschrickt ein bisschen. „Nein, nur als Spielzeugfiguren. Ich hab' sie geliebt, als ich so alt war wie du."

„Als Spielzeug?" Jerrys Stimme überschlägt sich fast. Er blickt Joshua ungläubig an.

„Ja, kleine Plastikfiguren." Er zeigt die Größe mit Zeigefinger und Daumen. „Und wir haben uns auch als Cowboys und Indianer verkleidet. Ich war immer Indianer."

„Warum?", fragt Jerry sichtlich erstaunt, die Arme fest um seinen Ball geschlungen.

„Weil Indianer für mich die besten Lehrer sind."

Jerry blickt Joshua in einer Mischung aus Ungläubigkeit, Stolz und Dankbarkeit an.

„Und was habt ihr dann gemacht als Cowboys und Indianer?", fragt er.

„Wir haben gegeneinander gekämpft."

Joshua sieht, wie es in Jerry arbeitet. „Hier brauchen wir das nicht zu spielen", sagt er in schroffem Ton. „Ich meine, Cowboys haben wir hier ja nicht. Aber eben blöde weiße Jungs, weiß wie Käse. Einer hat mich so richtig doll angerempelt mit seinen fetten

Armen und gesagt ‚geh beiseite du Lachskopf!'. Da hab' ich ihm meine Faust in den Bauch gerammt. Der hat sich gekrümmt und hat geschrien wie am Spieß. Hätte sich ja wehren können, aber der Feigling ist zur Lehrerin gegangen." In seinem Blick liegen Wut und Enttäuschung.

„Hat man dich schon öfter gemobbt?", will Joshua wissen.

„Ja, alle von uns."

„Scheiße!", sagt Joshua, spürt Jerrys Wut in sich selbst. Er denkt an die vielen Migrantenkinder in Europa, fragt sich, ob es ihnen genauso geht. Ja, wie würde sich dort alles entwickeln? Er hatte sich so lange nicht darum gekümmert, Sophies Klagen an sich abprallen lassen. Es schien ihm so weit weg, viel weiter weg, als es jetzt tatsächlich räumlich entfernt ist.

Er blickt aus dem Fenster. „Ich glaube, wir sind da", sagt er hastig, die Bilder vom Stanley Park erinnernd. Er fragt schnell nach, und dann sind sie draußen.

Als sie in Richtung Strand wandern, keimt Angst in Joshua auf, die Angst vor den Wellen, vor dem Blick aufs Meer. Er kämpft sie nieder, holt sich die Bilder von seinen Tauchgängen im Pazifik vor sein inneres Auge.

Als sie an dem kleinen Strand im Stanley Park ankommen, zeigt sich das Meer wieder einmal von seiner friedlichen Seite und Joshuas Anspannung lässt nach.

„Ist genau Mittag", stellt Jerry mit Blick zum Himmel fest.

Joshua guckt auf seine Uhr, bestätigt mit anerkennendem Nicken den Höchststand.

„Bei uns im Dorf haben wir viel Fußball gespielt. Ich war der beste Verteidiger", erklärt Jerry mit Stolz in der Stimme.

Er läuft durch den Sand, bremst, wendet blitzartig, wirft den Ball in die Luft und kickt ihn geschickt in Joshuas Richtung. Der

Junge ist viel draußen, denkt er, bewegt sich, anstatt vor dem Computer zu sitzen oder mit dem Handy zu spielen.

Joshua läuft vor, kickt den Ball zurück. Und dann fliegt und rollt der Ball hin und her über den Sand, gefährlich dicht an den Strandbesuchern vorbei, bis er schließlich eine ältere, im Sand sitzende Frau streift.

„Wenigstens entschuldigen könntest du dich. Ist bei uns so üblich“, ruft sie Jerry zu, der grinsend den Ball aufhebt. „Dass unser Justin sich offiziell bei euch entschuldigt hat und man euch nur noch First Nations nennen darf, ist doch kein Freibrief für rücksichtsloses Verhalten uns gegenüber, kleiner Mann!“

„Tut mir leid“, ruft Joshua zur ihr hinüber.

„Ja, schon gut“, lenkt die Frau ein.

Jerry kommt mit dem Ball heran und Joshua blickt ihn fragend-auffordernd an. „Na, was ist?“, fragt er.

„Was soll sein?“

„Keine Entschuldigung?“

Er schüttelt den Kopf.

„Damit schadest du euch allen!“

Jerry verharrt auf der Stelle, Ablehnung und Trotz in seinem zu Boden gesenkten Blick. Joshua späht zu der Frau hinüber, knöpft sein Hemd auf und rollt die Ärmel hoch, Beschäftigung vortäuschend, um Jerry Zeit zu geben. Und tatsächlich, nach einem Moment des Zögerns geht der Junge zu der Frau, sagt kurz „Entschuldigung“, und kommt eilig wieder zurück. Joshua stupst ihn kumpelhaft an und lächelt.

Sie laufen zum Meer hinunter, krempeln die Hosenbeine hoch und spielen Handball, lachen, kicken, werfen, ausgelassen und unbefangen, als würden sie sich schon lange kennen. Völlig aus der Puste lassen sie sich nebeneinander in den Sand fallen, liegen dort eine lange Weile und schauen einfach nur in den Himmel, den vorbeiziehenden Wolken hinterher.

Dann dreht sich Jerry zu Joshua. „Kannst du schwimmen?“

Er nickt. „Und du?“

„Klar! Ich bin Coast-Salish. Ich kann auch tauchen und Fische fangen, so mit der Hand.“ Er macht eine greifende Bewegung.

„Cool“, erwidert Joshua beeindruckt.

Jerry springt auf und will sich ausziehen.

„Nein, Jerry, nicht. Wir müssen bald wieder zurück“, sagt Joshua panisch. Das würden seine Nerven nicht mitmachen, der Junge in den Wellen.

„Schade. Dann musst du mal zu uns ins Dorf kommen. Da kann man toll schwimmen und auch ins Wasser springen.“ Jerry setzt sich wieder zu Joshua in den Sand.

„Deine Familie lebt am Meer?“, fragt Joshua.

Jerrys Züge verhärten sich. Er bleibt stumm, blickt vor sich auf den Sand und bohrt seine Zehen hinein.

„Du musst mir nichts erzählen“, sagt Joshua. Er selbst redet ja auch nicht gern über sich. Da gibt es ja auch nicht viel Nettes zu berichten, denkt er, während sich alles in ihm verdunkelt. Und plötzlich ist sie wieder da, die launische alte Schachtel. Er spürt die Schwere in sich hineinsinken, möchte plötzlich lieber mit sich allein sein. Alles in ihm bricht für Sekunden zusammen.

Jerry blickt ihn forschend an. „Du siehst plötzlich so traurig aus.“

„Alles okay“, erwidert Joshua matt.

Jerry richtet sich ein bisschen auf, versucht erwachsen zu wirken. „Mein Großvater hat gesagt, ich soll meine Flügel ausbreiten wie ein Weißkopfadler, auch wenn der Regen schwer aufs Gefieder drückt.“

Joshua bemüht sich um ein Lächeln. Die Worte breiten sich allmählich in seinem Innern aus wie Wellen in einem dunklen See. Eine lange Weile noch sitzen sie stumm nebeneinander und schauen aufs Meer. Das sanfte Rauschen, das gleichmäßige Kommen und Gehen des Wassers, vertreibt allmählich seine Schwermut.

„Mein Vater hatte einen Unfall“, sagt Jerry plötzlich in ihr Schweigen hinein.

Joshua zuckt zusammen, wendet sich dem Jungen zu, der die Beine ineinander verschränkt neben ihm sitzt und seine Hände im Schoß zu Fäusten zusammendrückt.

„Er hat einen großen Truck gefahren. Ganz viele Baumstämme waren da drauf.“ Er wischt mit der Hand im Sand herum. „Er wollte zum Sägewerk nach Vancouver. Und dann ist er von der Brücke gefallen.“

Joshua erstarrt.

Jerrys Blick verfinstert sich, aber seine Augen bleiben trocken. Er lässt den Kopf hängen, seine Schultern fallen nach vorn. Joshua denkt an eine Umarmung, aber er kann sie nur denken. Er schafft sie nicht. Etwas in ihm blockiert noch und vielleicht ist es gut so. Er will sich nicht aufdrängen.

„Die Leute sagen, dass er es wollte.“

Joshua kann nun kaum noch atmen. Ihm wird kalt.

Jerry wippt leicht vor und zurück, die Fäuste fest aneinandergepresst. Leichter Wind ist aufgekommen und eine Böe fährt durch ihr Haar. Joshua weiß nicht, was er sagen soll.

„Aber ich glaube das nicht“, fährt Jerry mit kindlicher Entrüstung in der Stimme fort. „Keiner will doch von einer Brücke fallen!“

Joshua wendet den Blick von Jerry zum Meer, sieht die Golden

Gate Bridge, spürt den Wind, die Angst, die Wirrnis seiner Rettung. Er sucht nach einer Antwort, weiß, dass er jetzt etwas sagen muss, dass er den Jungen nicht in seiner Offenheit allein lassen kann.

„Nein“, sagt er schließlich, „nein, Jerry, lass die Leute einfach reden. Er ist bestimmt nicht freiwillig da runter gefallen.“ Er zögert, steckt die Finger ineinander. „Das war sicher ein Unfall. Das ist so schrecklich! Es tut mir so leid!“

Jerry nickt, aber Joshua spürt, dass der Junge das furchtbare Ereignis in dem Moment des Erzählens nicht wirklich begreift. Da ist diese Distanz, wie vielleicht in jedem Kind, ein natürlicher Schutz vor dem völligen Zusammenbruch der zarten Kinderseele. Der Schmerz jedoch schlummert tief im Innern, weiß Joshua, und entfaltet plötzlich seine Kraft, in welcher Form auch immer, und dann müssen wir lernen, damit umzugehen.

„Mein Dad ist immer bei mir“, sagt Jerry nach längerer Pause, mit fast heiterer Stimme. „Er ist immer da, genauso wie mein Großvater. Sie lassen mich nicht allein … so wie meine Mom.“ In seinen letzten Worten liegt die Schärfe tiefer Verletztheit. Wut und tiefe Enttäuschung liegen in Jerrys Augen.

„Willst du mir von ihr erzählen?“, fragt Joshua schließlich leise.

Jerry schüttelt energisch den Kopf.

„Ist okay. Vielleicht irgendwann mal.“ Joshua muss nun nicht mehr fragen, wer die Frau in dem Medaillon ist. Er legt seine Hand auf Jerrys Arm. „Es ist vier. Wir müssen los.“

Der Bus ist voll und so sprechen sie nur über die Dinge, die für fremde Ohren geeignet sind.

„Du hast so lange Haare wie mein Urgroßvater auf dem Foto bei uns an der Wand“, sagt Jerry. „Wenn du nicht so weiß wärst, könnte man denken, dass du ein First Nation bist.“

„Kann ja ’n bisschen in die Sonne geh’n!“

„Warum?“

Joshua spürt die Zerrissenheit in Jerry. „Warum? Na eben klangst du doch noch stolz auf deinen Urgroßvater und auf eure Herkunft. Aber eigentlich ist es egal, was man ist. Wichtig ist doch nur, was man aus sich macht.“

Jerry nickt. Ob er das wirklich versteht, bleibt Joshua verborgen.

„Ich möchte meine Haare auch so lang wachsen lassen“, sagt er nach kurzer Pause.

„Kein Problem. Nicht abschneiden lassen.“

„Aber ich glaube nicht, dass ich so einen Bart haben werde.“

„Nein, das sicher nicht“, erwidert Joshua. „Aber das hat Vorteile. Dann brauchst du dich nicht täglich zu rasieren, wenn du mal keinen haben willst.“

„Stimmt.“ Jerry lächelt. „Aber ich möchte so groß sein wie du.“

„Wirst du ja vielleicht.“

„Bei uns im Dorf sind die meisten ganz dick und können gar nicht mehr richtig Fußball spielen. Grandpa hat immer gesagt, dass sie zu viele Burger essen anstatt Lachs und dass sie zu viel Cola trinken.“ Er stockt. „Aber die Älteren trinken auch Bier und sowas, das hab’ ich gesehen.“

Joshua nickt nachdenklich.

„Aber ich möchte trotzdem irgendwann wieder ins Dorf. Ich hasse die Stadt“, sagt Jerry mit Nachdruck in der Stimme.

Joshua denkt an Jerrys Mutter, sieht das Gesicht aus dem Medaillon vor sich.

Am Golfplatz angekommen, warten sie an der Zufahrt auf einer Bank auf den von Jerry beschriebenen alten weinroten

Chevi-Pickup von seinem Onkel Bill. Im Dorf hat er manchmal mit dem Hund zusammen auf der Ladefläche gesessen, aber hier in der Stadt darf er das nicht, erzählt er.

„Wieviel Geld verdienst du an einem Tag auf dem Golfplatz?", fragt Joshua.

„Ich weiß nicht. Ich hab's immer einfach eingesteckt", erwidert Jerry.

Joshua schiebt hundert Dollar in seine Hosentasche.

„Danke", sagt er leise. Dann starren sie eine Weile wortlos auf die Straße.

„Was wolltest du eigentlich wegschmeißen?", fragt Jerry plötzlich in das Schweigen hinein.

Joshua stockt der Atem. Er blickt in Jerrys fragendes Gesicht. Lügen will er nicht. Jerry würde es ohnehin merken.

„Ich wollte mein Leben wegschmeißen, Jerry", sagt er schließlich. „Und ich bin so froh, dass es mir nicht gelungen ist. Sonst hätte ich dich nämlich nicht getroffen."

Jerry lächelt, überlegt.

„Warum wolltest du dein Leben wegschmeißen? Dann hättest du doch auch dich selbst weggeworfen!"

„Ja. Ich war eben dumm und irgendwie immer traurig, warum auch immer. Aber jetzt hab' ich mein Leben einfach geändert. Ich mache 'ne Reise, und die führt mich in ein viel cooleres Leben."

„Und wohin willst du reisen?"

„Ich weiß es noch nicht, aber der Highway scheint mich nach Norden zu ziehen."

Einige Golfer kommen heran und Joshua blickt ihnen hinterher.

„Wo hast du denn versucht, dich wegzuwerfen?", fragt Jerry nach längerer Pause.

Joshua erschrickt. „Darüber spreche ich nicht", sagt er schließlich.

„Auch nicht mit mir?"

„Mit niemandem."

Joshua beobachtet, wie es in Jerry arbeitet.

„Mein Dad war auch oft traurig." Jerry blickt auf seine Füße. „Er wollte mal ein Rechtsanwalt werden. Aber er hat mir nie erklärt, was der macht."

„Ein Rechtsanwalt verteidigt Menschen oder unterstützt sie, wenn …" Joshua überlegt, sucht nach einer klaren einfachen Erklärung. „Er hilft ihnen, wenn sie einen Fehler gemacht haben oder wenn ihnen etwas passiert ist."

Jerry nickt, nicht ganz begreifend, aber er gibt sich damit zufrieden.

„Er hat dann riesige Holzlaster gefahren", fährt er mit einem Anflug von Stolz fort. Er hebt die Arme, versucht die Größe darzustellen, lässt sie sinken und blickt zu Boden. „Aber er hat immer wieder gesagt, dass er ein Verräter ist. Er hat gesagt, dass er die Bäume im Stich lässt. Er wollte nie einen Baum töten und … das hat er auch nicht. Und er ist immer zu Versammlungen gefahren und hat erzählt, wie sie gegen die Männer kämpfen, die die Bäume abhacken. Er meinte dann, dass wenn er die Baumstämme wegfährt, dass er dann mithilft, Bäume zu töten."

Joshua nickt, spürt ein Stechen in seiner Brust.

„Er hat immer gesagt, dass uns die Bäume gesund machen und dass wir sie gut beschützen müssen", erklärt Jerry mit belehrender Miene. „Und er hat gesagt, dass wir uns bei ihnen bedanken müssen, für jedes Haus, das wir mit ihnen bauen, und für jeden Totempfahl."

„Dann hat dein Vater die Bäume geliebt, hat sie nur weggefahren, weil er Geld verdienen musste“, sagt Joshua. „Es hat ihm sicher sehr wehgetan.“

Jerry nickt zustimmend. „Aber vielleicht haben sich die Bäume an ihm gerächt, weil er geholfen hat, sie von da wegzufahren, wo sie gewachsen sind.“

„Nein“, entgegnet Joshua mit Inbrunst in der Stimme. „Nein, bestimmt nicht. Bäume verstehen alles. Dein Dad brauchte die Arbeit, um Geld zu verdienen für seine Familie … für dich.“

Jerry überlegt, scheint ein bisschen beruhigt.

„Und was macht dein Onkel, ich meine, was arbeitet er?“

Jerry blickt auf seine Hände, die er jetzt im Schoß ineinander presst. „Ich weiß nicht. Er sagt es mir nicht, auch wenn ich frage. Wenn ich da bin, schläft er fast immer oder redet am Handy mit irgendwelchen Leuten. Und manchmal spricht er so komisch, wie ein Alien.“

Im nächsten Moment wird Jerrys Blick von einem auf sie zurollenden alten dunkelroten Chevi-Pickup angezogen. Er bremst und Joshua entdeckt eine Frau hinter dem Steuer.

Jerry folgt seinem Blick und springt auf. „Da ist er!“

Doch dann hält er inne. Der Wagen parkt am Straßenrand und die Fahrerin öffnet die Tür.

„Jerry“, ruft sie und rutscht vom Sitz.

Eine dicke Frau mit schwarzem Pferdeschwanz, in den Ohren große silberne Ringe, die gleichen mandelförmigen schwarzen Augen wie Jerry steht vor dem Auto. Ihre kräftigen Beine stecken in engen Jeans, darüber ein schwarzes T-Shirt, unter dem sich ein dicker Bauch abzeichnet. Sie ist schwanger.

Joshua beobachtet aus der Entfernung, wie sie Jerry an sich zieht und ihn in die Arme nimmt. Er wirkt dabei zurückhaltend, löst sich schließlich aus der Umarmung und wendet sich Joshua zu.

Dann erklärt er der Frau etwas, das Joshua aus der Entfernung nicht verstehen kann. Sie nickt, kommt auf ihn zu und er erhebt sich zögernd, geht ihr langsam entgegen.

„Ich bin Emily, Jerrys Tante", sagte sie verhalten. Sie mustert ihn.

Auch Joshua stellt sich vor, erzählt ihr, dass er deutscher Tourist ist und dass er Jerry auf dem Golfplatz kennengelernt hat.

„Du bist zum Golfspielen hier?", fragt Emily.

„Nein!" Joshua lächelt. „Nein, ich spiele nicht Golf. Ich war nur so hier." Joshua ist froh, dass Emily nicht weiter nachfragt.

„Er hat nach Golfbällen getaucht", erklärt Jerry.

Alle drei stehen einen Moment lang unschlüssig voreinander.

„Also, wir fahren dann", sagt Emily tonlos. „Kann ich dich irgendwohin mitnehmen?"

„Danke, ich komme klar", erwidert Joshua.

„Joshua soll mit uns kommen!", ruft Jerry aus.

„Ich fahre ins Zentrum. Wenn das passt, komm mit!", sagt Emily.

Joshua überlegt, gibt sich einen Ruck. „Okay, das passt."

Sie gehen zum Auto. Emily steigt ein, Jerry zieht sich behände auf die Sitzbank neben ihr, lässt sich anschnallen, und Joshua setzt sich neben ihn. Jerry lächelt ihn zufrieden an.

„Mein Mann ist im Krankenhaus", sagt Emily leise, als sie unterwegs sind. „Deshalb kann er Jerry nicht abholen. Er wird noch eine Weile in einer Klinik bleiben müssen. Ich bin gekommen, um Jerry erstmal zu mir zu holen und dann ins Dorf zurückzubringen. Da ist er jetzt besser aufgehoben."

Joshua nickt, fragt sich, wo Jerrys Mutter ist. Jerry blickt ängstlich zu seiner Tante hinüber. „Onkel Bill ist krank? Was hat er denn?"

„Er ist … er ist sehr krank. Ich kann dir das jetzt nicht erklären."

„Ich will nicht ohne Mom und Dad ins Dorf zurück", erwidert Jerry energisch. „Und vor allem nicht ohne Grandpa!"

„Bei mir kannst du nicht bleiben, Jerry. Ich muss noch ganz viel arbeiten, muss ganz viele Kanus verleihen, bis unser Kind kommt." Sie legt die Hand auf ihren Bauch. „Ich werde von morgens bis abends auf Granville sein. Und außerdem haben wir nicht das Geld für vier. Auch schon für drei wird es knapp, weil dein Onkel in der nächsten Zeit nichts verdienen wird."

„Warum ist Onkel Bill im Krankenhaus?", fragt Jerry.

„Ich kann dir das jetzt nicht erklären", erwidert Emily.

Jerry schmollt.

„Ich kann deine Mutter nicht erreichen, da oben in Dawson", sagt sie mit strenger Stimme. „Ist 'ne Katastrophe! Sie müsste zurückkommen und für dich sorgen."

Joshua horcht auf.

Jerry steckt seine Hand in die Hosentasche, in der er das Medaillon aufbewahrt. „Ich möchte zu ihr", sagt er mit leiser, zögerlicher Stimme.

Ja, Dawson City. Joshua sieht sich und Sophie über die Kanadakarte gebeugt. Die alte Goldgräberstadt im Norden sollte das letzte Ziel ihrer gemeinsamen Reise sein.

„Ich hatte Dawson City sowieso auf dem Plan, Jerry", sagt Joshua. „Ich könnte dich mitnehmen." Die Worte rutschen unreflektiert und ungebremst aus ihm heraus und er erschrickt.

Emily blickt ihn verblüfft an. „Ich kann dir doch nicht einfach den Jungen anvertrauen. Ich kenne dich doch gar nicht."

„Ich kenne ihn schon gut", wirft Jerry ein.

Joshua kneift Jerry unauffällig in den Arm und er verstummt.

„Ich werde morgen ein Auto kaufen oder leihen und ein Zelt und dann geht's los. Ich kann dir meinen Ausweis, meinen Pass, meinen Führerschein zeigen. Wir können ihn kopieren, wenn du möchtest."

Emily schweigt, mustert ihn irritiert.

„Oh ja", ruft Jerry aus. „Ich möchte mit Joshua mit. Bitte, Tante Emily, bitte."

Sie blickt zu Jerry, dann wieder zu Joshua. „Nein, das geht nicht, das kann ich nicht machen. Nicht, dass ich dir so was zutraue, aber es passiert zu viel mit indigenen Kindern." Sie überlegt wieder. „Aber wenn du mir zusichern kannst, dass du Jerrys Mutter suchst und sie bittest zurückzukommen, kann ich dir den alten Chevi geben. Ich habe noch den kleinen Toyota und wir können uns jetzt ohnehin keine zwei Autos mehr leisten."

Joshua nickt, zögert. Er spürt den Druck, die Enge der Verpflichtung, die da auf ihn zurollt. Zweifel befallen ihn. Er hat keinen klaren Plan.

„Es wäre so gut, wenn meine Schwester zurückkäme", sagt Emily leise. „Wenn du uns helfen könntest … Wir stecken in einer sehr schwierigen Situation."

Jerry blickt ihn erwartungsvoll-fragend an. Joshuas Kopf dröhnt, er fühlt sich wie an einer Kreuzung, nicht wissend, welchen Weg er nehmen soll.

„Du hast sie mir doch zurückgegeben", sagt Jerry vorwurfsvoll, eine Hand in der Hosentasche, in der das Medaillon steckt.

Joshua trifft sein intensiver Blick wie ein Pfeil. Er nickt, sieht Jerry auf dem Golfplatz vor sich, wie er nach erster Ablehnung das Medaillon zurücknimmt, denkt einen kurzen Moment an Ben, dann an Sophie. Nein, er würde nicht wieder schlapp machen, er wird sich jetzt der Herausforderung stellen, die er heraufbeschworen hat.

„Ja, du hast Recht", sagt er schließlich, noch gepresst. Und dann schubst er sich vorwärts, spürt einen Moment lang den freien Fall und dann das Aufkommen auf sicherem Boden. „Ja, ich werde es machen." Langsam fließen die Worte aus ihm heraus. „Ich werde deine Mutter schon finden."

„Das ist schön", erwidert Emily. Über ihr rundes verschlossenes Gesicht huscht ein Lächeln.

„Und ich komme mit!", ruft Jerry aus.

„Du gehst ins Dorf zurück und in die Schule. Onkel Philip und Tante Elizabeth werden dich aufnehmen und deine Großmutter ist auch noch da. Das ist schon abgesprochen."

„Zu denen will ich nicht", gibt Jerry bockig zurück.

„Aber die Kinder dort in der Schule, Jerry. Dort wird dich keiner ärgern. Ihr seid unter euch."

Jerry schweigt nachdenklich.

„Ich werde dir nachher erzählen, was du wissen musst, über sie", flüstert Emily Joshua zu.

„Über Mom?", fragt Jerry mit Ärger in der Stimme.

„Ja." Emily legt ihre Hand auf Jerrys Arm. Er wischt sie weg.

Als sie nach Downtown Eastside hineinfahren, eröffnet sich Joshua ein ganz anderes, verstörendes Bild von der sonst so hippen Sonnenstadt. Abbruchreife Häuser, mit Müll übersäte Straßen, Menschen in abgetragener Kleidung, viele gebeugt unter der Last eines desolaten Lebens. Das alte Backsteinhaus, vor dem sie halten, gehört zu den Ansehnlichsten und die Straße zu den Saubersten. Joshua atmet auf, steigt aus und folgt Emily und Jerry in den ersten Stock hinauf.

Es riecht muffig, aber die Treppen sind sauber, so wie auch die winzige Wohnung, die er mit den beiden betritt. Joshuas Blick fällt auf drei geöffnete Türen, eine gewährt ihm den Blick auf ein ungemachtes Bett, die andere in ein winziges Bad und die dritte in ein kleines Wohnzimmer mit vergilbten Gardinen, Couch, Couchtisch, einem alten Wandschrank und einem Vorhang mit indianischem Muster, hinter dem sich die Küche zu verbergen scheint. Überall liegt Kleidung herum. Wie bei mir, denkt Joshua.

„Darf ich mir mal eben die Hände waschen?", fragt er.

„Da drüben", antwortet Emily.

Joshua betritt das Bad. Es riecht nach Reinigungsmittel. Von der Schiebetür der kalkmatten Duschkabine ist die Hälfte weggebrochen, das Waschbecken scheint vor Jahrzehnten gebaut, ist aber blitzblank. Auf der Ablage darüber stehen Zahnbürsten und diverse Medikamentenpackungen. Joshua wäscht sich die Hände, trocknet sie und erstarrt. Sein Blick fällt auf einen offenen Papierkorb, in dem mehrere Spritzen zwischen blutigem Papier in einer nur halb zugedrückten Plastiktüte liegen. Insulin oder Drogen, fragt er sich. Alles in ihm zieht sich zu einem einzigen Klumpen zusammen. Er vernimmt Jerrys Stimme, dann Emilys. Dann tritt er aus dem Bad. Jerry sitzt auf der Couch, spielt an einem Handy herum. Emily hat den Vorhang zurückgezogen, steht vor der Kochstelle.

„Ich mache Jerry nur schnell was zu essen. Hast du auch Hunger, Joshua?", fragt sie.

„Nein, danke."

„Ich esse dann nur 'ne Scheibe Toast. Muss mit dem Gewicht aufpassen, jetzt, wo das Baby noch auf meine Knie drückt."

Joshua setzt sich zu Jerry und schaut ihm über die Schulter. Er erkennt irgendein Videospiel. „Ping, ping, ping, bong", tönt es aus dem Handy.

Emily kommt mit einem Teller, gefüllt mit Pasta und Tomatensoße aus der Küche und stellt ihn vor Jerry ab. Der legt das

Handy beiseite, verzieht das Gesicht mit einem Blick zu Joshua und stochert lustlos im Essen herum.

„Ich mag eigentlich keine Nudeln“, sagte er. „Bei Mom und Dad gab es ganz viel Lachs und Seetang und auch Reh. Das hier ist doch was für Speckbarbies.“

„Wo hast du das denn aufgeschnappt?“ Emily kommt mit einer Flasche Cola heran, stellt drei Gläser auf den Tisch und setzt sich in den Sessel gegenüber.

Jerry stopft mit gequälter Geste die Nudeln in seinen Mund, kaut und schluckt im Zeitlupentempo.

Als er fertig ist, will er wieder zum Fragenstellen an Joshua anheben, aber Emily fährt dazwischen. „Ab ins Bett, Jerry. Das war wieder ’n langer Tag.“ Sie schleift den sich wehrenden Jungen zum Schlafzimmer. „Denk an die Worte von deinem Großvater. Mit den Vögeln hoch, mit den Vögeln ins Bett. Und die schlafen schon lange.“

Jerry reagiert nicht. Emily schiebt ihn ins Schlafzimmer und schließt die Tür ab. Jerry schimpft und haut ein paar Mal hart mit dem Fuß gegen die Tür. Dann ist es still und Joshua sitzt Emily einen Moment lang angespannt schweigend gegenüber. Dann beginnt sie zu erzählen.

„Mein Mann … Jerrys Onkel, also mein Mann Bill ist in einer Behandlung, in der Psychiatrie. Jerrys Vater ist vor einem halben Jahr … verunglückt, oder …“ Sie stockt, überlegt. „Er war sehr unzufrieden mit seinem Leben, war sehr zerrissen. Er wollte Jura studieren, wollte uns zu mehr Recht verhelfen, schaffte es aber nicht, weil er seinem Vater beim Fischen helfen musste. Er arbeitete dann als Truckfahrer, fuhr Holz. Das hat ihn, ja, man könnte sagen, zerstört. Als er eine Initiative gegen den Holzeinschlag auf unserem Land gründete, drohten sie ihm mit Entlassung und dann hat er den mit Stämmen beladenen Truck von der Brücke gesteuert. Nach seinem Tod ist der Vater an einem Herzinfarkt gestorben. Ein Grund, aber sicher auch die viele Raucherei. Er hatte ein schwaches Herz, aber einen starken Geist. Er war, trotz Zwangsinternat, durch und durch First Nation. Er war dreimal geflohen und beim vierten Mal haben sie aufgegeben." Emily holt tief Luft. „Er hat Jerry so viel mitgegeben." Sie legt die Hände um ihr Glas herum, blickt zur Tür. „Das ist jetzt alles ein dreiviertel Jahr her."

Joshua sitzt still da, denkt an seinen eigenen Absturz.

„Meine Schwester hat Jerry dann einfach bei uns abgeliefert", fährt Emily fort, „mit einem Abschiedsbrief. Sie wollte immer einfach nur Kanadierin sein, nicht First Nation."

Emily geht zur Kommode und kommt mit einem Foto zurück. Joshua blickt auf eine schlanke Frau in einem engen roten Kleid, ihr Haar glatt und glänzend bis zur Brust hinabfallend wie ein Seidentuch, ihre Züge weich und ebenmäßig. Er erkennt sie als die Frau aus dem Medaillon.

„Das hat sie bei einem Fotografen machen lassen. Wenn sie aus der Konservenfabrik kam, sah sie anders aus", sagt Emily spröde, mit leichter Verachtung in der Stimme. „Sie war nie ehrlich mit sich selbst. Und sie hat ihr ganzes Geld, das sie im Kanuverleih verdiente, in irgendwelche Workshops gesteckt, hat alle möglichen blöden Tänze gelernt und auch Cancan, aber kein einziges Pow-Wow mitgemacht. Ihr Lehrer hat gesagt, dass sie die beste Tänzerin wäre, die er je in seinem Unterricht hatte, und dass sie mit ihrem Aussehen die Richtige für die Diamond Tooth Gerties Gambling Hall in Dawson City wäre. Eine ehemalige Schülerin von ihm, mit der sich meine Schwester angefreundet hatte, arbeitete da oben bereits den Sommer über als Tänzerin. Im Winter dann in Whitehorse in 'ner Bar. Tja, und dann ist Yona los zu ihr."

Joshua nickt, das Bild aus dem Medaillon vor seinem inneren Auge. Eine Weile sitzen sie still da, nippen an ihrer Cola.

„Aber sie liebt ihren Jungen“, fährt Emily fort. „Wenn sie erfährt, was mit Bill passiert ist, wird sie sicher zurückkommen. Du bist jetzt unsere große Hoffnung, Joshua.“

Er denkt einen Moment lang an Flucht und hält sich mit all seiner inneren Kraft fest.

„Ich will dich nicht ausfragen, aber was war dein Plan, bevor du Jerry getroffen hast? Was wolltest du in Dawson? Das ist ja 'n echt langer Trip.“

„Ich wollte mit meiner Freundin da hoch, aber sie hat sich von mir getrennt und dann, na ja, dann hab' ich beschlossen, die Reise ohne sie zu machen.“

Emily nickt, sieht ihn aufmerksam an. „Und was arbeitest du in Deutschland?“

„Bin Texter ... Redakteur.“

Wieder Nicken. „Kannst ja mal was über die ganze Misere hier schreiben, was über uns First Nations, aber nicht die ganze Folklore-Grütze. Mal was Realistisches.“

„Ja, das sollte ich“, erwidert Joshua. Er denkt an seine Artikel in der Schülerzeitschrift, dann an Sophie.

Emily steht auf, holt ihre Handtasche und zieht Autoschlüssel und Fahrzeugschein aus ihrer Handtasche. Sie legt beides auf den Tisch und schiebt es zu Joshua hinüber.

Er schaut in den Fahrzeugschein und steckt ihn ein.

„Hast du 'ne Karte?“, fragt Emily.

„Nicht hier.“

Sie holt Zettel und Stift, und Joshua schreibt Namen, Adresse und seine Festnetznummer von Zuhause darauf. Er zieht sein gesamtes Bargeld aus der Tasche. Es sind fünfhundert

Dollar. „Viel mehr hab' ich leider nicht bei mir", entschuldigt er sich.

„Passt schon." Emily nimmt das Geld, steckt es ungezählt in ihre Hosentasche, schreibt ihren Namen, ihre eigene Handynummer und den Namen von Jerrys Mutter auf einen Zettel und reicht ihn Joshua. „Der Wagen ist 'ne treue alte Kiste, hat ungefähr 18 Jahre auf dem Buckel. Hoffe, er schafft die lange Reise."

„Wird schon." Joshua spürt seinen Herzschlag.

„Auf der Ladefläche liegt 'ne große Plane, darunter zwei Wolldecken und Werkzeug für den Notfall", erklärt Emily. „Ich weiß nicht, warum, aber ich traue dir, auch wenn wir uns kaum kennen."

„Ich werde alles versuchen, um Jerrys Mutter zurückzubringen", sagt Joshua ernst, mit aller Überzeugungskraft, die er aus sich herauszuholen vermag und die nicht nur Emily gilt, sondern vor allem ihm selbst.

Er steht langsam auf, fühlt sich ein bisschen wie im Kino, fühlt sich meilenweit von seinem bisherigen Selbst entfernt und guckt zur Schlafzimmertür.

Emily blickt auf. „Wenn du weg bist, schließe ich auf", sagt sie mit beruhigender Stimme.

„Ich würde mich gern von ihm verabschieden."

„Das geht nicht", gibt Emily entschlossen zurück.

Joshuas Blick dringt in seiner Fantasie durch die Tür hindurch. Er sieht Jerry im Bett liegen, sieht sein weich konturiertes Gesicht – schlafend. Er würde gern seine Hand auf seinen Arm legen.

Emily jedoch bleibt hart. Sie geht zur Tür. „Die Schwangerschaft macht mich müde", sagt sie matt.

„Ich wünsche dir und deinem Mann alles Gute", sagt Joshua leise.

„Danke. Und dir eine gute Fahrt und, na ja, viel Erfolg für uns alle."

Joshua nickt, lächelt. Dann ist er draußen, geht im Zeitlupentempo die Treppen hinunter. Er will durch die Straßen dieses Stadtteils streifen. Vancouver ist eben nicht nur Gastown und Golfplatz, sagt er sich. Es zieht ihn hin zu den Gestrandeten, zu den Losern, zu denen auch er gehören könnte. Wohin wird ihn das Leben jetzt schieben? Was wird aus ihm werden?

Er tritt in die laue Abendluft hinaus. Das Leben fühlt sich so anders an, denkt er, alles wie auf den Kopf gestellt. Er kann die Empfindungen noch nicht wirklich fassen, kann sie nicht definieren. Sie passen in keine seiner Schubladen. Das einzige, was jetzt gewiss ist, ist, dass er nach dem Gang durch das Viertel ins B&B zurückkehren und am nächsten Tag in den hohen Norden aufbrechen wird. Er wird mit einem alten Chevi durch den Yukon brummen, einen der menschenleersten Teile Kanadas, um eine Frau zu suchen, die er nicht kennt.

Er wendet sich ohne Plan nach links und lässt sich durch die heruntergekommenen Straßenzüge mit baufälligen Häusern treiben, vorbei an überquellenden Müllcontainern, an armseligen Gestalten, Junkies und Dealern in Miniparks. Von Hunger gequält holt er sich in einem kahlen Diner einen Burger und eine Cola, geht essend zu seinem Chevi-Pickup und schließt die Tür der Doppelkabine auf. Das ramponierte Blech klemmt ein bisschen. Er reißt sie auf, schwingt sich auf den abgewetzten Kunstledersitz, kippt die Cola hinunter und legt die Dose auf den Boden neben sich. Er zieht die Tür heran. Sie fällt scheppernd ins Schloss. Ein Blick auf die Armaturen - Lenkradschaltung. Okay. Auch das werde ich wohl gewuppt kriegen, sagt er sich, schaltet einmal durch alle Gänge, prüft das Licht, stellt fest, dass ein Scheinwerfer blind ist. Den Rückwärtsgang muss er mit Gewalt hineindrücken, aber er tut's. Dann dreht er den Zündschlüssel um, der Chevi hustet ein paar Mal und springt mit einem dumpfen Tuckern an. Der Sound aus dem Auspuff klingt wie der von Bens Harley. Er lächelt still in sich hinein und fährt los.

Als er den Wagen auf dem kleinen Parkplatz hinter dem B&B abstellt und aussteigt, hört er ein Knistern auf der Ladefläche. Er erstarrt, geht um den Wagen herum, bleibt wie von einem Lasso gefangen stehen. Er traut er seinen Augen nicht. Das kann nicht wahr sein, ich träume, tönt es in ihm. Auf der Ladefläche pellt sich eine kleine Gestalt unter der Plane hervor und steht auf. Jerry blickt lächelnd auf ihn hinab. Er steht dort in Siegerhaltung, wie ein Krieger, der gerade eine Schlacht gewonnen hat.

„Sie ist eingeschlafen, und ich hab aus dem Fenster geguckt. Ich hab genau gewusst, dass du noch nicht weg bist. Ich hab's echt gewusst!" Jerrys Stimme überschlägt sich. Er wirft die Hände in die Luft. „Und jetzt musst du mich mitnehmen! Du musst!"

Kapitel 21

Sophie erwacht in einer Wolke aus Fragen und Erwartungen. Sie frühstückt draußen vor ihrem Camper und sitzt noch eine Weile, mit Blick auf den See, an ihrem Klapptisch. Steve hatte sie zu ihrem Camper gebracht, und sie war damit zu ihrem Platz auf dem Campground zurückgefahren. Er hatte sie umarmt, ihr noch einmal gedankt, ihr gesagt, sie sei einfach klasse gewesen, hätte alles richtig gemacht. „Bis morgen Abend", hatte er gesagt, nichts weiter.

Sie strafft ihre Schultern. An Offerten gewöhnt, türmen sich Fragen darüber in ihr auf, warum sie gestern eine Abfuhr bekommen hat. Energisch packt sie die Frühstücksutensilien und Lebensmittel in den Camper, will ihre Kamera greifen, lässt sie kurzerhand liegen, tritt ohne die innere Verpflichtung der Motivsuche hinaus. Es ist warm und windstill, ideal für eine Bootstour. Lange bevor andere Touristen den See bevölkern, sitzt sie in einem Kanu und taucht das Paddel in das scheinbar unberührte smaragdgrüne Wasser. Kristallklar. Sie kann an den flacheren Stellen bis auf den Grund gucken. Um sie herum absolute, zeitentleerte Stille. Nur das sanfte Eintauchen des Paddels lässt kleine Wellen entstehen, die nach wenigen Minuten wieder auslaufen, ohne eine Spur zu hinterlassen. Der See, umrahmt von Wald, ist wie ein riesiger Spiegel, in dem sich alles so zeigt, wie es tatsächlich ist, ohne Verzerrung, ohne Störungen, ohne Eintrübungen. Klar und ruhig, unvoreingenommen und ohne Konzepte, ohne Erwartungen, ohne Gedanken an gestern und morgen, das Leben so wahrnehmen, wie es jetzt gerade ist – nämlich schön. Sophie seufzt. Es sind so verdammt kurze Momente, in denen das gelingt. Sie holt das Paddel ins Boot, verharrt eine Weile reglos in der ungestörten Harmonie, fühlt sich eins mit allem, was sie umgibt. Für Sekunden der Zeit entrückt, für wenige Augenblicke in die Unendlichkeit getaucht, für eine kurze Weile kein Beobachter, nur das Beobachten, nur das Sein. Sekunden purer Wahrnehmung, Sekunden absoluter Gegenwärtigkeit, bis die Gedanken an Steve, an Joshua, an gestern, an morgen wieder zurück sind, sich ungefragt einnisten und die gewohnte Unruhe mit sich bringen.

Und merkwürdig, denkt sie, dass damit auch ein Gefühl der Einsamkeit zurückkehrt, das auch von jetzt nahenden Gleichgesinnten nicht geschmälert wird. Hier und dort Kanus mit Einzelgängern, so wie sie, andere, in denen Paare sitzen. Alle schweigen, geben sich ganz der Natur hin. Keiner stört den anderen.

Sophie fragt sich, wie sich das alles hier mit Joshua angefühlt hätte, obwohl sie erwartungsvoll an den Abend mit Steve denkt. Alles lief in ihrem Leben sehr gerade, bis zu dieser paradoxen Situation. Sie blickt auf ihre Uhr. Europa ist neun Stunden voraus. Joshua würde jetzt vermutlich an seinem Schreibtisch sitzen, vielleicht einen letzten Glückskeks-Spruch in seinen Rechner tippen, auf die Uhr schauen und die Minuten bis zum Feierabend, bis zur Erlösung zählen. Oder täuschte sie sich vielleicht? Irgendwie, aus dem Bauch heraus, befällt sie der Zweifel daran, dass alles bei ihm so läuft wie bisher.

Gegen Mittag paddelt sie zum Ufer zurück, gibt das Kanu ab und wandert entlang des Sees zu ihrem Camper. Sie legt sich aufs Bett, möchte Steve ausgeruht und frisch entgegentreten.

Die Zeit danach erscheint ihr wie eine halbe Ewigkeit. Sie lässt sich von der Vorfreude davontragen. Nach einem Tee am späten Nachmittag duscht sie in ihrer Minikabine und blickt in den kleinen beschlagenen Wandspiegel. Ihr Haar ist nun wieder auf mehrere Zentimeter Länge gewachsen, macht ihr Gesicht weicher und weiblicher. Sie kämmt den Pony zur Seite, zieht die feinen Strähnen vor den Ohren glatt und färbt sich ihre hellen Wimpern schwarz. Das ist alles, was es bei ihr an künstlicher Unterstützung äußerer Attraktivität gibt. Sie schlüpft in ihre engen ausgewaschenen Jeans mit einem flüchtigen unguten Gefühl, zieht ihr TAKE-YOUR-CHANCES-T-Shirt darüber und nimmt ihre mit Teddyfutter besetzte Fleece-Jacke und die am Vorabend von Steve geliehene Kleidung mit.

Um halb acht ist sie startklar, steigt in die Fahrerkabine und macht sich auf den Weg zur Wells Gray Ranch. Ein unruhiges Ziehen in ihrem Magen verhindert die Entspannung, die sie sich gewünscht hätte. Fast eine halbe Stunde zu früh fährt sie auf den

Parkplatz der Gäste-Ranch, beschließt, sich dort vor dem Treffen ein bisschen umzusehen. Die Ranch ist Wildwestromantik pur: rustikale Blockhäuser mit Blick auf weitläufige Pferdeweiden, ein Saloon, ein Planwagen und mehrere Tipis.

Sophie schlendert über das Gelände, entdeckt in der Ferne auf der Weide zwei Reiter. Gänsehaut pur, ist sie doch im Mädchenalter viel geritten, war nicht vom Fernsehen wegzuziehen, wenn Bonanza lief. Die beiden Reiter nähern sich unter der tief stehenden Sonne, zuerst im Galopp, dann im Schritt. Hollywood pur. Sophie steht gebannt vor der Weide, kann den Blick nicht von den Reitern wenden. Dann weiten sich ihre Augen, ihr Herz schlägt wie eine Turbine in ihrer Brust. Sie erkennt das Gesicht unter der abgewetzten Baseballkappe. Der Mann auf dem Falben ist Steve. Die Fantasie geht mit ihr durch wie ein galoppierendes Wildpferd. Sie sieht sich selbst neben ihm im Sattel, so wie Kristin Scott-Thomas im „Pferdeflüsterer" neben Robert Redford, und muss im nächsten Moment innerlich über ihre kitschig-romantischen Anwandlungen lachen. Doch dann gefrieren ihre Züge. Die beiden Männer reiten jetzt so dicht nebeneinander, dass sich ihre Steigbügel berühren und – Sophie traut ihren Augen nicht – sie fassen sich an den Händen! Hand in Hand reiten sie auf sie zu, bis Steve Sophie entdeckt. Beide lassen die Hände sinken, bringen ihre Pferde zum Stehen und steigen aus dem Sattel. Hatte sie richtig gesehen? Hatten sich die beiden Männer angefasst, so wie es auch ziemlich beste Freunde nicht tun? Wie ein verliebtes Pärchen? Sie lächelt, obwohl ihr nach Heulen zumute ist, fühlt sich für einen Moment, als würde sie an einem Hang entlangschlingern. Jetzt locker bleiben, sagt sie sich.

„Hi!", ruft ihr Steve zu, und Sophie erwidert seinen Gruß, indem sie die Hand hebt.

Er wirkt ein bisschen verlegen, aber nicht erschrocken, übergibt dem Mann sein Pferd und kommt auf sie zu. Der Mann, der augenscheinlich sein Freund ist, trägt eine Baseballkappe, rotweiß kariertes Hemd – der kanadische Klassiker – und Wildlederchaps über den Jeans. Und nun sieht Sophie eher die Bilder aus „Brokeback Mountain“ vor sich, dem Film über zwei schwule Cowboys in Wyoming.

Steves Freund nimmt beiden Pferden nacheinander die Sättel ab und hängt sie über den Zaun, die Trensen darüber. Sophie steht neben Steve. Sie sehen den Pferden zu, die davon galoppieren und sich in einer Sandkuhle den Schweiß aus dem Fell wälzen. Sophie fühlt sich wie eine Verirrte ohne Kompass. Die jämmerlichen Empfindungen der Niederlage sind schwer zu leugnen. Sie fühlt sich aus der Kurve geworfen, weiß nicht, was sie sagen soll. Das Schweigen erdrückt sie förmlich und das Bild von den beiden Männern schmerzt. Dennoch, es hätte schlimmer kommen können, tröstet sie sich eilig, in ihrer Art, Enttäuschungen zu verarbeiten. Wenn Steve aus Desinteresse nichts von ihr gewollt hätte, wäre zur bloßen Enttäuschung noch die Kränkung hinzugekommen, und den Mix hätte sie ungern geschluckt.

Steves mutmaßlicher Lover kommt nun im Zeitlupentempo, mit lässigen Schritten auf sie zu. Er ist etwas kleiner und schmächtiger als Steve, aber nicht minder attraktiv. Sophie denkt an die Kleidung in Größe M in ihrer Tüte, in die sie in Steves Haus geschlüpft war, als sie durchnässt aus dem Wald kamen.

Steve stellt ihr seinen Freund vor. Justin hat ein jungenhaftes, weiches Gesicht mit ausdrucksvollen dunklen Augen. Unter seinem Cowboyhut lugt ein schokobrauner Pferdeschwanz hervor. Der junge Mann ist Sophie sofort sympathisch und lässt sie ein bisschen auftauen.

„Ich werde jetzt das Sattelzeug in die Kammer bringen und mach' mich dann vom Acker", sagt Justin zu Steve, Sophie kurz aus dem Augenwinkel taxierend. Er verabschiedet sich mit einem kurzen Kopfnicken zu ihr und hält inne. „Ach, was ich noch sagen wollte – vielen Dank, dass du Steve so geholfen hast, vielleicht sogar gerettet. Echt cool, große Klasse!"

Sophie lächelt, kommt langsam in der neuen Situation an. „Bist du nicht beim Barbecue dabei?", fragt sie mit lebhafter Stimme.

„Nein, hab' zu tun", erwidert Justin.

Steve wirkt verunsichert, schweigt, beobachtet beide aufmerksam.

„Den ganzen Abend?", fragt Sophie, der es jetzt lieber wäre, nicht mit Steve allein zu sein.

Justins Blick geht fragend zu Steve hinüber.

„Genau. Komm doch nach, wenn du fertig bist", sagt er schließlich.

„Okay." Justin wirkt sichtlich erfreut. „Dann bis nachher", sagt er mit einem charmanten Lächeln zu Sophie, streicht zärtlich über Steves Arm und verschwindet in Richtung Schuppen.

„Komm." Steve deutet zu dem Platz hinter dem großen Ranchgebäude und Sophie folgt ihm.

Es ist okay, sagt sie sich. Sie wird schon unversehrt aus dieser Situation herauskommen. Sie schlendern an riesigen Rosten mit tellergroßen Steaks vorbei, an einem als Cowboy ausstaffierten Musiker, der Songs von Jonny Cash spielt. Sophie beobachtet ihn eine Weile, atmet den Geruch seines aufdringlich-herben Rasierwassers gemischt mit den Ausdünstungen des Grillfleischs ein und registriert nichts als Amüsement in sich. Sie ist an einem Punkt ihres Lebens angekommen, an dem vieles weniger dringlich, einiges sogar bedeutungslos erscheint, selbst wenn es einer Korrektur bedürfte.

Während Steve mit einem Steak, Grillkartoffel und Salat auf dem Teller an den Tisch kommt, genießt Sophie, bar jeden Grolls, die rein pflanzlichen Komponenten dieses rustikalen Dinners. Ihre Unterhaltung dreht sich um die Gästeranch, um Flora und Fauna im Clearwater Valley und über den Klimawandel.

Wenig später gesellt sich Justin zu ihnen. Er hat die Chaps abgenommen. Seine schlanken, leicht o-geformten Beine stecken in dunkelblauen reiterfreundlichen Wranglerjeans mit Außennaht. Lässig lässt er sich auf den Stuhl neben Steve sinken und schiebt seine Beine an Sophies vorbei ausgestreckt unter den Tisch. Die Absätze seiner Cowboystiefel bohren sich in die Erde. Steve bestellt eine Flasche kalifornischen Rotwein, und Sophie lässt sich das erste Glas Wein seit fast zehn Jahren eingießen. Sie nimmt einen Schluck, schmeckt, nimmt noch einen und fragt sich, warum sie so lange darauf verzichtet hat. Sie lehnt sich entspannt zurück, beobachtet unauffällig die kleinen liebevollen Gesten zwischen den beiden Männern. Kurzer Austausch über die Arbeit, über die Pferde, über die Touristen. Anfangs noch ein stechender Schmerz, eine Irritation, nun ein wohliges Gefühl ungeahnter Befreiung. Kein stiller Kampf, kein Sichdarstellenmüssen, keine Sorge um die weibliche Ausstrahlung, kein Wie-sag-ich's-am-Raffiniertesten. Nein, sie kann einfach sein, wer sie ist.

Der Platz füllt sich mit Urlaubs-Cowboys und -Cowgirls in spitzen, mit Gravuren verzierten Stiefeln, karierten Halstüchern, Stetson und für die größtenteils dicken Hinterteile zu engen Jeans.

Sophie wendet ihren Blick von den Gästen zu Justin, der sie fragend ansieht. „Und du bist ganz allein hier, mit einem Truckcamper?"

Sophie nickt. „War anders geplant, aber …“ Sie hält inne, hat keine Lust über ihr vermurkstes Liebesliebe zu reden.

„Und was ist nun dein Plan?“, fragt Steve.

„Von hier direkt rauf nach Dawson City und über den Alaska Highway zurück nach Whitehorse. Da den Camper abgeben und dann nach Deutschland zurück – leider.“

„Wow, da hast du dir ja was vorgenommen, so allein“, erwidert Justin staunend.

„Und du lebst hier auf der Ranch?“, fragt Sophie.

Justin nickt. „Ja, hab da hinten ’n kleines Cabin. Bin aber auch viel bei Steve.“ Er wirft ihm ein verliebtes Lächeln hinüber.

Sophie überlegt, ringt mit sich, entscheidet sich für Offenheit. „Ihr seid doch ein Paar, ihr zwei, oder?“, fragt sie beherzt.

Beide lächeln, nicken.

„Und wie ist es hier so als männliches Paar, ich meine, gibt es Diskriminierung oder ist Kanada wirklich so offen, wie bei uns dargestellt?“, fragt sie schließlich.

Beide lächeln. „Hier auf der Gästeranch gibt es keine Probleme. Aber vorher habe ich auf ’ner Working-Cow-Ranch in Alberta gearbeitet. Da wurde ich gefeuert, als ich ’nen Kumpel geküsst habe. Aber …“, Justin überlegt, „Indianer haben’s schwerer.“

„Viellcicht wird sich das jetzt ändern, mit der neuen Regierung.“

„Die Signale sind positiv“, pflichtet ihr Justin bei.

„Und was ist dein Job hier?“

„Ich führe Touristen auf Packtripps durch die Wildnis.“

„Nett!“ Sophie seufzt. „Blanker Neid!“

Justin blickt wieder zu Steve. Beide lächeln.

„Morgen hab’ ich wieder ’ne Tour. Ist noch’n Platz frei“, sagt Justin, mit auffordernder Miene Sophie zugewandt. „Kannst du reiten, ich meine … dich auf’m Gaul halten?“

Sophie lacht, nippt an ihrem Weinglas. „Bis zum zarten Alter von zwanzig Jahren bin ich viel geritten, sogar Western. Das ist allerdings schon zehn Jahre her.“

„Das Reiten hier ist eher ’n Geschaukeltwerden. Mit Packtaschen über Stock und Stein, steil bergauf und an schmalen Graten entlang. Kaum Trab, kein Galopp.“

Sophie überlegt, fährt sich durchs Haar, blickt zu Steve.

Der nickt lächelnd. „’Nen besseren Führer kannst du dir nicht wünschen“, sagt er. „Justin ist schon Rodeos geritten, hat Rinderherden getrieben, ist entspannt, hilfsbereit und immer guter Laune.“

„Okay, warum eigentlich nicht?“, gibt Sophie zurück. „Eigentlich wollte ich morgen weiter. Über Zweitausend Kilometer liegen noch vor mir, aber ich hab’ mir ja geschworen, planloser zu leben. Also …“

„Morgen um halb acht hier vor dem Ranchhaus. Das Nötigste in die Packtaschen, Pferde putzen, satteln und dann geht’s los. Eine Nacht im Zelt am Clearwater River und dann zurück. Sind erst vier Teilnehmer. Die Saison geht zu Ende.“

„Hört sich gut an. Bin dabei.“ Sophie hebt den Daumen.

Ihr fällt die Kleidung ein, die sie neben sich auf den Stuhl gelegt hatte. Sie reicht Justin die Papiertüte. „Sind das eigentlich deine Sachen?“

Justin sieht hinein. „Ja“, sagt er erstaunt.

„Die hatte ich Sophie geliehen“, wirft Steve eilig ein. „Als wir vom Fluss kamen, als sie mich aus dem Wasser gezogen hat …“

„Alles klar“, wirft Justin ein, lächelt versöhnlich und nimmt ihr Hose und Shirt ab.

„Hab mich gefühlt, wie in ’nem Sack, aber war trocken und bequem“, erklärt Sophie. Sie grinst, zwinkert. „Danke.“

Kapitel 22

Joshua steht vor dem Abenteuer seines Lebens, vor einem Jungen auf einem alten Chevi-Pickup, mit dem er jetzt nach Dawson City reisen soll. Für einige Sekunden fühlt er sich wie gelähmt, zwischen Aufbruchsstimmung und seinem altbekannten Rückzugsbedürfnis hin- und hergerissen.

Jerry hat die Arme sinken lassen, mustert ihn erwartungsvoll-ängstlich. „Du bringst mich doch nicht zurück?"

Joshua rührt sich immer noch nicht, steht stumm, den Blick jetzt auf den Asphalt des Parkplatzes gerichtet, vor dem Wagen. Ihm ist nach einer Zigarette. Er rauft sich die Haare, fährt sich mit beiden Händen übers Gesicht, hebt die Hände und den Blick zu Jerry hinauf. „Nein, verdammt, natürlich bring' ich dich nicht zurück!"

„Cool!", schreit Jerry.

Joshua kann seinen Gesichtsausdruck im Schein der Lampe nur schwach erkennen, aber er spürt, dass der Junge strahlt. Er geht zur Ladefläche und hebt die Arme. Jerry beugt sich hinab und lässt sich hineinfallen. Als Joshua ihn auf die Füße stellt, schlingt der Junge die Arme um seine Hüften. Nach kurzem Zögern legt Joshua seine um Jerrys Schultern. Einen Moment lang stehen sie so, still in sich und den anderen hineinhorchend.

In der Situation angekommen, lässt Joshua die Arme sinken und Jerry tritt einen Schritt zurück. „Wohnst du hier?", fragt er, zum Eingang des B&B nickend.

„Ja. Und du musst dich jetzt unsichtbar machen, damit ich dich ungesehen mit ins Zimmer bekomme. Ich hab' ja nichts von dir, keinen Ausweis, nix."

„Unsichtbar wie ein Geist?"

„Genau.“ Joshua überlegt sich schnell eine Strategie. „Du musst jetzt kurz im Auto warten. Wenn jemand rauskommt, duck dich runter. Und ich gehe rein und warte, bis die Luft rein ist. Dann komm’ ich und hol’ dich. Okay?“

Jerry nickt heftig. Joshua will ihm auf den Sitz der Fahrerkabine hinauf helfen, aber Jerry wehrt ab.

„Ich kann das allein“, sagt er mit energischer Stimme, öffnet die Beifahrertür und hievt sich geschickt, einen Fuß mit Schwung aufs Trittbrett stellend, auf den Sitz.

Joshua zieht den Schlüssel aus seiner Hosentasche, sieht sich um und geht ins Haus. Kein Laptop mehr auf dem Counter. Lediglich eine kleine Nachtlampe gibt ein fahles Licht ins Foyer ab. Die Hausherrin hat sich zurückgezogen, das steht außer Zweifel.

Joshua schleicht durch den Flur zu seinem Zimmer, schließt es behutsam auf und lehnt die Tür an. Plötzlich eine Stimme aus dem Foyer. Die Hausherrin fragt, wer gekommen ist. Joshua legt alle ihm mögliche Freundlichkeit in seine Stimme, und die alte Dame verschwindet wieder. Er eilt mit leisen Schritten zum Auto und holt Jerry.

„Ich kann gut schleichen“, flüstert er. „Ich war mit Grandpa jagen.“

Joshua lächelt, will Jerrys Hand nehmen, aber der zieht sie fort und verschwindet hinter Joshuas Rücken. Er geht leise auftretend zum Haus und Jerry folgt ihm so geräuschlos, dass er für einen kurzen Moment daran zweifelt, dass der Junge noch hinter ihm ist. Behutsam drückt er die Tür ins Schloss, und wenig später sind sie im Zimmer, einzige Lichtquelle Joshuas Taschenlampe.

„Fühl dich wie zu Haus’“, sagt er, geht zum Fenster, zieht die Vorhänge zu und knipst die Nachttischlampe an. „Bin gleich wieder da.“

Als er wieder aus dem Bad kommt, sitzt Jerry in Socken auf der Bettkante. Seine Schuhe hat er am Eingang abgestellt.

„Ich kann auf dem Boden schlafen", sagt er mit müden Augen.

„Quatsch", erwidert Joshua. „Das Bett ist ja wohl breit genug für uns zwei. So fett sind wir doch beide nicht."

Jerry lächelt müde.

„Zieh dich aus und steig rein", sagt Joshua. „Ich bin auch total kaputt."

Jerry zerrt sich mit letzter Kraft die Sweatjacke und die Jeans vom Leib, schaut einen Augenblick unsicher über das Bett und schlägt zögerlich die Bettdecke zur Seite. Langsam krabbelt er darunter, späht noch einmal zu Joshua hinüber und rollt sich schließlich auf die Seite. Dann ist nichts ist mehr von ihm zu hören.

Joshua setzt sich auf den Stuhl am Fenster und starrt auf den schlafenden Jungen. Ein kurzer Gedanke an Sophie, ein kurzer Gedanke an das Medaillon, an Emily und ihren Mann, der jetzt vermutlich in einer Entziehungskur versuchen würde, von seiner Sucht loszukommen, um in ein Familienleben zu finden. Dann zieht auch er sich aus, erschöpft von all dem Unerwarteten, den vielen Entscheidungen, dem völlig neuen Lebensgefühl, das ihm Aufgaben stellt, denen er bisher nicht gewachsen war und die er hofft, nun erfüllen zu können.

Er setzt sich ganz vorsichtig auf die leicht nachgebende Matratze. Jerry liegt mit dem Gesicht zu ihm gewandt. Sein Atem geht gleichmäßig. Joshua legt sich behutsam zurück, lässt den Kopf in das weiche Kissen sinken und fühlt sich seltsam entrückt, als wäre er der Protagonist einer seiner vielen, in irgendwelchen Schubladen dümpelnden Geschichten.

Er dreht vorsichtig den Kopf zur Seite und blickt auf das schlafende Kindergesicht. Ein eigenartiges, nie gekanntes Gefühl durchströmt ihn, ein bisschen unheimlich zwar, aber im gleichen

Maße Wärme und Frieden in ihm erzeugend. Dann dreht er sich vorsichtig auf die andere Seite. Es dauert noch einige Minuten, bis ihn die Erschöpfung endlich in den Schlaf zieht.

Irgendwann weckt ihn ein Schrei. Dann ein heftiger Atemstoß. Er dreht sich um, sieht Jerrys Gesicht im fahlen Morgenlicht, Schweißperlen auf der Stirn, das Haar verklebt. Er hat geträumt. Er wirft den Kopf herum, öffnet die Augen, aus denen Angst spricht.

„Was ist los?“, fragt Joshua mit sanfter Stimme.

Jerry blickt ihn an, plötzlich erinnernd, wer der Mann neben ihm ist und wo er sich befindet. „Ich bin gefallen“, presst er mit zittriger Stimme heraus, „nein … Dad ist gefallen … von der Brücke.“

Joshua legt seine Hand auf Jerrys Arm.

„Ich glaube, ich bin gesprungen … hinter ihm her und dann …“ Er überlegt, lässt seinen ängstlichen verwirrten Blick durch den Raum schweifen, „und dann, ich weiß nicht …“

Joshua wischt ihm mit dem Zipfel des Lakens den Schweiß von der Stirn. „Jerry, du weißt doch, der Geist deines Vaters ist hier im Raum bei uns. Er beschützt dich. Und er sieht, dass du alles richtig machst. Er weiß, dass du ihn nicht retten konntest. Du konntest nicht bei ihm auf der Brücke sein, als es geschah. Es geht ihm jetzt gut. Sei ganz beruhigt.“

„Aber was ist der Tod, ich meine, wie ist er?“

Was für eine Frage! Joshua denkt an Bens Worte. „Der Tod ist ein Übergang, von einem Leben in irgendein anderes.“

„Tut das weh?“

„Ja, Jerry, das tut es“, erwidert Joshua, etwas verunsichert.

Er weiß, dass alle Ausführungen und aller Trost ein Spagat sein werden, weil er den Tod nicht kleinreden will, die schützende Angst davor in Jerry erhalten möchte und ihm gleichsam die Furcht vor dem Unausweichlichen nehmen möchte.

„Und der Große Geist bestimmt, wann er kommt und wohin es dann geht. Daran solltest du immer denken. Man muss sich seiner Entscheidung fügen, weil er uns sonst immer wieder dahin zurückschickt, von wo wir flüchten wollten, und dann geht alles wieder von vorne los. Aber wir wollen uns ja vorwärtsbewegen, nicht?“ Joshua zeigt auf sich selbst. „Du weißt doch, was ich meine, hey?“

Jerry nickt. Seine geweiteten Augen haften auf ihm wie auf einem Propheten. Joshua fühlt sich sozusagen übergewichtig, beginnt unter der Last seiner Worte zu schwanken, zweifelt an sich als Weisheitsverkünder. Doch als die Angst aus Jerrys Augen weicht, atmet er tief durch und denkt, dass es schon okay war, was da alles aus ihm heraussprudelte.

„Grandpa hat gesagt, dass man im Tod ein Licht sieht und dass wir dann erstmal zu Licht werden. Und dann … Meinst du, dass mein Dad jetzt auch eine Lichtgestalt ist?“, fragt Jerry in das kurze Schweigen hinein.

„Ja, klar.“

„Ein Geist aus Licht?“ Seine Stimme ist jetzt wieder ganz wach, voll kindlicher Erwartung.

„Ja.“ Joshua nickt. „Ja, ein Geist aus wunderbar klarem Licht, das dir immer deinen Weg leuchtet.“

Jerry lächelt, seine Gesichtszüge entspannen sich, die Muskeln an seinem Hals lockern sich, und das Kissen unter seinem Kopf gibt nach. Er schließt die Augen, atmet noch ein paar Mal stockend und fällt zurück in den Schlaf. Joshua beobachtet ihn noch eine Weile, wartet, bis er sich zusammengerollt hat, und dreht sich, dem Jungen zugewandt, ebenfalls auf die Seite. So liegt er, über all das Gesagte und Gehörte nachsinnend, bis die Sonne erste Strahlen durch das Fenster wirft.

Er setzt sich auf und blickt zu seiner Uhr, die auf dem Nachttisch liegt. Es ist sieben Uhr, Zeit aufzustehen und sich auf den Weg zu machen. Jerry schläft noch und er überlegt, ob er ihn tatsächlich wecken soll. Er steigt vorsichtig aus dem Bett, schleicht ins Bad, lässt die Tür geöffnet, während er duscht. Immer wieder horcht er zu Jerry hinüber. Als er sich gerade angezogen hat, vernimmt er ein leises Schluchzen vom Bett herüber und läuft zu ihm. Jerry liegt ganz klein zusammengerollt unter der Decke und weint, ganz leise.

Joshua setzt sich zu ihm aufs Bett und legt die Hand auf seine Schulter. „Was ist, Jerry?"

„Ich möchte doch ins Dorf zurück." Er wischt sich die Tränen aus seinem Gesicht.

„Sicher?", fragt Joshua.

„Ja."

Ein Hauch von Traurigkeit, dann ein kurzer Moment der Erleichterung, dann Enttäuschung. Joshua nimmt seine Hand von Jerrys Schulter. „Okay, kein Problem. Dann fahr ich dich hin", erwidert er. Vielleicht ist es besser, überlegt er. Er würde Emily informieren und alles wäre einfacher.

Einen Moment lang sind sie beide stumm. Joshua erhebt sich, geht zum Fenster und zieht die Vorhänge zurück. „Du musst jetzt aufstehen", sagt er in versöhnlichem Ton.

„Ich bleibe liegen", sagt Jerry zaghaft.

„Das geht nicht. Du kannst doch nicht hierbleiben." Joshua wendet sich ihm zu. „Du willst doch in dein Dorf."

„Ich weiß nicht", sagt Jerry stockend. „Ich …" Wieder rollen Tränen über seine weichen runden Wangen, jetzt jedoch lautlos.

Joshua denkt an seine eigene verdammte Schwermut, an die

launische alte Schachtel. Er steht mit dem Rücken zum Fenster, ratlos. Dann gibt er sich einen Ruck. „Komm, Jerry, steh jetzt auf. Wir müssen hier raus, bevor dich jemand sieht, verstehst du."

Jerry nickt, wischt sich wieder die Tränen aus dem Gesicht, stützt sich auf die Ellenbogen und verharrt so. „Ich hab' …" Er stockt, zögert, kämpft augenscheinlich mit sich selbst. Schließlich setzt er sich auf und schlägt die Bettdecke zurück. „Alles nass … siehst du?" Nun strömen die Tränen mit lautem Schluchzen aus ihm heraus, in einer Mischung aus Verzweiflung und Wut auf sich selbst.

Ohne zu zögern geht Joshua zu ihm und nimmt ihn in den Arm. „Kenn ich alles", sagt er, „das passiert, wenn man mies träumt, wenn man Angst hat und so. Als mein Vater meiner Mutter drohte, sie zu verlassen, wenn sie mich ewig in Schutz nähme und sich immer nur um mich kümmere, da hab' ich auch ins Bett gemacht. Aber das gibt sich wieder, ganz sicher."

Jerry nickt schwach.

„Ich finde, du gehst jetzt unter die Brause, kommst frisch geduscht wieder raus und dann sieht die Welt schon wieder ganz anders aus." Joshua lächelt und Jerry nickt, immer noch verstört, aber deutlich beruhigter.

„Das kannst du doch allein, oder?"

Wieder stummes Nicken. Er steht auf, ohne sich umzublicken, und verschwindet im Bad. Wenig später vernimmt Joshua das Rauschen der Dusche. Er zieht das Laken ab, holt die Colaflasche aus seinem Rucksack und gießt etwas davon auf die feuchte Stelle. Dann rollt er das Laken zusammen und legt es neben den Eingang.

Jerry kommt, ins Handtuch gewickelt, aus dem Bad. Er hat seine nasse Unterhose in der Hand. „Ist jetzt wieder sauber", sagt er in entschuldigendem Ton.

„Prima.“ Joshua nimmt sie ihm ab, steckt sie in die Seitentasche seines Rucksacks und hält ihm seine Jeans hin. „Nun musst du mal ohne Unterhose da rein“, sagt er lächelnd. „Pass auf, dass du nix einklemmst!“

Auf Jerrys Gesicht zeigt sich ein schwaches Lächeln. Er nimmt die Jeans, steigt hinein und bleibt unsicher, mit hängenden Schultern im Raum stehen. „Ich möchte doch zu meiner Mom“, sagt er leise.

„Okay, Jerry, dann los.“ Joshua atmet tief durch und greift seinen Rucksack. „Warte eben hier. Ich hol dich durchs Fenster raus, sobald keiner guckt.“

Jerrys Stimmung schlägt um wie das Wetter am Pazifik. „Okay“, sagt er jetzt mit fester Stimme.

Joshua verlässt das Zimmer und schließt ab. Er geht ins Foyer. Die alte Dame sitzt schon hinter dem Counter. Er gibt den Schlüssel ab und bezahlt. Eilig verlässt er die Pension, fährt den Wagen dicht ans Haus und vergewissert sich, dass er nicht beobachtet wird. Er steigt aus und geht zum Fenster des Zimmers, hinter dem Jerry schon bereitsteht. Der öffnet es, hangelt sich auf die Fensterbank und lässt sich in Joshuas Arme fallen. Sekunden später sitzen sie im Auto und Joshua steuert den Pickup auf die Straße. Es ist geschafft.

Er fährt in die Stadt, stellt den Wagen auf einem Parkplatz ab, geht mit Jerry an seiner Seite zur Bank, hebt Tausend Dollar ab und kauft ein Handy mit Prepaid Card. Er schickt Emily eine SMS: „Jerry ist bei mir. Geht ihm gut. Sind auf dem Weg nach Dawson. Mach dir keine Sorgen.“

Die Antwort folgt auf dem Fuße: „Hab's mir schon gedacht. Okay. Fahr langsam und pass gut auf ihn auf!“

„Klar“, simst Joshua zurück.

Erleichtert über Emilys starke Nerven navigiert er zu einem Supermarkt, kauft von Lebensmitteln und Getränken für mehrere Tage bis hin zu Zahnpasta alles, was ihm gerade einfällt und was sie brauchen würden. Anschließend fährt er zu einem der größten Camping-Outfitter von Vancouver.

Die Aussicht auf Camping lässt Jerry vorerst alles Belastende vergessen. Er taut auf, fragt Joshua aufgekratzt Löcher in den Bauch und gibt ihm, stolz über sein Wissen, jede Menge Ratschläge.

„Ich bin oft mit Dad und Grandpa mit dem Boot zum Campen gefahren“, erzählt er voller Begeisterung, „an ganz einsame Strände.“ Ein leises Aufkeimen von Trauer, dann siegt der Blick nach vorne. „Wo werden wir zuerst campen?“, fragt er.

„An einem See oder an einem Fluss, auf jeden Fall am Wasser, wenn auch nicht am richtigen Wasser.“

Jerry lächelt. „Ist schon okay. Wasser ist immer cool.“

In zwei Schüben beladen sie das Auto. Jerry trägt voller Stolz die Isomatten und Schlafsäcke ins Auto und Joshua hievt eine große Alubox, eine Kühlbox und einen Campingtisch auf die Ladefläche, packt ein Zelt, einen Gaskocher, Pfanne, Topf, Teller, Besteck und eine Campingleuchte hinein.

„So, jetzt noch was für den Magen“, sagt er.

So gut gelaunt wie lange nicht steuert er den Wagen durch den dichten Verkehr, an einem Flohmarkt vorbei. Als sie an der Ampel stehen, entdeckt Joshua einen Straßenmusiker, vor sich ein Pappschild mit der Aufschrift: „Verkaufe meine Gibson FJN Vintage Acoustic von 1965 – nach Gebot“. Seine Kleidung ist zerschlissen und schmutzig. Neben ihm steht eine Flasche Jonny Walker auf dem Boden.

Joshuas Blick haftet wie von einem Magneten angezogen auf

dem Schild. Diese Gitarre war schon immer sein Traum. Plötzlich durchflutet ihn wieder die Lust, Musik zu machen. Es kribbelt regelrecht in seinen Fingern. Der Fahrer hinter ihm hupt kurz und Joshua muss weiterfahren. Doch die nächste Parkbucht ist seine. Halteverbot – egal. Er würgt vor lauter Aufregung den Wagen ab.

„Was machst du?", fragt Jerry, mit genervt-fragendem Blick.

„Na, wir steh'n doch. Alles gut, oder?"

„Und warum steh'n wir?"

„Weil ich 'ne Gitarre kaufen will."

„Eine Gitarre? Wir woll'n doch Camping machen und zu meiner Mom!"

„Machen wir ja auch. Das geht mit Gitarre noch viel besser."

Jerry schweigt. Joshua vermutet, dass er an seine Mutter denkt. Er drückt auf den Knopf von Jerrys Gurt, sodass er zurückschnellt.

„Komm, steig aus, wir geh'n eben zu dem Flohmarkt da vorn."

Jerry folgt ohne Widerrede. Doch als sie vor dem Gitarristen stehen, der gerade sehr professionell „You are wonderful today" spielt, kommt sich Joshua plötzlich völlig überspannt und albern vor. Sein Geklimper würde nie an die Performance dieses Musikers herankommen. Wozu also 'ne Profigitarre wie diese, die er sich wahrscheinlich gar nicht leisten kann. Alles Quatsch, sagt er sich, will den Rückzug antreten, doch Jerry packt seinen Arm.

„Ich denke, du willst 'ne Gitarre kaufen?", sagt er vorwurfsvoll, an ihm ziehend.

„Hab's mir anders überlegt." Joshua fühlt sich plötzlich schlapp, fehl am Platz.

„Aber diese hier hört sich doch cool an!", ruft Jerry aus.

„Nur weil der Typ so genial klampft. Unter meinen Fingern würde sie beschissen klingen“, erwidert Joshua in einem Trotzton, der eher von Jerry kommen könnte als von einem erwachsenen Mann.

Der Song ist zu Ende, und der Musiker hört auf zu spielen. Er mustert Joshua, dann Jerry. „Gefällt sie dir?“, fragt er zu Joshua gewandt. „Und dir auch, kleiner Mann?“ Er blinzelt Jerry zu.

„Mir gefällt sie!“, ruft Jerry aus.

Joshua steht stumm da, wie paralysiert.

„Mach ’n Angebot. Brauch’ dringend Kohle, das allein ist der Grund für die Trennung. Ist ’n geiles Instrument. Hat ’n paar Dellen, aber die beeinträchtigen nicht den Sound. Ist eben ’ne Gibson mit Geschichte. Könnte heulen, wenn ich mir vorstelle, ohne sie die Nacht verbringen zu müssen.“

Joshua kneift sich innerlich, versucht die Zweifel an sich und an allem abzuschütteln.

„Nimm sie, bitte“, fleht Jerry. „Du könntest mir dann abends immer was vorspielen.“

Joshua starrt auf die Gitarre, als würde sich darin etwas verbergen, das eine Hand nach ihm ausstreckt.

Schließlich hält ihm der Musiker die Gitarre entgegen. „Na komm, spiel mal was“, sagt er mit rauer Stimme, zündet sich eine Zigarette an und nimmt einen Schluck aus der Jonny-Walker-Flasche.

Joshua gibt sich einen Ruck, hängt sich die Gitarre um, lässt prüfend seine Finger über das Holz und die Stahlsaiten gleiten und spielt einige Akkorde im Fingerpicking-Stil.

„Nicht übel“, sagt der Musiker. Er zwinkert. „Touri?“

Joshua nickt.

„Und der Kleine da?“

„Der Sohn von 'nem Freund." Joshua schielt zu Jerry hinunter. Der lächelt kurz, hat verstanden.

Der Musiker nickt.

„Und, was stellst du dir vor?", fragt Joshua, wieder ganz bei dem Instrument.

„Mach 'n Angebot."

„Keine Ahnung. Was ist deine Mindestforderung?"

Der Typ lacht auf. „Bist nicht blöd." Er zögert, überlegt. „Okay. Für tausend Dollar ist sie deine."

Joshua nimmt die Gitarre ab und drückt sie seinem Gegenüber in die Hand.

„Okay, okay, 900", sagt er.

„Ich bin doch nicht Eric Clapton, Mann!"

„850"

„Mehr als 700 kann ich nicht abdrücken."

„750"

„Ich sagte doch, mehr als 700 Dollar geht nicht, sonst bin ich pleite."

Der Typ rauft sich die schmierigen schulterlangen Haare, blickt auf die Gitarre in seinen Händen, streichelt so zärtlich über den Korpus wie über einen Frauenkörper. Und jetzt weiß Joshua, dass er verdammt viel Geld ausgeben wird, zu viel, nicht weil die Gitarre es nicht wert wäre, aber für seine finanzielle Situation. Zum Glück hatten ihm seine Eltern Geld überwiesen. Wahnsinn, sagt er sich, daran denkend, dass er vorerst für Zwei sorgen muss.

Der Musiker hält ihm die Hand entgegen. „Du kriegst sie, Gauner. Verdammt. Viel zu wenig, aber okay."

Ein Handschlag und der Kauf steht. Joshua zieht zögernd einen Dollarschein nach dem anderen aus seinem Portemonnaie und reicht sie dem Musiker. Der nimmt das Geld, hält die Scheine vors Sonnenlicht und steckt sie in die Hosentasche.

„Adé“, sagt er wehmütig. „Jetzt muss ich wieder meine Takamine spielen.“ Er reicht Joshua die Gitarre.

„Cool!“, ruft Jerry aus. „Jetzt haben wir so viele tolle Sachen! Ein Zelt, Schlafsäcke, einen Kocher … und 'ne Gitarre!“ Er strahlt und Joshuas launische alte Verfolgerin verschwindet.

Er legt seine Hand auf Jerrys Schulter. „Danke Kumpel, dass du mich ermutigt hast. Ich hätte echt 'nen Rückzieher gemacht.“ Er presst die Lippen zusammen. „Wie so oft“, sagt er ganz leise, mehr zu sich selbst und doch auch mit dem Bedürfnis, irgendwie verstanden zu werden.

Er schultert die Gitarre und schiebt sie nach hinten auf seinen Rücken. In stiller Eintracht schlendern sie zum Auto. Joshua legt die Gitarre auf den Rücksitz, holt die Decke von der Ladefläche und legt sie darüber.

In einem Outdoorladen mit großer Kinderabteilung kauft er für Jerry eine Regenjacke, Stiefel, zwei Paar Jeans und mehrere T-Shirts. Mit dem wärmenden karierten Flanellhemd scheitert er.

„Das ist ja 'n Holzfällerhemd. Sowas zieh' ich nicht an!“, protestiert Jerry.

Joshua lenkt ein, will ein anderes vom Ständer ziehen, aber Jerry ist schon auf dem Weg zu einem Tisch mit Sweatshirts.

„Das hier ist cool“, sagt er voller Überzeugung und hält ein grünes mit braunem Adler auf dem Rücken hoch.

Joshua schluckt beim Blick auf das Preisschild und nimmt es mit. Adler muss sein, sagt er sich.

„Hunger?“, fragt er, als sie wieder aus dem Laden sind.

„Ja.“ Jerry nickt ernst.

Irgendetwas geht in ihm vor. Es bleibt Joshua verborgen. Er will jetzt nicht nachfragen, fährt zum Stadtrand, parkt auf einem riesigen Platz mit Supermarkt und Diner und holt zwei Bagles, einen Coffee To Go und einen Orangensaft. Sie essen und trinken im Fahren. Joshua will die fünfhundertfünfzig Kilometer bis Williams Lake heute noch schaffen.

Kapitel 23

Sophie schleppt den schweren Westernsattel zu dem ihr zugeteilten Pferd am Anbinder vor dem Ranchhaus, während sich die unerfahrenen Reiter noch einer Einweisung unterziehen müssen. Mit einem Ruck stemmt sie den Sattel auf den Rücken des stämmigen Pferdes. Es ist ein American Quarterhorse, ein mittelgroßer Brauner mit zotteliger langer Mähne und kleiner Blesse. Sie zieht den Gurt unter seinem Bauch durch die Schnalle und befestigt die Packtaschen am Sattel. Anschließend löst sie das Halfter und streift die Trense über seinen Kopf. Den beiden jungen Paaren, eins aus der Schweiz, eins aus Süddeutschland, muss Justin noch helfen. Dann sind sie unterwegs. Sophie lächelt in sich hinein. Es fühlt sich gut an, endlich mal wieder auf einem Pferd zu sitzen.

Alle reiten im Schritt hintereinander her, angeführt von Justin auf einem großen Fuchs, dahinter, über einen Strick am Schweif seines Pferdes festgebunden, das kräftige Packpferd mit zwei großen Kisten auf dem breiten Rücken. Es trägt die Zelte und den Proviant.

Sie überqueren die Weide und trotten in den Wald, über einen schmalen Pfad in die Wildnis hinaus. Sophie staunt über die trittsicheren Pferde, die ihre Hufe behutsam über große Felsen hinweg ziehen, mit Reiter und Gepäck auf dem Rücken steile Hänge hinauf- und hinunterklettern. Sie durchqueren Bäche, dichte

Wälder, Wildblumenwiesen, machen Halt am Flat Iron Viewpoint und schlängeln sich an einem schmalen Grat oberhalb des Trout Creek Canyon entlang. Sophie muss sich überwinden, in den Canyon hinunterzuschauen. Es geht beängstigend steil bergab und der Pfad ist so schmal, dass die Hufe der Pferde gerade eben Platz zum Auffußen finden.

Als sie eine Pause machen und ihre Brote essen, erklärt Justin allen, dass man beim Westernreiten die Zügel lang lässt, dass das hier im unebenen Gelände besonders wichtig ist, damit die Pferde ihr Gleichgewicht wahren können. Und er spricht liebevoll über Flora und Fauna der Gegend.

Eine halbe Stunde später sind sie wieder unterwegs, durch Tannenwälder und Pappelhaine, durch Bäche und Flüsse und an zerklüfteten Felsformationen vorbei. Justin dreht sich behände im Sattel herum, reitet eine Weile rückwärts, behält nicht nur prüfend das Packpferd im Blick, sondern auch Sophie, die direkt dahinter reitet.

„Hast du Augen im Rücken?“, fragt Sophie besorgt, den Blick auf dem engen Pfad entlang des Abgrunds.

„Kein Problem, die des Pferdes reichen. Das sind keine Dressurpferde.“

Aus anfänglichen Zehntelsekunden des Blickkontakts werden mehrere Sekunden, bis sich Sophie allmählich fragt, ob er womöglich auch Frauen nicht verschmäht. Das Leben ist schließlich bunt, ein Fass voller Überraschungen, tönt es wieder in ihr.

Als die Sonne über den Zenit hinweg ist, erreichen sie das Camp am Clearwater River und satteln ab. Sophie rutscht staksig aus dem Sattel. Alle Muskeln und Gelenke schmerzen. Doch die geradezu betörende Reinheit der Natur lässt sie alles vergessen. Schöner, ungestörter, wilder kann sich eine Landschaft nicht zeigen.

„Das Wasser könnt ihr so trinken, wie es hier an euch vorbeifließt“, erklärt Justin. „Keine Biber, keine Landwirtschaft, keine Industrie.“

Alle kraxeln auf seine Aufforderung hin mit ihren Pferden zum Fluss hinunter, lassen sie saufen und erfrischen sich in dem vom Licht türkis gefärbten glasklaren Wasser. Sophie bringt mit den anderen zusammen ihr Pferd nach oben zum Paddock und geht wieder hinunter an den Fluss. Sie rollt die Hosenbeine bis über die Knie hoch, schiebt die kurzen Ärmel ihres T-Shirts bis an den Halsansatz hinauf und taucht Beine und Arme ins kühle Wasser. In ihrer Kindheit war ihre Haut das letzte Mal so von Schweiß und Staub verklebt. Das Stadtleben hatte sie fast steril werden lassen. Nun beobachtet sie voller Wonne, wie sich der Dreck von ihrer Haut im Wasser auflöst und davontreibt, genießt diese elementare Reinwaschung von Körper und Seele, die jedes Duscherlebnis zu einer schnöden Annehmlichkeit werden lässt. Sie fühlt sich frei, kurzum wie – sie mag es kaum denken – im Paradies, setzt sich auf einen Felsen am Ufer und lässt ihre Haut in der Sonne trocknen.

Der verdammte Kopf jedoch stellt diesem perfekten Zustand immer wieder etwas entgegen, stellt sie ungnädig mit sich selbst fest. Plötzlich, aus dem Nichts heraus, ist da wieder diese Sehnsucht danach, dies alles mit Joshua zu teilen. Die Erinnerung an seine defätistischen Sprüche jedoch lässt sie ihre Entscheidung abermals für gut befinden. Oder, überlegt sie plötzlich, hätte ihn genau dieses Erlebnis aus seiner dunklen Lebenssicht herausholen können? Schlechtes Gewissen macht sich in ihr breit, schwer wie eine Ladung Steine.

Justin holt sie mit einem freundlichen Lächeln ins Hier und Jetzt zurück. Er tritt neben sie, blickt auf sie hinunter.

„Und?“, fragt er, den Blick auf den Fluss gerichtet.

„Ein Traum. Hätte nicht gedacht, dass es sowas überhaupt noch gibt.“

Justin nickt einvernehmend.

„Warst du mit Steve auch schon mal hier?“, fragt Sophie, sich die beiden im Zelt vorstellend.

„Ja. Schon ein paar Mal“, erwidert Justin.

Sophie meint in seinem Blick Sehnsucht zu erkennen, versucht sich die beiden beim Sex vorzustellen und bricht ab.

„Ich werde jetzt mit den Männern zusammen die Zelte aufbauen und ein Feuer machen“, sagt Justin. „Wir grillen Steaks und Kartoffeln.“

„Warum nur mit den Männern?“, fragt Sophie.

„Okay, wenn du willst, kannst du gern mit anfassen.“

„Klar.“ Sophie steht auf und folgt Justin hinauf zum Camp. Sie erwischt sich dabei, etwas herablassend auf die beiden jungen Frauen zu blicken, die in ihren hautengen, mit Leder besetzten Reitjeans schnatternd wie Hühner zusammenglucken, während sie beim Abladen der Lebensmittel und beim Aufstellen der Zelte mit anpackt.

Als sie alle zusammen auf Baumstümpfen am prasselnden Feuer sitzen, verspürt Sophie einen unbändigen Hunger in sich aufsteigen. Und endlich ist alles fertig durchgebraten und gekocht und alle außer ihr stürzen sich auf die Steaks, während sie bei Kartoffel und Salat bleibt.

„Gar kein Fleisch?“, fragt Justin ungläubig, obwohl er es eigentlich schon wissen müsste.

Sophie nickt. „Würdest du auch dein Pferd essen?“

Er lacht auf, schüttelt den Kopf. „Das ist doch was anderes.“

„Nur weil du dich lieber von einem Pferd tragen lässt als von einem Rind?“, gibt Sophie lächelnd zurück. „Aber lasst es euch schmecken. Ich will hier keine Diskussion entfachen. Genießen wir diesen wunderbaren Ort hier und nehmen alles so wie’s ist.“

Genussvoll sticht sie in ihre Kartoffel und beginnt gierig zu essen. Sie beobachtet Justin, entdeckt im flackernden Licht des Feuers ein Grübeln in seinem Gesicht.

Für jeden gibt es eine Flasche Bier. Mehr ist nicht drin, wegen des Alkohols, aber auch wegen des Gewichts beim Transport. Sophie nimmt dankend an, trinkt beherzt aus der Flasche – ein ungewohnter Akt – und kämpft mit dem aufsteigenden Schaum. Als er an ihren Lippen hängenbleibt, lächelt Justin zu ihr hinüber.

Die Gespräche über Herkunftsland, Reiserouten, Pferde und Campermodelle laufen ohne Nachhall an ihr vorbei. Hin und wieder beantwortet sie eine Frage, gibt einen kurzen Kommentar ab, lauscht jedoch vornehmlich dem gleichmäßig meditativen Rauschen des Flusses und den Geräuschen des Waldes. Ihre Muskeln sind hart und schmerzen von dem langen Ritt. Steif wie ein Brett und wie auf hölzernen Beinen schleicht sie als erste zu ihrem Zelt und fällt erschöpft auf ihr Nachtlager – eine Isomatte und ein Schlafsack mit Kapuze. Kein Kuschelkissen, keine Daunen zum Hineindrehen, dafür das ganz neue Gefühl unverstellter Verbundenheit mit der Natur. Nur die dünne Kunststoffhaut des Zelts um sie herum, die jeder Bär und jeder Vielfraß mit einem einzigen Biss zerfetzen konnten. Warum empfand sie nicht die geringste Angst? Ist doch seltsam so als Stein- und Ziegelbewohner mit gelegentlichen Ausflügen in eine urbanisierte Natur, in der bereits ein einzelner Wolf zu Aufruhr führt, sagt sie sich. Ja, vielleicht ist sie angekommen in dieser natürlichen Art der Gefahr, die weit weniger lebensbedrohlich ist als das tägliche Überqueren der Straße und die Hatz über die Autobahn. Nach diesen

Überlegungen fällt sie schließlich erschöpft in den Schlaf.

Am nächsten Morgen wird sie von aufgeregten Stimmen geweckt. Sie kriecht, von heftigem Muskelkater ausgebremst, schwerfällig aus dem Schlafsack, denkt an Bären und Vielfraße und krabbelt barfuß in ihren Pyjama-Shorts aus dem Zelt. Justin steht in der Mitte des Camps, umringt von den anderen Touristen.

„Die Pferde sind weg", ruft er Sophie zu.

„Was?" Sie traut ihren Ohren nicht. „Alle? Weggelaufen?"

„Alle weg." Er hält sein Funktelefon in der Hand. „Versuche, die Ranch zu erreichen. Keiner antwortet."

Die beiden Männer sehen beunruhigt zu Justin, ihre Frauen sind völlig aufgelöst, eine den Tränen nahe. „Was machen wir denn nun? Wir können doch nicht zu Fuß zurücklaufen."

„Keine Sorge, das müsst ihr nicht. Wir kriegen das schon hin", beruhigt Justin die beiden Frauen. Er versucht erneut Verbindung zur Ranch zu bekommen. Doch wieder nichts.

„Wie kann man denn so leichtsinnig sein und die Pferde frei herumlaufen lassen?", fragt der etwas moppelige Deutsche mit Vorwurf in der Stimme. Er hebt die Hände, schüttelt den Kopf, lässt die Hände fassungslos fallen.

„Vermute 'n Bär hat die Pferde erschreckt. Sonst bleiben sie immer am Camp, weil sie hier was zu fressen kriegen."

„Waren sie nicht im Paddock?", fragt Sophie, der jetzt auch mulmig wird.

„Nein, da ist kein Gras mehr."

„Ziemlich gewagt", sagt Sophie vorsichtig. „Wie soll man sie denn hier in der Wildnis wiederfinden?"

„Das ist ja voll krass", sagt die Schweizerin neben ihr. „Was, wenn der Bär sie angreift?"

„Schwarzbären greifen keine Pferde an und Grizzlies gibt's hier so gut wie keine", erwidert Justin.

„Und wenn der Bär ins Camp zurückkommt und uns angreift?", fragt die Deutsche.

„Auch wir steh'n nicht auf ihrem Speiseplan. Schwarzbären sind scheu und geh'n dem Menschen aus dem Weg, es sei denn, eine Bärenmutter mit einem Jungen wird überrascht, aber …"

„Und wie finden wir die Pferde jetzt wieder?"

„Die können nur auf der Ranch sein. Den Weg kennen sie in- und auswendig. Woanders hin würden sie nie laufen", erklärt Justin.

„Okay", sagt Sophie, plötzlich in der Situation ankommend. Sie erinnert sich an ihre neue Devise: Wie Wasser über holperige Steine fließen und Pläne entspannt davontreiben lassen. Sie kriecht ins Zelt, schlüpft in Jeans und Hemd und krabbelt wieder hinaus.

„Dann machen wir uns eben zu Fuß auf den Weg", sagt sie, wieder zurück in der Runde. „Die Zelte und den ganzen Küchenkram wird hier keiner klauen. Bären und Vielfraße brauchen sowas nicht. Alles Weitere wird sich finden."

„Wie, zu Fuß?" Die Deutsche zieht die Augenbrauen hoch, wirft ihren blonden Pferdeschwanz zurück.

„Hey, wir sind doch zu Fuß fast schneller als die Pferde im Schritttempo. Wo liegt das Problem?", gibt Sophie energisch zurück.

„Und durch den Fluss durch?"

„Du kannst nicht schwimmen?"

Die junge Frau verzieht genervt das Gesicht zu einer Grimasse.

„Wir wollten doch zu den Coal Creek Bluffs und zu den Coal Creek Falls", mault der Schweizer.

„Ich kann's nicht ändern", erwidert Justin leise und entschuldigend.

Einen Moment lang wird auch Sophie in den Sog der Enttäuschung gezogen. Auch sie hatte sich bereits ausgemalt, wie eindrucksvoll wohl der Blick auf diese Naturschönheiten wäre. Doch als sie zu Justin blickt, seine ganze Selbstsicherheit in sich zusammengebrochen, wie ein Häufchen Elend vor ihr, wird ihr bewusst, worauf es jetzt ankommt.

„Erwartungen sind Hirnblockaden!“, ruft sie aus und hebt die Arme, als ob sie etwas wegwürfe. „Lasst sie uns loslassen und den verdammten Kopf über die Füße bringen. Das ist doch ’ne Lappalie! Wir rühr’n doch hier alle im selben Saft herum. Lasst uns ’nen Plan machen und nicht blöd herumlabern.“

In diesem Augenblick knattert das Funktelefon und eine tiefe, krächzende Stimme ertönt. „Justin? Hey, die Gäule sind ohne euch zurück. Wo steckt ihr?“

„Im Camp. Die schlauen Tiere haben sich selbstständig gemacht. Sorry. Hab’s wie so oft gemacht und mein Vorgänger auch. Kein Gras im Paddock, also draußen laufen lassen.“

„Shit“, tönt es aus dem Telefon. Dann herrscht Schweigen.

„Tut mir echt leid!“

„Kristin macht sich auf den Weg, bringt sie zurück.“

„Oh super“, gibt Justin erleichtert zurück. „Danke!“

„Gegen Nachmittag müsste sie da sein.“

Allgemeines Aufatmen, Gesten der Erleichterung. Sophie lächelt süffisant in die Runde. „Na seht ihr, alle Aufregung umsonst. Das verdammte Kopfkino! Soooo viel Energie für nichts.“

„Na ja, für nichts … Der Tag ist versaut“, sagt der Deutsche.

„Was? Versaut?“ Wut kocht in Sophie empor.

„Wir haben den Trip mit den Viewpoints gebucht, sprich mit Ritt zu den Coal Creek Kliffs und den Wasserfällen.“

„Ach, Wildnis-Trip all inklusive?“, schäumt es aus Sophie

empor. „Jetzt stellt euch mal vor, ’n verrückter Bär hätte euch die Augen ausgekratzt. Dann hättet ihr gar nichts mehr gesehen.“

Alle vier werfen ihr messerscharfe Blicke zu. Sie prallen an Sophie ab wie an Stahl. Das deutsche Paar wendet sich flüsternd ab, die Schweizer stehen da wie bestellt und nicht abgeholt. Justin blickt Sophie an. Sie geht zu ihm.

„Wird schon“, sagt sie tröstend und drückt seinen Arm. Er lächelt schwach.

„Hey Leute, ich mach uns jetzt ’n fettes Frühstück!“ Sophie zwingt sich freundliche Züge ins Gesicht.

„Mir ist der Appetit vergangen“, knurrt der dicke Deutsche und Sophie denkt, dass das gar nicht so schlecht für ihn ist. Die anderen schweigen, wandern umher, reden leise miteinander.

Sophie winkt Justin zu und geht in den Schuppen. Er folgt ihr. Schweigend wirft er den Gaskocher an. Sophie stellt die Pfanne darauf und legt Toastbrote hinein, während er Kaffee kocht. Sie funktionieren wie ein eingespieltes Team. Wenig später sitzen alle am Picknicktisch. Der dicke Deutsche verspeist einen Toast nach dem anderen.

„War dir nicht der Hunger vergangen?“, rutscht es Sophie heraus.

Er schluckt, lässt genervt den Unterkiefer fallen und kaut dann weiter. Alle essen schweigend.

Nach einer Weile richtet sich die Freundin des Dicken auf und wendet sich Justin zu. „Bekommen wir denn das Geld für den zweiten Tag zurück, wo wir jetzt nix mehr zu seh’n bekommen als wieder denselben Wald?“

„Hast du sie noch alle?“ Sophie schüttelt den Kopf.

„Wenn nicht, werden wir uns beschweren“, unterstützt der Dicke seine Frau.

Sophies Geduld ist erschöpft. Sie ist kurz davor, zu explodieren, steht mit einem Ruck auf. „Ihr wollt euch beschweren? Über Justin, der sich so viel Mühe gegeben hat, euch sicher durch die Wildnis gebracht, euch alles erklärt hat, jede Pflanze, jeden Vogel, jede Felsformation? Das ist nicht euer Ernst!"

„Sophie, lass", sagt Justin beschwichtigend.

„Nein", sagt Sophie trotzig. Sie setzt sich wieder hin, versucht einen Gang herunterzufahren. „Die Pferde hatten im Paddock kein Gras mehr, weil es so trocken war wie lange nicht mehr. Also musstest du sie außerhalb grasen lassen."

„Ich hätte euch auffordern müssen, sie dabei festzuhalten."

„Aber doch nicht die ganze Nacht durch."

„Na ja, dann hätten sie weniger bekommen ... Aber ... ja, vielleicht hätten sie dann den morschen Zaun runtergerissen, um ans Gras zu kommen."

„Genau", sagt Sophie, „und überhaupt. Wir sitzen doch alle im selben Boot. Warum dieses verdammte Handaufhalten, das zur allgemeinen Lebensart geworden ist? Warum dieses auf das eigene kleine Anliegen fixierte Anspruchsdenken?" Mit diesen Worten erhebt sie sich wieder, räumt das dreckige Geschirr ab, stellt es in den Korb und will damit losmarschieren.

Justin packt sie am Arm, aber sie lässt sich nicht zurückhalten. Sie geht zum Fluss, balanciert behände auf nackten Füßen über die Steine hinunter zum Wasser und hockt sich ans Ufer. Mit langsamen Bewegungen wäscht sie das Geschirr ab, genießt dabei den Blick auf den friedlich dahinsprudelnden Fluss, das Alleinsein mit der Natur, die Tätigkeit des Abwaschens. Sie kommt zur Ruhe, bis das Klacken harter Ledersohlen auf den Steinen in ihr Ohr dringt. Sie wendet den Kopf. Ihr Blick fällt auf abgewetzte Cowboy-Stiefel. Justin hockt sich hinter sie und Sophie zuckt zusammen, als seine Hände ihre Arme berühren.

Er streicht sanft über die Gänsehaut ihrer bloßen Oberarme.

„Hast du dich beruhigt?", fragt er fast flüsternd.

Sophie nickt. Sie findet gerade keine Worte. Langsam richtet sie sich auf und Justins Hände rutschen von ihren Armen.

Auch er steht auf, tritt neben sie. „Danke für die Unterstützung." Er umfasst jetzt ihre Hand.

Sophie lässt sie dort, einen kurzen Augenblick, zieht sie dann vorsichtig zurück. Sie blickt in Justins fragende abwartende Augen, dann auf den Fluss. Knisterndes Schweigen, Spüren, Abwägen, Zögern. Schließlich nimmt Sophie den Korb mit dem abgewaschenen Geschirr und zwingt sich zum Rückzug, kurz davor ins Wanken zu geraten. Mit einem kurzen Lächeln dreht sie sich von ihm weg, taumelt benommen über die Steine hinauf zum Camp und bringt das Geschirr in den Schuppen. Sie atmet einmal tief durch, lässt die leicht angespannten Schultern sinken, tritt wieder hinaus und blickt sich um. Das Paar aus Deutschland sitzt noch am Tisch, die Schweizer wandern umher. Sie macht sich daran, ihr Zelt, den Schlafsack und ihre Kleidung zusammenzupacken. Körperliche Aktivitäten sind immer die beste Medizin gegen aufdringliche Gäste in Herz und Kopf, sagt sie sich. Und irgendwann – sie blickt nicht mehr auf die Uhr, seit sie hier unterwegs ist – kommt eine junge Frau mit den Pferden, alle mit dem Haltestrick an den Schweif des vorderen geknotet, aus dem Wald. Wenig später treten sie den Rückweg an. Als sie gerade noch vor Einbruch der Dunkelheit auf der Ranch zurück sind, die Pferde abgesattelt und gewaschen haben, kommt Justin, etwas zögerlich heran.

„Die gehen jetzt noch zusammen was essen. Willst du da mit?", fragt er mit Zurückhaltung in der Stimme.

„Nicht unbedingt", erwidert Sophie. „Was machst du denn?

Triffst du dich mit Steve?“

„Nein, der hat Nachtdienst.“ Justin blickt auf seine Stiefel, kickt einen Stein beiseite. „Wir könnten zusammen was essen gehen.“

Sophie zuckt zusammen. „Schade“, erwidert sie. „Ich hätte Steve so gern vor meiner Abreise noch mal getroffen.“

„Wann willst du denn los?“, fragt Justin mit Enttäuschung in der Stimme.

„Morgen, ganz früh. Ich will es über Williams Lake noch bis nach Burns Lake schaffen.“

Er presst die Lippen zusammen und nickt. „Aber essen musst du doch was.“

Sophie lächelt. „Ja, das schon, aber ich mache mir was im Camper. Salat, Brot, Zucchini, die gegessen werden müssen. Ich würde gern allein sein und die wunderbaren Erlebnisse in Ruhe sacken lassen.“

„Es war okay für dich?“

„Okay? Na …“ Sophie lacht auf. „Es war total genial, auch ohne diese paar angeblich so sehenswerten Punkte. Und die Nörgler sind schon wieder vergessen. Es gab so viel Schönes zu sehen. Es war ein so tiefgehendes Erlebnis! Ich kann es gar nicht richtig beschreiben.“

Und damit umarmt sie Justin, spürt einen Moment lang seinen warmen festen Körper an ihrem und seine Hände auf ihrem Rücken. Und als auch sie so etwas wie Anziehung verspürt, macht sie sich los, zieht zwei ihrer Visitenkarten aus der Hosentasche und reicht sie Justin mit der Bitte, die eine Steve zu geben.

Er nimmt die Karten, steckt sie ein, bleibt noch einen Moment lang stehen und hebt die Hand, als wolle er Sophie festhalten. „Eins möchte ich dir noch sagen“, bringt er ernst hervor. „Das, was du über die Pferde und die Rinder gesagt hast, weißt du, das hat was mit mir gemacht. Also … ich meine … ich werde jetzt nicht aufhören Steaks zu essen, vielleicht irgendwann, keine Ahnung, aber …“ Wieder überlegt er. „Auf jeden Fall werde ich mich jetzt immer, wie die Indianer, bei dem Tier bedanken, bevor ich anfange zu essen … dafür, dass es sein Leben für mich gelassen hat.“

Sophie lächelt, tritt noch einmal dicht an Justin heran, drückt ihm einen Kuss auf die Wange und wendet sich dann endgültig ab. Sie geht zu ihrem Camper zurück, ohne sich noch einmal umzusehen.

Kapitel 24

Jerry blickt aus müden Augen, zusammengesunken aus dem Fenster, während Joshua den Wagen auf den Trans-Canada-Highway steuert.

„Bis wohin fahren wir heute?“, fragt er.

„Bis nach Williams Lake.“

Jerry horcht auf. „Williams Lake? Da ist mein Großvater zur Schule gegangen!“

„Ach ja?“

Jerry wird ernst. „Er hat da gewohnt …“

„War das eins dieser Internate, wo nur First Nations untergebracht wurden?“

Jerry nickt. „Die Weißen haben die Kinder einfach mitgenommen. Das hat Dad mir erzählt. Mein Großvater ist da immer wieder geschlagen worden, mit einem Ledergurt. Und sein Freund, hat er gesagt, hat was ganz Schlimmes erlebt. Aber Grandpa hat mir nie erzählt, was das war."

„Krass!"

„Und er durfte unsere Sprache nicht sprechen, nur Englisch. Nichts durfte er, auch seinen Traumfänger haben sie ihm weggenommen. Wenn er darüber gesprochen hat, musste er manchmal weinen, obwohl ein Mann nicht weinen sollte."

„Das ist echt schlimm. Ich kann deinen Großvater verstehen. Aber mein Vater hat mich auch Memme genannt, wenn ich geweint habe. Danach habe ich es immer unterdrückt. Aber das ist ungesund."

„Ungesund? Was passiert denn, wenn man nicht weint?" Jerrys Stimme wird heller, seine Müdigkeit verschwindet.

„Das ist, als wenn man das Pinkeln zurückhalten muss. Das tut irgendwann weh."

Jerry überlegt, bleibt stumm.

„Heute gibt es diese Internate für euch ja nicht mehr. Ich denke, alles wird besser."

Jerry nickt.

Joshua späht zu ihm hinüber. Er ist eingeschlafen. Sein Kopf hängt schwer zur Seite, unter der Last der geballten Ladung neuer Eindrücke und einer großen Entscheidung. Joshua fährt auf den nächsten Parkplatz, klappt den Sitz zurück und stopft Jerry seine Fleece-Jacke an die Seite.

Als sie zurück auf dem Highway sind, denkt er an Sophie, fragt sich erneut, was sie wohl sagen würde, wenn sie ihn hier mit dem Jungen sähe – diese Ironie des Schicksals. Sie würde wohl ihren Augen nicht trauen. Er selbst zweifelt daran, dass er – Joshua – all das hier angezettelt hat. Und er denkt an die gemeinsame Reiseplanung mit ihr, an den Wells Gray Provincial Park, in dem sie campen und Kanu fahren wollten. Ja, das Leben ist 'ne Party, mit unerwarteten Gästen und immer neuen Überraschungen, sobald man dem engen Käfig der dumpfen Routine entkommt. Vielleicht war die Trennung richtig, vielleicht war der Suizidversuch auf der Brücke richtig, weil er misslingen, ein Zeichen setzen sollte. Vielleicht gibt es tatsächlich gute und miese Geister, die zumindest ein bisschen Einfluss auf das Geschehen nehmen.

Er sieht zu Jerry hinüber, auf das schlafende Jungengesicht, die kleine zarte Gestalt mit der geschundenen Seele, die an all dem Unglück nicht zerbrochen zu sein scheint. Und Joshua sieht ihn noch einmal vor seinem inneren Auge, in Siegerposition auf der Ladefläche des Pickups. Er vernimmt seine Worte: „Jetzt musst du mich mitnehmen."

Ja, Jerry hat ihn, Joshua, wieder wesentlich gemacht, hat ihn wieder geradegebogen. Wie wird es sein, wenn er mit seiner Mutter von ihm Abschied nimmt? Verflucht, denkt er, du wolltest frei sein, endlich mal frei und ungebunden! Und mit diesen Gedanken schweift sein Blick über die Weite des Landes. Hügelige Prärie, gespickt mit Zitterpappeln und Kiefern. Dann wieder Wald, Wald, Wald, Wald.

Nach mehreren Stunden Fahrt drohen auch ihm die Augen zuzufallen. Er fährt in eine Parkbucht, tippt vorsichtig an Jerrys Arm, der daraufhin die Augen öffnet. Schwerfällig zieht er sich am Türgriff hoch, schaut aus dem Fenster, dann zu Joshua.

„Wo sind wir?"

„Gut eine Stunde noch bis Williams Lake. Ich glaube, gerade sowas wie 100 Miles House gelesen zu haben. Hast du Hunger? Willst du'n Sandwich?"

Jerry schüttelt den Kopf.

„Vielleicht bekommst du Appetit, wenn ich esse. Ich will nicht wieder auf Haut und Knochen runter."

Joshua packt die Sandwiches aus und isst.

„Ich möchte doch eins", sagt Jerry, und Joshua reicht ihm das Brot.

Dann ziehen sie sich beide in die Büsche zurück, waschen sich mit Mineralwasser die Hände und steigen wieder ein. Joshua tippt noch eine SMS an Emily: „Jerry geht es gut. Sind bei Williams Lake. Morgen nach Prince George."

Der Highway wird immer leerer. Der Sonnenstand sagt Jerry, dass es nach vier Uhr sein muss und Joshua gibt ein bisschen Gas. Der alte Truck brummt und tötet nun jeden Ansatz einer Unterhaltung. Mit der Dämmerung erreichen sie den Campingplatz bei Williams Lake.

Joshua parkt den Wagen und steckt das Geld für den Platz in die Paybox. Als er zum Auto zurückkommt, findet er Jerry auf den Knien, die ausgestreckte Hand mit Nüssen darauf vor einem Streifenhörnchen. Vorsichtig nähert er sich, bleibt wenige Meter hinter ihm stehen. Aber seine Anwesenheit hat das Tier schon verschreckt. Es erklimmt mit geschmeidigen Bewegungen den nächsten Baum.

„Mann, kannst du dich nicht vernünftig anschleichen?", schimpft Jerry.

„Sorry." Joshua hebt die Hände.

„Ich werde dir mal zeigen, wie man sich anpirscht und so."

„Gern. Dann kannst du wahrscheinlich auch Spuren lesen."

„Na klar."

Joshua nickt. „Lass uns mal den Platz inspizieren", fordert er Jerry auf.

Sie wandern über den Campground. Zwei Komposttoiletten, die üblichen bärensicheren Abfallbehälter, zwei Camper und ein Zelt, sonst nichts. Ein ruhiger Ort, eingebettet in Kiefernwald.

Joshua steigt auf die Ladefläche des Trucks und öffnet die Alubox. Er holt das Zelt, die Isomatten und die Schlafsäcke heraus. Jerry kommt sofort heran und nimmt die leichten Teile in Empfang. Joshua folgt mit dem Zelt und dem Kochgerät. Jerry ist wieder hellwach, hilft begeistert beim Aufbau des Zeltes, gibt brauchbare Tipps und pariert Joshua, wenn er sich ungeschickt anstellt. Als alles steht, holt Joshua das Essen.

„Es gibt heute Bohnen in Tomatensoße und Knoblauchbrot. Zum Kochen ist keine Zeit mehr“, sagt er.

Jerry nickt.

Im Grunde genommen hat Joshua einfach keine Ahnung vom Essenmachen, hat sich nie sehr dafür erwärmen können, stundenlang in der Küche zu stehen, um anschließend alles in wenigen Minuten verschwinden zu sehen. Sophie dagegen liebte es, für sie beide zu kochen. Die klassische Aufteilung, obwohl eigentlich überholt und nicht in ihrem Partnerschaftsbild verhaftet. Und nun soll er für ein Kind kochen! Er hatte sich darüber noch gar keinen Kopf gemacht. Okay, sagt er sich, bis morgen im Supermarkt wird mir schon was einfallen.

Jerrys Gesichtsausdruck sagt ihm zumindest, dass er gegen Bohnen und Brot nichts einzuwenden hat. Er denkt an die Nörgeleien seines Neffen und seiner Nichte und ist froh, dass Jerry so anspruchslos ist. Vielleicht ist es auch nur die Campingsituation, bremst Joshua seine innere Lobeshymne.

Er holt den Gaskocher, stellt ihn auf den Campingtisch vor dem Zelt und will die Dose öffnen.

„Das mach' ich“, ruft Jerry. Energisch entreißt er Joshua die Dose, drückt sie mit seiner kleinen Hand fest an seine Brust und zieht ein paar Mal angestrengt an der Alulasche. Der Deckel öffnet sich mit einem heftigen Ruck und die rote Soße spritzt heraus, auf den Tisch und auf Jerrys neues T-Shirt.

„Shit! Sieht aus, als hätte ich dir 'ne Kugel in die Brust gejagt", zischt Joshua. Er ist müde von der gut fünfstündigen Fahrt, möchte jetzt, dass alles glatt läuft.

Jerry lacht, blickt an sich hinab und hebt die Hand so, als würde er eine Pistole auf Joshua richten. „Pow", schreit er, hält sich die Hand auf die Brust und lässt sich von der Holzbank in den Staub fallen. „Jetzt sind wir beide tot. Du musst auch umfallen, Josh!"

Joshua stöhnt. Er ist hungrig wie ein Bär. „Ne, jetzt keine Spiele", sagt er.

Jerry springt auf und setzt sich wieder vor ihm an den Tisch, sein T-Shirt mit rot gefärbtem Staub bedeckt.

„Das wäscht du morgen schön in dem Bach da drüben", sagt Joshua

„Klar. Essensgeruch zieht die Bären an", erklärt Jerry.

Joshua holt eine Rolle Klopapier und wischt den Tisch ab. Anschließend gießt er LIMONANA in die Gläser, kippt die Bohnen in den kleinen Topf, stellt den Kocher an und den Topf darauf. Kurz vorm Kochen nimmt er ihn herunter, füllt die Teller und beginnt zu essen.

Jerry blickt ihn vorwurfsvoll an. „Betest du gar nicht vor dem Essen?"

Joshua schluckt, schüttelt den Kopf. „Nee, wüsste nicht zu wem."

„Zum Großen Geist. Und zu den Bäumen und den Tieren, die uns ernähren."

Die Ernsthaftigkeit eines Erwachsenen in Jerrys Worten irritiert Joshua zuerst, doch dann ist er im gleichen Maße beeindruckt. „Kannst du denn das Gebet sprechen?", fragt er.

„Ja." Jerry legt die Hände auf den Tisch, die Handflächen nach oben gerichtet. „Großer Geist, ich hör' deine Stimme im

Wind …" Er überlegt kurz. „Dieses Essen ist ein Geschenk von unserem Schöpfer, unserer Mutter Natur, des Himmels, der Erde und der Tiere. Essen wir in Dankbarkeit."

Auch Joshua hat die Hände vor sich auf den Tisch gelegt, späht, nicht unberührt, zu Jerry hinüber, blickt dennoch ungeduldig auf seinen Teller und wartet darauf, anfangen zu dürfen, bevor die Bohnen kalt sind.

„Jetzt kannst du essen", sagt Jerry schließlich mit der Bestimmtheit eines Priesters.

„Danke", sagt Joshua und taucht den Löffel in den Teller. Er schlingt alles ohne Pause hinunter.

Als auch Jerry seinen Teller leer gegessen hat, räumt Joshua das dreckige Geschirr ab und stellt es in eine Plastikschüssel.

„Wir müssen es sofort abwaschen, sonst kommen die Bären", belehrt ihn Jerry.

„Zu Befehl." Joshua hebt die Hand an die Stirn wie zum Salutieren und holt Spüli aus der Alukiste. Er nimmt Jerry die Schüssel aus der Hand. „Jetzt nicht noch 'n Sturz", sagt er müde.

Jerry leuchtet ihnen den Weg zum Bach hinunter. Schweigend spülen sie das Geschirr im sprudelnden Wasser. Als sie fertig sind, zieht Jerry sein T-Shirt aus, wäscht es gründlich und Joshua wringt es aus.

Die Luft ist klar und frisch und über den Bäumen erhebt sich scharf konturiert der Halbmond. Jerry läuft zum Zelt und zieht sich ein trockenes T-Shirt an.

„Und 'ne Jacke", sagt Joshua besorgt.

„Gleich."

Als sie vor dem Zelt stehen, ertönt aus der Ferne ein hohes Heulen. „Wölfe? Oder nur Hunde?", fragt Joshua.

Jerry lacht. „Hunde klingen ganz anders." Er horcht. Wieder

das Heulen, dann ein hohes Bellen. „Ist 'n Kojote. Keine Angst, die tun dir nichts", sagt er mit kindlicher Überheblichkeit in der Stimme und wissendem Blick.

Joshua lauscht, aber es bleibt still.

„Wird kalt, mh?" Er zieht den Reißverschluss seiner Fleecejacke hoch.

„Wir könnten ein Feuer machen", sagt Jerry.

„Womit denn?"

„Wir können doch Feuerholz sammeln."

„Im Dunkeln?"

Jerry nimmt die Campingleuchte vom Tisch und knipst sie an. „Du leuchtest und ich sammle."

„Und die Bären und was jetzt so alles unterwegs ist?"

„Die erschrecken sich doch, wenn sie dich seh'n!" ruft Jerry lachend aus.

„Da magst du recht haben."

Und dann machen sie sich mit einer Tüte vom Einkauf auf den Weg, kommen mit einem Schwung Äste zurück und stapeln sie in dem in der Erde eingelassenen Eisenring vor dem Picknicktisch. Als die Funken des Feuers in die Luft fliegen, schaut Jerry ihnen begeistert hinterher und wirft die Arme in die Luft.

„Wow, sieh mal, alles voller Sterne!" Er läuft um das Feuer herum, springt auf und ab, macht Flugbewegungen mit den Armen und ruft „Huhu, yeah!"

Der Funke fliegt über und Joshua springt auf, läuft ihm hinterher. Und so umkreisen sie juchzend und Tierlaute imitierend das knisternde Feuer, bis sie erschöpft auf den Sand sinken.

„So, ab ins Zelt", sagt Joshua schließlich, nach Luft ringend.

Jerry lässt enttäuscht die Schultern sinken.

„Keine Widerrede. Rein, Indianer!"

Joshua schiebt ihn ins Zelt. Mit schlappen Bewegungen steigt Jerry aus seiner Jeans und kriecht in den Schlafsack. Joshua will noch einmal hinaus, doch Jerry hebt den Kopf.

„Kannst du mir 'ne Geschichte erzählen?", fragt er mit bittender Miene.

Joshua erschrickt. Er schrieb früher gern Geschichten auf, las sie aber niemandem vor. Und es ist nicht das, was er jetzt tun möchte. Er würde gern stumm über den Campingplatz wandern, das Zelt im Blick, aber allein, ganz für sich, ganz in Ruhe, und er würde gern seine Gitarre ausprobieren.

„Bitte, Josh, ich kann sonst nicht einschlafen", fleht Jerry herzerweichend.

Joshua stöhnt, fährt sich übers Gesicht. „Wir hätten Bücher kaufen sollen. Du kannst doch lesen, nicht?"

„Ich will keine aufgeschriebenen Geschichten. Die verlieren ihr Leben, hat Grandpa gesagt."

„Okay. Ich will's versuchen. Aber keine Garantie für Spannung."

„Ist egal. Die von meinem Großvater waren auch nicht immer spannend", ruft Jerry aus. Seine Augen leuchten voller Erwartung.

Joshua hängt die Campingleuchte über sich auf und setzt sich im Schneidersitz auf seine Isomatte. „Aber du musst mir fünf Minuten Zeit geben."

„Klar."

Joshua überlegt einen Moment. „Also ..." Er zupft unschlüssig an seinem Bart.

„Also, da war mal eine Krähe, oder besser ein Krähenmann namens Shua, der sang Lieder über das Glück. Die Chefkrähe schrieb die Worte auf und verpackte sie in Kekse.

„Glückskekse!", ruft Jerry aus. „Ich war mal mit meinem Onkel in Vancouver in einem Restaurant, wo alles rot und golden war, und da gab es diese Kekse mit Papier drin. Auf meinem stand, dass in einem Haus, wo gelacht wird, das Glück kommt."

„Das ist nett", erwidert Joshua, vertieft in das, was er nun weitererzählen würde.

„Aber bei uns wurde nie gelacht", sagt Jerry zaghaft.

Joshua zuckt innerlich zusammen, rutscht ein bisschen vor und legt seine Hand auf Jerrys Schulter.

„Ist schon okay, erzähl weiter", sagt er eilig.

„Aber der Krähenmann sang nur deshalb seine Glückslieder, weil er nichts Besseres zu tun wusste. Ihm waren, bis auf seine Freundin, alle anderen Krähen gleichgültig, und darum fand er selber auch kein Glück. Und schließlich verließ ihn seine Freundin, weil er immer nur mutlos war und alles schlecht fand. Und so wurde er immer schwächer und missmutiger. Seine Flügel hingen so schlapp an ihm herab, dass er kaum noch fliegen konnte. Mit letzter Kraft schaffte er es auf das Dach eines Hauses. Sein Kopf hing kraftlos herab und machte ihn so schwer, dass er hinabstürzte. Aber kurz bevor er auf dem Boden aufschlug, wurde er gepackt … von einem alten Krähenmann mit grauem Gefieder."

„Aber Krähen werden doch gar nicht grau, wenn sie alt sind!", protestiert Jerry, den Kopf anhebend.

„Hey, wer erzählt hier 'ne Geschichte?"

„Du." Jerry steckt die Hände hinter seinen Kopf legt sich zurück auf das Campingkissen.

„Und der alte Krähenmann hatte einen Zopf …"

„Ein First Nation!", rutscht es mit Begeisterung aus Jerry heraus.

„Nein", erwidert Joshua, „bei den Krähen gibt es weder First

Nations, noch Kanadier, noch Amerikaner, noch Japaner noch sonst was. Krähen sind einfach nur Krähen … und deshalb gibt es auch keine Krähenkriege."

„Aber manchmal jagen sie sich", sagt Jerry.

„Ja, und sie hacken sich auch mal, aber sie … Soll ich jetzt weitermachen?"

„Ja, ich sag nichts mehr", gibt Jerry leise zurück.

„Also der alte Krähenmann war Musiker, musste viel herumreisen. Deshalb besaß er ein Flug-Motorrad. Er lud Shua ein, auf seinem Motorrad mitzukommen, zu seinem Konzert. Shua stieg auf und hielt sich am Zopf des Krähenmannes fest. Und so flogen sie gemeinsam in eine große Stadt am Meer, wo der Alte Musik machte. Shuas Kräfte kamen zurück und er tanzte ausgelassen danach. Er sprang und hüpfte, taumelte, drehte sich ganz wild und befreit um sich selbst."

„Ein Pow-Wow!", ruft Jerry aus und ist schnell wieder stumm.

„Ja, ein Pow-Wow. Und dann musste der Alte wieder in seine Heimat und Shua blieb allein und einsam zurück. Aber es dauerte nicht lange und eine wunderschöne Krähenfrau kam auf ihn zu und holte ihn aus seiner Trübsal. Sie gab Shua ein bisschen von ihrer Lebensfreude ab, und so konnte er mit ihr zusammen nach Vancouver fliegen."

Joshua bricht ab. „Und jetzt solltest du schlafen. Wir müssen morgen wieder früh hoch, damit wir es bis Burns Lake schaffen, und außerdem ist mein Mund staubtrocken."

„Och ne! Ich möchte jetzt aber wissen, wie es weitergeht!", sagt Jerry enttäuscht. „Ich hol dir auch was zu trinken."

„Nein, Endgültig Schluss jetzt. Du hast dann morgen auch noch was."

„Morgen kannst du dir doch 'ne neue Geschichte ausdenken."

„Morgen möchte ich Gitarre spielen“, schießt es aus Joshua hervor. Ein Eigentor.

„Oh, das ist auch cool. Also musst du jetzt weitererzählen“, sagt Jerry gähnend.

„Nein, Jerry. Du schläfst doch sowieso gleich ein. Ich kann nicht mehr. Morgen spiele ich erst Gitarre, singe dir was vor und dann erzähl ich die Geschichte weiter.“

Jerry murrt, aber seine Augenlider klappen schon herunter. Es ist kalt geworden und Joshua zieht den Schlafsack über seine Schultern. Als er auch noch die Kapuze über seinen Kopf ziehen will, wird er ausgepfiffen.

„Ich bin doch kein weißes Weichei“, sagt Jerry schroff, wieder hellwach.

„Hey, keine Diskriminierung“, gibt Joshua lächelnd zurück.

Jerry gähnt und lässt es jetzt zu, dass sich seine Augen fest schließen. Sekunden später ist er eingeschlafen.

Joshua schleicht aus dem Zelt, holt seine Gitarre aus dem Auto, stimmt sie und setzt sich auf einen Stein vor dem Zelt. Leise beginnt er zu spielen und zu singen: „Cowboys and Indians“ von Ben Rogers. Anschließend versucht er sich an seinem eigenen Song. Allmählich kommen die Worte zu ihm zurück. „Dunkles Land, wo ist dein Licht, suche verzweifelt, finde es nicht...“ Er bricht ab, überlegt, die Akkorde beizubehalten, aber den Text zu ändern. Morgen oder irgendwann. Er ist erschöpft, bringt die Gitarre ins Auto und kriecht ins Zelt zurück. Müde und zufrieden mit sich – ein ganz neues beflügelndes Gefühl – steigt er in den Schlafsack und schläft ein.

Kapitel 25

Sophie blickt auf die nasse Straße, die sich wie ein welliges Band vor ihr auf und ab windet, durch dichten Wald aus Birken und Tannen, durch staubige trostlose Indianerreservate hindurch, über löcherigen, holperigen Asphalt. Sie ist unterwegs nach Nordwesten auf dem Yellowhead Highway 16, auch Highway of Tears genannt, wegen seiner traurigen Geschichte. Trampen ist hier, in dieser entlegenen Gegend, die einzige Chance, in den nächst größeren Ort zu gelangen, um einzukaufen oder sich zu vergnügen. Sophie hatte bei der Reiseplanung gelesen, dass hier zahlreiche, hauptsächlich indigene Frauen verschwanden. Viele sind bis heute nicht gefunden worden. Sie ist diese Strecke gerade schon einmal gefahren, nur in entgegengesetzter Richtung, hat in Vanderhoof haltgemacht und nach dem Check der Wetter-App kurzerhand entschieden, über den Highway 97 die östliche Route hoch nach Watson Lake zu fahren. Dort sollte es nicht regnen. Nun muss sie zunächst nach Prince George zurück. Aber sie ist gut im Zeitplan, war früh losgefahren, würde es locker bis Bear Lake schaffen.

Als sie am Rande des Highways in einem Reservat, wenige Kilometer hinter dem riesigen Schild mit der Aufschrift „Girls don't hitchhike on the HIGHWAY OF TEARS", eine Frau entdeckt, die den Daumen raushält, bremst sie ohne zu zögern ab. Sie fährt rechts ran, lässt die Scheibe herunter, wartet, bis die junge, füllige Frau bei ihr ist. Sie atmet heftig. Ihr pechschwarzes Haar ist kurz geschnitten und von einigen blond gefärbten Strähnen durchwirkt, ihre kräftigen Beine stecken in Stretch-Jeans und auf ihrem Sweatshirt steht „I FIGHT BACK". Über ihrer Schulter hängt ein kleiner abgewetzter Rucksack.

„Nimmst du mich mit?“, fragt sie aufgeregt.

„Verdammt leichtsinnig“, gibt Sophie zurück. „Hier verschwinden doch laufend Frauen!“

„Ich wäre auch nicht zu einem Mann eingestiegen.“

„Und wohin willst du?“, fragt Sophie.

„Nach Prince George.“

„Das passt.“

„Aber es ist …“ Die junge Frau zögert. „Es geht um meinen Hund. Er muss in die Tierklinik.“ Aus ihren dunklen Augen spricht eine Mischung aus Traurigkeit und Aufregung.

„Oh!“ Sophie erschrickt. „Was ist los mit ihm?“

„Angefahren worden. Wieder einer von den weißen Rasern, die schnell durch unsere Dörfer hindurch wollen.“

„Und wo ist der Hund?“

„Im Haus.“ Die junge Frau zeigt hinter sich, auf eins der kleinen Holzimitat-Fertighäuser aus Kunststoff.

„Okay, bring ihn her.“ Sophie blickt sich um. „Kannst du mir einparken helfen? Rückwärts kann ich nicht so gut.“

„Klar!“ Die junge Frau lächelt erleichtert und winkt Sophie in die Einfahrt vor ein Autowrack. Dann verschwindet sie im Haus. Wenige Minuten später erscheint sie mit einem mittelgroßen, grau-schwarzen Hund in eine Decke gehüllt auf dem Arm. Sein rechtes Hinterbein hängt herab. Er winselt.

Sophie steigt aus. Gemeinsam hieven sie das zappelnde, aufheulende Tier auf die hintere Bank der Doppelkabine. Die junge Frau setzt sich daneben, den Hund mit beiden Händen festhaltend.

Sophie geht um den Wagen herum, steigt ein und blickt hinter sich. „Alles okay?“

„Ja. Danke.“

Sie lässt den Wagen an und fährt zurück auf den Highway.

„Touristin?“, fragt die junge Frau.

„Ja, aus Deutschland. Ich bin Sophie.“

„Peggy. Und der hier ist Nuka.“ Sie zeigt auf den Hund und schaut dann zu Sophie nach vorn. „Bist du ganz allein unterwegs?“

„Ja.“

„Also auch Gefahrensucherin.“

Sophie zuckt die Schultern. „Einmal hatte ich wirklich Schiss. Auf'm Campground in Oregon ist so'n durchgeknallter Yankee Amok gelaufen. Hat sein Gewehr auf mich gerichtet.“

„Krass!“

„Seine Frau hat ihn geschnappt, hat ihm die Knarre entrissen.“

Die junge Frau nickt. Sophie sieht im Rückspiegel, wie sie ihren Hund, der versucht sich aufzurichten, sanft auf den Sitz drückt und ihn streichelt. Ein großer Truck überholt, und sie konzentriert sich eine Weile ganz auf das Fahren. Der Highway schnörkelt sich jetzt durch Wald, nichts als Wald, rauf und runter, mal buckelig, mal schnurgerade, wie mit einem riesigen Cutter in die dicht an dicht stehenden, schmal aufragenden Tannen hineingeschnitten. Ein kleines dunkles Tier läuft durch ihr Blickfeld, kommt sicher auf der anderen Seite des Highways an. Es geht vorbei an kleinen Ranchbetrieben, an Birken- und Espenhainen, die Blätter bereits leicht herbstlich gefärbt.

„Darf ich rauchen?“, fragt Peggy.

„Ist 'n Leihwagen. Und ich mag's auch nicht, sorry.“

Peggy nickt.

„Wie ist das mit dem Hund passiert?“, fragt Sophie, den Blick geradeaus durch die Windschutzscheibe gerichtet.

„Er ist rausgelaufen, hatte es ganz eilig. Normalerweise bleibt er auf unserer Seite, aber da war 'ne Hündin gegenüber. Der Typ in diesem aufgeblasenen Jurassic Park Jeep ist bestimmt mit 120

Sachen durch das Dorf geknallt."

„Übel!" Sophie erwischt sich bei dem Wunsch, den Mann in seiner fetten Angeberkiste irgendwo im Graben zu sehen.

„Bei uns im Dorf würde jeder sagen, ich sei verrückt", sagt Peggy plötzlich. „Wir haben hier kaum das Geld, um unsere eigenen Krankheiten behandeln zu lassen. Aber ich kann den Hund doch nicht so lassen. Das Bein ist vielleicht gebrochen."

„Das kriegen wir schon hin", sagt Sophie. Das „wir" kam ganz aus dem Bauch heraus, und die Verpflichtung darin presst ihren Magen zusammen. Die Anspannung löst sich schnell wieder beim Blick in den Rückspiegel. „Wie alt ist der Hund?"

„Keine Ahnung. Er ist mir immer wieder auf der Straße hinterhergelaufen, bis ich ihn letzten Monat mitgenommen habe. Ich konnte nicht anders."

Sophie nickt.

Auf halber Strecke lässt Peggy den Hund raus. Sie setzt ihn vorsichtig auf die Pfoten. Wieder kurzes Jaulen, dann hinkt er zu einem Baum. Er kann das verletzte Bein kaum anheben, schafft es jedoch, sich zu erleichtern, während sich Peggy eine Zigarette anzündet.

Nach gut einer weiteren halben Stunde erreichen sie Prince George. Der Hund atmet schwer, winselt leise. Sophie hält auf dem Parkplatz vor der Tierklinik, steigt aus, hilft Peggy beim Raustragen und hält ihr die Tür auf. Während Peggy die Anmeldung vornimmt, bleibt Sophie bei dem Hund.

„Wie kommst du wieder zurück?", fragt Sophie, als sie anschließend nebeneinander im Wartezimmer vor dem leise winselnden Hund stehen.

„Keine Ahnung. Irgendjemand wird mich schon mitnehmen."

„Aber kein Mann! Versprochen?", sagt Sophie in mütterlichem Ton.

Peggy schüttelt den Kopf, tätschelt den Rücken des verängstigten Hundes. Die Wartenden mustern sie neugierig.

Sophie blickt auf die Uhr. Sie wird nervös, will ohne zu hetzen noch bis nach Bear Lake. Doch das besorgte Gesicht der jungen Frau, der stöhnende Hund, sie bringt es nicht fertig zu gehen. Peggy gehört zu den benachteiligten Menschen in dieser Gesellschaft, hat vermutlich nicht viel Geld.

„Ich kann gern noch mit ins Sprechzimmer kommen“, sagt sie kurzentschlossen.

Peggy lächelt, nimmt ihr Angebot dankend an. Während sie nach draußen geht, um eine Zigarette zu rauchen, passt Sophie auf den Hund auf, streichelt ihn sanft und spürt beim Anblick der Verletzung ein Ziehen im Bauch. Sein Fell ist an der Hüfte blutverklebt und sein Atem geht stockend.

Kaum dass Peggy wieder zurück ist, wird sie von einer Tierärztin ins Behandlungszimmer gerufen. Die hochgewachsene mittelalte Frau lächelt unverbindlich. Sophie folgt Peggy, stellt sich als ihre Bekannte vor. Mit Unterstützung der Helferin heben sie den Hund unter heftigem Fiepen auf den Untersuchungstisch und legen ihn auf die Seite. Die Tierärztin tastet ihn gründlich ab, geht zum Computer, stellt Fragen zu dem Hund, tippt ein, was Peggy antwortet.

„Wir müssen mehrere Röntgenbilder machen“, sagt sie streng.

„Was kostet das?“, fragt Peggy mit ängstlich-angespannter Miene.

„Rund zweihundertfünfzig Dollar.“

Peggy versteinert. „Das Geld hab’ ich nicht“, sagt sie mit gepresster Stimme.

„Ich übernehme das“, sagt Sophie entschlossen.

Die Tierärztin mustert Peggy skeptisch. „Es werden noch mehr

Kosten entstehen. Wenn das Bein gebrochen ist, muss es geschient werden. Der Hund muss Schmerzmittel und Antibiotika bekommen. Ist es ein komplizierter Bruch, dann bedeutet es operieren."

Peggy bleibt stumm, blickt zu Boden, verknotet ihre Hände vor ihrem Bauch. Die Tierärztin geht ungeduldig zum Computer, tippt etwas ein, kommt zurück.

„So, wir müssen den Hund jetzt narkotisieren", sagt sie energisch. „Er hat Schmerzen und es warten draußen noch mehr kranke Tiere."

Peggy starrt zögernd auf ihren Hund. Sophie entdeckt Panik, dann Tränen in ihren Augen.

„Ich muss schnell mal raus!", sagt sie stockend, dreht sich um, geht hastig zur Tür und lässt sie hinter sich ins Schloss fallen. Sophie starrt darauf, unfähig irgendetwas zu sagen.

Die Helferin hält den Hund fest, die Tierärztin schüttelt den Kopf. „Was soll das jetzt?", fragt sie ungehalten.

„Sie kommt bestimmt gleich wieder", sagt Sophie.

„Darauf kann ich nicht warten", gibt die Tierärztin zurück.

„Machen Sie das Röntgenbild. Alles Weitere sehen wir dann." Sophies Kopf schmerzt vor Anspannung.

„Gut. Dann werden wir den Hund jetzt sedieren. Sie können solange im Wartezimmer Platz nehmen." Die Tierärztin geht zum Medikamentenschrank und entnimmt eine Spritze.

Sophie schluckt, blickt auf den Hund, dann auf die Uhr, geht langsam aus der Tür und ins Wartezimmer. Sie sieht ihre Pläne für den Tag einmal mehr platzen, versucht sich zu beruhigen, setzt sich. Peggy wird gleich wiederkommen, sagt sie sich. Sie würde ihr das Geld für die Röntgenaufnahme und für die Medikamente geben und dann weiterfahren.

Doch dann kommen Bedenken auf. Sollte sie das tatsächlich

tun? Oder soll sie Peggy wieder zurückfahren, sie sicher mit dem verletzten Tier vor ihrem Zuhause absetzen und trotz Regen die Weststrecke nach Watson Lake nehmen? Von diesem Gedanken getragen, wartet sie.

Aber Peggy taucht nicht auf. Die Minuten vergehen, gefühlt wie eine Ewigkeit, in der Ratlosigkeit langsam zu Ärger wird. Sophie atmet tief durch, aber der Drang nach Klärung treibt ihre Ungeduld ins Unerträgliche. Sie erhebt sich, wandert auf und ab, unter den irritierten Blicken der anderen Wartenden mit ihren Tieren an der Leine oder in Körben. Schließlich spricht sie eine freundlich wirkende Frau mit einer Katze auf dem Schoß an, sie möge sie entschuldigen, sollte sie aufgerufen werden, sie müsse kurz mal raus. Die Frau erklärt sich bereit.

Sophie eilt hinaus, scannt Parkplatz und Straße, geht zum Camper und entdeckt einen Zettel an der Windschutzscheibe. Ihre Wut wandelt sich in Anspannung.

Hastig öffnet sie das gefaltete Papier und liest: „Liebe Sophie, bitte nimm Nuka mit. Ich kann ihn nicht behandeln lassen. Ich habe kein Geld und keine Zeit dafür."

Sophie erstarrt zur Salzsäule, den Zettel in ihrer zittrigen Hand. Sie blickt ins Leere, ratlos, planlos, ihr Hirn verknotet.

Die Stimme der Frau mit der Katze aus dem Wartezimmer holt sie zurück: „Hallo! Sie sind dran!"

Sophie fährt zusammen. „Ich komme", drückt sie heraus und bewegt sich, gegen den inneren Rückwärtsgang ankämpfend, auf den Eingang der Klinik zu.

Die Tierärztin steht mit ungehaltener Miene an der Tür und Sophie betritt hinter ihr den Behandlungsraum. Der Hund liegt wie tot auf der rollbaren Bahre, sein geschientes Bein in einem Verband aus rotem Krepp.

„In einer Viertelstunde wird er aufwachen, in Raum vier“, sagt die Tierärztin. „Wir haben ihm ein Schmerzmittel und ein Beruhigungsmittel gespritzt. Er darf das Bein noch nicht belasten. Wo ist Frau Wayer?“

Sophie zuckt die Schultern, überlegt. „Sie ist verschwunden. Es tut mir leid.“

„Verschwunden?“

„Sie kann das Geld nicht aufbringen. Sie ist … ist überfordert, hat Panik bekommen …“

„Und nun?“ Die Tierärztin hebt die Hände.

Sophie zuckt die Achseln.

„Tja, Indianer“, sagt sie leise kopfschüttelnd. „Tiere halten, aber nicht dafür sorgen können … Kennen Sie sie schon länger?“

„Seit heute. Hab sie in meinem Camper mitgenommen.“

Die Tierärztin starrt sie an, als käme sie von einem anderen Stern. „Sie wusste nicht mal das Alter des Hundes. Hat keine Leine, nichts“, sagt sie fassungslos.

Sophie steht schweigend, wie versteinert in der Mitte des Zimmers.

„Übernehmen Sie die Verantwortung für das Tier oder soll es ins Tierheim verbracht werden?“, fragt die Tierärztin in scharfem Ton.

Sophie versucht ihr blockiertes Denkorgan in Gang zu setzen. „Ich kann das nicht sofort entscheiden“, sagt sie mit Verzweiflung in der Stimme.

„Dann also erstmal ins Tierheim“, gibt die Tierärztin zurück.

„Können Sie mir nicht ein paar Stunden Zeit geben?“

„Würde ich gern, aber wohin dann mit dem Hund? Wir haben noch viele Patienten mit Wunden und Krankheiten.“

„Klar, ich weiß. Dann … dann bringen sie ihn ins Tierheim“,

sagt Sophie mit rauer Stimme. Tränen schießen in ihre Augen. Sie fühlt sich elend, geht zu Nuka und streichelt sanft über seinen Kopf. Mit einem Kloß im Hals wendet sie sich der Tür zu.

„Dann wünsche ich ihnen noch eine gute Reise“, sagt die Tierärztin. „Sollten sie es sich noch anders überlegen – das Tierheim heißt Prince George Humane Society und liegt im Nordosten.“

Sophie nickt. „Danke“, sagt sie leise, öffnet die Tür und geht im Zeitlupentempo hinaus, vorbei am Wartezimmer, hinaus auf den Parkplatz. Jeder Schritt schwer wie Blei. Ihr Magen schmerzt.

Sie steigt in die Fahrerkabine, lässt den Wagen an und steuert ihn willenlos vom Parkplatz. Sie fährt richtungslos, ohne Navi, einfach um den nächsten Block, biegt ab, hält an einer Ampel und stellt das Navi auf Dawson Creek. Dic Ampel springt auf grün. Sophie fährt an. Sie lässt sich leiten, versucht sich aufs Fahren zu konzentrieren und muss sich eingestehen, dass sie nicht eine einzige Sekunde mit den Gedanken auf der Fahrbahn ist. Sie fährt auf einen Parkstreifen und stellt den Motor aus. Mit einem tiefen Seufzer lehnt sie sich zurück und starrt durch die Windschutzscheibe. Das Bild von dem schlafenden Hund mit dem geschienten Bein auf der Bahre schiebt sich vor ihr inneres Auge und fordert ihr Gewissen heraus. Sie versucht immer wieder, sich vorzustellen, wie Peggy lebt, wie es in ihrer Wohnung aussieht. Vielleicht sollte sie zu ihr fahren, ihr erzählen … Sophie stoppt sich. Nein, das ist keine gute Idee. Peggy hatte sich klar gegen ihren Hund entschieden, aus verständlichen Gründen. Was hätte sie tun sollen?

Sophie überlegt, stellt fest, verwirft, blickt zurück, stellt sich Fragen, wägt ab. Sie sieht die Bilder ihres Reiseführers vor ihrem inneren Auge, ihre geplante Reiseroute mit gelbem Marker nachgezogen und ihren Zettel mit den Orten und der Anzahl der Tage, die sie dafür vorgesehen hatte. Und als sie zum Weiterfahren ansetzen will, stellt sie fest, dass ihr Bauch ohne ihren Kopf entschieden hat. Sie dreht den Zündschlüssel um, fährt an und würgt den Motor ab. Genau, schallt es in ihr! Sie kann nicht anders. Sie startet erneut, fährt ohne zu überlegen auf die Straße zurück und bremst einen Fahrer aus. Entschuldigend hebt sie die Hand, erntet ein versöhnliches Lächeln und gibt Gas. In unerlaubtem Tempo biegt sie auf die Straße ab, aus der sie kam, und manövriert den schweren Wagen schließlich ungebremst auf den Parkplatz der Tierklinik. Da ist sie wieder, entschieden und in den Startlöchern für ein neues Leben – mit Hund.

„Ich übernehme ihn", sagt sie, als sie schließlich im Behandlungszimmer steht.

„Schön", erwidert die Tierärztin.

„Und wie alt schätzen Sie den Hund?", fragt Sophie.

„Vier oder fünf."

Sophie nickt.

„Geben Sie vorne bitte Ihre Daten ab und lassen Sie die Vorbesitzerin löschen. Die stellen dann einen Hundepass aus. Sie sind nicht Kanadierin?"

„Nein. Ich muss in knapp vier Wochen wieder nach Deutschland zurück."

„Und Sie wollen den Hund tatsächlich mitnehmen?"

Sophie zuckt die Schultern. Ihre Gefühle ein Chaos. „So schnell kann ich das noch nicht zu Ende denken."

„Dann müssen Sie den Hund gleich morgen gegen Tollwut impfen lassen und ihn von einem Amtstierarzt untersuchen lassen. Dafür können Sie wieder zu mir kommen. Heute geht das noch nicht. Und entwurmt werden muss er auch."

Sophie nickt abwesend. Die Gedanken über die Konsequenzen ihrer Entscheidung beginnen durch ihren Kopf zu holpern.

Die Tierärztin öffnet die Tür, schiebt sie auf diese Weise förmlich hinaus. Sophie zögert einen Moment lang. Will sie das alles? Was wäre die Alternative? Den Hund zu Peggy zurückbringen? Eine Reise lang daran denken, wie es wohl dem Tier mit der völlig überforderten, wahrscheinlich hart arbeitenden jungen Frau ginge? Und wie es Peggy dabei ginge? Wäre sie glücklich, ihren Hund wiederzuhaben? Wie lange ginge es gut, bis der Hund endgültig überfahren würde? Sophie atmet tief durch und schiebt sich selbst zur Rezeption.

Noch ein bisschen widerstrebend gibt sie Namen und Heimatadresse an, unterschreibt, nimmt Papiere und Hundepass entgegen und setzt sich wieder ins Wartezimmer. Sie beugt sich vor unter der Last der Entscheidung, legt den Kopf in ihre Hände und rauft sich die Haare. Dann lehnt sie sich zurück, guckt in die Runde neugieriger Hunde- und Katzenbesitzeraugen und denkt plötzlich an Joshua. Er war es, der einen Hund haben wollte, nicht sie. Irgendwann, in einem Haus auf dem Lande, vielleicht mit Kindern, hätte sie es sich vorstellen können, aber auf einer Reise, die ihr die Freiheit zurückgeben sollte, auf der sie mit sich selbst klarkommen wollte, sich selbst finden wollte … Ungelegener konnte ein Hund nicht kommen.

Sie hält ihre Gedanken an, überlegt neu. Nein, vielleicht gehört auch das hier wieder genau in ihren Selbstfindungsprozess: das Ankommen in der Unberechenbarkeit des Lebens, in der Planlosigkeit, in der Spontanität. Ein Leben mit dem Wind, mit den Gezeiten, mit Höhenflügen und Stürzen. Ja, das schnelle und adäquate Reagieren in der Unvorhersehbarkeit der Ereignisse, die Erdung im freien Flug, das blitzartige Umschalten von einem Gang in den nächsten …

Wieder erscheint Joshua vor ihrem inneren Auge. Was würde

er wohl sagen, wenn er sie hier in Prince George in einer Tierklinik als Besitzerin eines Hundes sehen würde? Eines Hundes, den sie gerade Mal durch den Rückspiegel begutachten konnte und den sie auf allen Vieren noch nicht hatte laufen sehen? Der einer Indianerin gehörte, die ohne ihn durchgebrannt war und sie vor vollendete Tatsachen geworfen hatte?

Kapitel 26

Joshua öffnet die Augen, blickt zu Jerry hinüber. Kein Albtraum und anscheinend kein Bettnässen. Er schläft, ihm zugewandt, tief und fest auf der Seite. Seine langen Wimpern liegen wie Fransen über der weichen brünetten Haut.

Als Joshua den Reißverschluss seines Schlafsacks langsam und so leise wie möglich herunterzieht, strömt kalte Luft auf seine Haut. Er steigt fröstelnd in Jeans und Hemd und zieht seine Fleecejacke über. Eiskristalle hängen am Dach des Zelts. Es hat gefroren.

Jerrys Augen öffnen sich. Sein Blick wandert durch das Zelt zu Joshua. Er sortiert sich, zieht die Arme wie aus einem Kokon hervor. „Müssen wir aufsteh'n?"

Joshua greift nach seiner Uhr. „Ich ja. Du kannst noch liegen bleiben."

„Nein, ich will auch hoch." Jerry pellt sich aus seinem Schlafsack und steht Sekunden später nur in Boxershorts vor Joshua. Kein Zittern, kein Wort über die Kälte. Er geht zum Ausgang des Zelts, zieht den Reißverschluss auf und tritt barfuß hinaus.

„Es ist sieben Uhr", ruft er von draußen.

„Viertel nach. Nicht übel. Komm rein und zieh dich an."

Keine Antwort.

Joshua schlägt die Plane des Ausgangs zurück und tritt hinaus. Kein Jerry zu sehen. Die Nachbarn sind schon auf, packen ihr Campingmobiliar zusammen.

„Der Junge ist zum Bach gelaufen und unser Hund hinterher!“, ruft ihm die Frau zu. „Der muss sich was anzieh’n, holt sich ja ’ne Lungenentzündung!“

Ihr Mann tritt neben sie. „Und wir haben da vorne auf dem Weg zum Bach frische Bärenlosung gesehen!“

Die Frau pfeift ihren Hund herbei. Sekunden später ist er da, nur Jerry nicht.

Joshua erschrickt, läuft zum Bach hinunter und findet ihn nackt im Wasser hockend, wie in einer Wanne mit warmem Wasser. Er schöpft mit den Händen, gießt das eisige Nass über Gesicht und Körper, ohne mit der Wimper zu zucken.

„Muss ich dich gleich auftauen?“, fragt Joshua entsetzt und in gleichem Maße zutiefst beeindruckt.

„Nein, ich bin ein Eisbär!“ Jerry reckt sich empor, breitet die Arme zur Seite aus, die Hände wie Krallen gespreizt und imitiert das Grunzen eines Bären.

„Es gibt hier echte Bären!“, ruft Joshua in ungewohnter Sorge.

„Hab’ ich geseh’n“, gibt Jerry unaufgeregt zurück, während das Wasser über sein Gesicht rinnt. Er steigt aus dem Bach, sieht zufrieden aus. „Und ein Hund war hier“, ruft er begeistert. „Ich glaub ’n Husky. Er hat mit mir zusammen gebadet!“

„Wo hast du den Bären gesehen, Jerry?“

„Da drüben.“ Er zeigt zur Weidenböschung. „Ich mag Bären … und Hunde. Sie sind meine Freunde!“

Joshua wird ungeduldig. „Wir sollten zum Zelt gehen.“

„Mach ich ja schon.“ Jerry schüttelt sich das Wasser aus dem

Haar und startet wie ein Sprinter aus dem Startloch. Er rennt zum Zelt, kommt wieder zurück, rennt wieder los, mit der Hand an Joshuas Arm entlang streifend, lachend.

Okay, denkt Joshua, er läuft sich warm, wie ein Hund nach dem Bad im kalten Wasser. Er selbst akzeptiert das Weichei in sich, bleibt ungewaschen. Er holt ein Handtuch aus dem Auto und wirft es dem atemlosen Jerry über die Schulter. Mit hastigen Bewegungen trocknet er sich ab, huscht ins Zelt und kommt zwar nach wie vor barfuß, aber angezogen wieder heraus. Joshua blickt sich immer wieder um, scannt die Umgebung. Kein Bär in Sicht. Die Anspannung weicht aus seinem Köper. Er kommt zur Ruhe. Die aufgehende Sonne steht scharf konturiert als Scheibe am Himmel und taucht die Ebene in ein warmes rosiges Licht.

Seine Gedanken schweifen zu Sophie. Ein kurzer stechender Schmerz, ein kurzes Bedauern, dass sie das alles hier nicht miterlebt, dann ist seine Aufmerksamkeit wieder bei Jerry. Der malt versunken mit einem Stock im Sand, verwischt das Gezeichnete mit dem Fuß und setzt ihn ausgestreckt auf den Boden. Und als er ihn anhebt, entdeckt Joshua eine Spinne darauf. Jerry beobachtet sie in Ruhe, setzt den Fuß ab, sodass sie auf den Sand zurücklaufen kann.

„Zieh deine Schuhe an. Wir haben bestimmt nicht mehr als zwei Grad, wenn überhaupt!“, ruft Joshua schließlich.

Jerry schüttelt den Kopf.

„Bitte!“ Joshua fühlt sich plötzlich wie ein besorgter Papa. Das stellt sein Selbstverständnis auf eine Belastungsprobe. Nie wollte er eine Vaterfigur sein, nie versuchen, etwas besser zu wissen, nie korrigieren, nie Vorschriften machen. Und jetzt das hier. Er grinst grimmig in sich hinein.

„Mir ist nicht kalt“, erwidert Jerry in freudig-zufriedenem Ton.

Joshua belässt es dabei.

Der Junge hat einen guten Instinkt für seinen Körper, sagt er sich, einen tausendmal besseren als er und seines Gleichen. Ihm ist dieses natürliche Empfinden völlig abhandengekommen, doch so langsam, im Zuge dieser Reise, das spürt er jetzt, kommt es zurück. Die Zeichen stehen dafür.

Was er dennoch dringend bräuchte, stellt er fest, die Nase unter seine Achseln steckend, ist eine Dusche und Seife. Er muss sich für heute mit seinem Deo behelfen. Jerry blickt ihn fragend an, als er mit dem Stift aus dem Zelt kommt.

„Was hast du da?“, fragt er skeptisch.

„Acht mal viel – Schweißvertreiber.“

„Das darfst du nicht nehmen“, ereifert sich Jerry.

„Wieso nicht?“

„Das zieht die Bären an.“

„Aha.“ Joshua zuckt die Schultern. „Na gut, dann musst du heute den herben Altmännergeruch ertragen.“

„Wie alt bist du denn?“, fragt Jerry, die Augen weit geöffnet.

„Hab die Altersgrenze schon überschritten. Fast vierunddreißig.“

„Ab dreißig ist man alt?“

Joshua lacht. „Nein, eigentlich nicht. Aber man hat eben doch schon so einiges erlebt.“

„Ich aber auch“, sagt Jerry. „Am neunten September werde ich acht.“

Joshua nickt gedankenversunken und blickt in Jerrys Augen, entdeckt darin Freude und Trauer, beides in ihm gepaart wie Licht und Schatten.

Er stellt die Pfanne auf den Kocher, bricht vier Eier auf und lässt den Inhalt hineinlaufen. Jerry nimmt den Löffel und rührt darin herum. Das herausspritzende Öl zischt in der Flamme, aber Joshua lässt ihn gewähren. Er packt Schinken auf die Teller und füllt das Rührei auf. Dazu gibt es Brot. Als sie am Picknicktisch sitzen und essen, denkt Joshua wieder an Sophie. Er fühlt sich ihr plötzlich so nah, kann sich das nicht erklären und schiebt die Empfindung beiseite.

„Warum hast du eigentlich keine Frau?“, fragt Jerry, als könne er Gedanken lesen.

Joshua erschrickt, lächelt. „Ich hatte eine, aber sie hat es mit mir nicht ausgehalten“, sagt er leise.

„Warum nicht? Ich halte es gut mit dir aus“, erwidert Jerry.

„Du bist ja auch ein kleiner Adler, der mir Flügel verliehen hat, anstatt Erwartungen an mich zu stellen.“

Jerry lächelt, lässt die Worte sacken und erhebt sich behutsam. Das Streifenhörnchen ist, so sieht es aus, zu ihm zurückgekehrt. Es hoppelt auf ihn zu, als würden sich die beiden schon lange kennen. Jerry füllt Erdnüsse in seine Hand und füttert es.

Joshua ist erleichtert, dass er keine weiteren Fragen zu diesem Thema beantworten muss, ist dankbar, dass der Junge nicht eine von diesen Quasseltaschen ist, einer von diesen löchernden Fragestellern, die am Nervenkostüm zerren.

Nach dem Frühstück brechen sie auf, fahren über den Cariboo Highway nach Prince George. Joshua genießt die heutige Fahrt, genießt den Blick über die weite Graslandschaft und die einsamen Wälder. Der mächtige Fraser River begleitet sie mit seinem reißenden milchig-blauen Wasser. Sie machen eine Pause, strecken sich ausgiebig, machen lachend Weitpinkeln in einen Bach, laufen ein paar Mal um die Wette. Über ihnen ein Dreieck aus auf- und abschwingenden Körpern – Wildgänse. Ihr gemächlicher Flügelschlag wie ein fernes Raunen am Himmel.

Nach knapp drei Stunden Fahrt liegt Prince George, die größte Stadt im nördlichen British Columbia, vor ihnen. Der Fraser River schlängelt sich hier nach Osten.

Joshua fährt langsam. Er muss sich jetzt orientieren, Schilder lesen, sich einordnen. Und plötzlich zuckt er zusammen. Ein ohrenbetäubender Lärm an seiner linken Seite. Das Licht der Sonne verschwindet und plötzlich ein tiefes warnendes Hupen. . Ein voll beladender Holzlaster überholt sie, angestrengt brummend. Ein kurzer Blick zu Jerry. Der drückt sich in den Sitz zurück, starrt reglos, wie von einem unsichtbaren Strick festgezurrt, aus der Windschutzscheibe. Vor ihnen die Brücke über den Fraser River. Joshua schaudert. Ein innerer Aufschrei. Er sucht etwas, mit dem er Jerrys Aufmerksamkeit von der Brücke fortziehen kann, guckt in den Rückspiegel, entdeckt einen alten goldfarbenen Daimler.

„Schau mal nach hinten, Jerry“, ruft er verzweifelt aus, „hinter uns fährt ein Auto aus meiner Heimat. Ein Mercedes Benz!“

Jerry sitzt wie gelähmt da, den Blick nach vorne gerichtet, als würde er Joshuas Worte gar nicht hören.

„Jerry, hey!“ Joshua stupst seinen Arm an.

Aber der Junge reagiert nicht. Ein leichtes Rumpeln und sie sind auf der Brücke. Jerry wendet den Blick zur Seite. Joshua findet kein passendes Wort, möchte irgendwo anhalten, Jerry einfach in den Arm nehmen, ihm sagen, dass auch ihn beim Überqueren von Brücken noch Panik erfasst. Aber es gibt keine Möglichkeit anzuhalten.

„Ich kann mir vorstellen, wie es dir geht“, sagt er schließlich. „Mir geht es auch nicht gut.“

Joshua steuert den Wagen in die Stadt. Vor ihm endlich ein Parkplatz. Er biegt ab, hält an, springt aus der Fahrerkabine und geht um das Auto herum. Als er die Beifahrertür öffnet, sitzt Jerry immer noch reglos da und Joshua legt eine Hand auf seinen Oberschenkel.

„Komm“, sagt er, langt über ihn hinweg und öffnet den Sicherheitsgurt.

„Ich will nicht raus“, sagt Jerry leise. „Ich will zurück ins Dorf.“

Joshuas Magen zieht sich zusammen. Einen Moment lang steht er beklommen und ratlos neben der offenen Tür, neben dem Jungen, der dort sitzt, als sei alles Leben in ihm zum Erliegen gekommen. Joshua fühlt sich überfordert. Ihn überkommt das Bedürfnis mit sich allein zu sein, er möchte das hier aufgeben, nur für sein eigenes verkorkstes Leben, sein eigenes Trauma zuständig sein.

Das Türenschlagen eines gerade neben ihm eingeparkten Autos holt ihn wieder zurück. Er blickt den Jungen an, der trotzig auf dem Sitz verharrt, die Hände zwischen seine Knie geschoben.

Joshua rüttelt an sich wie an einer verschlossenen Tür. „Hey!“, drückt er angestrengt aus trockener Kehle heraus. Er sagt es zu sich, genauso wie zu Jerry, eine Hand an der Autotür. „Denk an deine Mom, mh? Wir wollen sie doch zurückholen. Und dann könnt ihr vielleicht gemeinsam in euer Dorf zurück.“

Jerry nickt jetzt. Der fette Kloß in Joshuas Magen löst sich. „Ich kann dich total verstehen, Jerry, das ist alles scheiß traurig“, sagt er leise. „Aber denk an den Spruch deines Großvaters, dass du die Flügel ausbreiten sollst, wie ein Weißkopfadler, auch wenn … auch wenn etwas schwer auf dich drückt. Es war ’n bisschen anders, aber so in dem Sinn.“

„Ich soll meine Flügel ausbreiten wie ein Weißkopfadler, auch wenn der Regen schwer aufs Gefieder drückt“, sagt Jerry plötzlich, wie aus einem Albtraum erwacht. Er rutscht langsam vom Sitz.

„Ja, genau, hey, und so machen wir' s jetzt, oder?"

Ernstes Nicken.

„Lass uns was Einkaufen gehen, vielleicht einen Lachs, den wir auf dem Campingplatz grillen können."

„Ich kann doch selber einen Lachs fangen", erwidert Jerry, seine Stimme noch gebremst.

„Ja, aber ich weiß nicht, ob das hier möglich ist und die Zeit … Wir haben ja noch einiges vor uns."

Jerry zuckt die Schultern. Joshua schließt den Wagen ab, nimmt ihn am Arm und schiebt ihn sanft vorwärts zu den Einkaufswagen. „Willst du schieben?"

Jerry schüttelt den Kopf.

„Vielleicht können wir später einen Lachs fangen, irgendwo."

Er nickt schwach, und Joshua schiebt den Einkaufswagen durch die sich öffnende Tür in die kühlschrankkalte Luft des Supermarkts. Angesichts des Überangebots an Produkten wird Jerrys Trauer von aufkeimenden Wünschen überdeckt. Er fragt, möchte haben, schlägt vor zu kaufen und mault auch hin und wieder, wenn Joshua etwas ablehnt. Sie sind dennoch zügig wieder draußen, schieben gemeinsam den Einkaufswagen zum Auto. Joshua steigt auf die Ladefläche und packt die Lebensmittel in die Kühlbox. Sie schlingen eilig ein Sandwich hinunter und verlassen die Stadt.

Über den Highway 16 geht es hinaus. Auf einem gelben Schild die Fotos von den verschwundenen indigenen Frauen. Damals, als er darüber las, war all das weit weg für ihn, heute ist es so nah, dass er eine unbändige Wut in sich spürt.

Als sie durch die Indianerreservate hindurchfahren, setzt sich Jerry auf und späht interessiert aus dem Fenster auf die trostlosen, staubigen Straßen, die heruntergekommenen Holz- und Kunststoffhäuser und die alten vergilbten Trailer.

„Unser Dorf ist viel schöner. Hier ist ja gar kein Wasser“, sagt er.

„Ja, ein Adler braucht Wasser“, erwidert Joshua nachdenklich. Er versucht sich Jerrys Dorf vorzustellen.

Am späten Nachmittag parkt er den Wagen auf einem einfachen, schön gelegenen Campground am Kager Lake, zu seinem Bedauern allerdings ohne Dusche. Nun bleibt ihm nichts weiter übrig, als mit Jerry zusammen ein Bad im See zu nehmen. Das Wasser ist kalt, aber glasklar. Kein Mensch ist zu sehen. Jerry ist in seinem Element, amüsiert sich über Joshua, der langsam, schlotternd in den See steigt, spritzt ihm Wasser ins Gesicht, taucht, macht Handstand, lacht und springt herum.

„Du hast ja ein Tatoo!“, ruft Jerry plötzlich, als Joshua ihm den Rücken zukehrt.

Er hatte es schon fast vergessen, verdrängt, dass es dort eingebrannt ist und unwiderruflich von seinem damaligen Selbstdarstellungsdrang zeugt.

Jerry tritt dicht hinter ihn. „Halt still, ich will sehen, was es ist“, sagt er.

„Blödsinn“, erwidert Joshua. „Vergiss es!“

Er will sich umdrehen, aber Jerry hält ihn fest. „Nein, lass seh’n!“

Joshua lässt den Jungen schließlich unwillig gewähren.

„Das ist ja ’n Sarg!“, sagt er mit leichtem Entsetzen in der Stimme.

„Ja, verdammt!“ Joshua würde es gern ausradieren wie eine verworfene Skizze. „Ich sagte doch, es ist Blödsinn!“, erwidert er ungehalten.

„That’s … life?“, liest Jerry stockend. „Das passt doch gar nicht!“

„Vergiss es einfach, okay? Werde den Sarg mal in ein Boot ändern lassen … in ein Rettungsboot." Er dreht sich jetzt um, blickt Jerry an. „Oder noch besser, in ein Kanu mit einem jungen Indianer drin, mit dem Federschmuck eines Häuptlings."

Jerry lächelt. „Ja, cool! Ich komme mit, wenn du's machen lässt! Ich will auch eins … 'nen Bären, nein, 'nen Weißkopfadler und 'ne Krähe … und 'nen Husky."

Joshua lacht. „Das wird ja 'n ganzes Gemälde."

„Ja, auf dem ganzen Rücken will ich es haben!" Jerry springt im Wasser herum wie ein Affe.

Joshua genießt das Bad in der Natur nun in vollen Zügen, dieses deutlich nachhaltigere Erlebnis als das Duschen zwischen Kacheln. Das Prickeln des eisigen Wassers auf seiner Haut stellt alle Härchen seiner Arme und Beine empor, zieht auf angenehme Weise alles in ihm zusammen. Die Erfrischung steigt bis in die entlegenste Zelle hinein, eine positive Hirnwäsche. Er rubbelt sich eilig ab, drückt sich das lange feuchte Haar im Handtuch aus und ruft Jerry aus dem Wasser. Zum Aufwärmen läuft er mit ihm ein Stück am See entlang. Er fühlt sich konturlos, zeitlos, befreit aus der Enge seines kleinen, trüben städtischen Geists.

Zum Abendessen grillt er wie versprochen den Lachs. Mit Tipps von Jerry gelingt es ihm einigermaßen, wenn auch mit leichtem Verlust, weil ein Teil der Haut in der Alufolie hängen bleibt. Immer wieder muss er sich von Jerry anhören, wie sein Dad das gemacht hätte, muss dann, bevor hinter dem Stolz über das Besserwissen wieder die Trauer aufsteigt, seine Komik spielen lassen. Die Kartoffeln sind al-dente, aber durchaus genießbar und Jerrys leergeputzter Teller lässt seine erste Essenszubereitung zu einem Erfolgserlebnis werden.

Nach dem Abwasch spielt er ein paar Songs auf seiner Gibson. Er ist begeistert von ihrem Klang. Jerry hört zu, verschwindet plötzlich und kommt mit dem Kochtopf zurück. Er trommelt mit zwei Stöckern darauf zu Joshuas Songs, noch nicht ganz im Rhythmus, aber mit so großer Freude, dass Joshua gar nicht aufhören mag. Als seine untrainierten Fingerkuppen von den Stahlsaiten wundgespielt sind, kriechen sie ins Zelt. Ihr Musikrausch hat sie gar nicht merken lassen, wie eisig die Luft geworden ist. Hastig schlüpft Joshua aus den Jeans und schiebt seine kalten Beine in den Schlafsack.

Jerry steht vor ihm. „Jetzt möchte ich die Geschichte weiterhören“, sagt er mit weit aufgerissenen Augen.

Joshua schluckt, seufzt. Er ist müde vom Fahren und vom Gitarre Spielen. „Können wir das auf morgen schieben?“, fragt er entschuldigend.

„Warum? Ich hab’ mich so darauf gefreut“, erwidert Jerry.

„Mir fällt heute absolut nichts ein.“ Joshuas Kopf fühlt sich an wie leergeräumt.

„Okay“, sagt Jerry, mit Enttäuschung in der Stimme. Er kriecht in seinen Schlafsack, legt sich zurück und zieht den Reißverschluss bis unters Kinn.

Joshua lässt sich erleichtert auf seine Matte zurückfallen, schiebt sich die Kapuze über den Kopf und knipst die Lampe aus. Wenig später ist er eingeschlafen.

Ein Aufschrei reißt ihn jäh aus dem Schlaf. Er setzt sich auf, tastet nach der Campinglampe, knipst sie an. Sein Herz pocht wie ein Presslufthammer. Er sieht Jerry schweißgebadet, leise jammernd auf dem Rücken liegen.

„Was ist los?“ Joshua rollt sich zu ihm hinüber und legt die Hand auf seine Brust.

„Ich hab’ ihn wieder geseh’n“, keucht er, auf die Ellenbogen gestützt, mit Angst in den Augen.

„Deinen Dad?“, fragt Joshua.

Jerry nickt, presst die Lippen zusammen, unterdrückt ein Weinen und lässt sich zurückfallen.

„Erzähl mir alles, lass alles raus und weine. Das ist völlig okay."

Und nun rollen die Tränen über Jerrys weiche Wangen – lautlos. Und schließlich ein leises ruckartiges Schluchzen, das seinen ganzen Körper erschüttert. Joshua zieht die Kapuze des Schlafsacks unter Jerrys Kopf hervor und über sein schweißnasses Haar. Er wehrt sich nicht dagegen, lässt es willenlos geschehen.

„Was hast du geträumt, Jerry? Willst du's mir sagen?", fragt Joshua.

„Ich hab' … die Brücke geseh'n, Dad in dem Truck … und dann im Wasser. Und die ganzen Baumstämme sind auf ihn raufgefallen."

Wieder tiefe Schluchzer.

Joshua fährt mit der Hand über seine kalte Stirn. Plötzlich schließt Jerry die Augen, verzieht das Gesicht. Wieder Tränen, wieder ein Schluchzen. Dann öffnet er langsam den Reißverschluss seines Schlafsacks, blickt an sich hinab und Joshua weiß, was passiert ist.

„Es ist nicht schlimm, Jerry, überhaupt nicht", beeilt er sich zu sagen. „Steig in meinen Schlafsack. Ich bringe das in Ordnung."

Er hilft Jerry beim Waschen mit Lappen und Wasser aus der Trinkflasche und beim Anziehen frischer Unterwäsche. Jetzt klappert er vor Kälte und vor allem vor Müdigkeit. Joshua hilft ihm in seinen Schlafsack, schließt ihn so fest um ihn herum, dass kein kalter Luftzug mehr hineinkann. Er zieht sich an und geht mit den durchnässten Sachen zum Ausgang.

„Du lässt mich doch nicht allein, Josh?", fragt Jerry leise.

„Hey, nie", schießt es aus Joshua heraus. Er legt die Sachen ab, hockt sich neben Jerry und umfasst seine Schultern. „Ich wasche nur eben alles aus und dann komme ich sofort zurück und erzähle dir die Geschichte bis zum Ende, okay?"

„Oh ja", erwidert Jerry leise, noch von tiefen Schluchzern geschüttelt. Aber er scheint sich zu beruhigen.

Joshua greift die Taschenlampe, eilt zum See, wäscht die genässten Sachen aus und hängt sie vor dem Zelt an den Bäumen auf. Er holt die beiden Wolldecken aus dem Auto und huscht zurück ins Zelt. Jerry blickt ihn beruhigt und erwartungsvoll an, während sich Joshua in voller Montur in die Decken einmummelt.

„So, gleich geht's los", sagt er, seine Nervenzellen auf Trab bringend. Er holt sich in die Geschichte zurück und atmet einmal tief durch. „Also … ich glaube, da waren wir. Die hübsche Krähenfrau … Sie hieß Kate und gab Shua ein bisschen von ihrer Lebensfreude ab. Und so machte er sich mit ihr zusammen auf den Weg nach Vancouver, wo sie alleine auf einem Baum in einem Park wohnte. Es war ein langer Flug, aber voller schöner Aussichten über die Berge und über das Meer. Und der Große Geist schüttete nur einmal Regen über sie aus. Die übrige Zeit klebte eine riesige warme Sonne am Himmel und wies ihnen den Weg. Am nächsten Morgen nahm Kate ihn mit zu einem Golfplatz."

Aus dem Augenwinkel sieht Joshua, wie sich Jerrys Augen weiten. Er hängt an seinen Lippen, will etwas sagen, bleibt jedoch stumm.

„‚Das hier ist mein Arbeitsplatz', erklärte Kate. ‚Du kannst für mich Golfbälle aus den Teichen holen. Die gebe ich dann den Golfspielern zurück und dafür bekomme ich ganz viele Regenwürmer und Beeren. Davon gebe ich dir dann was ab.'

‚Ich soll tauchen?', fragte Shua.

‚Tauchen kann jeder lernen, auch wir Krähen', erklärte Kate. Und Shua willigte begeistert ein. Sie flogen gemeinsam zu einem der Teiche und hüpften ans Ufer. Kate erklärte Shua, wie man taucht. Bei den ersten Versuchen schluckte er Wasser und musste furchtbar prusten. Aber es wurde schnell besser. Und dann machte Shua einen Köpfer in den Teich, tauchte tief hinab und holte einen Golfball nach dem anderen heraus. Die Bälle jedoch waren so groß und hart, dass er eine regelrechte Schnabelsperre bekam. Seine Schnabelmuskeln wurden ganz hart, sodass er die Regenwürmer und die Beeren, die Kate derweil gesammelt hatte, nur unter Schmerzen schlucken konnte. Als alles verspeist war, watschelte er, noch nass vom Tauchen, wie eine Ente über den Rasen. Er hatte überhaupt keine Lust, diese Arbeit weiterzumachen. Sie war unangenehm und ohne Sinn. Seine Flügel waren schwer und wurden immer schlapper. Die Lebensfreude begann wieder aus ihm zu weichen, wie die Luft aus einem zusammengedrückten Ballon." Joshua hält kurz inne, um nachzusehen, ob Jerry vielleicht schon eingeschlafen ist. Doch der liegt auf der Seite, seinen Blick auf Joshua geheftet, hellwach.

„Und dann blieb Shua wie angewurzelt auf dem Rasen stehen", fährt Joshua fort. „Vor ihm lag ein Glückskeks. Shua freute sich über den köstlichen Fund und auf einen weisen Spruch darin und pickte ihn auf. Doch was da herausflog, war kein schnöder Zettel mit Worten darauf, sondern ein junger Adler. Er flatterte über ihn in den Himmel hinauf, stieß einen Schrei aus und landete vor ihm auf dem Rasen.

‚Wer bist du denn?', fragte Shua.

‚Ich bin ein Weißkopfadler, auch wenn man das noch nicht sieht. Und einen Namen habe ich noch nicht', antwortete der Kleine.

‚Gut. Dann sag mir, wie du in diesen Keks hineingekommen bist.'

‚Der Große Geist hat mich hineingedrückt', erklärte der kleine Adler. ‚Das war ein bisschen schmerzhaft, denn er ist ja eigentlich viel zu eng. Aber der Große Geist hat mir gesagt, dass ich, wenn ich das durchhielte, darin das Glück finden würde. Du musst fest daran glauben, an dich und an dein Glück, hat der Große Geist gesagt. Und dann hat er mich in den Keks hineingeschoben', erklärte der kleine Adler.

Shua hörte nachdenklich zu und der kleine Adler fuhr fort zu erzählen: ‚Mein Vater ist früh gestorben und meine Mutter musste weit fort in den hohen Norden, um Futter für mich zu finden. Hier gab es für uns Adler keine Nahrung mehr, weil andere Vögel alles weggefressen hatten.'"

Joshua macht eine Pause und wendet seinen Blick kurz Jerry zu. Ihre Blicke treffen sich. Jerrys Augen sind weit geöffnet vor Spannung, alle Trauer verflogen.

Joshua fährt, zu Jerry gewandt, fort zu erzählen: „‚Und ich habe an das Glück geglaubt. Ich habe das alles ausgehalten und dann hast du mich gefunden und da raus geholt', sagte der kleine Adler zu Shua. Und damit schoss er hoch in die Luft, machte einen Salto und fiel auf seine Krallen zurück, direkt vor Shua. ‚Kannst du das auch?', fragte er.

‚Nein, meine Flügel sind schwer wie Blei', erwiderte Shua traurig.

‚Das kann ich ändern', sagte der kleine Adler und er schob seine Flügel unter die von Shua, machte einige flatternde Bewegungen auf und ab, sodass Shua regelrecht durchgeschüttelt wurde. Und siehe da, die Schwere rieselte wie Sand von seinen Flügeln, die Traurigkeit wich aus seinem Herzen und er fühlte sich plötzlich so leicht wie noch nie in seinem ganzen Leben.

‚Siehst du, geht doch!', rief der kleine Adler aus und schickte noch einen Freudenschrei hinterher. ‚Wohin wollen wir fliegen, Shua?‘, fragte er aufgeregt.

‚In den Norden hinauf, zu deiner Mutter‘, erwiderte Shua freudig.“

Joshua hält inne. Jerry öffnet seinen Schlafsack. Er setzt sich auf, sein Blick Joshua zugewandt.

„Und dann erhoben sich die beiden in die Lüfte, setzten sich auf eine große schneeweiße Wolke und ließen sich vom Wind in Richtung Norden treiben.“

Jerry blickt Joshua an, stumm, ein seliges Lächeln auf seinen Lippen, in seinen Augen pure Freude. „Als du von dem Golfplatz erzählt hast, hab ich's gemerkt“, sagt er mit Gewicht in der Stimme. Er robbt zu Joshua hinüber und kriecht zu ihm unter die Decken. „Grandpa hat gesagt, wenn man Krähen füttert, bringt das Glück“, sagt er ganz leise.

„Ja. Du, kleiner Adler, hast mich ja gefüttert, mit Kraftfutter.“

Joshua spürt ein leichtes Nicken an seiner Seite. Er legt seine Arme um Jerry und so liegen sie eine Weile schweigend nebeneinander. Als Jerrys Kopf schwer an seine Schulter sinkt, dreht sich Joshua vorsichtig zur Seite, hockt sich hin, schiebt seine Hände unter Jerrys Achseln und zieht ihn unter den Decken hervor. Jerry öffnet halb die Augen, findet auf seine Füße und schlüpft mit Joshuas Unterstützung in den Schlafsack zurück. Wie ein Stein sinkt er auf seine Matte und schläft ein.

Joshua knipst die Campingleuchte aus. Er liegt noch lange wach, lässt seine Geschichte Revue passieren, sinniert über Jerrys vom Schicksal bedrängtes Leben und über das Leben im Allgemeinen.

Irgendwann fällt auch er in tiefen Schlaf, gepackt mit einer fetten Portion Träume, die sich am nächsten Morgen, als er danach greifen will, wie Dunst im Licht auflösen. Schade, denkt er, Träume neigen leider dazu, sich vor der Wirklichkeit zurückzuziehen. Das einzige, was sich vor seinem inneren Auge schwach abzeichnet, ist Sophies kleiner Balkon. Sie saßen dort nebeneinander und blickten auf die Balustrade, und dann … Er weiß es nicht mehr.

Kapitel 27

Der Hund ist aufgewacht. Eine Assistentin bittet Sophie herein. Sie steht vor dem noch dämmernden, langsam wieder im Leben ankommenden Tier und spürt die neue Verantwortung wie tausend Steine auf ihren Schultern. Sie beobachtet den Hund, der auf der Seite liegt, nicht ahnend, dass er eine neue Herrin hat, nicht ahnend, dass es Sophie ist, die hier vor ihm steht. Was für ein fremdbestimmtes Leben, welche Abhängigkeit von dem so launischen, unberechenbaren Menschen.

„Es ist zum Glück ein einfacher Knochenbruch“, erklärt die Tierärztin. „Der Knochen ist nur ganz gering verschoben und wird, bei vernünftigem Verhalten, in zirka zwei Monaten gut zusammenwachsen. Er hat eine Schiene unter dem Verband.“

Sophie nickt, sieht, wie der Hund den Kopf hebt und ihn wieder sinken lässt.

„Wo wohnen Sie?“

„Im Wohnmobil.“

„Ach du liebe Zeit!

Sophie nickt.

„Und wo wollen Sie jetzt hin?“

„Nach Dawson City.“

„Vergessen Sie das. Der Hund braucht Nachuntersuchungen. Er muss auch noch mal geröntgt werden."

Sophie kneift die Lippen zusammen. Ihr ist elend zumute. Nun soll sie diesen Plan auch noch fallen lassen?

„Gibt es keine Tierklinik auf dem Weg?", fragt sie unsicher.

Die Tierärztin überlegt. „Ich glaube, in Fort St. John." Sie geht zum Computer, scrollt, sucht. „Ja, das Rivers Animal Hospital. Sind zirka fünf Stunden Fahrt von hier. Sie müssten aber diese Nacht auf jeden Fall noch hierbleiben. Ich muss den Hund morgen noch mal untersuchen."

Sophie nickt erleichtert. Das wäre genau ihre Route. Der Urlaub wäre zumindest in Teilen gerettet. Tja, sagt sie sich, man lässt sich auf eine kleine Hilfe ein und dann überrollt einen die geballte Ladung ungebetener Folgen. Mal sehen, was das Leben sonst noch so für mich bereithält.

Sie geht zu Nuka, legt ihm die Hand auf die Flanke und streicht sanft über sein stumpfes Fell. Sie betrachtet seine jetzt geöffneten, von schwarzem Fell umrandeten leuchtend blauen Augen, die weiße Brust, die weiße Schnauze und die schwarzen Ohren. Ein bunter Hund für mein buntes Leben – das passt, sagt sie sich. Und wenn's mir zu bunt wird, kann ich ihn vielleicht in Whitehorse als Schlittenhund abgeben. Aber dieser Gedanke verflüchtigt sich schnell, als Nuka Sophies Hand leckt. Vermenschliche ich jetzt den Hund, oder ist es tatsächlich Dankbarkeit, fragt sie sich. Und wieder die raue Zunge auf ihrer Hand. Es ist richtig so, denkt sie, alles sollte so sein.

„Wir haben hier noch einen Schaumstoff-Hundekorb, der vergessen und nicht abgeholt wurde. Den können Sie mitnehmen", sagt die Tierärztin. „Sagen Sie an der Anmeldung Bescheid. Und dort bekommen Sie auch die Medikamente, einen Trichter, der das Lecken verhindert, und einen Tragegurt für den Hinterlauf. Und morgen Vormittag bitte einen Termin machen." Die Tierärztin lächelt jetzt sehr freundlich. „Sie dürfen den Hund vorerst nicht aus den Augen lassen. Und er darf die erste Zeit nur mit Hilfe laufen."

Sophie begleicht die Rechnung, nimmt die Medikamente, die Hilfsmittel und das Schonkostfutter entgegen. Mit einem Helfer zusammen bringt sie Nuka zum Camper. Sie legen ihn in seinem neuen Korb neben die Sitzecke. Sophie wird die Nacht auf dem Parkplatz der Tierklinik verbringen. Es gibt beim besten Willen keine Alternative. Der Hund muss jede Minute unter Kontrolle bleiben. Sie seufzt, nachdem sich der Helfer verabschiedet hat, blickt auf den Hund zu ihren Füßen, der sie ansieht, als würde er gern tausend Fragen stellen. Um in der Situation anzukommen, sagt sie sich ein paar Mal: Das ist jetzt dein Hund, deine Verantwortung, Sophie. Nein, du träumst nicht, das hier ist jetzt dein neues Leben, du bist auf den Hund gekommen – Hund statt Mann … Verdammt! Sie lacht laut auf. Vielleicht ist das entspannter, sagt sie sich. Hunde sind doch eigentlich genügsam und immer freundlich bei guter Behandlung, was man von Männern nicht unbedingt sagen kann. Und sie lieben bedingungslos, sind treu und zuverlässig.

Mit dieser Feststellung und einem halben Lächeln auf den Lippen kniet sie sich an Nukas Seite, beruhigt ihn und sich selbst, drückt ihn sanft in den Schaumstoffkorb, als er wieder versucht, aufzustehen. Er ist noch schlapp, gibt sich kampflos seinem Schicksal hin und Sophie beschließt, es ohne den Trichter über dem Kopf zu versuchen. Sie fragt sich, ob der Hund irgendetwas von dem begreift, was mit ihm geschehen ist, fragt sich, ob er seine bisherige Herrin vermisst. Keine Antwort bietet sich ihr an.

Ihre Gedanken wandern zu Peggy. Sie hofft inständig, dass sie gut zu Hause gelandet ist. Irgendetwas sagt ihr, dass es so ist.

Sie kommt ein bisschen zur Ruhe, verspürt Durst, schleicht, den Hund im Blick, zum Kühlschrank, holt Apfelsaftflasche und Glas, für Nuka eine Schüssel mit Leitungswasser. Plötzlich kommt Sophie die Flasche Budweiser in den Sinn, die sie sich erlaubt hat zu kaufen. Sie bringt kurzerhand ihren Apfelsaft zurück und tauscht ihn gegen ein Glas Bier. Im Schneidersitz setzt sie sich an Nukas Seite auf den Boden, tätschelt seinen Kopf und blickt in seine halb geöffneten blauen Augen. Mal sehen, was die Nacht bringt, sagt sie sich. Zum Glück muss sie nicht hungern. Sie hatte in Clearwater, ihrer Abneigung dagegen tapfer trotzend, eine ganze Menge haltbares Futter für sich eingekauft. Sie wird durch spärlich besiedelte Landstriche reisen und hat sich wohlweislich-pragmatisch mit Konserven und anderen Instantprodukten eingedeckt. Ihr Dogmatismus ist längst in den Weiten Kanadas entschwunden und ihre Muster und Planspiele haben sich im Zuge der zahlreichen Schlenker dieser Reise weitgehend verflüchtigt.

Um sie herum wird immer noch ein- und ausgeparkt, geredet und es werden Türen geschlagen, unterbrochen von dem einen oder anderen Bellen oder Jaulen eines verängstigten Hundes. Nuka beginnt die Ohren zu spitzen, wird wachsamer. Sophie gibt einen kleinen Happen von dem Diätfutter in die Schüssel, die sie für ihn reserviert hat. Aber er frisst noch nicht. Ob es die Narkose oder das Heimweh ist, Sophie hofft auf Erstes. Das wäre schneller behoben. Sie gibt ihm die Beruhigungstropfen und macht sich eine Dosensuppe warm. Als sie sich an den Tisch setzt und isst, schnuppert Nuka interessiert in die Luft und will sich erheben. Aber er ist noch zu schwach und lässt sich von Sophie wieder niederdrücken.

Gegen Abend wird es endlich ruhiger auf dem Parkplatz. In der Ferne Straßengeräusche und hin und wieder ein Flugzeug. Sophie klappt die Sitzbank zu einem Bett aus. Oben in ihrem Bett wäre sie zu weit von Nuka entfernt.

Sie holt ihr Bettzeug herunter, zieht sich aus und schlüpft ungewaschen in ihren Schlafanzug. Nuka folgt aufmerksam jedem ihrer Schritte. Sie legt sich mit dem Kopf zu ihm gewandt ins Bett. Die Schlafbank ist ziemlich hart, aber für ihre knapp Einmetersiebzig ausreichend lang. Sie dreht sich auf den Bauch, blickt durch das schwache Licht der kleinen Wandleuchte zu Nuka hinunter, legt ihre Hand an seine Seite. Er hebt die Vorderläufe an, und Sophie streichelt seine weiße, weiche Brust. Sie spürt, wie der Hund die Berührung genießt, spürt seine Wärme unter ihrer Hand. Sein Atem beruhigt sich allmählich, und er sinkt ganz langsam auf die Seite.

Sophie zieht behutsam ihre Hand zurück und mummelt sich in die Decke ein. Es ist kalt geworden. Sie liegt noch lange wach, horcht immer wieder zu Nuka hinunter, lauscht seinem Atem, der sich allmählich beruhigt und ihr schließlich sagt, dass er eingeschlafen ist. Irgendwann schläft auch sie ein, unruhig, immer wieder wach werdend unter den kreisenden Gedanken.

Am nächsten Morgen fühlt sie sich wie gerädert. Um sie herum herrscht bereits die Betriebsamkeit der Veterinärklinik. Es ist acht Uhr. Nuka ist wach, schnüffelt in die Luft, sieht sie aus müden Augen an. Die Narkose von gestern, das Beruhigungs- und das Schmerzmittel haben gute Dienste geleistet. Das Bein hat die wohlverdiente Ruhe bekommen.

Sophie erhebt sich mit ruhigen Bewegungen. Sie streichelt Nuka, schiebt ihn sanft in den Korb zurück, als er aufstehen will, und wäscht sich bei geöffneter Tür. Einigermaßen erfrischt, in Jeans und Shirt, holt sie ihr Handy und ruft in der Klinik an.

Wenig später kommt der Helfer und holt den Hund ab. Nuka wird noch einmal leicht narkotisiert, geröntgt, eingehend untersucht und bekommt einen neuen Verband. Alles bestens. Der Knochen sollte problemlos zusammenwachsen, wenn er nicht durch ruckartige Bewegungen in Stress käme.

Gegen zehn Uhr ist Sophie mit Nuka wieder im Camper. Er liegt neben ihr auf dem breiten Beifahrersitz, davor ihr Rucksack zum Abstützen des Korbes. Eine Vollbremsung könnte zum Verhängnis werden. Aber was soll sie machen?

Sophie ist zuversichtlich, irgendwie gar nicht so unzufrieden mit der neuen Situation. Sie blickt auf ihren Beifahrer, der sich ebenfalls recht gut in seinem neuen Leben zurechtfindet. Er hat mit Sophies Hilfe in der Trage sein kleines Geschäft erledigt und Wasser getrunken.

Sie fährt vom Parkplatz auf die Straße und zügig auf den Highway. Irgendwo an einer ruhigen Stelle will sie frühstücken, Nuka eine Pinkelpause gönnen, einen starken Tee trinken und dann über Bear Lake nach Fort St. John fahren.

Kapitel 28

Auf der Fahrt von Burns Lake nach Meziadin Lake traktiert Jerry Joshua mit Fragen über Fragen zu seiner Heimat. Er hatte von Deutschland noch nie gehört. Joshua bemüht sich, trotz Konzentration auf das Fahren, einigermaßen kindgerechte Antworten zu geben.

„Gibt es in Deutschland auch First Nations?“, fragt Jerry irgendwann.

„Na ja, heute ist das alles bei uns durchmischt, obwohl einige bei uns denken, dass es 'ne deutsche Rasse gibt, weiß du, so wie es Hunderassen gibt. Es gab mal 'n Volk, vor langer, langer Zeit, das hätte man damals als First Nations bezeichnet. Die hießen Germanen."

„Also so wie man zu einigen Hunden Husky sagt?"

„Genau." Joshua lächelt in sich hinein, überlegt, ob er das jetzt so stehen lassen kann.

„Und ging es denen auch so schlecht wie uns?"

„Ich glaube nicht, keine Ahnung."

„Und warum warst du nicht glücklich bei dir zu Hause?"

„Oh Jerry, das ist verdammt kompliziert." Joshua denkt, dass wenn er dies jetzt Jerry nicht erklären kann, er es wohl selbst nicht ganz verstanden hat.

Jerry fixiert ihn, wird nachdenklich, steckt seine Hände zwischen die Knie.

„Lebt dein Vater noch?", fragt er vorsichtig, den Blick gesenkt.

„Ja." Joshua hält inne, überlegt. „Weißt du, mein Vater, er hat mich nicht gewollt und deshalb ist es fast so, als hätte ich keinen."

„Wieso hat er dich nicht gewollt? Wenn man kein Kind will, dann macht man doch keins."

Joshua lächelt. „Eigentlich hast du Recht, aber manchmal hat man Appetit auf etwas, kann es dann aber doch nicht verdauen. Ach, ich weiß nicht, wie ich dir das erklären soll. Vielleicht war ich auch einfach nur zu dumm. Mein Vater wollte einen ganz klugen Sohn, der alles sofort kann. Und das war ich eben nicht."

„Aber du kannst doch ganz viel! Du kannst Auto fahren …" Jerry denkt nach.

„Du kannst einen Lachs braten", ruft er aus. „Der war richtig lecker! Und du kannst Gitarre spielen und singen." Er blickt zu

Joshua auf. „Und! Du kannst Geschichten erzählen!“, sagt er mit Nachdruck.

Joshua lächelt. „Ja, ein bisschen was kann ich.“ Und, denkt er, vielleicht war sein Versagen ja nichts als eine Fehlinterpretation. Es ist egal, sagt er sich. Ich muss nur wieder wissen, was ich will, und ich muss wieder sehen, hören, schmecken und riechen.

Das Schild „Meziadin Lake Campground“ veranlasst Joshua, abrupt zu bremsen. Er biegt ab, lobt den alten Truck und dankt ihm für sein Durchhaltevermögen, das er selbst erst noch entwickeln muss.

Sie finden einen Platz nach ihrem Geschmack – ruhig und mit Blick auf den See. Joshua stellt verwundert fest, dass er noch kein einziges Mal das Bedürfnis verspürt hat, irgendetwas im Bild festzuhalten, seit er mit Ben auf der Harley saß. Das Verlangen nach Fixierung der Dinge ist ihm seit dem misslungenen Selfie auf der Brücke abhandengekommen.

Kaum dass Jerry aus dem Auto ist, entdeckt er einen Biber auf dem See, unterwegs zu der kleinen tannenbestandenen Insel. Es ist der erste, den Joshua in seinem Leben gesehen hat.

„Guck mal Josh, ein Adlerhaus! Und ein Weißkopfadler“, ruft Jerry weniger später aus.

Auch ein Adlerhorst gehörte bisher nicht zu Joshuas Entdeckungen. Er beoachtet eine Weile den beeindruckenden Greifvogel auf seinem Nest und bedauert, kein Fernglas zu besitzen.

Wenig später bleibt sein Blick an einem Angler am Ufer hängen. Und während Jerry mal wieder ein Hörnchen mit Nüssen füttert, überwindet er sich und fragt den freundlich grüßenden Mann, ob er Jerry mal an die Angel ließe. Der Mann willigt umgehend ein. Joshua verspürt eine tiefe Genugtuung und holt Jerry.

Der Mann mittleren Alters mit Baseballkappe mustert den Jungen erstaunt, dann Joshua, zögert einen Moment und drückt ihm schließlich die Angel in die Hand.

„Hier, kleiner Indianer“, sagt er freundlich, „mit Lachsen kennst du dich ja sicher aus.“

„Klar. Hab schon viele gefangen.“ Begeistert hält Jerry die Angel.

„Wie heißt du?“, fragt der Mann.

„Jeremiah, aber du kannst mich einfach Jerry nennen.“

„Ich bin Bruce.“

Joshua beobachtet Jerry, wie er in aller Ruhe mit Bruce zusammen die Angel hält. Er bewundert das stille Warten, die unendliche Geduld darin, denkt an seinen ADHS-geplagten Neffen. Und auch Joshua wird in diese geradezu meditative Ruhe hineingezogen. Irgendwann, Joshuas Zeitgefühl ist zum Erliegen gekommen, zieht Jerry mit kräftiger Unterstützung des Anglers einen Lachs aus dem Wasser.

„Guck mal, Josh. Ist der nicht cool? 'N Rotlachs!“, ruft er mit leuchtenden Augen, und Joshua klopft sich innerlich auf die Schulter. Die kurze Überwindung hat sich gelohnt, der Angler ist gerade die Erfüllung für Jerry.

„Der ist für dich“, sagt der Mann, nimmt den Fisch vom Haken und legt ihn in einen Korb mit Deckel.

„Wow, danke“, sagt Jerry überglücklich.

„Kannst du ihn schlachten und ausnehmen?“, fragt der Mann Joshua.

„Töten auf keinen Fall und ausnehmen, ich weiß nicht.“

„Okay, ich mach' das nachher für euch. Ich lege ihn erstmal in unsere Kühlbox. Wir stehen da drüben, der braune Chevi Van. Wir kommen aus Kalifornien. Und ihr beiden?“

„Aus Vancouver“, antwortet Joshua und ist froh, dass Bruce keine weiteren Fragen stellt. Er bedankt sich und geht mit Jerry zum Wagen zurück, spürt seine Freude in sich selbst.

Sie bauen das Zelt auf, bringen das Geschirr hinaus und nehmen ein Bad im See. Mit der Flasche Rotwein, die Joshua im Supermarkt in Vancouver gekauft hat, und die er jetzt ohnehin nicht trinken will, gehen sie zu Bruce hinüber. Der freut sich riesig über den Wein.

„Wir können den Lachs gern teilen“, sagt Joshua.

„Nein. Alles gut. Hatte gestern schon einen. Man soll's nicht übertreiben.“

Bruce legt Jerry den fertig ausgenommenen Lachs in Alufolie gehüllt in den Arm. Stolz geht Jerry damit zu ihrem Platz und legt ihn so vorsichtig auf den Tisch, als würde er noch leben.

Begeistert und völlig aufgekratzt hilft er bei der Zubereitung. Diesmal reibt Joshua den Fisch, auf Jerrys Anweisung hin, gut mit Butter ein. Jerry spricht das Essensgebet, beide bedanken sich bei dem Tier, dass es sein Leben für sie gegeben hat, und genießen ihn. Er wird nach Indianerart voll und ganz verwertet, ohne dass auch nur ein einziges Stück von seinem Fleisch an der Folie hängenbleibt.

Als sie vor ihren leergegessenen Tellern sitzen, erklärt Jerry Joshua den Zug der Lachse vom Meer die Flüsse hinauf. „Sie schwimmen dahin, wo sie geboren worden sind, manche zweitausend Kilometer. Die wissen genau, wo sie hin zurückmüssen. Echt cool!“

„Wie finden sie denn zurück?“, fragt Joshua.

Jerry überlegt. „Die wissen das eben. Die sind schlau, die brauchen kein Navi“, sagt er.

Joshua lächelt.

„Und die müssen richtig kämpfen!“

Joshua ist, als habe Jerry ihn durchschaut, als habe er diesen Satz gesagt, um ihn aufzuwecken.

„Die müssen die ganze Zeit gegen das Wasser an schwimmen“, erklärt er in aufgeregtem Tonfall, ganz in seinem Element. „Sie müssen Stromschnellen raufspringen!“ Er hebt die Arme. „Ganz viele verletzen sich an den spitzen Steinen. Und dann steh’n da die Bären und holen viele von ihnen raus. Und die Lachse, die es an ihnen vorbei schaffen, sterben, wenn sie abgelaicht haben.“

„Die männlichen Lachse sterben auch?“

„Ja, wenn sie die Eier befruchtet haben.“

„Verrückt“, sagt Joshua. „Der Akt und dann Ende. Na ja, immerhin noch mal …“ Er bricht ab.

„Immerhin was?“

„Na ja, er hat noch mal, keine Ahnung, ob das Spaß für die ist.“

„Das ist total anstrengend.“

Joshua lächelt, nickt. Leben und Tod so dicht beieinander, so nahtlos eins ins andere, die eigene Energie allein für die Nachkommen. Er schüttelt innerlich den Kopf.

„Wie weit ist es noch bis Dawson?“, fragt Jerry plötzlich.

„Noch 1500 Kilometer.“

„Soooo viel! Und wie lange müssen wir dann noch fahren?“

„Kommt drauf an, wie lange du durchhältst. Mein Plan wäre, morgen bis Watson Lake durchzufahren. Das ist aber eine Acht-Stunden-Tour. Und von da am nächsten Tag nach Whitehorse. Dann sind wir fast da.“

„Ich halte durch“, gibt Jerry mit fester Stimme zurück. Und dann verdunkelt sich sein Blick. „Warum hat sie mich eigentlich nicht mitgenommen, meine Mom?“, fragt er plötzlich mit kindlicher Entrüstung in der Stimme und großen fragenden Augen.

„Weißt du, Dawson ist 'ne Stadt, wo nur Männer leben, die auf der Suche nach Gold sind und die ihr Geld verspielen. Und die Touristen im Sommer, sonst ist da nix."

„Aber warum ist meine Mom in so eine Stadt gegangen? Was macht sie denn da?"

„Sie arbeitet als Tänzerin. Hat dir das niemand gesagt?"

„Nein. Keiner." Er blickt auf seine Hände hinab.

Joshua denkt an die bevorstehende Begegnung mit seiner Mutter, mit einer ihm fremden Frau, die er zu ihrem Sohn zurückbringen soll. Er sieht ihr Gesicht vor seinem inneren Auge und wird zwischen Spannung, Anziehung und Furcht hin- und hergeworfen.

„Guck mal, Josh, die Sterne", holt ihn Jerry aus seinen Grübeleien.

Joshua blickt zum Himmel. „Ja, Jerry, wir werden die Sterne schon vom Himmel holen", erwidert Joshua versunken.

„Wieso vom Himmel holen? Die sind doch okay da oben!"

„Jupp. Hast ja Recht. Dann ziehen wir einfach unsere Träume aus den Sternen heraus und lassen sie, wo sie sind. Und dann fahren wir auf dem Rücken unserer Träume in ein neues tolles Leben. Das meinte ich damit."

„Ja, das ist cool!", ruft Jerry voller Inbrunst.

Ein hohes piepsiges Geräusch erklingt. Es kommt von der kleinen Insel im See herüber.

„Eine Eule!", ruft Jerry. Er richtet sich auf und lauscht.

Wieder der Schrei.

„Kennst du Eulen?", fragt er. „Gibt es bei euch auch welche?"

„Ja. Hab aber noch keine gesehen, außer im Fernsehen."

„Sie haben ganz viel Kraft, viel mehr als wir. Aber ich mag trotzdem Adler lieber. In deiner Geschichte bin ich ja einer. Vielleicht werde ich ein Adler, wenn ich sterbe. Sie sind so wie wir. Sie sind am Tag wach, und nachts schlafen sie."

„Genau. Und deshalb gehen wir jetzt auch schlafen", sagt Joshua müde.

„Spielst du mir noch was auf der Gitarre vor? Oder erzählst du mir 'ne Geschichte?"

„Heute nicht." Joshua fühlt sich schlapp, irgendwie antriebslos nach der langen Fahrt.

„Warum nicht?", fragt Jerry enttäuscht. Er wirft den Kopf zur Seite, legt ihn auf den Tisch und sieht Joshua an.

„Vielleicht im Zelt. Mir wird kalt."

„Oh Mann, du bist ja 'n Warmduscher!" Jerry verzieht genervt-herablassend das Gesicht.

„Hey, pass auf, was du sagst!" Joshua stupst Jerry an.

Der springt auf, hüpft um ihn herum. „Warmduscher, Warmduscher, weißes Weichei!", ruft er und lacht ausgelassen.

Er rennt zum See hinunter, und Joshua greift sofort die Taschenlampe. Aber Jerry ist bereits wieder auf dem Rückweg. Er hüpft um Joshua herum und drückt ihm von hinten die nassen Hände ins Gesicht. Joshua windet sich zur Seite, steht auf und will ihn packen. Doch Jerry weicht aus.

„Du kriegst mich nicht!", ruft er, wirft die Arme wie Flügel auf und ab. Dabei stößt er den zum Verwechseln echt klingenden Schrei einer Eule aus.

Joshuas innere Bremse löst sich. Er läuft hinter ihm her, packt ihn am Arm, stolpert über eine Baumwurzel, fängt sich und lässt sich doch noch fallen – weil er fallen möchte, irgendwie, warum auch immer. Er rollt sich gut ab, wie beim Judo gelernt. Jerry lacht sich die Seele aus dem Leib, während er aufsteht und sich den Staub abklopft.

„Das Weichei ist in den Dreck gefallen, das Weichei ist in den Dreck gefallen“, juchzt er, versetzt Joshua einen Stoß in den Magen und springt wie im Pow-Wow-Tanz, die Arme emporwerfend, um ihn herum.

Joshua gelingt es schließlich, Jerry zu packen. Er schlingt seine Arme von hinten um den zappelnden, fluchenden Jungen und drückt ihn schließlich ins Zelt auf seinen Schlafplatz. „Hey Indianer, jetzt ist gut. Die Leute hier schlafen vielleicht schon!“

„Sind doch alles weiße Ärsche“, schreit Jerry trotzig.

„Ach so! Wie ich auch? Und Bruce, der dir den Lachs geschenkt hat? Wenn du ’n weißes Opfer suchst, ich werde es nicht sein.“

Joshua hat es satt, hat keine Lust mehr auf ein wild gewordenes Gör, auf einen frustrierten … Er stoppt sich selbst, lässt sich schwer und innerlich entkräftet auf seinen Schlafplatz fallen. Er will seine Ruhe haben, fühlt sich matt.

„Ich hab’ aber keine Lust zu schlafen!“, sagt Jerry, jetzt ein bisschen zaghafter, aber immer noch voller Wut. Er steckt die Hände energisch in die Hosentaschen. „Ich bin kein weißer Feigling, ich hab’ keine Angst vor der Dunkelheit. Ich geh raus zu den Bären!“

Joshua knipst die Campingleuchte an. „Dann geh!“, sagt er scharf. „Du bist eben auch nur einer von diesen kleinen Terroristen, nichts anderes!“

Er zuckt vor sich selbst zusammen, schließt die Augen und öffnet sie doch wieder. Jerry steht wie versteinert mit dem Rücken zum Ausgang des Zelts, wendet sich unter Joshuas Blick hastig ab und klappt die Plane über dem Ausgang zurück.

Jetzt der alten launischen Schachtel keine Chance geben, tönt es in Joshua. Mit äußerster Anstrengung holt er sich aus den Tiefen des dunklen Lochs namens Resignation heraus. „Willst du jetzt das Gleiche mit uns machen, was man dir angetan hat?“, ruft er Jerry hinterher. „Mobbing? Andere verletzen, andere schlecht machen?“ Er sieht den Jungen zögernd im Zeltausgang stehen, denkt an seinen Vater, an Jerrys Vater. „Das hast du doch gar nicht nötig, hey!“, sagt er schließlich. „Ihr habt uns so verflucht viel voraus. Zeig uns das, mit Freundlichkeit! Sei uns ein Vorbild, verstehst du … Mach es einfach besser und vergiss nicht, auch Blassgesichter sind Menschen, einige mit viel, einige mit weniger Herz, nicht anders als bei euch, verdammt!“ Joshua setzt sich auf, holt noch einmal tief Luft. „Und noch was, Jerry, was soll das – Weiße Ärsche? Wir habe alle Ärsche … Rothäute, Gelbhäute, Weiße, Schwarze, alle, und das verbindet uns.“

Jerry geht raus. Joshua sieht ihn im schwachen Licht der Campingleuchte vor dem Eingang stehen, unschlüssig, verwirrt, vermutlich überlegend, ob er Einsicht zeigen oder sich weiter wehren soll. Joshua meint zu erkennen, dass er mit sich kämpft wie auf einem Schlachtfeld, das sich Selbstfindung nennt. Und auch in Joshua kämpfen zwei Armeen, eine unter Führung der launischen alten Schachtel, eine unter der, die sich Hoffnung nennt. Und schließlich nimmt er alle Kraft zusammen, rafft sich auf und geht zu Jerry hinaus, der zusammengerollt im Sand liegt. Er leuchtet mit der Taschenlampe auf ihn hinab, hockt sich schließlich neben ihn und legt ihm die Hand auf die Schulter. Aber Jerry schiebt sie weg.

„Hey Mann“, sagt Joshua, „ich bin auch nicht ganz klar in der Birne. Ich hab’ auch mein Bündel zu schleppen. Nicht so schwer wie deins, aber es reicht. Also, warum sollen wir uns jetzt dumm anmachen, hm?“

Jerry bleibt reglos auf dem Boden liegen. Und plötzlich vernimmt Joshua ein leises Schluchzen. Er legt ganz vorsichtig seine

Hand an Jerrys Arm. Er wehrt sich nicht mehr, lässt sich von Joshua an der Hand auf die Füße ziehen und folgt ihm durch die Finsternis zum See hinunter. Das Schwarz der Nacht hüllt sie ein wie ein schützender Vorhang. Eine Dunkelheit, wie es sie in Joshuas Welt nur noch als etwas gab, das sich bedrohlich in seinem Innern ausbreitete. Die Dunkelheit hier dagegen, die Abwesenheit künstlichen Lichts, ist etwas Wunderbares, stellt er jetzt fest. Die Sterne treten klar am Himmel hervor, wie Millionen Diamanten. Joshua fühlt sich angekommen, bei sich, in allem, was ihn umgibt, bei Jerry und seinen Dämonen, die, je klarer sie hervortreten, allmählich ihre Kraft zu verlieren scheinen.

„Grandpa hat gesagt, wenn's wehtut, soll ich lachen", bringt Jerry stockend heraus. „Aber ich kann das nicht. Ich werde dann immer wütend."

„Irgendwann klappt das", sagt Joshua. „Ich arbeite auch dran."

Jerry nickt.

„Weißt du … irgendwann kriechen wir beide, ein bisschen zerkratzt, aber einigermaßen heil, aus dem Gestrüpp unserer ganzen gottverdammten schmerzenden Gefühle."

Die Stille, so kommt es Joshua vor, scheint ihnen Trost zuzusprechen. Er spürt Jerry dicht an seiner Seite. Ja, vielleicht ist es das – der Große Geist, denkt er, der durch die Stille spricht.

Er blickt zu Jerry hinunter. „Wenn du Lust hast, bleiben wir einfach noch einen Tag hier."

Jerry nickt sehr deutlich.

„Und weißt du, was es morgen zum Frühstück gibt?", fragt er nach langem Schweigen.

Jerry schüttelt den Kopf.

„Weichei mit Speck."

Jerry lächelt und lehnt sich an ihn.

Kapitel 29

Sophie blickt auf das Schild „Dawson Creek“ am Highway 97. Sie steht damit im Startloch für die letzte Etappe in British Columbia. Fort St. John ist wenige Kilometer entfernt. Dort würde Nukas Beinschiene gecheckt und ein neuer Verband angelegt.

Es regnet. Sophie tröstet sich mit dem Wissen darum, dass der Regen die hier stets lauernde Waldbrandgefahr dämmt. Um sie herum plattes Land, Prärie, Weiden, Getreide, und vor ihr eine ebenso platte Stadt mit niedrigen Backstein- und Betonhäusern, die Monotonie hinter vorgesetzten dekorativen Vintage-Fassaden versteckt. Die Erde erscheint Sophie hier wie eine Scheibe. Das einzige, was zwischen den flachen Gebäuden emporragt, ist ein Backsteinsilo, das von der Landwirtschaft zeugt. Einziger Hingucker der Schilderwald Sign Post mit über siebzigtausend Straßen- und Ortsschildern aus aller Welt sowie die Tafel mit der Aufschrift „You are entering the world famous ALASKA HIGHWAY“.

Vor ihr liegt nun die echte Wildnis, nicht reduziert auf die Naturparks, sondern sich schier unendlich ausbreitend, bis hinauf ans Polarmeer und bis hinein nach Alaska. Die Luft ist so klar, dass sich jeder Fels, jeder Baum, jeder Strauch scharfumrissen abzeichnet.

Sophie blickt neben sich auf den Beifahrersitz, auf dem Nuka liegt. Es ist ein noch fremdes Gefühl. Hundebesitzerin – sie sagt es sich immer wieder, damit es in ihr Bewusstsein sackt und sich dort endlich verankert. Angesichts des immer menschenleerer werdenden Landes hat es für sie etwas Beruhigendes, den Hund an ihrer Seite zu wissen. Gegen Bären und Elche wäre er sicher kein Schutz, schon gar nicht mit dem geschienten Bein, aber gegen übergriffige Männer vielleicht doch.

Der Scheibenwischer kratzt über die Insektenleichen- und -exkremente, bis die Sicht irgendwann wieder klar ist. Sophie hofft in gleichem Zuge auf ihre eigene Klarheit, hofft, Joshua nun endgültig loslassen zu können. Die Abstände zwischen den aberwitzigen Sehnsuchtsanfällen haben sich immerhin vergrößert, stellt sie zufrieden fest.

Es regnet jetzt Bindfäden und sie findet, dass sich die Tage manchmal in ein logisches Muster fügen. Ihre heutigen Aufgaben passen zum Wetter: Schmutzwasser ablassen, volltanken, einkaufen, Tierklinik in Fort St. John mit Impfung, Gesundheitscheck, Bescheinigung für die spätere Ausfuhr des Hundes und alles Weitere. Sie kauft eine lange Leine, ein neues Halsband und eine Decke, Dosen- und Trockenfutter für Nuka, Proviant für sich selbst. Und sie ruft ihre kleine Schwester an, landet jedoch wieder nur auf der Sprachbox.

Die Fahrt mit dem verletzten Hund ist anstrengend, trotz Beruhigungsmittel. Immer wieder muss sie anhalten, wenn Nuka aufstehen oder am Verband knabbern will, muss ihn hinauslassen, ihm beim Laufen und beim Erledigen der Geschäfte helfen, das Tier wieder in den Wagen hieven. Sie hatte sich die Tour anders vorgestellt, gespickt mit Wanderungen und Besichtigungen. Dennoch bleibt sie frei von Zweifeln an ihrer Entscheidung. Der Hund gehört bereits voll und ganz zu ihr. Sie möchte ihn nicht mehr missen.

Erschöpft kommt sie in Fort Nelson an, verbringt dort eine Nacht und bricht am Morgen auf nach Muncho Lake. Der Regen geht in Schauer über. Die grauen Wolken lassen von Zeit zu Zeit die Sonne hindurch und ein Regenbogen bringt Farbe an den Himmel. Der Highway schlängelt sich nun durch die Bergwelt der Rocky Mountains. Das wechselnde Licht taucht die schroffen zerklüfteten Felshänge in immer neue Farben und erzeugt stetig wechselnde Schattierungen. Auf dem Summit Pass öffnet sich Sophie der Blick über das gigantische Bergpanorama und die weiten der Täler dazwischen.

Am Muncho Lake legt sie eine Pause ein, genießt mit Nuka an ihrer Seite den Blick auf das smaragdgrün schimmernde Wasser. Das Laufen fällt dem Hund allmählich leichter. Er gewöhnt sich an das Humpeln, beginnt interessiert zu schnüffeln und hängt sich an Sophies Hacken, als wäre sie schon immer seine Herrin.

Sie stellt ihr mobiles Zuhause im Liard River Hot Springs Provincial Park ab. Eine amerikanische Rentnerin, die mit ihrem Mann zusammen von Oregon aus unterwegs ist, spricht sie gleich auf dem Platz an, will wissen, was mit dem Hund passiert ist. Sophie beantwortet all ihre Fragen, erzählt ihr Nukas Geschichte und fragt schließlich, ob sie eine Stunde lang auf ihren Hund aufpassen würde. Begeistert nimmt sie die Aufgabe an und Sophie kann endlich wieder einmal baden.

Sie schlüpft in ihren Bikini, schlingt ein Badelaken um ihre Hüften, läuft in bester Laune zu den heißen Quellen hinunter. Fasziniert verweilt sie einen Moment lang an dem dampfenden Naturbecken, eingebettet in das satte Grün fast tropisch anmutender Bäume und Büsche. Nur wenige Badende dümpeln im Wasser.

Mit einem Mega-Genuss lässt sie sich langsam in das über vierzig Grad heiße Wasser gleiten. Ein Gefühl, als würde sie von weichen warmen Armen umfasst. Sie lässt sich auf dem Rücken treiben, blickt in den Himmel, der sich, von einzelnen Wolkentupfern abgesehen, wieder leuchtend blau über ihr ausbreitet.

Für einige Sekunden, gefühlt Minuten, ist sie vollkommen gedankenfrei. Nur Empfindungen, die dahinfließen, wie das Wasser um sie herum. Bis sich plötzlich etwas in ihr regt, das sie fast erloschen glaubte, eine Sehnsucht, ein Verlangen nach Joshuas zärtlichen Händen. Es brennt wie Feuer in ihr. Sie erinnert sich an seine Worte, als sie einmal nackt auf dem Bauch neben ihm am Strand lag: „Pobacken wie zwei Sanddünen“, hatte er gesagt. Welch ein schöner Vergleich. Neben all seiner Ablehnung, seiner Antriebslosigkeit, seinem Schwelgen in der Agonie des Lebens war da so eine hingebungsvolle Sanftheit ihn ihm, die er nur auf körperlicher Ebene auszuleben vermochte. Sie versucht sich dieser Gefühle zu entledigen, schiebt sie auf die heißen Quellen. An Land würde sich alles in ihr wieder abkühlen, auf normale siebenunddreißig Grad.

Und fast so ergeht es ihr, aber eben nur fast. Eine leichte Melancholie bleibt zurück. Erst als sie ihren neuen Kameraden abholt, wird die Traurigkeit von der Freude des Tieres überdeckt. Schwanzwedelnd, geschickt auf drei Beinen laufend, kommt Nuka ihr entgegen.

„Wir haben uns bestens verstanden“, sagt die alte Dame. „Ein entzückender Hund! Dass man sowas zurücklässt. Ich kann es nicht verstehen!“

„Es ist der jungen Frau nicht leichtgefallen“, erwidert Sophie.

„Na ja, Indianer fühlen da vielleicht auch anders.“

„Das glaube ich nicht.“ Sophie leint Nuka an und verabschiedet sich.

„Die schlachten doch auch immer noch Wale ab!“, ruft der Mann aus dem Hintergrund.

Sophie reagiert nicht darauf. Auf dieses Thema möchte sie jetzt nicht eingehen. Es würde eine Diskussion geben, auf die sie keine Lust hat. Das Thema ist vermutlich weitaus komplexer als das Denkorgan dieser Menschen, sagt sie sich.

Müde von dem heißen Bad, von der Fahrt und den letzten Erlebnissen fällt sie ins Bett wie ein Stein. Sie liest noch ein paar Zeilen aus ihrem Naturführer, verpasst Nuka eine ausgiebige Krauleinheit und schläft tief und fest ein.

Sie hat lange nicht so gut geschlafen, schlägt frisch und fit die Augen auf und ist schnell bereit für die längste Etappe ihrer Reise. Um sieben Uhr, nach einer kleinen Runde mit Nuka, startet sie in den hohen Norden.

In Watson Lake noch einmal den Schmutzwassertank entleeren, Benzin und Frischwasser nachfüllen, eine neue Gasflasche zum Kochen und Proviant für mehrere Tage kaufen und verstauen. Und sie holt sich sogar eine Flasche Rotwein, an den Abend mit Steve denkend.

Nuka muss unterwegs noch einmal raus und Sophie hält am Highway auf einer Parkbucht. Hier gibt es nur die Wege für die Holzfahrzeuge durch den dichten, dunklen Wald. Und als sie um eine Biegung herumkommt, steht vor ihr, sie glaubt es kaum, ein Elch, bedrohlich nah, so riesig, wie sie ihn sich nicht vorgestellt hatte. Sie schätzt ihn auf über zwei Meter. Sein Geweih wie zwei Schaufeln, mit Spitzen daran, groß wie die einer Heugabel, der Körper muskulös und massig mit einem hohen Buckel, getragen von langen staksigen Beinen. Einen Moment lang steht sie reglos da. Nuka knurrt leise an der Leine. Wissend, dass Elche aggressiver sind als Bären, tritt sie umgehend den Rückzug an. Langsam, den Hund zu sich heranziehend, schleicht sie rückwärts zum Camper, hebt Nuka hastig hinein, froh über den kurzen Anblick und ebenso froh, wieder in ihren vier Wänden zu sein. Immerhin, sagt sie sich, hat sie einen Elch gesehen. Darauf hatte sie gehofft, wenn auch lieber in weiterer Entfernung. Sie sieht ihn noch lange vor sich, mächtig und irgendwie erhaben.

Am späten Vormittag lässt sie British Columbia hinter sich und fährt in den Yukon hinein. Watson Lake ist vor Whitehorse der letzte Ort mit einer Versorgungsstruktur, sprich mit Arzt, Zahnarzt, Tierarzt, Apotheke. Sie durchquert schier endlose Waldgebiete. Bei Rancheria vertritt sie sich kurz mit Nuka die Beine, wandert zu den nahe der Straße gelegenen Wasserfällen und überquert wenig später die kontinentale Wasserscheide am Swift River. Hemlocktannen staksen dicht gedrängt in den Himmel, dazwischen Sümpfe und feuchte Wiesen. Und wieder entdeckt sie einen Elch. Er steht dicht am Highway an einem Tümpel, in angenehmer Entfernung.

Um sechs Uhr abends fährt sie mit schmerzenden Schultern, steifem Nacken, müde, aber zufrieden nach Whitehorse ein, die Stadt, in der zwei Drittel der Yukon-Bewohner leben, keine vierundzwanzigtausend Menschen. Den Namen hat die Stadt nach der hoch aufschäumenden Gischt an den gefährlichen Stromschnellen im Miles Canyon, die jedoch mit dem Aufstauen des Wassers durch einen Stausee verschwunden sind.

Auf dem Campingplatz angekommen, gibt es für Sophie nur noch eins – Essen gehen und das Erlebte verdauen.

Kapitel 30

Joshua würde es heute gern bis nach Boya Lake schaffen. Sechs Stunden sind eine Menge, vor allem für Jerry. Aber der Junge beginnt unruhig zu werden, so sehr er das Campen und In-der-Natur-Sein liebt. Er trägt jetzt das Medaillon um den Hals, ist damit wieder ganz bei seiner Mutter, und Joshua weiß um die Erwartungen des Jungen. Er beginnt zu überlegen, was geschehen würde, sollte sie nicht zurückkommen wollen, und verwirft den Gedanken als unmöglich.

Als er nach kurzer Pause am Kinaskan Lake ins Auto steigt, brummt und vibriert sein Handy in seiner Jackentasche. Jerry sitzt schon angeschnallt neben ihm, sieht aufmerksam zu ihm hinüber. Es ist wieder eine SMS von Emily, aber diesmal nicht nur mit der Frage nach Jerrys Befinden und nach dem Zustand des Autos. Diesmal möchte sie ihren Neffen sprechen.

„Ist es eine Nachricht von meiner Tante? Wie geht es Onkel Bill?“, fragt er.

„Das schreibt sie nicht. Sobald wir wieder Empfang haben, solltest du mit ihr telefonieren.“

Jerry nickt nachdenklich.

Als sie wieder auf dem Highway sind, erklärt er Joshua begeistert, auf sein Fragen hin, alles, was er über die Kultur seines Stammes weiß. Er erzählt vom Potlatch, dem großen Fest des Gebens, auf das ihn sein Vater mitgenommen hatte, und von der Kinder-Trommelgruppe im Dorf, die leider auseinanderfiel, weil etliche von ihnen mit ihren Eltern in die Stadt zogen.

Als er wieder schweigend aus dem Fenster schaut, stellt Joshua das Radio an. Eine Weile läuft Pop- und Country-Musik, dann die Nachrichten mit einem Bericht über eine Demonstration der Küstenindianer gegen die Fischfarmen bei Vancouver.

„Mein Dad war auch auf so einer Demonstration“, erklärt Jerry mit gedämpfter Stimme. „Es gab immer ganz viele Lachse bei uns. Alle hatten ganz viel zu essen. Und dann haben Fremde ihre Fische in Käfige gesperrt und sie mit Medizin gefüttert. Das hat unsere Lachse getötet.“

Joshua horcht auf. „Das ist ja krass! Hätte nicht gedacht, dass das hier auch gemacht wird.“

„Warum tun sie Fische in Käfige, wenn es doch so viele freie Fische im Meer gibt?"

„Ach Jerry", sagt Joshua, „weil wir Weißen eigentlich nichts vom Leben verstehen. Wir glauben, mit unserem Wissen und unserer Technik alles im Griff zu haben, und merken nicht, dass uns alles entgleitet."

„Und warum lernt ihr nicht von uns?"

„Weil wir Draht im Kopf haben, viele sogar Stacheldraht."

„Stacheldraht?"

„Na ja, sowas Ähnliches. Auf jeden Fall sind sie … irgendwie …", Joshua überlegt, sucht adäquate Worte, „in sich selbst gefangen, weißt du, so wie … eine Spinne, die in ihrem eigenen Netzt festhängt."

„Aber eine Spinne würde doch nie in ihrem Netz hängenbleiben."

„Nee, das ist ja auch der Unterschied zwischen Mensch und Tier."

Jerry nickt, starrt aus dem Fenster, verarbeitet, versucht zu verstehen. Und dann fällt sein Kopf zur Seite und er nickt ein.

Joshua wird von einer Gedankenflut überwältigt. Angesichts Jerrys natürlichem, angstfreien und feinfühligen Umgang mit der Natur und allem, was sich darin bewegt, hat sich ein Gefühl nie gekannter Verbundenheit in ihm entwickelt. Und er fragt sich, warum die Menschen nicht begreifen, dass alles miteinander verwoben ist und dass keiner ein abgekapseltes Wesen ist. Jerrys Gebet ist in seinem Kopf zu einem Ohrwurm geworden, zu einem, der sich nicht unangenehm penetrant durch den Kopf bohrt, sondern zu einem, der ihn warm und weich durchdringt und sein inneres Vakuum mit Lebenskraft füllt. Seine Gleichgültigkeit ist in das Bedürfnis umgeschlagen, am Leben teilzunehmen und es nicht aus einem dunklen Hinterzimmer heraus skeptisch zu beäugen.

Er kann jetzt verstehen, dass Sophie es mit ihm nicht mehr aushielt. Schließlich hielt er es ja nicht mal mit sich selbst aus. Seine geistig-seelische Lähmung, seine Erstarrung, sein öder Stillstand, wie krass! Und er hofft, nie wieder in diesen Zustand zurückzufallen, auch nicht, wenn Jerry nicht mehr an seiner Seite wäre. Was würde geschehen, wenn sie beide seiner Mutter gegenüberstünden? Würde sie ihren Sohn in ihr Leben zurückholen, würde sie mit ihm in die Heimat fahren? Würde sie für ihn sorgen können? Was für ein Mensch wäre sie, nach dem tragischen Tod ihres Mannes, nach den vorangegangenen Dramen? Was war tatsächlich auf der Brücke geschehen? Ein Unfall? Ein Suizid, ähnlich seinem eigenen glücklicherweise vereitelten Versuch?

In Iskut machen sie eine Pause, gehen essen, tanken und kaufen bei den dort ansässigen Thaltan First Nations ein paar Wildlederstiefel und eine Jacke für Jerry. Anschließend setzen sie sich auf die Ladefläche des Pickups und rufen Emily an.

„Ja, ich bin das", sagt Jerry. „Ja, es geht mir gut. Und wie geht es Onkel Bill?"

Eine lange Weile hört Jerry schweigend, mit immer ernster werdender Miene zu. Einige Worte dringen leise in Joshuas Ohr. Er meint zu verstehen, dass es dem Onkel nicht gut geht, dass er noch im Krankenhaus ist, warum auch immer.

„Wie lange muss er da noch bleiben?", fragt Jerry schließlich. Wieder hört er zu.

Der Lärm auf dem Parkplatz verschluckt Emilys Worte.

Dann wendet sich Jerry ab und Joshua horcht auf. Er hört ihn sagen: „Nein, alles gut. Ich möchte so gern immer bei ihm bleiben."

Ein inneres Lächeln gepaart mit Angst. Leider bleibt ihm Emilys Kommentar dazu verborgen. Er versucht es sich vorzustellen, fantasiert, legt ihr im Innern Worte in den Mund. Und er weiß, dass auch er sich kaum noch vorstellen kann, ohne Jerry zu sein. Verflucht, sagt er sich, spätestens in Dawson City wird es für uns beide heißen, Abschied zu nehmen. Würde er selbst der Mensch bleiben können, der er jetzt geworden ist?

Bevor er sich in weiteren Überlegungen verheddert, schiebt er seine Aufmerksamkeit energisch zu dem, was anliegt – die Planung der Route, die nächste Etappe, der nächste Campground.

„Onkel Bill ist noch krank“, sagt Jerry nach Beendigung des Gesprächs. Er fasst an das Medaillon, das unter seinem T-Shirt auf seiner Brust liegt. „Meinst du, dass sie sich auf mich freut, ich meine Mom?“, fragt er mit gedämpfter Stimme.

„Na klar!“

„Wann sind wir da?“

„Wenn du die drei Stunden bis Boya Lake noch durchhältst, dann sind wir in zwei oder drei Tagen da.“

„Dann halte ich durch. Ich will in zwei Tagen da sein.“

„Das entscheiden wir unterwegs, Jerry“, sagt Joshua, mächtig unter Druck geraten.

Er würde sich gern mehr Zeit nehmen, aber es geht um den Jungen und seine Mutter. Er muss jetzt alles zurückstecken, alles, was es vielleicht zu sehen gäbe. Er muss es links und rechts liegen lassen.

Jerry hält durch, hin- und herschwankend zwischen aufkeimender Zappeligkeit und völligem Erschlaffen. Die Zeit kennt keine Gnade, dehnt sich träge im monotonen Brummen des Motors, in der Weitläufigkeit der Landschaft aus.

Am Abend, vor dem Zelt, spielt Joshua einige aufmunternde Songs auf der Gitarre. Jerry hört still zu, sehr still.

Der neue Tag beginnt mit einem Bad im See und Wäschewaschen. Joshua hat beim Durchstöbern des Gepäcks nach frischer Unterwäsche festgestellt, dass Jerry nichts mehr anzuziehen hat. Nun hocken sie beide am See, schmieren Ökoseife in Unterhosen und Unterhemden, rubbeln und spülen, wringen aus und hängen die feuchte Kleidung über dic Alubox auf der Ladefläche.

„Guck mal, Josh! Der Himmel hat Gänsehaut!", ruft Jerry aus.

Joshua blickt hinauf, in merkwürdige, wie mit einem Pinsel auf den Himmel getupfte gekräuselte Wölkchen. „Vielleicht bedeutet das Abkühlung und Regen", erwidert Joshua.

Jerry zuckt die Schultern.

Joshua stellt selbstkritisch fest, dass ihm die Eitelkeit in der Wildnis doch nicht ganz abhandengekommen ist. Ihm ist danach, zumindest seinen Bart zu stutzen. Jerry beobachtet aufmerksam, wie er unwirsch daran herumzupft.

„Meine Tante hat mal den Spiegel von der Sonnenblende in der Hand gehalten. Vielleicht ist er immer noch lose drin", sagt er.

Und tatsächlich. Der Spiegel lässt sich herausnehmen.

Jerry läuft damit zu einem Stein. „Setzt dich da drauf! Ich halte den Spiegel."

Joshua pariert, und während Jerry, nach seinen Anweisungen immer wieder brav die Position ändernd, den Spiegel vor sein Gesicht hält, schneidet Joshua seinen Bart.

Wenig später sind sie wieder auf dem Highway, umgeben von Tannen und von den verkohlten Stämmen, die von den zahlreichen Waldbränden noch übriggeblieben sind.

Kapitel 31

Sophie hat Nuka in Whitehorse einen neuen Verband anlegen lassen. Die Stadt liegt nun hinter ihr. Sie hatte dort einen netten Abend mit Life-Country-Musik verbracht.

Vor ihr nun der mächtige Yukon River, der längste Strom des Nordens, der sich durch Felswände und Wald schlängelt und irgendwann in die Beringsee mündet. Das ruhig dahinfließende, blau schimmernde Wasser wird hier, an den berühmten Stromschnellen, den Five-Finger-Rapids, zum Sprudeln gebracht.

Sophies Blick schweift vom hoch über dem Fluss gelegenen Felsplateau über den dahinmäandernden Fluss und die endlose siedlungsfreie Landschaft. Nuka steht neben ihr, als würde auch er den Ausblick genießen. Dieser Punkt auf der Karte war immer ihr Traum gewesen. Nun ist sie da, wenn auch mit Hund anstelle von Joshua.

Die mittlerweile im Loopmodus wiederkehrende Frage, ob ihm diese Reise vielleicht seine Lebensfreude zurückgegeben hätte, bohrt sich wie ein Stachel immer tiefer in ihr Inneres. Was ist wohl aus Joshua geworden? Schleppt er sich durchs Leben oder hat er wieder Tritt gefasst, vielleicht mit einer neuen Freundin an seiner Seite? Sie möchte das hoffen, möchte es sich ehrlich und aufrichtig für ihn wünschen, aber es gelingt ihr nicht. Der scharfe Schnitt, der sich vor der Reise richtig angefühlt hatte, geradlinig und sauber, erscheint Sophie nun wie die unregelmäßige Risskante eines beschriebenen Blattes, das eine Korrektur benötigt, ob wieder zusammengefügt oder jedes Teil für sich allein. Statt völliger Loslösung ist etwas anderes entstanden – Mitgefühl.

Ein klares Nein jedoch spricht aus ihr auf die Frage danach, ob sie einige Erlebnisse dieser Reise gern ausgelöscht hätte. Nein, alles hat sich zu einem sinnmachenden Puzzle zusammengefügt, aus dem sie viel über sich und das Leben gelernt hat. Sie blickt auf Nuka hinab, der jetzt an der langen Laufleine herumläuft, hier und da eine Nase nimmt und sich über nichts unnötige Gedanken macht.

Nach einem kleinen Picknick wandert Sophie zum Klondike Highway zurück und setzt ihre Fahrt fort. Nuka hat seinen festen Platz auf seiner Decke auf dem Beifahrersitz. Der Verkehr in Kanada ist langsam und hier oben gibt es so gut wie gar keinen. Alle viertel Stunde mal ein Auto. Den Gedanken an eine mögliche Panne hat Sophie aus ihrem Speicher gelöscht. Er würde diese Tour in eine Tortur verwandeln.

Nach einer entspannten Fahrt über den Klondike Highway erreicht sie Dawson City, die Stadt an der Mündung des Klondike Rivers. Sie hat es geschafft, hat die sage und schreibe gut 4300 Kilometer alleine gemeistert. Voller Stolz, wie ein Conquistador in ein erobertes Land einmarschiert, fährt sie in die berühmte kleine Stadt ein, gefühlt am Ende der Welt.

Sie stellt den Camper etwas außerhalb am Fluss ab und macht sich frisch. Immerhin ist Dawson eine Stadt und mit seinen nicht mal 1400 Einwohnern sogar die zweitgrößte des Yukon Territorium.

In frischer Kleidung und mit einem sonderbaren Gefühl von Leere steigt sie mit Nuka an der Leine aus dem Camper. Sie ist am Ziel der Reise und plötzlich liegt nichts mehr vor ihr. Nuka ist es, der sie aus der Starre holt, an der Leine zerrt, sie in die banale Lebendigkeit zurückzieht. Welch eine Bereicherung, denkt Sophie, ein Tier an seiner Seite zu haben, ein Wesen, das einfach in dem präsent ist, was sich gerade vor seinem Auge auftut, das sich auf jeden Tag freut, ohne Bedenken, ohne Plan, ohne die schweren Koffer, die der Mensch mit sich herumschleppt, der eine gefüllt mit dem Müll der Vergangenheit, der andere mit dem Ballast der Zukunft.

Sie wandert durch die alte Goldgräberstadt mit ihren penibel restaurierten historischen Fassaden, vorbei an dem alten Raddampfer SS Keno, vorbei am ehemaligen Rotlichtviertel mit dem Namen Paradise Alley. An einem der Häuser bleibt sie stehen und liest „Cowboy Parking Only“. Ein verbeulter, lehmbeschmierter Geländewagen rumpelt vorbei, gefolgt von einem rostigen Pickup, auf der Ladefläche ein Fourwheeler mit anmontiertem Gewehr und einem daran festgebundenen Elchgeweih, langbärtige Männer in Canvasjacken, das Gesicht von abgewetzten Hüten oder Baseballkappen beschattet, die Füße in Cowboyboots oder derben Schnürstiefeln. Das hier ist keine leere Kulisse aus vergangenen Tagen, das ist immer noch der wilde Westen.

Sophie besucht die einstigen und heutigen Goldfelder. Die Hosen hochgekrempelt steht sie im glasklaren Wasser des Bachs und schaukelt ihre Pfanne hin und her. Nuka darf sie wieder einmal, entgegen der allgemeinen Vorschriften, mitnehmen. Er hoppelt auf seinen drei Beinen munter am Ufer herum, schlabbert Wasser und bellt, als Sophie die Pfanne anhebt, weil er darin eine Frisbyscheibe sieht.

Der große Coup gelingt keinem der Touristen. Alles, was sich in den Pfannen absetzt, sind Sand und grobe Steine. Sophie lässt die Bilder vom großen Goldrausch vor ihrem inneren Auge ablaufen, sieht die Menschen in ihrer Hoffnung, aus der Armut in ein Leben in Reichtum und Sorgenfreiheit aufsteigen zu können, in dieser gnadenlosen Wildnis mit beinharten Wintern.

Die anschließende Besichtigung der großen Claims mit ihren

Schürfanlagen ist ein Schock für Sophie. Der moderne Goldabbau frisst riesige Löcher wie Bombenkrater in die Erde, schwere Bulldozer graben rücksichtslos wie Panzer tiefe Furchen in die Erde, reißen Wälder nieder und zerstören die wunderbare Natur am Klondike River. Das hier ist Krieg, denkt Sophie, ein Krieg gegen die Natur.

Vor dem Zaun einer Mine liegt ein abgerissenes Schild mit der Aufschrift „Unterschreibt unsere Petition gegen das weitere Abholzen unserer Wälder“. Organisatoren sind die First Nations dieser Region. Wäre die Natur unter indianischer Führung wohl unversehrt geblieben, fragt sich Sophie. Oder wären auch sie, angesichts der rasanten Vermehrung, dem Kahlschlag erlegen?

Zurück in der Stadt unterschreibt sie die Petition und findet schnell das Klondike Kate's Restaurant. Es stand mit seiner Wildwest-Romantik fest auf ihrem Plan. Bereits die Fassade ist ein echter Hingucker. Unter dem Flachdach eine bunte Bordüre, auf der elfenbeinfarben gestrichenen Holzfassade das Jugendstilgemälde von Kathleen Eloise Rockwell, die dem Ruf des Goldrauschs folgte und als Tänzerin und Sängerin den Namen Klondike Kate erhielt.

Als sie den noch spärlich besetzten Raum betritt, bleibt ihr Blick an zwei Frauen hängen, vermutlich etwas älter als sie, die unterschiedlicher nicht hätten aussehen können. Die eine trägt eindeutig indigene Züge, die andere ist hellblond. Sie weckt Sophies Neugier und so geht sie kurzerhand an ihren Tisch.

„Dürfen wir uns dazu setzen?“, fragt sie mit Blick zu Nuka.

„Der Hund auf jeden Fall“, sagt die blonde Frau lachend und fasst Sophie versöhnlich am Arm. Die indianisch aussehende Frau nimmt ihre Jacke von dem freien Stuhl.

Sophie bedankt sich, setzt sich, lächelt, mustert ihr Gegenüber.

Das pechschwarze Haar der Frau glänzt wie Seide. Es fällt schwer nach hinten, bis über ihre Schulterblätter hinab, ihre Lippen voll und sinnlich, sanft und gleichmäßig geschwungen wie retuschiert. Die hohen Wangenknochen zeichnen sich markant unter ihrer makellosen, zart bräunlichen Haut ab. Sie ist eine Schönheit. In ihren großen dunklen, etwas matten Augen meint Sophie jedoch eine tiefe Traurigkeit auszumachen. Fasziniert beobachtet sie, mit welcher Sanftheit ihre schlanken Hände durch das Fell des Hundes streichen. Ihre weit aufgeknöpfte, mit Lochstickerei verzierte Folklorebluse fällt dabei fließend über ihre schlanken Arme.

„Was ist mit seinem Bein?", fragt sie.

„Gebrochen. Habe den Hund von einer jungen Frau aus einem Reservat am Highway 16 übernommen."

„Ach!", sagt die Frau, immer noch ernst, während die Blonde mit den grellen, gelockten, auf dem Kopf zu einem Zöpfchen zusammengebundenen Haaren jetzt Nukas Kopf tätschelt.

„Du bist nicht von hier, mh?", fragt sie, ihre dunkelroten Porzellanlippen zu einem Lächeln weit emporgezogen.

„Nein, aus Deutschland. Toure hier herum, bin von San Francisco über Vancouver hier rauf."

„Wow!" Die indigene Frau horcht auf, und Sophie erwischt sich dabei, sie zu lange anzusehen. Wenn sie sich als Frau in eine Frau verlieben würde, denkt sie, dann wäre es diese. Und im Zuge dieser Feststellung kommen ihr unwillkürlich Steve und Justin in den Sinn.

„Wie bist du unterwegs, mit Wohnmobil?", fragt die Blonde.

Sophie nickt. Sie beschreibt ihre Reiseroute und schildert, wie sie auf den Hund gekommen ist. Beide Frauen hören interessiert zu, die Blonde stellt einige Fragen, die Dunkle hängt ernst an ihren Lippen.

„Ich heiße übrigens Nancy“, sagt die Blonde, „und das ist Yona.“ Sie deutet auf ihre Tischnachbarin.

„Ich bin Sophie.“

„Das ist einfach. Den Namen kennen wir auch.“

Nancy wühlt einen Lippenstift aus ihrer Handtasche und legt neue dunkelrote Farbe nach.

„Hast du gar keine Angst, so alleine unterwegs?“, fragt Yona mit ernster Miene, ihre schmal zur Seite auslaufenden, fast schwarzen Augen jetzt weit geöffnet.

„Es gab Momente, wo mir unheimlich war, aber alles in allem … nein.“

„Na ja, du hast ja immerhin den Hund.“

„Erst ab Vanderhoof.“

„Vanderhoof in BC?“

„Ja.“

„Verdammt, da wurde Cody Legebokoff gefasst, einer der Mörder vom Highway 16“, erklärt Yona, jetzt wie aus einem Dämmerzustand erwacht.

„Aha!“ Sophie horcht auf.

„Sie haben den Serienmörder eingebunkert“, sagt sie mit dumpfer Stimme, „aber damit ist das Problem nicht gelöst.“

„Die Opfer auf dem Highway waren, wie ich gelesen habe, fast alles indigene Frauen, nicht?“

„Bis auf eine, ja“, sagt Yona leise. „Die meisten jungen Frauen haben kein Auto. Sie sind gezwungen zu trampen. Es gibt sogar noch Reservate ohne Briefkasten. Die müssen sich die Post im nächst größeren Ort abholen.“

„In der Gegend da liegt die Arbeitslosigkeit bei neunzig Prozent“, erklärt Nancy mit hochgezogenen Augenbrauen. „Der Yukon wird heute von den First Nations verwaltet, aber rund läuft es hier auch noch nicht." Sie hebt die Hände, wischt sich die Locken aus der Stirn und zupft an ihrem kleinen Zopf.

„Und was macht ihr hier?", fragt Sophie.

„Wir tanzen, was das Zeug hergibt." Nancy lacht auf und lässt ihre Arme auf- und abschwingen.

„Cool! Etwa Cancan in dieser … Gambling Hall?"

„Genau, in der Diamond Tooth Gerties Gambling Hall. Wir werfen den Männern unsere Beine entgegen, zeigen ihnen auch mal unseren Hintern - natürlich verpackt." Über Nancys etwas grobes, aber auch irgendwie reizvolles Gesicht huscht ein verächtlich-selbstbewusstes Lächeln.

„Ich hab' lange Zeit Ballett gemacht, ich meine nicht professionell, aber eben getanzt, sogar Spitze", erzählt Sophie mit ein bisschen Stolz in der Stimme. Sie denkt an die Zeit zurück, bevor sie anfing zu arbeiten.

„So richtig wie im Bolschoi?", fragt Nancy.

Sophie lacht auf. „Nee, Basisarbeit. Schulaufführungen, auch mal was in kleinen Provinztheatern."

„Na ja, immerhin. Tanzen ist cool, nicht?"

Sophie nickt, ihren Blick versteckt zu der schweigenden Yona gerichtet, die ihn erwidert, mit einem undurchsichtigen Lächeln auf den Lippen, eine Hand auf Nukas Kopf.

„Mädels, ich muss jetzt los, vorher noch einkaufen", sagt Nancy.

Sie nimmt die Jacke von ihrer Stuhllehne, schlingt einen Baumwollschal um ihren Hals und steht auf. Ihre langen schlanken Beine stecken in schwarzen Leggins, die Füße in Cowboystiefeln mit schrägen Hacken und Spitzen wie Speere. Ein Lederhemd mit Fransen bedeckt eben gerade ihren Po.

„Ich muss auch gleich los", sagt Yona, zu Nancy aufblickend.

„Okay, wir sehen uns dann heute Abend?“ Nancy sieht erst Yona an, dann Sophie. „Du kommst doch in uns're Show?“

„Ich bin noch unschlüssig, ob ich Nuka schon allein lassen kann“, erwidert Sophie.

Nancy mustert Nuka, wendet sich dann Sophie zu. „Ich kann den Hund nehmen und später auch mein Freund. Ich tanze heute nur in der zweiten Show. Mein Fuß ist ein bisschen dick – Überanstrengung.“

„Oh, das wäre ja super!“ Sophie hebt zwei Daumen.

Nancy wühlt in ihrer Handtasche, zieht ein Kärtchen heraus und reicht es Sophie. „Hier, meine Adresse. Wohne mit meinem Freund Tom da hinten.“ Sie zeigt nach Osten. „Zehn Minuten zu Fuß, drei per Auto. Kleines Blockhaus, ein bisschen zurückgelegen vom Highway.“

„Okay, das werde ich finden. Nuka hat dann gleich seinen Abendgang. Ist sieben Uhr okay?“

„Perfekt.“ Nancy tätschelt noch einmal Nukas Kopf und ist draußen.

„Trittst du auch heute Abend auf?“, fragt Sophie

Yona nickt. „In den Sommermonaten jeden Abend.“

„Wow, anstrengend nicht?“

„Klar. Aber was ist nicht anstrengend? Wenigstens ist es was, das Spaß macht, meistens.“ Ein schwaches trauriges Lächeln huscht über Yonas Gesicht. „Tanzen ist mein Leben“, sagt sie mit einem Ernst, der Sophie betroffen macht.

„Es ist schön, wenn man damit Geld verdienen kann, was man liebt, nicht?“

Yona nickt, aber Sophie spürt, dass das Schöne daran von irgendetwas eingetrübt ist. „Du lebst hier in Dawson?“, fragt sie.

„Zurzeit ja. Aber mein eigentliches Zuhause ist weit weg.“

„Wo kommst du her?“

„Aus einem Dorf in der Nähe von Vancouver … aus einem Reservat.“

„Wie? Von so weit? Da war ich vor etwa drei Wochen.“

Yona nickt. „Warst du schon mal in einem Reservat?“

„Nur mal durchgefahren, auf dem Highway 16. Ich weiß viel zu wenig über euch. Nur den Kram aus den Reiseführern, Folklore und so.“

„Ja, die meisten kriegen von unserer Tragödie nicht viel mit. Unser Justin, also unser Prime-Minister, kündigt ja 'ne ganze Menge an und versucht zu verändern, aber die Altlasten sind eben nicht einfach so auslöschbar. Und die verdammten Vorurteile, die machen uns klein, weißt du, sie machen uns sooo klein“, Yona hält Zeigefinger und Daumen übereinander, „obwohl ja viele von uns denken, wir wären eigentlich die Großen. Aber eigentlich sind wir doch, verdammt noch mal, alle nur Menschen. Und weil auch wir das nicht begreifen ...“ Yona zuckt die Schultern. „Und wie ist es bei euch?“

„Wir haben das gegenteilige Problem. Während hier Menschen um ihre Rechte kämpfen, die zuerst da waren, kämpfen bei uns Menschen um Anerkennung, die in unser Land kommen. Migranten aus Nahost und Afrika. Aber was heißt das schon, unser Land?“ Sophie schüttelt den Kopf über diesen Ausdruck. „So wie ihr immer sagt, die Erde gehört eigentlich keinem.“

„Genau. Und im Grunde genommen sollten wir sie eigentlich einfach teilen und so leben, wie es einem gefällt. Also ich für meinen Teil finde – und mein Vater würde mich dafür verfluchen –, dass diese Internate, in die sie unsere Eltern gesteckt haben, gar nicht so sinnlos gewesen wären, wenn die Siedler sie human geführt hätten. Alle Einwohner dieses Landes unter ein gemeinsames Dach, mit einer Sprache, die alle verstehen, losgelöst von jeder Tradition und jeder eigenen Kultur, die immer trennend wirkt, einfach unter einer demokratisch gewählten Regierung, die keine ethnischen Unterschiede kennt und alle Menschen als Menschen behandelt, das wäre es doch, oder?"

Sophie lehnt sich zurück, legt die Hände vor sich auf den Tisch. Das war 'ne Menge Input. Sie muss das einen Moment sacken lassen, ist nur in Teilen einverstanden. „Also in gewisser Weise stimme ich dir zu", sagt sie nachdenklich, „aber ihr habt doch genau die Lebensanschauung und Kultur, die uns Weißen fehlt. Wir zerstören gnadenlos die Umwelt, reißen Land an uns, das uns nicht gehört, und beuten es aus. Man hat euch doch euer Land weggenommen, die Büffel abgeschlachtet, die Erde zerwühlt und zerschunden, das Klima aus dem Gleichgewicht gebracht!" Sophie hat sich bei diesen Worten aufgerichtet. Sie ist so aufgewühlt, wie sie es lange nicht war.

„Ja, und damit bin ich an genau dem Punkt, der uns First Nations kaputt macht, der Spagat zwischen dem modernen Leben, an dem auch wir teilhaben wollen, und unserem Naturverständnis, das uns alle, eigentlich, vor dem sich anbahnenden Desaster bewahren könnte." Sie atmet tief durch, wirft ihr Haar nach hinten. „Ich wollte schon als Kind keine Indianerin sein. Ich wollte immer so leben wie ihr. Das ist vielleicht dumm, aber … Ich möchte nicht in Vergangenem ersticken. Ich möchte auch nicht mehr ohne fließend Wasser und ohne Heizung leben, jeden Tag mühsam das Feuerholz heranschleppen müssen. Ich möchte nicht so leben wie viele hier im Yukon, auch wenn sie ihr Land hier selbst verwalten." Plötzlich versteinert ihr Blick. „Ist jetzt sowieso egal", sagt sie mit dumpfer Stimme. „Weiß gar nicht, warum ich dir das alles erzähle."

Sophie nickt nachdenklich, blickt zu dem schlafenden Hund hinunter, den all das nicht tangiert, und der vielleicht in seiner sogenannten Unwissenheit viel schlauer ist als die Menschen.

„Und wie bist du darauf gekommen, nach Dawson zu gehen?“, wagt Sophie zu fragen.

„Ich wollte tanzen und …“ Sie bricht ab, streicht sich eine Strähne aus dem Gesicht. „Ich habe über meinen Tanzkurs Nancy kennengelernt. Die ist ein Jahr vor mir hier rauf.“ Yona blickt zur Seite, aus dem Fenster.

Sophie beobachtet, wie ihre Augen glasig werden. Sie nippt an ihrem Tee und Yona leert ihren Kaffeebecher.

„Es war total nett, mit dir zu reden, Sophie“, sagt Yona mit einem warmen Lächeln. „Leider muss ich jetzt los. Die Arbeit ruft und die ganze Vorbereitung dafür. Aufbrezeln, schminken, noch mal tief Luft holen.“

„Dann werde ich dich heute Abend bewundern und beneiden“, sagt Sophie.

„Ersteres schon, Letzteres vergiss. Es ist harte Arbeit. Aber es ist okay.“ Damit erhebt sie sich, streichelt Nukas Rücken und schlüpft in ihre Jeansjacke. „Und denk dran, es ist ’ne Spielhölle. Man wird schnell süchtig, wenn man einmal anfängt, genauso wie nach Drogen.“

„Kein Problem“, entgegnet Sophie. „Ich bin nicht suchtgefährdet. Wir sehen uns.“

Kapitel 32

Joshua dreht den Zündschlüssel herum. Der Motor geht, so scheint es ihm, mit einem tiefen Seufzer aus. Sie sind in Dawson City.

Nach einer unruhigen Nacht in Whitehorse haben sie eine Erholungspause eingelegt, einen Abstecher zu den Takhini Hotsprings gemacht und zu Joshuas besonderem Vergnügen endlich einmal heiß gebadet.

Die gut fünfhundert Kilometer haben sie am nächsten Tag, inklusive einiger kurzer Pausen mit großer Anstrengung in acht Stunden geschafft. Auch wenn Jerry jetzt im Zuge der bevorstehenden Begegnung mit seiner Mutter zunehmend nervös wird, hatte er keine Albträume mehr, hat nicht mehr das Bett genässt. Joshua wagt nicht so recht, sich das auf die Fahnen zu schreiben. Dennoch spürt er, dass er eine beruhigende Wirkung auf den Jungen hat, dass er ihm von dem Großen, das er erhalten hat, ein kleines bisschen zurückgeben kann.

Er schickt Emily eine SMS. „Sind in Dawson. Werde morgen nach Yona suchen."

Mit einem gehörigen inneren Ruck springt er aus dem Auto, geht zur Beifahrerseite und öffnet die Tür. Jerry lässt sich hinabgleiten und bleibt mit kraftlos herabhängenden Armen stehen.

„Hey, was ist, Kumpel? Wir haben's geschafft!", versucht Joshua ihn aufzuheitern.

Aber Jerry zuckt nur matt die Schultern.

„Morgen wirst du deine Mom wiedersehen!"

„Meine Großmutter hat mal gesagt, Mom wäre eine Verräterin", sagt Jerry leise.

„Lebt deine Großmutter in eurem Dorf?", fragt Joshua.

„Ja. Sie wollte, dass ich zu ihr komme, als mein Dad gestorben ist. Weil Mom ja arbeiten musste. Aber ich wollte nicht zu ihr. Sie ist immer so unfreundlich." Er dreht mit dem Fuß im Sand herum. „Und sie mochte meine Mom nicht."

„Mhm. Sie ist also die Mutter deines Vaters."

Jerry überlegt kurz. „Ja."

„Hat deine Großmutter denn gesagt, warum sie deine Mom nicht mag?"

„Sie hat gesagt, dass Mom immer versucht, wie eine Weiße zu sein. Sie würde immer versuchen, alles so zu machen wie die."

„Okay. Und deine andere Oma?"

„Die lebt nicht mehr."

Joshua nickt.

„Lass uns mal das Zelt aufbauen, okay?" Joshua zieht sanft an Jerrys Ärmel.

Er folgt ihm mit schlappen Schritten zur Ladefläche, wie ein Traumwandler. Mit der körperlichen Betätigung findet er allmählich zurück. Joshua kramt noch ein paar Witze aus seinem Hirnspeicher und schafft es, Jerry ein paarmal zum Lachen zu bringen.

Der Abend ist kalt und verregnet. Keine Chance auf das spektakuläre Nordlicht. Doch Joshua hat sich ohnehin damit abgefunden, dass dies keine Sightseeingtour wird, sondern ein Abenteuer ganz anderer Art.

Er hat eine Plane von Baum zu Auto gespannt und die beiden Baumstümpfe, die auf dem Platz standen, als Sitze darunter gestellt, davor den kleinen Campingtisch. Er wendet sich dem Kochen zu, hat Jerry versprochen, dass es Mais gibt, zu seinem Bedauern nicht wie im Dorf mit Seetang, aber dafür als Beilage zu einem großen Steak. Jerrys Hunger ist bescheiden. Er ist zu aufgewühlt, als dass sich sein Magen so richtig auf Essen einstellen kann. Und auch Joshuas Appetit ist gebremst. Sein Körper will seinem Essensbefehl nicht so richtig gehorchen. Der morgige Tag, die Begegnung mit allem, was daran hängt, all das liegt tonnenschwer in seinem Magen.

„Gestern war mein Dad hier … hier bei mir“, sagt Jerry plötzlich.

„Aha.“ Joshua weiß nicht so recht, was er dazu sagen soll. „Und wie war das, Jerry?“, fragt er schließlich vorsichtig.

„Schön! Er hat gesagt, dass ich Mom grüßen soll und dass … und dass sie ruhig einen Tannenbaum für mich aufstellen soll.“ Jerry wird ernst. „Es tut ihm leid, dass er darüber gestritten hat.“

„Er wollte keinen Tannenbaum?“

Jerry schüttelt den Kopf.

„Mein Dad war heute morgen auch noch bei mir, als ich aufgewacht bin, aber meine Mom nicht.“

„Sie wird bald richtig bei dir sein.“ Joshua spürt Angst in sich aufsteigen, Angst davor, diesen Gefühlsserpentinen nicht gewachsen zu sein.

Jerry nickt, sitzt wie zusammengeschnürt auf dem Baumstumpf, die Hände ineinander verschränkt. Er lässt seinen Blick umherschweifen, so als würde er etwas suchen, das seine Aufmerksamkeit anziehen könnte. Und tatsächlich. Zwei Jungs kommen auf sie zu und bleiben vor ihnen stehen, der eine etwas älter als Jerry, strohblond, der andere vermutlich in seinem Alter und rothaarig.

„Mein Dad hat gesagt, ich soll dich fragen, ob du morgen zum Goldsuchen an den Bonanza Creek mitkommen willst“, sagt der Ältere in britischem Englisch. „In unserer Gruppe fehlt noch ein Kind. Wenn wir zehn sind, findet die Tour statt.“

Nun kommt auch der Vater heran, ein Riese mit ebenso rotem

Haar wie sein Sohn. Er stellt sich als Mike aus London vor und erklärt Joshua, dass ein Indianer die Kindergruppe zu dem legendären Bach führen will, eine organisierte Tour, die in Dawson über das Touristenzentrum angeboten wird. Er gibt Joshua den Flyer. Eine Führung durch das Kulturzentrum der Tr'ondëk Hwëch'in ist inbegriffen. Das passt, sagt sich Joshua. Jerry ist begeistert und will mit, und er willigt ein. Es wäre gut so. Er könnte auf diese Weise allein nach Jerrys Mutter suchen, vielleicht sogar erst einmal alleine mit ihr sprechen. Um zehn Uhr würden die Jungs auf dem Campingplatz abgeholt und am Nachmittag gegen vier Uhr wieder zurückgebracht. Zum Mittag ein Picknick mit Sandwiches – alles perfekt.

Als sie abgewaschen und sich für die Nacht fertig gemacht haben, kommt ein Hund angelaufen und schnüffelt um das Zelt herum. Er hat ein schwarz-weißes Fell und läuft auf drei Beinen, das vierte, bandagierte zieht er hoch. Jerry ist begeistert von dem Besucher, streichelt den Hund und will ihm etwas zu fressen holen. Doch dann pfeift ihn jemand zurück, irgendwo aus der Richtung, wo die Camper stehen.

„Du Josh“, sagt Jerry mit einem Bitten in der Stimme, als sie wieder vor dem Zelt sitzen. „Ich hätte auch so gern einen Hund. Er würde mein Bruder sein und er würde mich beschützen vor diesen blöden weißen …“

„Hey hey! Ein Bruder ist gut, aber keiner, der beißt, okay!“ Vielleicht kannst du irgendwann einen Hund haben.“

„Ich möchte aber jetzt einen. Können wir nicht einen Hund kaufen?“

„Mal seh'n, Jerry. Jetzt steh'n, wie du weißt, erstmal andere Sachen an. Entspann dich.“

„Will ich aber nicht!“

„Verdammt, Jerry! Woll'n wir deine Mutter suchen oder woll'n wir 'nen Hund kaufen?"

Jerry verstummt augenblicklich, schaut mit düsterem Blick zu Boden, haut mit der Hacke einen Stock in zwei Stücke und rennt davon. Joshua springt auf, folgt ihm an den Campern vorbei zum Wald. Jerry läuft direkt ins Unterholz hinein, verschwindet im Dunkel. Nur das Geräusch der brechenden Äste unter seinen Schritten ist zu hören. Joshua knipst seine Taschenlampe an. Die Batterie schwächelt und das Licht ist spärlich. Er läuft, stolpert, fängt sich, läuft weiter. Plötzlich ist vor ihm kein Knacken mehr zu hören. Es ist vollkommen still. Joshua stakst weiter über die Äste, stößt an einen Baumstumpf. Der Schmerz im Fuß lässt ihn kurz innehalten. Er entdeckt Jerry. Er steht direkt vor ihm, seine Beine in einem Brombeerast verheddert.

„Shit!" Joshua ringt nach Luft.

Er zieht sein Taschentuch aus der Hosentasche, packt damit mit spitzen Fingern den Zweig und zieht ihn vorsichtig aus Jerrys Hosenbeinen. Kaum, dass er befreit ist, will er weiterlaufen. Joshua umklammert ihn von hinten, schleift ihn durch das Unterholz.

„Bis du denn völlig aus der Spur?", keucht er und drückt ihn auf einen der Baumstümpfe. „Zieh dich aus und dann wird geschlafen. Verstanden, du Stressbombe?"

„Ich bin nicht müde, kein Stück!", schreit Jerry.

„Dann mach ich dich müde, wenn du weiter so rumtrumpst."

„Mach doch!" Jerry ballt die Fäuste. „Ich lass mir von dir nichts sagen, du weißer A..." Er hält inne, springt auf und verschwindet im Zelt.

Joshua folgt ihm, sieht zu, wie Jerry sich auf sein Lager fallen lässt und in sein Kissen boxt. Dann bleibt er reglos auf dem Bauch liegen.

Für Sekunden ist es still, entsetzlich still, für Joshua fühlt es sich wie eine Ewigkeit an. Schließlich vernimmt er ein leises Schluchzen. Joshua weicht innerlich zurück, doch dann dringt dieser, auf ein leises Weinen heruntergedimmte Schrei aus Jerrys Innerem und läutet wie eine Alarmglocke in seinem Ohr. Er stemmt sich vorwärts, und erst als er neben Jerry kniet, kann er sich wieder öffnen. Er legt vorsichtig eine Hand auf seinen Rücken.

„Ist schon gut, Kumpel", sagt er versöhnlich.

Eine lange Weile passiert gar nichts. Joshua zieht behutsam seine Hand zurück und setzt sich im Schneidersitz auf den Boden.

„Hasst du mich jetzt?", fragt Jerry leise. Er hat aufgehört zu weinen.

„Nein, Himmel Arsch! Hab mich nur geärgert."

Wieder Schweigen.

„Tut mir leid", sagt Jerry, ohne sich umzudrehen.

„Friedenspfeife?"

Jerry nickt in sein Kissen hinein.

„Ich geh dann mal raus."

Wieder Nicken.

Joshua tritt aus dem Zelt in die feuchtkalte Luft hinaus, blickt zum Himmel. Heute ist kein Stern zu sehen, aber es genügt ihm zu wissen, dass sie alle da sind, auch wenn nicht für ihn sichtbar. Er weiß, dass er es schaffen kann, dass er nicht wieder zusammenbrechen wird, dass jetzt alles anders ist.

„Und wann suchen wir Mom?", fragt Jerry, als Joshua ins Zelt zurückkommt, ganz brav in seinen Schlafsack eingemummelt.

„Gleich morgen, wenn ihr wieder zurück seid, Jerry", erwidert Joshua.

„Vielleicht finde ich ganz viel Gold und dann müsst ihr – ich meine du und meine Mom – nicht mehr arbeiten. Und wir könnten einen Hund kaufen!"

Joshua nickt. „Ja, Jerry. Und du solltest mir dein Medaillon mitgeben, damit ich damit schon mal in der Stadt nach deiner Mutter fragen kann. Dann weiß ich vielleicht schon, wo sie wohnt, wenn du zurückkommst."

Jerry fasst an seine Brust, zieht es zögernd aus seinem T-Shirt hervor, dreht den Verschluss nach vorne. Joshua öffnet ihn und nimmt das Medaillon von seiner Brust.

„Ich hab's gefunden und ich werde gut drauf aufpassen", sagt er und steckt es in seine Tasche. „Und ich erzähl dir jetzt noch 'ne Geschichte."

„Cool!" Jerry stopft sich das Kissen unter den Kopf. „Was für 'ne Geschichte ist das?"

„Lass mich kurz überlegen." Joshua denkt nach und in wenigen Sekunden fällt ihm etwas ein, das er nach und nach ausspinnen kann. „Es waren einmal zwei Hunde, die beste Freunde waren. Der eine war riesig und ein bisschen zu dick, mit einem struppigen rötlichen Fell und der andere war klein und dünn. Sein Fell war fließend weich und schwarz-weiß gefärbt und …"

„So wie das von dem Hund da eben?", fragt Jerry.

„Ja, genau."

Die Geschichte gelingt nicht. Joshua kommt nicht in Schwung. Seine Gedanken ziehen ihn in eine andere Richtung, und so schläft Jerry schon an der Stelle ein, an der die beiden Streunerhunde nach Futter suchen. Das Happy End bleibt auf der Strecke.

Die Sonne wirft ihr optimistisches Licht in den neuen Tag. Jerry wird mit der Kindergruppe in einem Kleinbus abgeholt und tuckert mit der Fähre über den Yukon. Joshua blickt ihm hinterher und kann plötzlich verstehen, wie sich Eltern fühlen, die ihr Kind das erste Mal allein auf einen Ausflug schicken. Da ist dieses Was-könnte-passieren-Wenn, aber auch das Abschalten und Zu-sich-selbst-Kommen.

Er geht zum Fluss und wäscht sich, mittlerweile mit der Selbstverständlichkeit eines Trappers. Frische Jeans, frisches Hemd, saubere Turnschuhe. Er steckt das lange Haar mit einem Gummiband zusammen und setzt seine in Iskut erworbene schwarze Ballkappe mit dem indianischen Holzschnitt eines Adlers auf. Dann geht er zum Anleger hinunter und nimmt die nächste Fähre in die Stadt hinüber.

Über den Himmel ziehen transparente Schleierwolken – ein Aquarell in rosé und blau. Darunter tiefblau der Yukon River, der ruhig, harmonisch und unbeirrbar dahinfließt, was auch um ihn herum passiert, derselbe Fluss und doch immer frisch, sinniert Joshua. Ihm ist für eine kurze Weile so, als würde er mitfließen. Mit dem Näherrücken des Ufers kommen die Gedanken zurück. Die Anspannung umklammert ihn wie Seile die fest um ihn herum gezogen werden..

Als er den Fuß an Land setzt, fliegt eine Krähe über ihn hinweg, gibt ihr raues Krächzen ab. Die Krähe, Überbringerin von Nachrichten, Omen für Veränderung. Joshua verfolgt ihren Flug bis über die Dächer von Dawson hinweg.

Die Stadt der Spieler schläft noch. Einige wenige Touristen sind auf der Hauptstraße, die Läden haben gerade ihre Türen geöffnet. Joshua wandert die Straße entlang, sieht in die Schaufenster und steuert schließlich zielsicher den Geschenkshop an, in dem Goldnuggets und Schmuckstücke verkauft werden. Es ist die richtige Entscheidung, der Ladenbesitzer kennt Yona.

„Ihre Adresse?“, sagt der bärtige dicke Mann hinter der Schmuckvitrine, auf Joshuas Frage hin. „Die kann ich dir nicht geben.“ Er schüttelt ablehnend den Kopf. „Was meinst du, was da los wäre, wenn ich euch Männern, alle heiß auf die Cancan-Mädels, die Adressen geben würde? Ihr denkt, die Frauen wären käuflich. Weit gefehlt. Die tanzen, das ist ihr Job, hey. Vergiss es, Junge.“

„Es geht um ganz was anderes“, sagt Joshua mit fester Stimme. „Ich bin mit ihrem Sohn hier.“

Der Mann zieht die Augenbrauen hoch. „Yona hat ’nen Sohn?“

„Ja. Er ist jetzt mit der Kinder-Goldgräber-Gruppe unterwegs. Wir sind ganz von Vancouver hier raufgefahren, um seine Mutter zu suchen. Es ist wichtig, verstehst du? Er kann nicht mehr bei Onkel und Tante bleiben.“

Der Mann sieht Joshua prüfend an. „Und was für ’ne Funktion hast du dabei? Du bist doch nicht Kanadier, oder?“

„Nein, aber ich bin sein Freund, sowas wie’n großer Bruder.“ Joshua zieht das Medaillon aus der Tasche, öffnet es und hält es dem Mann hin.

Der blickt darauf, irritiert, hebt dann den Blick. „Ja, das ist das Teil, das Yona hier gekauft hat.“ Der Mann überlegt. „Aber ihre Adresse kann ich trotzdem nicht rausgeben. Das ist hier ungeschriebenes Gesetz, Schutz für die Tänzerinnen. Grad ’ne Indianerin ist hier Freiwild für viele Männer.“

„Ich weiß. Aber ich …“

„Du bist anders, ich weiß. Wie ist dein Name?“

„Joshua.“

Der Mann zögert wieder, mustert ihn eingehend. „Okay. Also Yona geht häufig mit ihrer Freundin im Klondike Kate’s essen, manchmal trifft sie sich auch erst am frühen Nachmittag mit ihr dort zum Kaffee. Wie auch immer. Du kannst sie da vielleicht antreffen. Heute steh'n die Chancen gut."

„Danke. Vielen Dank!" Joshua steckt das Medaillon wieder ein und verabschiedet sich.

„Viel Glück!", ruft ihm der Mann hinterher.

Joshua guckt auf seine Uhr. Ihm bleiben noch vier Stunden, bis Jerry zurückgebracht würde. Er geht die Front Street entlang, biegt in die Princess Street ein und von dort in die Third Avenue. Sein Herz pocht, sein Puls rast. Er sieht das Bild von Yona vor sich, in dem roten Kleid, sieht Jerry auf der Ladefläche des Trucks stehen. Für einen kurzen Augenblick möchte er umdrehen, alles hinter sich lassen. Dann steht er vor dem Restaurant. Er nimmt seine Baseballkappe ab und zieht das Gummi von seinem Haar. Er kommt sich plötzlich irgendwie albern vor mit dem Zopf, vielleicht weil er in der letzten Zeit zu viele davon gesehen hat, vielleicht aber auch, weil er nicht den Indianer spielen will. Er zerrt einen Kamm aus seiner Jeans, zieht ihn sorgsam durch sein langes Haar, steckt ihn zurück in seine Gesäßtasche und drückt die Klinke hinunter.

Die Tür öffnet sich mit einem leisen Knarren. Er bleibt einen Moment lang stehen und sieht sich um. Touristen, ein Mann mit Stetson auf dem Kopf, eine Familie mit Kind, zwei junge Frauen, aber keine mit schwarzem Haar. Er geht zu einem leeren Tisch, setzt sich, blickt wieder auf die Uhr, fingert unruhig an seinem Bart herum. Ein Glas Wein würde ihn vielleicht beruhigen. Er bestellt einen kalifornischen Rotwein, und als die Kellnerin das Glas vor ihm auf den Tisch stellt, öffnet sich die Tür. Joshua legt die Hände an die Tischkante, bereit aufzustehen. Eine mittelgroße schlanke Frau, vielleicht etwas älter als er, in schwarzen Jeans und roséfarbener Jeansjacke betritt das Lokal. Ihr langer

Zopf, gehalten von einem bunten Tuch, fällt seitlich über ihre Schulter. Es ist unverkennbar Jerrys Mutter, in ihrem natürlichen, legeren Outfit in Joshuas Augen deutlich attraktiver als in dem roten Kleid auf dem Foto, das Emily ihm gezeigt hatte. Eine blonde Frau in Leggins, Cowboystiefeln und Wildlederjacke folgt ihr. Sie sehen sich kurz um, wollen an Joshua vorbei.

„Entschuldigung!" Er erhebt sich und sie bleiben vor ihm stehen. „Ich suche eine Frau namens Yona mit einem Sohn, der Jerry heißt", sagt Joshua.

Die Frau versteinert, fixiert Joshua. Ihre Begleiterin, vermutlich eine Freundin, öffnet den Mund, ohne dass sie etwas sagen kann.

„Du kennst den Namen meines Sohnes?", fragt Yona sichtlich unter Schock.

Joshua nickt. „Wollt ihr euch nicht setzen?"

Yona zögert, wendet sich ihrer Freundin zu. Vom Fenster winkt ein Pärchen zu ihr hinüber.

„Ich werde dann mal zu Ron und Amy rübergehen", sagt ihre Freundin und drückt kurz ihren Arm.

Yona späht zu dem Tisch hinüber, sieht ihrer Freundin hinterher und dann zu Joshua. Schließlich zieht sie den Stuhl ihm gegenüber zurück, hängt ihre Handtasche darüber und setzt sich.

„Ich bin Joshua und wie du vielleicht schon herausgehört hast, nicht von hier. Bin Deutscher."

Yona sieht ihn erstaunt an.

„Was möchtest du trinken … und essen? Du bist eingeladen."

Yonas Augen sind unruhig, ihr Blick ist voller Fragen. „Einen Kaffee und einen Canadian Club", sagt sie ernst.

„Okay." Joshua schluckt seine Irritation über den Whisky hinunter und zwingt sich ein Lächeln auf die Lippen.

Die Kellnerin kommt und nimmt die Bestellung auf.

„Was willst du von mir?“, fragt Yona schroff, jedoch mit einer Neugier in ihren fast schwarzen, undurchsichtigen Augen, in der Joshua auch Sympathie für sich ausmacht.

„Ich bin mit deinem Sohn hier“, sagt er mit trockener Kehle, angespannt bis zum Anschlag.

Yona blickt ihn stumm und ungläubig an.

„Ich komme von deiner Schwester Emily. Dein Schwager ist im Krankenhaus … oder Psychiatrie, ich weiß nicht genau.“

Yonas Augen weiten sich. Einen Moment lang kämpft Joshua das Verlangen nieder, sie zu berühren, seine Hände über die brünette samtige Haut ihrer Arme streichen zu lassen, die aus den aufgeschlagenen Ärmeln ihrer Jeansjacke hervorgucken.

Die Kellnerin bringt Kaffee, Whisky und ein zweites Glas Rotwein. Und dann beginnt Joshua zu erzählen – vom Golfplatz, vom Medaillon, von der ersten Begegnung mit Jerry, mit Emily, von der Übernahme des Pickups, Jerrys Flucht zu ihm auf die Ladefläche, von ihrer gemeinsamen Reise. Yona hört zu, zunächst irritiert, dann bestürzt, schließlich bewegt, alles aufsaugend, bis die Ablehnung endgültig aus ihrem Blick weicht.

„Wo ist Jerry?“ Sie wischt sich die feuchten Augen.

„Er ist mit der Kinder-Goldschürf-Gruppe am Bonanza Creek.“

„Oh ja, das ist gut – mit Jonny.“

Joshua lächelt und bekommt ein Lächeln zurück, ein seltenes, wie ihm bereits klar ist. Einen Moment verweilen sie stumm in ihre ganz eigenen Gedanken versunken.

„Wie konnte Bill Jerry auf einen Golfplatz schicken?“, fragt Yona plötzlich. „Du hättest einer von denen sein können, die auf Jungs stehen, einer von diesen Perversen, die sich an den Schwächsten vergeh’n.“

Joshua schaudert bei ihren Worten. Er umfasst sein Glas, blickt hinein wie in ein Fass voller Abfall.

„Bill in der Psychiatrie?", fragt sie nach.

„So hat Emily es ausgedrückt."

„Ausgedrückt? Was soll das heißen?"

„Ach nichts."

„Du weißt mehr. Sag es mir."

„Ich kann nicht. Das wäre unfair."

„Was ist schon fair?"

Joshua schweigt.

„Er war also doch auf Droge", sagt Yona leise, mit dunkler Stimme, wie zu sich selbst.

Joshua blickt auf. Alles in ihm gerät ins Stocken. Yonas Blick durchbohrt ihn wie ein Pfeil. „Ich hätte es wissen müssen, verdammt."

Joshua entdeckt Tränen in Yonas Augen. Sie kippt den Whisky hinunter, wischt sich die Augen, verzieht einen Moment lang das Gesicht, eine Hand auf ihrem Bauch.

Joshua nimmt einen Schluck Wein. Warum hat sie ihren Sohn abgegeben, tönt es in ihm. Sein Blick ruht auf ihren Händen, die einen Bierdeckel drehen. Er ringt mit sich, hält inne, schweigt. Es ist die Frage, die seit Beginn seiner Reise mit Jerry wie auf einer Abschussrampe darauf lauert, gestellt zu werden.

„Du möchtest jetzt wissen, warum ich meinen Sohn weggegeben habe, hm, Joshua?", fragt sie in das Schweigen hinein.

Er erschrickt, fühlt sich ertappt, seine Gedanken plötzlich sichtbar, als wäre sein Kopf eine Kugel aus Glas.

„Ich kann mir vorstellen, was du denkst. Dass ich mich vergnügen, mich ausleben will, nachdem sich mein Mann aus dem Leben gestohlen hat. Ja, ein Teil davon ist richtig. Aber wie kann eine Mutter dafür ihr Kind zurücklassen, nicht? Das ist es doch, was du dich fragst, Joshua? Vielleicht fragst du dich auch, ob wir anders ticken als ihr Weißen, nicht? Ja, weil ihr so wenig über uns wisst." Joshua will etwas einwerfen, aber Yona fährt fort. „Und Emily schickt einen Fremden mit meinem Sohn los, auf die Straße, Tausende Kilometer, auch über diesen verdammten Highway, durch die Wildnis hier rauf." Sie schüttelt den Kopf.

Joshua fühlt sich wie gelähmt, sucht nach erklärenden, beschwichtigenden Worten, den Blick vor sich auf sein Weinglas gerichtet.

„Wir haben uns gut verstanden, dein Sohn und ich", sagt er nach einer langen Pause. „Wir haben uns gegenseitig gestützt wie Brüder, in unserer Verletztheit, beide tief am Abgrund, haben uns kurz vorm Sturz immer wieder gegenseitig hochgezogen."

Joshua blickt auf, in Yonas Augen, in denen sich jetzt so etwas wie Rührung zeigt. Seine Anspannung fühlt sich plötzlich anders an. Eben noch war ihm, als würde er erdrosselt, jetzt von einem heftigen Verlangen erfasst, das nicht unerwidert bleibt. Yonas zittrige Hand liegt dicht vor seiner. Ein schwaches Lächeln huscht über ihr großflächiges Gesicht mit den gleichen mandelförmigen Augen wie Jerry, die Wangen ein bisschen eingefallen, das runde Kinn fest, fast fleischlos, ihr Teint deutlich blasser als auf den Fotos. Sie schiebt langsam ihre Hand auf seine – leicht, noch ohne Gewicht. Ein warmer Schauer durchzieht Joshua. Er sieht ungläubig darauf und legt schließlich seine andere auf ihre. So sitzen sie stumm, den Blick fest aufeinander gerichtet, bis Yona ihre Hand zurückzieht und auf ihre Uhr blickt.

„Wann kommt Jerry zurück?", fragt sie, wie aus einem Traum erwacht.

„Um vier." Auch Joshua sieht auf die Uhr. Noch gut drei Stunden würden sie beide allein sein können. Zu wenig, denkt er. Vorhin hatte er es gar nicht erwarten können, Jerry wieder bei sich zu haben, und nun … Man glaubt, dem Ich auf die Schliche kommen zu können, sagt er sich. Welch eine Selbstüberschätzung!

„Willst du Jerry gleich sehen?", fragt er.

Yona schüttelt den Kopf.

„Lieber erst morgen?"

Sie nickt.

„Warum hast du am Abgrund gestanden?", fragt sie plötzlich, seine Worte aufgreifend.

Joshua weicht innerlich zurück. Er hätte das nicht sagen sollen. „Ich stand auf der Golden Gate Bridge und … Ich möchte eigentlich nicht darüber sprechen."

„Auf einer Brücke, verdammt." Yona schüttelt den Kopf in einer Mischung aus Verwirrung und Entsetzen.

„Es ist nichts passiert", sagt Joshua leise. „Alles ist gut. Alles hat sich geändert, mit Jerry."

Yona hält Joshuas Blick, während sie ihr Glas leert. Ein eindringliches Schweigen breitet sich zwischen ihnen aus, voller ungesagter Worte, voller Verlangen.

„Ich wohne hier um die Ecke", sagt Yona sanft.

Ihr Blick entwickelt einen Sog, dem Joshua sich nicht entziehen kann. Er kramt das Geld aus seiner Hosentasche, erhebt sich, schlafwandelt zur Kasse und zahlt. Yona ist ihm gefolgt, steht neben ihm, blickt sich um und gibt ihrer Freundin ein Zeichen. Dann sind sie draußen, gehen dicht nebeneinander, ohne sich zu berühren, einen Block weiter, bis sie vor der Tür eines alten Hauses mit rotbrauner Holzfassade stehen. Yona öffnet die Tür und nimmt Joshuas Hand, die Berührung wie ein Strom Lava. Eilig steigen sie die knarrende Holztreppe hinauf. Vor der Wohnungstür ist ihm, als würde er bersten wie ein Vulkan. Er schlingt seine Arme um Yona, presst seine Lippen auf ihre, spürt ein Beben in ihr. Sie nimmt den Schlüssel aus ihrer Jackentasche, löst sich von ihm, öffnet die Tür, schiebt ihn hinein und fährt sanft mit der Hand über sein Gesicht. Mit dem Fuß stößt sie die Tür ins Schloss und führt Joshua mit sanfter Bestimmtheit in die Wohnung, geradewegs zum Bett. Hastig zieht sie ihm das T-Shirt über den Kopf. Joshua atmet schwer. Ihre Lippen auf seiner Brust, ihre Hände an seinem Gürtel – ein Schauer folgt dem anderen. Sie fallen aufs Bett. Sekunden später liegen sie nackt, fest ineinander verschlungen, lieben sich – zärtlich, innig, süchtig, ineinander versinkend, leidenschaftlich, wie Joshua es noch nie erlebt hat, ein Rausch.

Er fühlt sich aus der Wirklichkeit geworfen. Als Yona sich an ihn schmiegt, den Kopf auf seiner Brust, ihr Haar an seinem Hals kitzelt, möchte er die Zeit anhalten, dieses Wunderbare, Zerbrechliche noch halten. Er streichelt Yonas gleichsam weiche und kräftige Schultern, möchte den Moment nicht zerdenken, kann sich jedoch seinen Fantasien nicht entziehen, sieht sich mit ihr und Jerry in dem alten Chevi auf dem Weg nach Vancouver. Und als der Gedanke an eine gemeinsame Zukunft in ihm wie ein zarter Sprössling aufkeimt, sieht er ihn bereits vom Treibsand davongerissen. Er spürt plötzlich, dass etwas an ihm reißt. Da ist etwas, das ihn zum Rückzug ordert. Es macht ihm Angst.

„Ich weiß, was du fühlst", sagt Yona in diesem Moment. Sie hebt den Kopf, sieht ihn an. „Was war auf der Brücke?"

Joshua schließt die Augen, sieht sich auf der Golden Gate Bridge, versucht die Komik seiner Rettung vor den Horror zu schieben. „Ich wollte mein Leben wie ein Held beenden und wurde wie eine Komikfigur wieder hineingezogen."

„Komikfigur?" Der Anflug eines Lächelns, dann ist Yona wieder ernst. „Warum werft ihr Männer euer Leben weg, verdammt?"

Joshua zuckt die Achseln. „Manchmal schleicht sich eben der Wahnsinn in unser Hirn."

Yona rollt sich zur Seite und setzt sich auf, den Rücken an die Wand gelehnt. Joshua blickt zur Decke, auf den Riss, der sich durch den Putz zieht.

„Ich werde bald sterben", sagt Yona plötzlich, wie aus der Unterwelt heraus, mit rauer Stimme.

Joshua fährt zusammen wie von einer Kugel getroffen. „Was hast du da gesagt?" Auch er setzt sich jetzt auf, starrt sie an.

„Du willst ja wissen, warum ich Jerry verlassen habe, und du hast ein Recht darauf, es zu erfahren. Du bist, von meiner Freundin Nancy und ihrem Mann abgesehen, der erste, der es erfährt." Sie zieht sich das Laken über den bloßen Körper. „Ich bin sehr krank, Joshua, und ich möchte über diese verdammte Krankheit nicht sprechen. Ich habe noch ein paar Monate. Ich bin hier rauf, weil ich noch mal leben wollte, tanzen, lieben, alles auskosten, frei und ungebunden. Und ich habe viel Geld für Jerry verdient, mit dem Tanzen, auch beim Spielen. Ich habe alles gewagt, alles auf eine Karte gesetzt und es war gut so. Jetzt geht mir allmählich die Kraft aus. Ich tanze nur noch zweimal die Woche eine einzige Show."

Joshua hört zu, wie im Frost gefangen, unfähig sich zu bewegen, unfähig irgendetwas zu sagen.

„Ich versuche, mich mit dem Tod anzufreunden, ihn als zu mir gehörig anzunehmen, aber das geht nur ohne Kind, verstehst du. Das wäre mit Jerry an meiner Seite unmöglich. Ich würde nicht loslassen können."

Joshua zieht seine Knie bis unters Kinn, umfasst seine Beine und lässt seinen Kopf darauf sinken, als wolle er das Gehörte an sich abprallen lassen, sich schützen, sich verschanzen. Er spürt Yonas Tränen, ohne sie anzusehen.

„Ich möchte nicht, dass Jerry miterlebt, wie ich weniger werde. Ich möchte nicht, dass er mit mir leidet."

Joshua schließt die Augen. Er friert. Er möchte abtauchen, das Gesagte ungesagt machen, möchte nichts spüren.

„Ich habe einen Plan, Josh, einen festen Plan, in den kein Kind hineinpasst. Ich werde mit Tom, dem Freund von Nancy, zur Jagd gehen. Ich habe viel gefischt, auf dem Boot meines Vaters, habe viele Lachse gefangen. Eigentlich waren mir lebendige Tiere immer lieber. Aber jetzt möchte ich zur Jagd gehen, möchte dem Tod ins Auge blicken, sehen, dass er vielleicht besser ist als sein Ruf. Und ich möchte jetzt, wo alles zu Ende geht, zu meinen Wurzeln zurück, die nichts anderes sind als die Natur. Ich möchte draußen sterben, weit draußen, weißt du? Zwischen Bäumen, im Wind, mit Blick in den Himmel, vielleicht ein Adler über mir, die Erde unter mir, nur die Erde, nicht eins von diesen Hightechbetten in einem sterilen Raum."

Joshua spürt einen Stachel in seinem Herzen. Er wartet auf etwas, das nicht kommen wird, versucht sich aus der eisigen Starre zu lösen. Er hebt den Kopf, löst die Hände von seinen Beinen, lässt sich an Yonas Seite sinken und weint, wie er seit seiner Kindheit nicht geweint hat. Und dann weinen sie beide, so als ob sich alles in einem großen Fluss auflöst, bis Yonas Tränen allmählich versiegen, wie Regen, der immer feiner wird. Sie nimmt Joshuas Kopf in ihre Hände, richtet ihn sanft auf.

„Wir fühlen uns wie für die Ewigkeit gemacht, deshalb ist es so schwer", sagt sie leise.

Joshua hört zu, denkt an die Brücke, an Jerry und dessen Vater.

„Du musst los, Josh, Jerry holen", sagt Yona jetzt gefasst.

Er richtet sich auf, dreht sich von Yona weg, sehr langsam, so als würde er sich selbst wegstoßen. Er versucht wieder Tritt zu fassen, setzt die Füße auf den Boden, der ihm keinen Halt geben will. Eine entsetzliche Traurigkeit drückt ihn nieder. Sie fühlt sich anders an als die gewohnte Schwermut. Es ist ein unbekanntes Gefühl, tief, schmerzhaft, bewegend, mitten hinein ins Herz. Er sucht seine Kleidung zusammen, steht damit wie gelähmt neben dem Bett.

„Für eine Dusche ist noch Zeit, Josh. Handtücher sind im Bad", sagt Yona.

Joshua nickt. Ja, duschen, ja, das wäre gut. Er geht ins Bad, steigt in die Kabine und dreht den Hahn auf, lässt das Wasser über sein Gesicht, über seine Schultern laufen, spürt, wie die Wärme in seinen Körper zurückkehrt.

Als er ins Zimmer zurückkommt, steht Yona am Bett, in einen rotgemusterten Morgenmantel gehüllt, beobachtet, wie er sich anzieht. Er würde sie gern nach ihrer Krankheit fragen, aber er tut es nicht.

„Josh!", sagt sie mit einem Flehen in ihren Augen. „Kannst du dir vorstellen, ich meine, wäre es für dich denkbar, dass du Jerry zu dir nimmst?"

Joshuas Atem stockt. Die Frage trifft ihn unvorbereitet, mitten ins Herz.

„Du musst das nicht jetzt entscheiden, Josh", sagt Yona.

Noch unfähig, einen sachlichen Gedanken zu fassen, steht er ihr gegenüber, das Bett zwischen ihnen, in dem sie sich geliebt haben.

Joshua weiß nur, dass das zu groß für ihn ist, dass er alleine ist, dass er keine Arbeit hat, kein Einkommen, vielleicht das Buch, vielleicht …

„Bring Jerry heute Abend zu mir. Ich werde heute nicht tanzen, auch wenn es eigentlich mein Tag ist. Ich sage ab. Ich kriege das hin. Und morgen reden wir noch mal."

„Ja." Joshua blickt über das Bett hinweg zu Yona.

„Ich werde Jerry erzählen, was mit mir los ist. Vielleicht ist es besser für seine kleine Seele, wenn er versteht, warum ich nicht zu ihm zurückkomme … vielleicht, keine Ahnung. Es geht ja jetzt auch nicht mehr anders. Vielleicht ist es besser für ihn, zu wissen, dass ich bald nicht mehr hier sein werde, besser als wenn er denkt, dass ich ihn nicht will."

Joshua weiß nicht, was richtig ist. „Wann soll'n wir kommen?", fragt er matt.

„Gegen sieben?"

Er nickt.

„Wenn das Gras verschwindet, bleibt immer noch die Erde", sagt Yona.

Joshua spürt einen Druck in seinen Augen. Er blickt zu Boden.

„Ich bleibe hier stehen, Josh, wenn du gehst. Ich … ich kann jetzt keine Nähe ertragen, verstehst du das?"

„Ja", sagt er nur, geht zur Tür, blickt sich noch einmal um. Yonas Anblick ist Schmerz, nichts anderes. Eilig öffnet er die Tür und flüchtet auf die Straße. Jerry, ja, Jerry wird ihn wiederaufrichten, erstmal, aber was wird dann? Kann er sich auf sich selbst verlassen?

Kapitel 33

Sophie steht vor dem schmalen einstöckigen Haus, in dem Yona wohnt. Es ist spät geworden, gestern Nacht in der Gambling Hall. Sie musste nach der Show noch Nuka abholen. Ein

Marsch durch die Nacht und dennoch ist sie früh aufgewacht. Irgendeine nicht erklärbare Unruhe hat sie erfasst, irgendetwas liegt in der Luft.

Entgegen ihrer Erwartungen waren die Spielhalle und die Show ein echtes Erlebnis. Western- und Goldgräber-Atmosphäre pur, nicht gespielt, nicht gestellt, urig und echt. Yona jedoch wirkte müde auf der Bühne, trotz aller Eleganz und beeindruckender Gelenkigkeit. Im Schmink- und Umkleideraum der Tänzerinnen hatte Yona Sophie zu sich nach Hause eingeladen.

Nun klingelt sie an der leuchtend blau-rot gestrichenen Tür mit dem Schild NANCY ROBERTS, darunter klein YONA PAULS.

Yona öffnet wortlos. Sie ist barfuß, trägt blaugemusterte Harem Pants und ein langärmliges, schwarzes T-Shirt. Ihr Haar fällt, in einem lockeren Knoten zusammengehalten, über ihre Schulter nach hinten. Sie sieht erschöpft aus.

Sophie betritt die kleine Wohnung und Nuka läuft schwanzwedelnd hinein, lässt sich eingehend begrüßen.

Yona deutet auf die alte Couch mit dem elegant-französischen Überwurf. „Setz dich. Ich mach uns 'nen Kaffee mit Whisky."

Sophie lässt sich auf die Couch sinken und ordert Nuka an ihre Seite. „Danke, für mich nur den Kaffee." Sie hätte lieber Tee, ist aber weit davon entfernt, jetzt danach zu fragen.

Ihr Blick folgt Yona, die mit katzenartigen Schritten zu der kleinen Kochstelle geht, und bleibt auf dem zerwühlten Bett links an der Wand hängen. Sie fragt sich, ob Yona Männerbesuch hatte, zieht ihre Aufmerksamkeit energisch zu den historischen Abbildungen hin. Tänzerinnen aus der großen Zeit in Dawson, als die Stadt noch das Paris des Nordens genannt wurde, und ein Foto von der Klondike-Queen Belinda Mulroony in einem goldenen Jugendstilrahmen. Darunter brennt eine Kerze.

Yona kommt mit zwei Kaffeebechern, einer Thermoskanne und einer Flasche Canadian Club zurück, stellt alles auf den kleinen handgeschmiedeten Metalltisch und gießt Kaffee ein, sich selbst dazu einen Schuss Whisky. Sie setzt sich Sophie gegenüber auf den kleinen antiken Hocker.

„Hat's dir gefallen gestern?", fragt sie.

Sophie spürt, dass es eine Höflichkeitsfrage ist und dass sie etwas Wichtiges loswerden möchte.

„Ja, war cool", antwortet sie knapp, voller Erwartung.

Sie krault Nukas Kopf.

„Was ich dir jetzt erzähle, bleibt bei dir, das musst du mir versprechen." Yona legt die Handflächen aneinander.

Sophie hebt zwei Finger zum Schwur. „Außerdem kenne ich hier sowieso niemanden."

„Mein Sohn ist in Dawson. Das war nicht geplant."

Sophie blickt überrascht auf. War Yona so viel älter als gedacht? „Du hast einen Sohn? Wie alt ist er denn?", fragt sie ungläubig.

„Er ist sieben."

„Ach so! Okay. Mit wem ist er denn hier?"

Yona blickt zu Boden, presst ihre Hände ineinander, als würde sie dazwischen etwas zerreiben wollen. „Mit einem jungen Deutschen. Er hat Jerry in Vancouver kennengelernt, hat mit ihm am Strand Ball gespielt und dann hat meine Schwester … Ach, das ist alles zu kompliziert. Er ist dann jedenfalls mit Jerry in dem Auto meiner Schwester hier hoch, um mich nach Hause zu holen, oder besser, Jerry sollte gar nicht mit, ist ausgerissen und zu Joshua."

Sophie erschrickt. Joshua! Hatte sie richtig gehört?

Yona gießt sich noch mal Whisky in den Kaffee und nimmt einen Schluck. „Erst war ich empört, dass meine Schwester meinen Jungen einem quasi Fremden anvertraut hat, aber jetzt weiß ich, warum. Die beiden haben, so könnte man es sagen, ein Loch im andern gestopft."

„Joshua, hast du gesagt?" Sophie blickt Yona aus weit geöffneten Augen an.

„Ja. Warum?"

„Mein Ex heißt Joshua."

„Oh, das ist ja … seltsam." Yona schüttelt den Kopf. Einen Moment sagen sie nichts, in ihre eigenen Geschichten versunken.

„Also dieser Joshua …" Yona zögert, „hat, so scheint es mir, alles richtig gemacht. Er war wie ein großer Bruder oder vielleicht wie ein Vater für Jerry, so wie er nie einen hatte." Yona wischt sich über die Augen. „Weißt du, mein Mann war … Wir waren zu verschieden. Er wollte sich der – wie soll man es nennen? – Leitkultur der Weißen nicht unterwerfen. Er hat sich für das Reservat engagiert, hat sich für unsere Rechte eingesetzt, für die Frauen am Highway of Tears. Wenn er nicht gearbeitet hat, dann war er auf Demonstrationen, Versammlungen, Protestmärschen. Aber er hat unser Leben darüber vergessen. Er war nie da." Yona fährt sich mit den Handflächen übers Gesicht. „Wir waren nicht glücklich, Sophie, aber nie hätte ich gedacht, dass …" Sie bricht ab. „Er ist mit einem Truck verunglückt."

Sophie spürt, dass da etwas ist, das sie nicht aussprechen will.

„Und eins habe ich leider viel zu spät begriffen", fährt Yona fort, „dass Jerry seine Kraft und seinen Lebenswillen von meinem Schwiegervater mitbekommen hat." Sie holt noch einmal tief Luft. „Ich weiß, dass der Junge es schaffen wird." Sie hebt den

Blick, wendet ihn Sophie zu. „Ich habe nur noch eine kurze Zeit zu leben … und dann hat Jerry keine Eltern mehr."

Sophie erschrickt. Ihr ist, als würde jemand seine Faust auf ihre Brust pressen. „Was?", sagt sie entsetzt.

„Nur meine Freundin Nancy weiß davon, und … Nicht mal meine Schwester. Ich rede nicht über meine Krankheit, Sophie. Wenn ich sie auch nur denke, ihren Namen innerlich sage, komme ich in dieses Banale zurück, sehe Krankenhausgänge und Arroganz in weißen Kitteln. Ich möchte in diesem Großen verweilen, ich weiß nicht, wie ich das ausdrücken soll, in dieser Verbundenheit mit Leben und Tod auf einer höheren Ebene."

Sophie schluckt, schweigt, bis ins Mark erschüttert.

„Also, du siehst, ich kann nicht zu meinem Sohn zurück."

Einen Moment lang ist nur das Summen des alten Kühlschranks zu hören. Sophie scheint es, als würde die Luft im Raum zittern.

„Das tut mir so leid, Yona, es ist schrecklich", sagt sie schließlich. Alles, was ihr sonst einfällt, wären Floskeln, angesichts dieser Tragödie. Sie möchte Yona in den Arm nehmen, spürt aber, dass ihr das nicht recht wäre. „Bist du denn in Behandlung?", will sie wissen.

„Nein, ich lasse mir nichts vormachen und ich will dieses Auf-Abruf-Leben auch gar nicht verlängern."

„Und was machst du jetzt, ich meine, wer soll jetzt deinen Sohn betreuen? Deine Schwester, deine Eltern?", fragt Sophie besorgt.

Yona zuckt die Achseln. „Du wirst mich entweder für verrückt halten oder für eine gewissenlose Mutter, aber … ich habe Joshua gefragt."

Sophie erstarrt. „Wie? Du hast einen wildfremden Mann gefragt, ob er deinen Jungen aufnimmt?"

Yona nickt, in ihrem Blick das Bitten um Verständnis.

„Darüber wollte ich mit dir sprechen. Du bist auch Deutsche, du kennst die Mentalität, ich meine, die Art zu leben bei euch, eure Eigenarten, eure Probleme …“

„Ich kann es immer noch nicht glauben. Du willst deinen kleinen Sohn einem jungen Mann anvertrauen, den du kaum kennst? Das ist doch Wahnsinn!“ Sophies Augen weiten sich.

„Es gibt Menschen, die kennt man schon nach einer Minute“, erwidert Yona. „Ich lese in den Augen der Menschen. Ich hab' mich noch nie getäuscht. Joshua ist ein wunderbarer Mensch. Er ist sehr einfühlsam und aufrecht. Er ist sehr verletzlich und auch er stand schon am Abgrund, aber …, er hat mir viel erzählt von seiner Reise mit Jerry. Ich glaube, die beiden sind füreinander geschaffen. Alles, was er mir erzählt hat, deutet darauf hin.“ Yona hebt die Hände. „Sophie, was soll ich denn machen? Welche Alternative gibt es für mich? Zu meinem Vater? Nie!“ Yona steht auf, geht durch den Raum, fährt sich durchs Haar und setzt sich wieder. „Joshua will darüber nachdenken und Jerry muss dann entscheiden. Er wird bald acht, er ist klug, auch wenn das den Lehrern nicht aufgefallen ist. Er wird die richtige Wahl treffen.“

„Hat dieser … Joshua eine Frau?“ Sophie hat Probleme, den Namen auszusprechen. Ihre Kehle schnürt sich zusammen, als würde sie jemand würgen.

„Ich glaube nicht“, gibt Yona leise zurück, „aber ich weiß es nicht.“

„Kennst du seinen Nachnamen?“

Yona schüttelt den Kopf.

„Okay.“ Sophie atmet tief durch. „Ja, was soll ich dir über uns Deutsche sagen? Zuverlässigkeit ist wohl eine unserer Stärken. Ansonsten hat die Offenheit gegenüber Menschen aus anderen

Kulturkreisen bei uns mächtig abgenommen, wegen der vielen Migranten. Nicht die besten Voraussetzungen für einen indigenen Jungen." Sie überlegt. „Hat dieser Joshua denn einen Job, verdient er zuverlässiges Geld?"

„Darüber haben wir gar nicht gesprochen. Es war so belanglos in dem Moment. Wir hatten nicht viel Zeit. Wir werden noch darüber reden. Aber weißt du, für mich und meine Familie gab es nie Sicherheit. Wir waren froh, wenn wir einigermaßen gesundes Essen auf dem Tisch hatten, und was der nächste Tag bringen würde, wussten wir nicht." Sie fährt sich mit den Händen übers Gesicht. „Ich liebe meinen Jungen und es tut so verdammt weh, ihn loszulassen." Sie schluckt die Tränen hinunter, bemüht, sachlich zu bleiben.

Einen Moment lang sitzen sie sich stumm und gedankenverloren gegenüber.

„Du weißt also so gut wie gar nichts über diesen Mann?", hakt Sophie nach, immer wieder ihren Joshua vor Augen.

„In deinem Sinne, nein."

„Weißt du wenigstens, wie alt er ist?"

„Glaub' mein Alter. Er hat fast so dunkle Augen wie wir und lange Haare." Ein Lächeln huscht über ihr Gesicht. „Allerdings einen vollen Bart. Den wird Jerry nie haben, obwohl er das immer schon cool fand."

Sophie horcht auf. Es beginnt in ihrem Magen zu rumoren. Sie überlegt. „Ist er schlank oder eher mollig, groß oder klein?"

„Schlank, mittelgroß."

„Wie ist seine Stimme, hoch oder tief?", fragt sie.

„Warum fragst du das?"

„Na ja, man hat schon Pferde kotzen sehen."

„Du glaubst … du meinst, es könnte dein Ex sein?"

Sophie zuckt die Achseln. „Eher nicht. Aber unsere gemeinsam geplante Reise sollte hier her gehen."

Yona schweigt, wirkt wie gelähmt.

Nein, sagt sich Sophie, es ist unmöglich, es kann nicht sein! Sie beginnt, nervös an ihren Fingern herumzuspielen, reibt sich die Oberschenkel. Ihr Blick wandert unwillkürlich zu Yonas Bett. Ihre Neugier wird schier unerträglich. „Wann siehst du Joshua wieder?", fragt sie.

„Er bringt Jerry um sieben Uhr her. Ihr werdet euch morgen begegnen, wenn du möchtest, bei Peggy und Tom." Sie blickt auf die Uhr. „Sophie", sagt sie in verändertem Ton, „ich wollte dich eigentlich schon die ganze Zeit etwas fragen." Sie stockt, lächelt plötzlich. „Kannst du Radschlagen?"

„Ob ich was kann?"

„Radschlagen! Und deinen Fuß zur Nase hochwerfen. Du hast doch Ballett gemacht."

„Räder schlage ich tatsächlich noch manchmal. Im Park auf 'ner großen Wiese überkommt's mich manchmal. Warum?"

„Kannst du das Tanzen für mich heute Abend übernehmen? Ich kann nicht. Ich fühl' mich nicht und Jerry kommt doch zu mir. Und ich habe keine Ersatztänzerin bekommen." In Yonas Zügen liegt ein Flehen. „Du bräuchtest auch nur die eine Nummer zu tanzen, die im Kleid, nicht die im Trikot. Und Nuka kann selbstverständlich hierbleiben. Jerry wird sich freuen."

„Ich auf der Bühne der Gambling Hall? Ich?"

„Warum nicht? Du kannst doch tanzen, warst schon auf Bühnen."

Sophie überlegt, seufzt, kommt zu dem Schluss, dass die Reise ihr alles abverlangt, dass sich gerade alles überschlägt und dass es verrückter nicht mehr werden kann. So what, sagt sie sich und willigt ein.

„Oh klasse, Sophie! Danke!"

Yona steht auf und drückt Sophies Arm. Sie geht zum Schrank und nimmt ein schwarzes, wallendes Kleid mit rot-weißem Taft-Petticoat vom Bügel. Sie hält es Sophie lächelnd hin – ein bisschen stolz.

„Wow! Das ist ja der Hammer!“ Sophie steht auf. Sie ist ganz zittrig von dem Hin und Her im Kopf, nimmt das Kleid, hält es hoch, streicht über den glänzenden Stoff. „Passen müsste es. Echt verrückt, das Teil!“

Sie zieht sich schnell aus, schlüpft hinein, lässt sich das Kleid am Rücken zuschnüren. Yona reicht ihr transparentschwarze Nylons und ein rotes Strumpfband für das rechte Bein.

Sophie lacht auf, zieht daran. „Schrill!“

Yona legt die Hand an ihren Mund. „Mist, an eins hab’ ich noch nicht gedacht. Welche Schuhgröße hast du?“

„Lebe auf kleinem Fuß. Siebenunddreißig.“

„Dann müssen wir vorne was reinstecken.“ Yona holt schwarze viktorianische Schnürstiefel vom Schuhregal, Watte aus dem Bad und stopft sie in die Spitzen der Stiefel.

Sophie zwängt ihren Fuß durch den schmalen Schaft in den Stiefel und schnürt ihn zu. „Nicht grad’, was man bequem nennt, aber die Spitzenschuhe, das war auch kein Wellness.“

Sie blickt an sich hinab. Wie ’ne Barbiepuppe, denkt sie, tritt vor den Spiegel, fährt mit der Hand über das hautenge Trägeroberteil des Kleides und hat das Gefühl, auf eine fremde Frau zu blicken, die gerade aus dem Moulin Rouge in Paris hereinspaziert ist.

„Krass! Ich in so ’nem Kleid auf der Bühne der Diamond Gerties Gambling Hall. Unglaublich! Bunter geht es nicht mehr!“

„Hast du ’nen schwarzen Slip?“, fragt Yona.

„Ja, schwarze Pants, schwarzen BH.“

„Push-Up?“

„Soll ich jetzt auch noch ’ne Stripnummer machen?“

„Nein“, sagt Yona lachend, „keine Sorge! Nur damit das hier oben“, sie deutet auf ihren Busen, „ein bisschen gefüllt wird.“

„Leider nein.“

„Na ja, egal.“

„Hier, das noch!“ Yona greift noch einmal in den Schrank und drückt Sophie eine Lockenperücke in die Hand.

„Schwarze Locken! Das ist ja schräg! Das ist ja die reinste Maskerade!“ Sie lacht.

„Musst du nicht aufsetzen, aber lange Haare sind denen da lieber.“ Yona schiebt eine CD in den Player. Die typisch französische Cancan-Klaviermusik erklingt. „Komm, versuch’s mal. Ist ’n bisschen eng hier, aber um den Rhythmus draufzukriegen und für die Beinarbeit reicht’s.“

Yona schiebt den Sessel beiseite, wirft ihre Beine hoch, steht auf einem Bein und macht mit dem anderen eine kreisende Bewegung in der Luft, dreht sich, streckt Sophie ihren Po entgegen und wedelt mit den Händen darüber hin und her, als hielte sie den Saum des Kleides in der Hand.

Jetzt muss Sophie laut lachen. Beide lachen, immer ausgelassener, während Sophie jeden Schritt und jede Bewegung einübt. Für einige Minuten ist alles Belastende vergessen.

„Das krieg ich hin“, sagt Sophie schließlich, ganz aus der Puste.

„Und du musst nachher auf der Bühne dazu juchzen und schreien.“

„Oh jeh, sonst noch was?“

Sie fallen sich in die Arme und als sie sich wieder loslassen, taumelt Yona rückwärts. Sophie greift ihren Arm, stützt sie und bringt sie zum Bett. Erschöpft sinkt sie zurück.

„Ja, es geht los", sagt Yona matt. Sie dreht sich auf die Seite, von Sophie weg, drückt ihr Gesicht ins Laken. „Ich werde wohl nicht mehr tanzen können."

Sophie setzt sich, das Kleid unter ihr glatt ziehend, auf die Bettkante und legt ihre Hand auf Yonas Schulter. „Es tut mir so schrecklich leid", sagt sie mit warmer Stimme, ihre eigenen Tränen unterdrückend.

Nuka ist auch zur Stelle, leckt Yonas Füße.

„Brauchst du irgendwas? Soll ich was besorgen?", fragt Sophie.

Yona dreht sich auf den Rücken, schüttelt den Kopf. „Ich würde jetzt gern allein sein, Sophie, sei mir nicht böse. Joshua bringt Jerry nachher vorbei. Ich muss mich auf ihn vorbereiten, muss mir die richtigen Worte für ihn zurechtlegen."

„Kann ich dich denn so allein lassen?"

„Kein Problem. Es geht schon wieder. War nur 'n bisschen wild eben." Yona stützt sich auf die Ellenbogen, rückt zur Wand zurück und lehnt sich an.

Sophie steht auf und zieht sich um, denkt an Joshua, an Jerry, sortiert, verwirft.

„Ich rufe gleich in der Gambling Hall an und sag Bescheid, gebe denen deinen Namen. Wenn sie Bedenken haben …, auch egal. Nancy hab' ich schon gesagt, was ich vorhabe. Sie wird dich in Empfang nehmen. Sei spätestens um acht Uhr dreißig da, Marlen und sie werden dir den Ablauf erklären und dann schau einfach, was die anderen machen. Da drüben ist 'ne große Tüte für die Klamotten … Die Tür lasse ich offen. Ist egal, wann du Nuka holst. Ich bin ja hier."

Sophie legt das Kleid sorgsam zusammen und packt es mit den anderen Sachen in die Tüte. Sie lächelt Yona zu, geht zur Tür. Nuka folgt ihr unaufgefordert, wie immer.

„Nein, Nuka, du bleibst hier und leistest Yona Gesellschaft“, sagt Sophie freundlich-bestimmt und zieht den Hund sanft zum Bett.

Yona legt ihre Hand auf Nukas Kopf und streichelt ihn. Er schaut zu Sophie, scheint aber zu begreifen und setzt sich.

Sophie nimmt die Tüte, geht langsam zur Tür und öffnet sie. „Du hast ja meine Handynummer. Wenn was ist, ruf an.“

Yona nickt, lächelt. Dann ist Sophie draußen. Langsam geht sie die Treppe hinunter, fühlt sich wie in einem schlechten Traum. Die Anspannung kehrt zurück. Joshua? Ihr Joshua? Hier in Dawson? Mit einem Indianerjungen? Nein, das ist er nicht, das kann nicht sein, tönt es in ihr, immer und immer wieder.

Kapitel 34

Jerry ist völlig aufgedreht von seinem Ausflug zurückgekommen, hört nicht auf zu berichten. Er zeigt Joshua voller Stolz eine Tüte mit Goldstaub, eigentlich eher winzige Steine mit einem Hauch von Gold, die sie wohl alle bekommen haben. Das war in dem hohen Preis für die Tour dabei. Nun sitzen sie sich im Café gegenüber und trinken Coca Cola. Jerry hat einen Pfannkuchen heruntergeschlungen. Er hatte einen Bärenhunger, trotz Picknick. Seine Begeisterung hat Joshua ein bisschen gepusht, aber so richtig konzentrieren kann er sich nicht auf seine Erzählungen.

Jerry bleibt das nicht verborgen. Nun kehrt auch er aus seinem Goldgräber-Abenteuer zurück in die Gegenwart. „Wo wohnt Mom, in einer Wohnung oder in einem Haus?“, will er wissen.

„In einer Wohnung in einem kleinen Stadthaus“, erklärt Joshua.

Und er sieht Yona vor sich, sieht sie in seinen Armen, an die Wand gelehnt, ihm ihren nahenden Tod so radikal offenbarend. Der Schmerz kommt zurück und er blickt angstvoll auf seine Uhr. Noch eine Stunde haben sie, dann würde er Jerry bei ihr abliefern. Dann wäre nichts wie vorher.

„Wie sah sie aus? War sie geschminkt?" Jerry fasst an seinen Mund, verzieht das Gesicht zu einer Grimasse und macht das Malen mit einem Lippenstift nach.

„Nein, Jerry, sie war nicht geschminkt. Sie sah sehr hübsch aus, aber auch sehr erschöpft. Du musst gleich ganz lieb zu ihr sein, hörst du?"

„Ich muss gar nicht!", erwidert Jerry mit Trotz in der Stimme. „Sie war ja auch nicht nett zur mir. Sie hat mich verlassen."

„Sie wird dir erzählen, warum sie das tat, und du wirst es verstehen."

„Hat sie dir gesagt, warum?"

„Ja, aber ich möchte, dass sie es dir erzählt."

Jerry macht ein Schmollgesicht, blickt auf den Tisch. „Dann erzähl ich dir auch nicht, was Jonny mir erzählt hat."

„Okay." Joshua zuckt die Schultern.

„Ich geh nicht zu ihr", sagt Jerry plötzlich.

„Wie bitte?"

„Sie will mich doch sowieso nicht."

„Hey, das ist doch Quatsch, Jerry! Sie liebt dich. Sie hat dich ganz furchtbar vermisst, und sie hat es nicht verdient, dass du ..." Er bricht ab, legt seine Hand auf Jerrys Arm. „Ich kann ja versteh'n, dass dich das sehr verletzt hat, und es hat sicher ganz schrecklich wehgetan. Aber bitte, Jerry, versuch ihr zu verzeihen. Es geht ihr sehr schlecht!"

„Warum geht es ihr schlecht?"

„Jerry! Sie wird es dir erklären.“

Er nickt düster.

Als Joshua endlich mit ihm vor Yonas Wohnungstür steht, ist ihm, als drehe sich alles in ihm. Er wünscht sich, dass Yona gesund vor ihm stünde, dass sie … Und plötzlich kommt ihm Sophie in den Sinn. Sie drängt sich dazwischen, erscheint mit ihrem hellen Gesicht voller Optimismus vor seinem inneren Auge. Wo mag sie gerade sein? Auch irgendwo unterwegs?

Jerry drückt auf den Klingelknopf. Es dauert einen langen Moment, bis sich die Tür öffnet und Yona vor ihnen steht. Sie starrt Jerry an. Ihr Blick schweift kurz zu Joshua. Sie steht einen Augenblick reglos vor ihnen, bis die Angst aus ihren Zügen weicht und den Weg freigibt für ein warmes Lächeln voller Liebe. Sie schlingt ihre Arme um Jerry und zieht ihn an sich. Jerry legt seine Arme um ihre Hüften und den Kopf an ihre Brust. So stehen sie schweigend, während Joshua Yonas Blick hält, der über Jerry hinweg auf ihn gerichtet ist, gefüllt mit der gesamten Palette an Gefühlen, die die menschliche Psyche in einer erartigen Situation bereithält.

Yona schiebt Jerry sanft von sich fort und mustert ihn. „Du bist hier, mein kleiner großer Junge, mein Held, ich kann es noch nicht fassen.“ Sie lächelt, kann ihre Tränen nicht mehr halten.

„Warum weinst du, Momma?“, fragt Jerry irritiert.

„Weil ich mich so freue“, sagt Yona. „Komm, setz dich. Ich habe einen Green-apple-Cocktail für dich und ein Eis und auch Popcorn.“ Sie kämpft die Tränen nieder, fängt sich langsam.

Joshua fühlt sich jetzt fehl am Platz. „Ich gehe dann“, sagt er leise.

„Warum gehst du?“, fragt Jerry.

„Damit ihr jetzt allein sein könnt. Es gibt sicher viel, worüber ihr reden müsst."

„Ich möchte, dass du hier bleibst", erwidert Jerry.

Joshua bleibt mit dem Rücken zur Tür stehen.

Yona geht zum Kühlschrank, während aus dem Bad ein Winseln ertönt.

„Da ist ja ein Hund!", ruft Jerry aus.

„Ja. Ich habe ihn eingesperrt, damit du erstmal mich begrüßt", sagt Yona, jetzt mit einem Lächeln. „Es ist der Hund einer Touristin, die ich hier kennengelernt habe." Sie geht zum Badezimmer, öffnet die Tür und der Hund stürmt auf drei Beinen ins Zimmer, sofort auf Jerry zu.

„Ich kenne ihn!" Jerrys Stimme überschlägt sich fast. Er springt auf, nimmt den Hund in die Arme, setzt sich auf den Boden und krault ihm den Bauch. „Cool. Es ist der Hund vom Campingplatz, Josh! Siehst du sein Bein?"

„Ja, stimmt."

„Was ist mit seinem Bein?", fragt Jerry.

„Es ist gebrochen. Er ist angefahren worden", erklärt Yona.

Jerry nickt. Er setzt sich wieder auf die Couch, und Nuka legt sich vor seine Füße.

Joshuas Blick ruht auf Yona. Er beobachtet ihre weichen, aber müden Bewegungen, ihr Bemühen, erst einmal Normalität herzustellen. Und er verspürt wieder das unbändige Verlangen, sie in seine Arme zu schließen, ihren weichen Körper an seinem zu spüren, ihren Kummer aus ihr herauszusaugen und ihr alles zu geben, was an Wärme in ihm ist.

Jerry sieht sich um. „Was sind das für Frauen?", fragt er mit Blick auf die alten Schwarz-Weiß-Fotos an der Wand.

„Das sind Tänzerinnen aus der Zeit, als hier ganz viele Menschen gewohnt haben, als hier ganz viel Gold gefunden wurde."

„So wie das hier, nicht?" Jerry zieht das Medaillon unter seinem T-Shirt hervor.

„Ja, Jerry." Sie lächelt.

„Dann waren die Leute hier ganz reich, nicht?"

„Viele, aber nicht alle."

„Und was machst du hier?"

„Ich tanze für die Leute. Ich verdiene viel Geld für uns beide."

„Aber jetzt kommst du doch nach Hause, nicht?"

Yona wird ernst. Sie geht zu Jerry und nimmt ihn in den Arm.

Joshua dreht sich langsam um, legt die Hand auf die Türklinke und drückt sie herunter. Sein Blick trifft den von Yona. Alles in ihm gerät ins Wanken, als stünde er auf einem Schiff, das von Wellen verschlungen wird. Mit einem Ruck öffnet er die Tür, hält noch einmal inne und tritt schließlich ins Treppenhaus hinaus. Als die Tür hinter ihm ins Schloss fällt, vor ihm die steilen Stufen, ist ihm, als würde er auf der Brücke stehen. Für einen kurzen Augenblick wünscht er sich zu fallen. Dann geht die Tür hinter ihm noch einmal auf.

„Josh, wann kommst du wieder?", hört er Jerry rufen, wie aus einer anderen Welt.

Er zuckt zusammen. „Nachher, also, ich weiß noch nicht. Irgendwann …"

Yona kommt heran. „Ich lasse die Tür offen", sagt sie. „Du kannst kommen, wann du willst. Wir sind ja hier."

Joshua nickt und steigt wie in Trance die Treppe hinunter. Als er auf die Straße tritt und in die Außenwelt zurückkehrt, findet er wieder Halt unter den Füßen. Er wandert ziellos durch die Stadt, ohne sie wirklich wahrzunehmen. Sein Kopf ist zum Bersten mit Gedanken an gestern und morgen gefüllt. Der Abschied von Jerry steht ihm bevor, macht ihm Angst vor sich selbst. Aber wie soll er, ohne Job und ohne Frau, für einen siebenjährigen Jungen sorgen? Mit Sophie wäre das alles anders gewesen.

Als er um eine Ecke biegt und vor der Diamond Gerties Gambling Hall steht, weiß er, dass er seinem Hirn eine Pause gönnen muss. Zu eng hat sich alles in ihm verwoben, zu wirr das Geflecht aus Gedanken und Gefühlen. Er würde so zu keiner Entscheidung finden.

Er beschließt, für eine Weile auf Zerstreuung umzuschalten, und betritt die riesige Spielhalle. Der Geräuschpegel, ein Gemisch aus ratternden, klingelnden Spielautomaten und Tausenden Stimmen hämmert erbarmungslos auf ihn ein. Seit Bens Konzert in Seattle war sein Gehör einem derartigen Lärm nicht mehr ausgesetzt. Die Stille der Natur hat die Resistenz dagegen gebrochen. Nur ganz allmählich gewöhnen sich seine Ohren wieder daran.

Er holt sich einen Whisky an der Bar, schiebt sich damit durch die Menschenmenge zur Bühne, vorbei an Spieltischen, an denen Karten und Chips hin- und hergeschoben werden und sich die Roulettekugeln heiß laufen, fest im Blick der angstvoll angespannten süchtigen Spieler, die sich darum herumdrängen. Sein Blick schweift über das riesige Wandgemälde von den Goldsuchern mit ihren Pferden und Planwagen im Schnee, über die unzähligen einarmigen Banditen, die Menschen in all ihren Facetten – überstylte Frauen mit blond-toupiertem Haar und Gold an Hals und Fingern, von Alkohol und Spielsucht gezeichnete Männer mit glasigem Blick, grobe, stämmige Kerle in Holzfällerhemden und Cowboyhut, elegant gekleidete Frauen, dazwischen Touristen in Outdoor-Kleidung.

Irgendwann, Joshua spürt die Dumpfheit des Alkohols in Kopf

und Beinen, ertönt aus den Lautsprechern eine männliche Stimme und es wird ein bisschen ruhiger in der Halle. Die Show wird angekündigt. Joshua holt sich einen weiteren Whisky und ergattert gerade noch einen Platz vor der Bühne. Eine füllige Sängerin in engem rot-goldenen Kleid eröffnet die Show, dann folgen vier junge Frauen in schwarzen Trikots und schließlich, prominent angekündigt, die legendären Cancan-Girls in ihren schwarzen, bunt gesämten Seidenkleidern. Mit anfeuerndem Klatschen und Pfeifen werden sie auf der Bühne empfangen. Die fröhlich-rhythmische Klaviermusik von Jacques Offenbach erklingt und die Frauen beginnen zu tanzen. Sie werfen ihre Beine hoch, schwingen ihre Kleider hin und her.

Joshua, überhaupt kein Freund solcher Shows, ist beeindruckt von den langen Beinen der hübschen Frauen und ihrer Gelenkigkeit. Eine von ihnen, mit schwarzen Locken und Wespentaille, ist manchmal nicht ganz richtig im Takt, blickt immer wieder verunsichert zu den anderen, scheint neu dabei zu sein. Joshua nimmt sie regelrecht ins Visier. Und bei näherem Hinsehen entdeckt er, dass sie trotz der schwarzen Haare Ähnlichkeit mit Sophie hat. Sein Blick weicht nicht von ihr, als alle fünf Tänzerinnen ein Rad schlagen, kreischen, sich umdrehen, nach vorne beugen, ihre Kleider lüften und den Petticoat über ihren Hinterteilen hin- und herschwenken. Wieder dem Publikum zugewandt, werfen sie ihre Beine bis fast an die Nase. Die Zuschauer applaudieren, einige pfeifen, doch im nächsten Augenblick verliert die Schwarzhaarige das Gleichgewicht, taumelt, kippt nach hinten und landet auf ihrem Hintern. Das Publikum bricht in Lachen aus. Die anderen Frauen machen unbeirrt weiter.

Gehört das zur Show, fragt sich Joshua, bis sichtbar wird, dass die Schwarzhaarige plötzlich blond ist und eine schwarze Perücke in der Hand hält. Sie wirft sie mit lässiger Geste hinter sich, rappelt sich hoch und reiht sich wieder zwischen den anderen Frauen ein.

Joshua ist, als würde sein Herz stehenbleiben. Er fasst an seine Brust um sicher zu sein, dass es noch schlägt, steht auf, starrt auf die Frau, die keine andere sein kann als Sophie, auch wenn das eigentlich unmöglich ist. Ich glaub, ich bin im Kino, tönt es aus ihm heraus. Er muss lachen, lacht, wie er in seinem ganzen Leben noch nicht gelacht hat. Er hält sich den Bauch, steht auf, winkt, drängt sich an den johlenden Zuschauern vorbei und steht schließlich dicht vor der Bühne. Es ist Sophie, ja, sie ist es! Und wieder muss er lachen, lachen, lachen. Alle Trauer, alle Last fällt von ihm ab.

Die Show ist beendet, die Frauen verbeugen sich immer und immer wieder unter dem frenetischen Beifall der Menge. Und plötzlich treffen sich ihre Blicke. Sophie erstarrt in gebeugter Haltung, lässt den Kleidersaum aus der Hand fallen. Die anderen Frauen verschwinden hinter dem Vorhang, nur sie bleibt unvermittelt auf der Bühne zurück. Das Klatschen des Publikums schwillt ab, alle Augen sind auf sie gerichtet. Joshua steht vor der Bühne und blickt zu Sophie hinauf. Ein Raunen geht durch die Zuschauerreihen. Sie erheben sich, einige sind bereits wieder an der Bar oder an den Spieltischen.

Sophie fährt sich mit den Händen übers Gesicht, schüttelt den Kopf und springt schließlich, eine Hand auf den Bühnenrand setzend, zu Joshua hinunter.

„Du bist es also tatsächlich", sagt sie, nach Atem ringend.

Joshua wiederholt genau ihre Worte und versucht sich zu fangen. Der Whisky zieht an seinen Beinen und benebelt sein Hirn.

Aber er steht und starrt in Sophies weit geöffnete grüne Augen.

„Das war nicht schlecht!“, sagt er schließlich.

Dann müssen sie beide lachen.

„Lass uns verschwinden, schnell!“, sagt Sophie plötzlich, sich zur Bühne umdrehend.

Joshua starrt sie an, findet kein einziges Wort. Sophie greift seine Hand. Hastig winden sie sich durch die Menge, vorbei an den Spieltischen und Spielautomaten zum Ausgang und stürmen hinaus. Auf der Straße angekommen, bleiben sie atemlos stehen, einen Augenblick lang schweigend in dem Versuch, zu begreifen.

Joshua schüttelt den Kopf. „Du hier, ich meine du als Cancan-Girl, du in Dawson?“

„Tja, und du?“

„Ich … nee, das kann ich jetzt nicht alles erklären, Sophie.“

„Wieso bist du hier, wieso hast du den Indianerjungen zu seiner Mutter gebracht? Wie kommt das alles? Woher kennst du sie?“

„Und du kennst Yona?“

„Ja.“

„Woher? Wie?“

„Wie sich Frauen so kennenlernen. Im Café.“

Joshuas Magen zieht sich zusammen.

Die Leute, die das Lokal verlassen, starren sie im Vorbeigehen neugierig an.

„Ich bin völlig wirr in der Birne! Ich muss jetzt erstmal aus diesen Klamotten raus und … Ich muss mich für diesen verpatzten Auftritt entschuldigen, für Yona. Sie soll das nicht ausbaden müssen.“

„War doch ’ne coole Show! Ich wette, die haben alle gedacht, dass dein Sturz ’ne Lachnummer sein soll.“

Sophie lächelt.

Joshua zögert einen Moment. „Und du hast Yona vertreten?" Er beginnt zu begreifen, fragt sich, wie viel Sophie weiß.

„Wenn ich zurück bin, lass uns doch rüber zu meinem Camper. Da können wir in Ruhe reden", sagt sie mit Aufregung in der Stimme.

„Schöne Idee, aber ich muss den Jungen noch abholen."

Sophie stutzt. „Warum musst du ihn abholen? Ist er jetzt nicht gut bei seiner Mutter aufgehoben?" Sie drückt sich ein Lächeln ins Gesicht. „Oder möchtest du zu ihr?"

Joshua blickt auf den Wolkensaum über den Dächern.

„Das ist okay, wenn es so ist. Ich habe kein Anrecht mehr auf dich." Sophie nimmt seine Hand. „Wie auch immer. Ich habe beschlossen, meinen Hund morgen abzuholen. Das erzähle ich dir auch alles später. Ich werde Yona noch Bescheid geben. Wenn du willst, kannst du zum Camper kommen. Wenn du nicht kommst, weiß ich, dass du den Jungen bei dir hast oder dass du bei Yona geblieben bist." Sie guckt Joshua aufmerksam an. „Verlieb dich nicht in sie", sagt sie mit gedämpfter Stimme. „Nicht wegen mir. Ich hoffe, du weißt … Also, wir sehen uns irgendwann, irgendwie auf dem Campingplatz. Ich stehe im hinteren Bereich. Es ist ein Adventurer, silbern mit weißem Aufsatz, aus Vancouver."

Joshua nickt, unfähig, irgendetwas zu denken oder zu sagen. Er mustert Sophie immer noch ungläubig, in dem schwarzen seidenen Kleid mit dem Taftrock, den Nylons, den schmalen Schnürstiefeln. Sie drückt noch einmal seine Hände, lächelt und verschwindet in der Gambling Hall.

Joshua setzt langsam einen Fuß vor den anderen, fühlt sich wie auf Glatteis. Die Luft ist kalt und trocken und verhilft ihm zu einem klaren Kopf. Als er vor dem Haus steht, in dem Yona wohnt, sieht er nur ein schwaches Licht im Fenster. Er geht die Treppe hinauf, zieht seine Schuhe aus, öffnet leise die Tür und späht ins Halbdunkel. Er macht ein paar Schritte, bleibt dann wie angewurzelt stehen, fast andächtig. Yona, Jerry und der Hund liegen ineinander gerollt auf einer Decke auf dem Boden, Yonas Arm um Jerry geschlungen. Joshua steht reglos da. Selbst sein Atem erscheint ihm aufdringlich in dieser friedlichen Stille. Eine Weile hält er die Luft an, versucht so leise wie möglich zu atmen.

Der Hund hebt den Kopf, nimmt Witterung auf und legt ihn wieder ab, als Joshua zurückweicht. Er steht noch einen Moment mit dem Rücken zum Ausgang, tritt schließlich hinaus und schließt leise die Tür. Er nimmt das Bild mit. Es brennt sich unauslöschlich in ihm ein.

Kapitel 35

Nur ein junges Paar und ein Mann in Tarnkleidung mit einem Geländewagen sind mit Joshua auf der Fähre. Das monotone Tuckern des Schiffsmotors, das sanfte Schlagen der kleinen Wellen am Bug, der blasse kühle Schimmer des Mondes auf dem unbeirrbar dahinfließenden Strom, gekräuselt von den Wellen. Es wird still in Joshua. Gedanken, Erlebtes, alles fließt mit dem Fluss dahin, friedlich, jenseits aller Gedanken.

Die Fähre legt an, der Geländewagen rumpelt über die Rampe an Land. Der Lärm holt ihn ins Geschehen zurück und zu Sophie. In seine Trauer um Yona mischt sich die Freude auf sie. Es ist eine klare, bedingungslose Freude. Der Groll darüber, dass sie ihn verlassen hat, ist verflogen. Und dennoch ist da unverändert das Verlangen nach Yona. Ist etwas falsch daran, wenn man zweigleisig liebt? Was würde geschehen, wenn Yona ihr Leben noch vor sich hätte? Wie würde er sich entscheiden?

Weil sich keine Antwort abzeichnet, schüttelt er das Was-wäre-Wenn aus sich heraus und forciert seine Schritte. Er geht an seinem Zelt vorbei direkt zu dem Camper, in dem Sophie auf ihn wartet – hoffentlich.

Und tatsächlich – es brennt noch Licht. Er klopft. Sekunden später steht sie vor ihm, das Makeup entfernt, in Leggins, Schlabberpullover und dicken Socken, so wie er sie liebt.

Sie lächelt. „Komm rein", sagt sie, ihr Blick pure Neugier.

Joshua steigt den kleinen Eisentritt empor. „Ist gemütlich!"

„Ja, fühle mich pudelwohl hier drin. Bin richtig traurig, dass es bald nicht mehr mein Zuhause ist."

„Und du hast das alles hingekriegt, ich meine die Technik, Gas, Abwasser, den ganzen Kram?"

„Siehst ja. Alles im grünen Bereich. So gesehen, brauche ich keinen Mann."

Joshua lächelt. „Und aufgeräumt wie immer."

„Klar, was hast du erwartet?" Sophie grinst. „Aber vollgestopft mit Fragezeichen. Das müssen wir erstmal abarbeiten."

Einen Moment lang fühlt es sich so an, als lägen Meilen zwischen ihnen.

Sophie mustert Joshua. „Hast ja 'ne richtige Matte gekriegt. Und der Bart! Bist 'n richtiger Naturbursche geworden, was?"

Joshua fährt sich unwillkürlich durch Haar und Bart.

„Ich glaube, ich hab' deinen Wagen gesehen. Alter weinroter Pickup-Truck?"

„Ja, das ist er."

„Du spielst wieder Gitarre?"

„Ja. Hab mir 'ne alte Gibson gekauft."

Sophie hält den Daumen hoch, blickt ihn kopfschüttelnd an. „Unglaublich! Cool! Komm, setz dich."

Joshua schiebt sich in die Sitzecke hinter den Klapptisch und Sophie holt Gläser aus dem Wandschrank über der Spüle.

„Wein?"

„Du hast Wein im Haus, wenn man's so nennen will?"

Sophie zwinkert. „Wir haben uns wohl beide ein bisschen gemausert."

„Stimmt. Und deshalb für mich jetzt keinen Alkohol mehr. Hatte zu viel Whisky. Gern 'n Wasser oder sowas."

Sophie nimmt die Apfelsaftpackung aus dem Schrank, gießt beiden daraus ein und setzt sich Joshua gegenüber auf die Bank.

„Josh, erstmal vorweg", sagt sie ernst. „Ich freue mich über dieses unverhoffte Treffen."

Joshua lächelt zurückhaltend.

„Hätte nie gedacht, dass du alleine reisen würdest."

„Ich hatte meine Gründe."

„Dann warst du das doch, da in dem roten Pickup auf dem Highway von Seattle nach Vancouver?"

„Wie? Du hast mich da gesehen?"

„Ja, als Beifahrer von 'ner verdammten Zicke, die mich nicht in die Spur lassen wollte!"

Joshua lacht auf. „Das ist ja krass!"

„Darf ich fragen, wer die Frau war?"

„Hab für sie nach Golfbällen getaucht. Das ist hier 'n lukrativer Job."

„Verrückt! Na, ja, tauchen kannst du ja."

„Du weißt ja, dass ich nicht an Vorhersehung und sowas glaube, aber dass wir uns da begegnet sind, und überhaupt, das hier mit uns, das ist kein Zufall!"

Sophie schüttelt den Kopf. „Ne, bestimmt nicht.“

Sie trinken ihren Saft, sehen sich unschlüssig und erwartungsvoll an.

„Josh, jetzt will ich alles wissen, alles, hörst du?“, sagt Sophie.

Er sortiert, überlegt und beginnt schließlich zu erzählen. Als er bei der Golden Gate Bridge ist, versteinert Sophie. Mit Entsetzen in ihren Augen nimmt sie seine Hände, setzt an und stockt. Einen Augenblick lang ist dunkles Schweigen.

„Ich hätte nicht gedacht, dass du …, ich meine der Job, er bedeutete dir doch nicht viel und ich …“, presst Sophie vorsichtig heraus.

Joshua zuckt die Schultern. „Es kam alles zusammen, die alten Wunden, keine Arbeit, keine Perspektive, Wertlosigkeit und eben du, na ja. Weiß auch nicht, war alles zu viel.“

Sophie drückt seine Hände und blickt ihm in die Augen. Wieder sitzen sie stumm voreinander, beschäftigt mit den inneren Bildern.

Plötzlich lichten sich Sophies Züge und sie lächelt. „Mensch Josh, welch ein Segen, diese Arbeitshose, über die ich immer gelacht habe, verdammt, sie hat dir tatsächlich das Leben gerettet!“

Joshua nickt, lächelt. „Schwarzer Humor war doch immer meins.“

„Ja, das stimmt. War leider meist mehr schwarz als komisch.“ Sie sieht ihm fest in die Augen. „Bist du jetzt …, ich meine bist du stabil, gefestigt, wenn man so will, geheilt?“

„Ich denke schon, aber ganz genau weiß man das wohl nie. Man kommt sich selbst ja nie ganz auf die Schliche.“ Er dreht sein Glas in der Hand, denkt an Jerry und fährt fort, zu berichten.

Sophie hört gebannt zu, mal entsetzt, mal lächelnd und schließlich zutiefst beeindruckt.

„Ausgerechnet du mit einem Kind an der Seite“, sagt sie irgendwann ungläubig, den Kopf schüttelnd.

„Und du mit einem Hund, den ich eigentlich immer wollte! Schon verrückt“, erwidert Joshua.

Kurzes Schweigen.

„Und deine Geschichte?“, fragt er.

Sophie setzt sich zurück und beginnt zu berichten, von ihrer Wanderung zum Murtle River und ihrer Rettungsaktion, von Steve, streift kurz ihr anfängliches Interesse an ihm und Joshua horcht auf. Sie beeilt sich, von seinem Freund Justin und ihrem Reitausflug zu erzählen, gefolgt von Peggy und Nuka und schließlich von der Begegnung mit Yona. Dann stockt sie, holt ihre Kamera und klickt sich durch die wenigen Bilder, die sie von ihrer weiten Reise gemacht hat.

„Schau mal“, sagt sie, „seid ihr das etwa, du und der Typ, der dich gerettet hat?“ Sie hält Joshua die Kamera hin.

Er starrt auf das Display, zieht es größer. Einen Moment lang bleiben ihm die Worte weg. Dann ein flaches Lächeln. „Ja, das sind wir. Krass. Ich fass' es nicht.“ Er schüttelt ungläubig den Kopf. „Verdammt, das ist ja alles … wie im Film!“

Es ist drei Uhr morgens, als ihnen endlich die Luft ausgeht. Sie nippen an ihren Gläsern, sitzen stumm und unentschlossen voreinander, zurückgelehnt, die Hände auf dem Tisch.

„Es tut mir so schrecklich leid, Josh“, sagt Sophie nach einer langen Pause. „Ich hab' nicht geahnt, wie sehr ich dir wehtun würde. Ich war so unsensibel, hab' nichts begriffen.“ Sie schüttelt den Kopf und lächelt dann. „Nur – nach diesem Beinahe-Sturz wirkst du, als seiest du einer Nebelwolke entstiegen.“

„Ja, so fühlt es sich auch an. Es passieren einem eben die Dinge, die schon irgendwie in einem angelegt sind.“

Sophie nickt. „Jetzt könntest du wirklich einen Roman schreiben."

„Das hab' ich vor, Sophie. Aber erstmal …" Er bricht ab, fährt sich mit beiden Händen übers Gesicht. „Du musst jetzt unbedingt Jerry kennenlernen", sagt er nachdenklich.

„Yona hat mir von ihrem Sohn erzählt. Über ihre Krankheit spricht sie nicht, aber ich vermute …" Sie bricht ab. „Verdammt, das Leben ist manchmal so ungerecht. Warum muss sie jetzt sterben, warum Josh, warum gerade jetzt, wo sie so sehr gebraucht wird?"

Joshua denkt nach, legt seine Hände in den Schoß. „Das Leben kann grausam sein, aber ungerecht? Ist das nicht ein menschengemachter Begriff für das Nichtverstehen des Lebens? Alles, was passiert, ist doch ein endloser Strom von Ereignissen und Folgen. Wir Menschen zerstückeln dann alles, beurteilen, verurteilen, bemessen und legen unsere ganz eigene Farbe darauf. Wir versuchen zu begradigen und verlieren den Blick für die Wahrheit." Joshua blickt Sophie an. Sie wirkt gleichsam erstaunt und abwägend.

„Du gibst Jerrys Schicksal also einen Sinn?"

„Nein, Sophie, nichts hat letztendlich einen Sinn. Das ist es doch, was wir immer versuchen in dieses Leben reinzubrennen. Ich sehe nach wie vor keinen Sinn – ich meine einen verbindlichen. Aber das, was wir tun können, damit wir dieses Leben ertragen, und das habe ich jetzt begriffen, ist, ihm unseren ganz eigenen Sinn zu geben."

„Vielleicht hast du Recht", sagt Sophie. „Etwas in einem wehrt sich gegen solche Schicksalsschläge. Aber vielleicht ist es gerade das, was sie zu Tragödien werden lässt." Sophie atmet tief durch, senkt den Blick, umfasst ihr Glas.

Eine Weile sitzen sie sich stumm und versunken gegenüber.

„Ich hab's mir und anderen oft schwer gemacht, weil ich zu viel abgelehnt habe", sagt sie leise. „Ich hab' immer versucht, sehr viel Farbe aufzutragen. Ich wollte immer nur vorwärts, verändern, verbessern, hatte so entsetzlich viele Erwartungen, dass mir manchmal schwindelig davon wurde. Jetzt fühle ich mich …", sie überlegt einen Moment lang, „irgendwie freier, ausgemistet, entschlackt."

Joshua lächelt, wird dann sehr ernst, verharrt in seiner Haltung, als würde ihn etwas festhalten. „Ich muss Jerry zu mir nehmen, Sophie, wenn er es möchte. Es geht gar nicht anders."

Mehrere Sekunden vergehen, bis Sophie die Tragweite dieses Entschlusses ein kleines bisschen erahnen kann. Sie vermag kaum zu glauben, dass es Joshua ist, der das gerade gesagt hat. Sie spürt die Dringlichkeit einer eigenen Entscheidung und ist doch noch nicht soweit, weiß sie doch noch nicht einmal, ob sie überhaupt in dieses ganze Geschehen einbezogen wird.

Sie sitzen sich gegenüber, zögern, wie auf der Lauer, angespannt, abwartend, erwartend. In der Ferne ein Heulen. Beide horchen auf, ahnen, dass das kein Hund ist, wissend, dass alles gut ist, so wie es ist.

Schließlich nimmt Sophie Joshuas Hand. „Ich hab' gesagt, ich sähe keine Perspektive mehr für uns beide, Josh. Ich möchte das jetzt revidieren."

„Na ja, ich hab' das ja auch zu mir selbst gesagt, ich meine damals. Aber dann kam diese, wie soll ich's ausdrücken, dieser Flash, da draußen … am Fluss, im Zelt mit Jerry. Diese Klarheit da draußen, diese verdammte Ehrlichkeit, alles ohne Schminke, ohne dieses Immer-noch-eins-drauf-setzen-Müssen."

Sophie nickt beipflichtend.

Einen Moment lang herrscht Stille. Joshua zieht seine Hand unter Sophies hervor, legt sie auf ihre, drückt sie und zieht sie dann zurück.

„Seh'n wir uns morgen bei Yona?“, fragt er.

„Na ja, werde die Sachen zurückbringen und …“ Sie stockt, schüttelt den Kopf. „Wie nebensächlich, was?“ Ein kurzes Lächeln, dann verdunkelt sich ihr Blick. „Ich möchte mich von Yona verabschieden, natürlich. Ach, Josh, es ist so verflucht traurig.“

Sie stehen beide auf.

„Oder willst du lieber mit ihr und Jerry allein sein?“

Joshua steht einen Augenblick lang wie gelähmt vor ihr.

„Nein, wäre schön, wenn du dabei bist“, kommt es schließlich aus ihm heraus. Er geht langsam zur Tür.

„Du kannst gern hier schlafen. Wir können die Sitzecke hier zu einem Bett umwandeln.“

„Nein, Sophie, ich gehe ins Zelt. Mein Bett dort, wenn ich's mal so nenne, ist gemacht. Ich muss mich nur reinlegen.“

Er streicht über ihren Arm und öffnet die Tür.

„Oder … du schläfst bei mir im Bett. Das ist breit genug. So fremd sind wir uns ja nicht, auch wenn es sich gerade ein bisschen so anfühlt.“ Sie lächelt unsicher.

„Ich muss erstmal alles sacken lassen, Sophie. Wir haben noch ganz viel Zeit - vermutlich“, gibt Joshua zurück.

„Ja, … klar.“ Auch Sophie steht jetzt auf. „Spielst du mir morgen was auf deiner neuen Gitarre vor, dieser …?“

„Gibson. Ja, gern. Wird aber sicher was Trauriges.“

Er tritt in den kühlen Morgen hinaus und geht zu seinem Zelt.

Kapitel 36

Am Abend des folgenden Tages sitzen sie im chinesischen Restaurant, starren auf ihre Teller, auf denen das Essen kalt wird.

Joshua mit Jerry auf der einen Seite des Tisches, Sophie gegenüber. Nichts geht. Zu stark zeichnet sich das Bild vom Abschied vor ihnen ab, draußen, vor Toms Blockhaus, zwischen den schlanken Hemlocktannen, unter einem Himmel, über den vereinzelte Wolken schwebten, leicht, in unschuldiger Gleichgültigkeit, schneeweiß, träge dahintreibend.

Sie standen im Kreis, Hand in Hand – Yona, Joshua, Sophie, Jerry, Nancy und Tom, Nuka hinter Sophie. Yona las das Gedicht ihres Schwiegervaters, die Adlerfeder, die er ihr zur Hochzeit geschenkt hatte, in ihrem Haar. Jerry hatte sein Medaillon über sein T-Shirt gelegt. Das Gedicht handelte von der Erde, dem Großen Geist, vom kleinen Menschen mit seinen kleinen Schicksalen, von Adler, Krähe, Rabe und Bär und der unaufhaltsamen Wandlung vom einen ins andere. Joshua hatte einen Song auf der Gitarre gespielt. Und schließlich der Abschied.

Sophie und Joshua haben nach der Zeremonie mit Nancy und Tom im Haus auf Jerry gewartet. Er hat nicht geweint. Er sagte: „Momma geht jetzt jagen.“ Und dann stand er da und drehte sein Medaillon in der Hand. „Sie hat gesagt, dass das Sterben nicht schlimm ist. Wenn es so weit ist, will sie sich unter einen Baum legen und an mich denken – nur an mich. Und dann wird sie ein Adler sein. Ich soll immer wieder zum Himmel gucken, hat sie gesagt. Da kann ich sie dann sehen.“

Sie sitzen noch eine lange Weile stumm vor ihren Tellern. Hin und wieder fällt ein Wort, ein kurzer Satz, aber alles scheint zu banal, zu plump. Immer wieder beugt sich Jerry zu Nuka hinunter, streichelt ihn, spielt an der Tischdecke herum, dann mit dem Besteck, lässt einen Bierdeckel vom Tisch rollen und lässt ihn liegen.

Mit der Rechnung werden, wie sollte es anders sein, Glückskekse serviert. Und plötzlich ist es, als wache Jerry aus einem schlechten Traum auf. Er greift nach den Keksen, packt alle drei aus, bricht einen Keks nach dem anderen auf, liest, legt zwei davon gelangweilt zur Seite, isst, öffnet den Letzten . Er blickt lange auf den Text. „Kannst du es mir vorlesen?“, fragt er Joshua.

Joshua nimmt den Zettel. „„Wenn der Wind der Veränderung weht, bauen einige Menschen Mauern, einige Windmühlen. Altes chinesisches Sprichwort.‘“

„Was sind Windmühlen?“, fragt Jerry, von Joshua zu Sophie blickend.

„Oh“, sagt Sophie, „wie soll ich das erklären? Es sind große Schwingen, die sich im Wind bewegen und mit der Luft, die sie dabei einfangen, etwas antreiben und damit Korn mahlen. Heute eigentlich nicht mehr. Heute haben wir Windräder, die Energie erzeugen.“

„So wie ein Adler, der in der Luft seine Flügel rauf und runter bewegt und dadurch seine Energie bekommt?“

„Genau, Jerry.“

Sie übernachten alle drei in Sophies Camper. Jerry liegt auf dem ausgeklappten Bett in Sichtweite. Eine kleine Wandleuchte wirft ein schwaches Licht auf ihn hinab, ein Traumfänger hängt über ihm, Nuka liegt im Gang, genau in der Mitte zwischen ihnen. Sophie hat den Traumfänger in Dawson gekauft, Joshua hat mit Hilfe seines Schweizer Offiziersmessers kurzerhand ein Loch in die Verschalung der Decke gebohrt und ihn an einem Haken aufgehängt.

Nun liegen sie beide, noch ein bisschen zurückhaltend, aneinandergeschmiegt, hellwach, ganz im gestrigen Tag gefangen, damit beschäftigt, das Erlebte zu verarbeiten, Jerry dabei im Auge. Sie sind nicht sicher, ob er schläft. Eine Weile ist Stille und alles wirkt friedlich. Dann nimmt Sophie eine Bewegung war.

„Josh?“, sagt Jerry zaghaft, entschuldigend.

Joshua setzt sich auf, springt aus dem Bett zu Jerry.

„Ich hab' Angst“, sagt er mit entschuldigender Stimme.

Sophie pellt sich aus dem Bett, bleibt hinter Joshua stehen, der seine Arme um den Jungen schlingt, ihn zu sich hochzieht. Jerry lässt sich in Joshuas Arme sinken, bemüht das Schluchzen zu bremsen.

„Lass es raus, Jerry. Ein Mann darf weinen. Erst wenn er sich erlaubt zu weinen, ist er ein echter Mann.“

Sophie hat sich hingehockt, eine Hand auf Jerrys Brust, Nuka neben ihr.

„Ich mag Adler“, sagt Jerry stockend, „aber wenn Mom doch vielleicht gar nicht stirbt!“ Er wischt sich die Augen.

„Oh Jerry, doch, sie wird sterben, sie weiß das. Sie hätte das sonst nicht gesagt“, erklärt Sophie mit aller Zartheit in ihrer Stimme, die sie aufbringen kann. „Lass sie in den Himmel fliegen, damit sie ihre Flügel über dir ausbreiten kann, Jerry. Du musst sie loslassen, dann ist sie für immer bei dir, in deinem Herzen, über dir, in allem, was du siehst, da draußen.“

Jerry nickt schwach.

„Komm“, sagt Joshua. „Komm mit rüber. Ist genug Platz für drei.“

Er nimmt Jerrys Arm, hilft ihm aus dem Bett, hinüber in das große, holt den Traumfänger und hängt ihn ans Fenster.

Joshua und Sophie nehmen Jerry in ihre Mitte.

„Kann ich immer bei euch bleiben?“, fragt er ganz leise.

„Klar!“, sagen Sophie und Joshua wie aus einem Munde.

Sie lächeln sich an. Alle Bedenken, Ängste, Zweifel wie weggeblasen.

„Vielleicht ist Dad jetzt auch ein Adler.“

„Genau. Und dann sind deine Mom und dein Dad wieder zusammen", sagt Sophie.

Jerry blickt zur Decke, versunken, wird ruhiger.

„Wo ist Nuka?", fragt er plötzlich. Er setzt sich auf.

„Da unten, vor dem Bett", sagt Sophie.

Jerry dreht sich zum Fußende auf den Bauch, streckt seinen Arm nach unten und streichelt den Hund. Dann robbt er wieder zurück, legt sich auf den Rücken und schließt die Augen.

„Es wird noch ganz, ganz viele große runde Morgensonnen für uns geben, für uns alle zusammen, Jerry", sagt Sophie, eine Hand auf seiner Brust. Sie fühlt das Medaillon unter seinem T-Shirt. Er hatte es ihr stolz gezeigt.

Jerry öffnet die Augen, nickt schwach und schließt sie wieder. Sie versuchen zu schlafen, alle drei nebeneinander, Nuka zu ihren Füßen.

Am nächsten Morgen scheint die Sonne in das kleine Fenster des Campers, direkt auf Jerrys Gesicht. Er schläft noch. Sophie blickt ihn lange an - sehr lange. Dann steht sie leise auf und macht Frühstück. Joshua sitzt bereits über die Kanadakarte gebeugt am Tisch. Bis nach Whitehorse würde die Route sie alle drei zusammenhalten. Dort würden sich ihre Wege vorerst trennen.

Sophie versucht, den Gedanken an den Flieger wegzudrängen. Der bevorstehende Abschied erscheint ihr wie ein schwerer Fels, der auf sie zurollt.

Als Jerry erwacht, ist er sofort bei Nuka, lehnt es ab, sich zu waschen und will mit ihm nach draußen. Sophie hebt ihren Hund die Treppe hinunter, drückt Jerry die Leine in die Hand und lässt die beiden davontrotten.

Nach einem starken Kaffee, der auf Sophie wie ein Jungbrunnen wirkt, Orangensaft für Jerry und einem Müsli mit frischem Obst für alle, sind sie auf dem Highway, Joshua in seinem alten Chevi, Sophie, Jerry und Nuka vor ihm im Camper. Jerry hatte lange überlegen müssen, bei wem er mitfahren wollte, aber Joshua hatte darauf bestanden, dass die drei zusammen fahren. „Calm After The Storm" von den Common Linnits läuft im Radio. Joshua singt leise mit. Der Song gehört zu seinem Cover-Repertoire.

Dann schrillt sein Handy dazwischen. Jerry ist dran. „Josh, überhol uns mal. Du musst das sehn! Es sieht aus, als wenn er Sophie sagt, wo es lang geht."

Die Verbindung bricht ab, und Joshua steuert den Wagen nach links zum Überholen. Der Highway ist leer bis zum Horizont und er kann sich Zeit lassen. Als er neben Sophies Camper ist, lässt sie das Fenster runter. Nuka sitzt mit emporgerecktem Kopf zwischen Sophie und Jerry und sieht konzentriert aus der Windschutzscheibe. Seine Ohren flattern im Fahrtwind.

„Ja, als ob er fährt", schreit Joshua hinüber.

Sophie zwinkert ihm zu. Dann gibt er Gas und setzt sich vor sie. Wieder klingelt das Handy.

„Hey Mann, das Telefonieren beim Fahren ist verboten!", sagt Joshua. Es hallt und er weiß, dass Sophie mithört.

„Seit wann überholst du mich beim Befolgen von Regeln? Keiner auf der Straße weit und breit!", ruft sie durch das Rauschen hindurch.

Joshua lacht.

„Ist 'ne Ausnahme! Heute folgen wir nichts anderem als dem Wind!", schreit Sophie.

„Wow!", ruft Joshua ins Handy.

Dann ein Knacken, dann Jerrys Stimme. „Ich will für immer bei Nuka bleiben!"

„Dann hast du Sophie auch an der Hacke … und mich auch, zwei Bleichgesichter, zwei weiße Ärsche.“

Einen Moment lang ist nur ein Rauschen zu hören. Der Empfang lässt nach. Dann ist Sophie an seiner Seite. Joshua kurbelt das Fenster runter.

„Ist mir egal, ob ihr rot oder weiß seid!“, schreit Jerry.

„Dann hast du ja auch was von mir gelernt, Partner!“

Sophie gibt Gas und überholt, bis sie wieder vor ihm sind.

In der Ferne taucht ein kleiner Punkt auf, wird schnell größer und entpuppt sich als Holzlaster.

Joshua erstarrt. „Jerry!“, ruft er ins Handy.

Einen Moment lang kommt keine Antwort.

Schließlich ein zaghaftes „Ja“.

„Schau nicht hin, hörst du? Nimm Nuka in den Arm und schließ die Augen!“

„Okay.“

Der schwere Laster kommt näher, donnert zuerst am Camper, dann an Joshua vorbei. Die Erschütterung geht ihm durch Mark und Bein. Er ist schweißgebadet. Wenig später halten sie an einer Parkbucht. Er springt vom Sitz, läuft zur Beifahrertür von Sophies Truck und öffnet sie.

„Guck mal, Josh, Nuka“, ruft Jerry.

Der Hund liegt mit den Vorderpfoten auf Jerrys Oberschenkeln und leckt seine Hände. Jerry ist ernst, aber nicht verstört. Sophie steigt aus und kommt um das Auto herum. Sie legt ihre Arme von hinten um Joshuas Bauch, ihren Kopf an seine Schulter. „Du hattest mich ja gewarnt. Alles gut“, flüstert sie in sein Ohr.

Jerry rutscht vom Sitz, Joshua atmet tief durch und hebt Nuka hinunter.

Sie trennen sich, verschwinden kurz im Gebüsch, gießen sich

anschließend gegenseitig Wasser aus Sophies Trinkflasche über Hände und Gesicht und wischen sich lachend die Hände am Hintern des anderen ab.

„Soll ich mit dir weiterfahren, Josh?“, fragt Jerry in betont fürsorglichem Ton.

Joshua lächelt. „Mach dir um mich keinen Kopf. Ich komme alleine klar.“

Einen Moment lang bleibt Jerry vor Joshua stehen, sieht ihn aufmerksam an. „Bleibt ihr jetzt zusammen, ich meine Sophie und du?“, fragt er.

„Ich hoffe, Jerry“, erwidert Joshua mehr zu sich selbst. „Leben, das ist ein ewiger Versuch mit offenem Ausgang. Aber man muss an das glauben, was man sich wünscht. Und wenn der Regen die Flügel schwer macht …, wie war das noch?“

„Die Flügel ausbreiten wie ein Weißkopfadler, auch wenn der Regen schwer aufs Gefieder drückt“, sagt Jerry mit gewichtiger Stimme. „Wann lernst du das denn endlich mal?!“

„Gelernt hab’ ich das ja, nur nicht auswendig.“

„Oh Mann, du bist echt alt.“

„Yupp!“

Sophie steht abwartend vor ihrem Camper. Dann lächelt sie. Jerry kommt zur ihr hinüber und zieht sich auf den Sitz. Ein kurzer Blick zu ihm hinüber sagt ihr, dass es gut ist, wie sich das Leben gerade vor ihr entfaltet. War es nicht vielleicht notwendig, dass sie diesen Umweg machten, um sich wiederzufinden, sich wahrhaftig zu finden? War all dies nicht eine Anhäufung glücklicher Fügungen? Vor der Reise glaubte sie sich, jetzt fühlt sie sich stark. Konzepte sind etwas für ängstliche Menschen. Es wird nicht leicht, aber würde es das mit einem eigenen Kind? Und Joshua? Seine Schwermut, wäre das ein für alle Mal vorbei? Und würde überhaupt alles klappen mit dem Sorgerecht und allem, was dazu gehört? Schritt für Schritt, Sophie, ermahnt sie sich. Da war doch was, nicht? Spüren statt planen! Das Leben sagt dir schon im richtigen Moment, was du zu tun hast.

„Woran denkst du?", fragt Jerry.

„Hey, du hast mich durchschaut, was, kleiner Adler? Ich habe über uns alle nachgedacht und freu' mich auf das Leben mit dir."

Jerry lächelt.

„Wo würdest du gerne leben?", fragt Sophie.

Er überlegt. „In unserem Dorf", sagt er unsicher. Kurzes Schweigen. „Nein, vielleicht doch lieber … Keine Ahnung. Aber auf jeden Fall am Wasser."

„Am Meer?"

„Ist egal. Seen sind auch schön."

Sophie nickt.

Joshua blickt über die Ebene, auf den vor ihm dahinfließenden Asphalt. Er überlegt, dass sie zu Hause die Zelte abbrechen und in Kanada, in Jerrys Heimat, ein neues Leben an den Start bringen sollten. Vielleicht in der Nähe seines Dorfes, eine ganz andere Brücke bauen, eine über alles Trennende hinweg und geradewegs ins Leben. Ja, eine coole Idee, denkt er. Sophie als Rangerin … Er stockt. Aber er? Als Tauchlehrer? Als Touri-Führer für Kanutouren? Irgendwo an der Küste, vielleicht auf Vancouver Island? Er würde sogar wieder in trüben Teichen nach Golfbällen fischen. Vielleicht ein Gig hier und dort. Für die Hutklasse reicht es allemal. So schlecht, wie immer geglaubt, war er doch gar nicht auf der Gitarre! Auch wieder Glückskekssprüche schreiben? Nein, sagt er sich, nein, das nicht, aber ich werde meinen Roman schreiben. Ein gebrochener Pfeil fliegt nicht geradeaus, lässt sich aber wieder hinbiegen, sagt er sich, allen Mut in sich zusammenkratzend. Ich werde es durchziehen, verdammt noch mal, und der alten launischen Schachtel die Schulter zeigen, werde mich gut ausbalancieren auf dem Seil des Lebens. Er denkt an seinen Retter, sieht Ben vor sich auf der Harley, sieht sein zerknautschtes zufriedenes Gesicht und dankt ihm innerlich noch einmal für alles. Sollte er sich vielleicht, für alle Fälle, wieder eine Latzhose mit stabilen Hosenträgern zulegen? Klares Nein. Kam doch inmitten aller Absurdität und Gefahr das richtige Wort im richtigen Moment an sein Ohr.

Hey Josh, sagt er sich, fang nicht wieder an zu zweifeln! Er lächelt, lächelt auf den Highway hinaus. Schemenhaft zeichnet sich etwas ab, das seinem brüchigen Leben einen Sinn gibt. Das Lächeln will gar nicht mehr von seinem Gesicht weichen. Irgendwann verliert es sich in den Weiten des Landes, in den dahinziehenden Wolken, in den Bäumen. Leben! Welch ein Umweg, schallt es in Joshua. Okay, packen wir's an.

FREIER FALL MIT AUSSICHT im Internet:

http://edition-glückskeks-jutta-besser.de

www.jutta-besser.de

www.freedom-peace-project.com/buch-book/